春天出版

Spring Publish

YOU

BY

Caroline Kepnes

卡洛琳・凱普尼斯 著

吳宗璘 譯

a novel

"HYPNOTIC AND SCARY...
TOTALLY ORIGINAL."
—STEPHEN KING

獻給你，爸爸

「日日之懸念，願上蒼保佑，明日能夠相見。」

——哈洛德．山繆．凱普尼斯

生於一九四七年一月二十九日，卒於二〇一二年十一月十三日

01

妳走進書店，還伸手扶住了門、以免它不會砰一聲突然關上。妳露出甜笑，當個有禮貌的好女孩，讓妳一臉尷尬，妳的指甲好乾淨，尖領毛衣是米色的，看不出來妳到底有沒有穿胸罩，但我覺得是沒穿。妳太潔淨了，讓人想入非非，然後，妳低聲對我說了第一句話——嗨——大多數的人打招呼的時候我都置之不理，但穿著粉紅色寬鬆牛仔褲的妳，那是從《夏綠蒂的網》裡面吐絲而出的粉紅色，卻讓我破了例，妳到底是從哪裡冒出來的？

妳典雅嬌小，差不多就像是電影《偷情》結尾時我的小可愛娜塔莉．波曼，她素著一張臉，與那些英國臭男人結束關係、準備回美國時的場景。某個星期二，早上十點零六分，妳突然讓我驚覺到一件事，我每天搭車，從位於貝德斯圖的住所到這間東下城的書店工作，每天打烊關門，也從來沒看過類似妳這樣的人出現。我全身發抖，我應該要吃樂耐平（一種抗焦慮藥）才是。但我把藥放在樓下，我不想吃藥，我不想下樓，我想要待在這裡，全神貫注盯著妳啃咬樸素無色的指甲，把頭轉到左側，不，妳的指甲其實是粉紅色，妳的頭又偏向右方，不，妳根本不鳥傳記與心靈勵志（感謝老天）類的書籍，看到小說，妳放慢腳步。耶。

妳消失在書堆裡，我也沒繼續盯下去——作者字母是F—K開頭的那一區——妳不是那種沒有安全感的普通美女，會去找尋永遠讀不完也永遠不會打開第一頁的福克納作品，要是放在床邊桌上的書會鈣化的話，福克納一定會鈣化發硬，爲什麼是放在床邊桌？因爲福克納唯一的功能，就是當你搞一夜情的時候、你信誓旦旦自己從來不做這種事，一旁的福克納作品就可以當成明證。不，妳和那些女孩不一樣。妳不會買福克納當道具，妳穿著寬鬆牛仔褲、皮膚可見陽光的吻痕，史蒂芬．金也不是妳的菜，而且妳一身素樸，也不會對海蒂．朱拉薇茲有興趣，好那是誰？妳到底會買誰的書？妳擤鼻涕，好大聲，我開始揣想妳高潮時的音量會有多麼驚人。「保重！」我對妳大喊。

妳發出清脆笑聲，也對我回吼，眞是飢渴的女孩，「帥哥，你也一樣。」

帥哥。妳在對我調情，如果我是那種愛用Instagram的噁男，我就會拍下F─K的標示牌，使用濾鏡效果凸顯那兩個字，然後加上標題：

F─K，耶，我找到她了。

冷靜，喬伊，她們不喜歡攻勢兇猛的男人，我提醒自己。幸好現在櫃檯前有顧客，他拿了沙林傑要結帳，老套，讓人懶得多看兩眼——這種鳥事天天上演。這傢伙，嗯，三十六歲，到了這種年紀還在看《弗蘭妮與祖伊》？說眞的，他也沒打算要看這種書，只是要蓋住購物籃底部那本丹．布朗的書而已。我在書店工作這麼久，很清楚大多數的人會因自己的本性而充滿罪惡感。我先把那本丹．布朗的書抽出來，宛若把它當成了某種色情刊物一樣、立刻裝袋，然後告訴他《弗蘭妮與祖伊》超鳥，他點點頭，妳還在F─K書區，因爲我還會在書堆的隙縫間偶爾看到妳的米色毛衣，要是妳的手再舉高一點，我就可以看到妳的小肚肚了，但妳沒有，妳拿了一本書，坐在走道上，也許妳會在這裡待一整個晚上，也許妳會像電影《女孩第一名》的那個娜塔莉．波曼一樣——那部是比莉．雷慈的同名作品，改編忠實度為零——但整體表現卻超越了那種垃圾小說——然後，我會在半夜找到妳，只不過妳沒有懷孕，我也不是電影裡那個沒骨氣的男子。我會挨過去，對妳說道：「小姐，抱歉，我們關門了。」妳會抬頭，對我甜笑回應：「啊，但我沒關哦，」妳深呼吸，「我張得開開的，帥哥。」

「喂，」沙林傑—布朗先生不爽了，他還在這裡嗎？對他還在這裡。「可以給我收據嗎？」

「抱歉害您久等了。」

他從我手中一把搶下收據，他不是討厭我，他是討厭自己。如果大家能夠克制一下心中的自我憎恨，那麼服務客戶的速度就會更順暢一點。

「喂，你搞清楚狀況沒有？少在那邊跩了。你是在書店工作，又不是出書的人，你不是作者，如果你眞的這麼愛看書，也不會在書店工作了。所以收起你那張批判的臭臉，趕快對我說聲祝您有個美好的一天。」

這男的愛對我說什麼都沒關係，他還是覺得買丹．布朗的書很丟人現眼。就在這個時候，妳臉上掛著令人熟悉的波曼式笑容現身了，妳也聽到了那噁男講的話。我看著妳，妳看著他，他依然在看我，等我開口。

「先生，祝您有個美好的一天。」我說了，他知道我言不由衷，他好痛恨自己，因為他居然如此渴求陌生人的老套問候。等到他離開之後，我又大吼了一次，因為我知道妳聽得見，「你明明喜歡丹．布朗，噁男！」

妳走過來，哈哈大笑，幸好現在是早上，店裡只剩下我們兩個人，不會被人打斷。妳把自己的購物籃放在櫃檯上，講話好俏皮，「所以你也要開始批判我買的書囉？」

「這傢伙真噁爛，妳說是不是？」

「呃，可能他心情不好吧。」

妳眞可愛，看到的是人性良善的一面，剛好和我個性互補。

「嗯，」我又開口，應該要立刻閉嘴才是，我也想住口，但妳卻讓我想要繼續講下去，「百視達之所以不該倒店，就是因爲世界上有那種人。」

妳看著我，一臉好奇，我想要了解妳，但我不能就這麼直接開口，所以我只好繼續講個不停。

「每個人都拚命要讓自己更好，甩掉五英鎊的肥肉、看五本書、去博物館、買古典音樂專輯欣賞，讓自己變成古典樂迷。其實他們眞正想要做的是吃甜甜圈、翻雜誌、買流行音樂專輯？書呢？去他媽的書，買Kindle就好了，妳知道它爲什麼賣得這麼好嗎？」

妳哈哈大笑，搖頭，聽到這裡的時候，大多數人已經心神渙散，開始玩手機，而美麗的妳卻開口問道：「爲什麼？」

「我告訴妳吧，網路把色情圖影直接送到你家裡——」

我剛講出了色情，有夠白痴，但妳依然聽得專注，有夠可愛。

「你不用出門，也可以看得過癮，你再也不必與那個知道你喜歡看女孩被打屁股的店員有任何眼神接觸，就是因爲有眼神接觸，才能讓我們保持文明，」

妳睜著大大的杏眼，我繼續說下去，「也讓我們無所遁形。」

妳的手上沒有婚戒，我意猶未盡，「看到了我們的人性。」

妳眞有耐心，我得閉嘴了，但我就是忍不住，「所以Kindle整合了所有的讀物，就和網路對色情圖影的功能一樣，原本的制衡消失了，大家可以同時在大庭廣衆之下偷偷看自己的丹．布朗，這是文明的盡頭，不過——」

「凡事都會有不過——」妳接了我的話，我猜妳一定出身健康的大家庭，一家人經常互相擁抱，還會在營火旁邊唱歌。

「不過，購買影片與圖集的地方消失了，戰場終究還是回歸到書店。現在已經找不到影片出租店了，所以再也不會有那種在錄影帶店工作的影痴動不動就搬出塔倫提諾❶的名言、拚命捍衛達里歐．阿基多❷，看到租梅格．萊恩片子的顧客就不爽。售貨員與顧客之間的互動，是我們最重要的雙向道，我們不能就這麼斬除了雙向道之後，卻覺得這體系不會崩壞，妳懂吧？」

我不清楚妳到底懂不懂，但妳並沒有像某些人一樣叫我住口，妳點點頭，「嗯……」

「妳看，音樂城是很好的平衡點，那是樂迷店員的地盤——『你眞的要買泰勒絲的歌啊？』——只不過這些人自己一回家馬上就把音樂換成了泰勒絲。」

不要再說泰勒絲了。妳會嘲笑我？還是和我一起哈哈大笑。

「反正呢……」如果妳開口叫我閉嘴，我就不說了。

---

❶ 昆丁．塔倫提諾，美國電影鬼才，擅長暴力美學，新黑色電影風格。

❷ 義大利著名導演，劇情常充滿暴力驚悚。

「反正呢……」妳回道，我知道妳覺得我也該適可而止了。

「重點就是，購物是我們最誠實的表現之一。那傢伙來這裡不是爲了丹．布朗或沙林傑，他來書店是爲了告解。」

「你是神父嗎？」

「不，我是教堂。」

「阿門。」

妳看著自己的購物籃，我的語氣像是個沒人理會的神經病，我望著妳的籃子，妳的手機，妳沒看到，但我有，黃色手機套裡的它，裂了。這表示妳等到狀況惡化到不行的時候才會好好照顧自己，我猜妳要是得了感冒，也會等到第三天才吃鋅含片吧。我拿起妳的手機，想講笑話逗妳。

「這是不是妳從剛才那傢伙身上幹來的東西？」

妳拿回自己的手機，臉紅了，「我和這手機……」妳說道，「我是個粗魯的媽媽。」

人母啊。妳讓人想入非非，眞的。

「哪會啊。」

妳露出淺笑，妳絕對沒穿胸罩。妳把書從購物籃裡取出來，又把籃子放到地上，盯著我，彷彿我絕對找不到批評妳的機會。妳的乳頭鼓凸，也沒有遮掩的意思。妳發現我在收銀台旁存放的扭扭糖，妳一臉巴望，指著它，「我可以吃嗎？」

「當然，」我已經在餵妳了。我拿起妳的第一本書，斯伯丁．葛瑞的《不可能的假期》。

「有意思，」我說道，「大部分的讀者會選擇他的獨白作品。這本書很棒，但想想作者最後的下場，這絕對不是大家閒逛時會挑的書，尤其是貌似沒有自殺傾向的年輕女孩。」

「嗯，有時候就只是單純想看而已，你懂嗎？」

「懂，」我回道，「我知道。」

如果我們都是十幾歲的小孩，我就可以吻妳了。但我站在櫃檯後方的平台，胸前還掛著名牌，我們已經過了年少輕狂的階段，夜晚做的事，早晨不適用，大片陽光從窗戶灑落而下，書店不是應該要光線昏暗嗎？

記得提醒一下自己：告訴穆尼先生要買百葉窗，窗簾，能擋光的什麼都好。

我拿起妳的第二本書，《絕望的角色》，執筆的是我最喜歡的作者之一，寶拉．福克斯。這是好預兆，但妳之所以會挑這本書，有可能是因爲看了哪個蠢蛋寫的部落格，發現她是寇特妮．洛芙的祖母。看過強納森．法蘭森寫的某篇散文而決定研讀寶拉．福克斯的作品才是正道，但我不確定妳是否因爲這個原因而決定買下這本書。

妳把手伸入錢包，「她最棒了，對不對？你知道嗎，雖然有法蘭森的大力稱讚加持，但她卻打不開知名度，我覺得好扼腕。」

感謝老天，我笑了，「《西岸》。」

妳避開我的目光，「那本我還沒看。」我盯著妳，妳雙手一攤，做出投降狀。

「別開槍啦。」妳咯咯笑個不停，我希望妳的乳頭依然凸硬。「我遲早會看《西岸》那本書，《絕望的角色》我看過一千萬遍了，這本是要送朋友的禮物。」

「嗯哼。」我回道，心裡亮起危險紅燈訊號，**送朋友。**

「我這麼做八成也是浪費時間，他應該根本不會打開來看。但至少讓她多賣了一本書，你說是不是？」

「沒錯。」也許這個朋友是妳弟弟或爸爸，也可能是哪個同志鄰居，不過我知道他是妳的朋友，我開始敲打計算機。

「總共是三十一點五一元。」

「好貴。你看，難怪Kindle賣得好。」妳的手伸進祖克曼的粉紅豬錢包裡，拿出信用卡，但錢包裡的現金拿出來付帳明明是綽綽有餘。妳想要讓我知道妳的名字，我不是笨蛋，刷了妳的信用卡之後，我們之間的靜默越來愈沉重，今天我怎麼沒放音樂，我現在根本不知道該鬼扯什麼才好。

「好了。」我把收據交給妳。

「謝謝，」妳低聲回道，「這是間很棒的書店。」

妳簽了名，妳叫桂妮薇爾·貝可。妳的名字是一首詩，但妳的父母很做作，應該吧，大多數的父母都這樣。桂妮薇爾，幫幫忙好嗎。

「謝謝，桂妮薇爾。」

「其實我都是靠貝可這名號四處走跳，你知道嗎，桂妮薇爾這名字實在有點又臭又長。」

「嗯，貝克[3]，妳本人看起來不太一樣，還有，《午夜禿鷹》那張專輯超讚。」

妳拿起我裝好的書袋，視線一直不曾離開我，因為妳想要讓我看到妳在盯著我。

「說得好，戈登伯格。」

「不，我都是靠喬伊這名號四處走跳，妳知道嗎，戈登伯格這名字實在有點又臭又長。」

我們兩人哈哈大笑，妳和我一樣，都想要知道對方的姓名，不然妳也不會刻意看我的名牌了。

「確定不要順便把《西岸》一起帶走嗎？」

「我知道我的想法很古怪，但我是刻意忍住暫時不買，因爲這列在我的養老院清單。」

「妳的意思是一生的心願。」

「哦不，兩者完全不同。養老院清單是住進去的時候、準備要好好欣賞的書籍與電影。但一生的心願比較像是……造訪奈及利亞、跳下飛機之類的事。養老院讀物則是閱讀《西岸》、看《黑色追緝令》，還有聽傻瓜龐克的最新專輯。」

「我無法想像妳住進養老院的樣子。」

妳臉紅了，妳是《夏綠蒂的網》，我會好好愛妳。「你不跟我講那句話啊？祝您有個美好的一天？」

「貝可，祝您有個美好的一天。」

妳露出甜笑，「謝謝，喬伊。」

貝可，妳來這裡不是爲了書，妳不需要唸出我的名字，妳不需要微笑傾聽或附和我的意見，

---

❸ 另類音樂搖滾藝人。

但妳都做了。收據上有妳的簽名，這不是現金交易，也不是簽帳卡，這真的是簽名。妳收據上的墨水未乾，我把大拇指壓在上面，現在，我的皮膚上已經沾染了桂妮薇爾·貝可的墨印。

02

我之所以認識E．E．卡明斯，就與那些與我同世代、聰慧敏銳絕頂的多數人一樣，都是因爲史上最浪漫的其中一部電影，《漢娜姐妹》，劇中最浪漫的其中一個段落。某個聰明細膩的已婚紐約客，艾略特（麥可．肯恩飾演），愛上了他的小姨子（芭芭拉．赫西飾演），他必須小心翼翼，不能隨便行動。他守在她公寓附近，製造偶遇，勇敢，浪漫，談戀愛必須要處心積慮。她遇到他，大感驚喜，帶他進了派珍特書店——妳抓到重點了嗎？——他在那裡買了E．E．卡明斯的詩集給她，請她要記得看第一百一十二頁的詩。

她獨自坐在床上，讀詩，而値此同時，他獨自待在自己的浴室裡想念著她，此時，我們聽到了她朗讀詩的聲音。

貝可，這首詩會讓妳嚇一大跳，它剛好詮釋了妳對我的吸引力，我每天早上是因爲妳而醒來，我每天爲了妳而閱讀，我覺得自己與那第一百一十二頁的詩越來越接近。我想要看著妳，在妳興之所至的時候、伸出雙手撫弄自己，這經常讓我想到《漢娜姐妹》裡的另外一個笑話，米亞．法羅嘲笑伍迪．艾倫打手槍不知節制而毀了自己，我希望妳沒那麼離譜。

這個社會大有問題，因爲要是一般人知悉我們兩人的行爲——妳，獨自一人，一晚要自慰高潮三次，而我，一個人，站在對面的街頭，偷看妳高潮——絕大數的人都會說我是笨蛋。嗯，大多數的人都是他媽的白痴，這根本不是什麼秘密，大多數的人喜歡俗濫的推理小說，老實說，大多數的人根本沒有聽過寶拉．福克斯或是《漢娜姐妹》，何必理會大多數的人，貝可，妳說是不是？

而且，我寧可看到妳撫慰自己，也不想見到一堆不入流的男人擠進妳家和妳的陰道。那些討論「約砲文化」的無聊簡略文章中出現的疑問，在妳身上就可以找到答案。妳自有標準，而且妳是桂妮薇爾，是一篇殷殷等待靈魂伴侶的愛情故事，我猜當妳夢見他，也就是夢見我的時候，一定會把那幾個字改成大寫。大家都想要立刻得到一切，但妳卻能耐心等待，靠的就是……

如此小巧的雙手。

妳的名字是美麗的尋訪起點，我們好幸運，這世界上沒幾個桂妮薇爾．貝可——它專屬於我的靈魂伴侶。首先，我必須找到妳的家，網際網路設計者的心裡一定滿懷著愛，貝可，它告訴我好多關於妳的事，妳推特帳號的自我介紹：

桂妮薇爾．貝可

@虛幻貝可

我總是有話直說。我寫小說，看小說，與陌生人對話。南塔克特是我的同鄉，

而紐約則是我的酒肉朋友。

妳出現在好幾個線上日誌網站，發表了自己的部落格、（只有妳稱它們為散文嗎）、幾乎沒有任何隱瞞的流水帳日誌（只有妳稱它們為短篇小說），還有妳寫的詩偶爾也透露出妳的內心肌理，在在揭示了妳的過往。妳有天生文才，自小在南塔克特長大，妳開的玩笑集中在孤島近親繁殖（但妳不是）、航海（妳怕得要死），還有酗酒（妳父親因貪杯而亡，妳經常提到這件事），

妳與家人的關係若即若離。在這座大家互不相識的城市裡，妳不知該如何自處，雖然妳已經在布朗大學當了四年的大學生，寂寞亦然。當初妳本來在候補名單，最後終於得到入學許可，妳依然覺得一定是哪裡出錯了。妳喜歡麥片粥、櫻桃派，還有LÄRABAR這牌子的能量棒。妳不會貼食物或演唱會的照片，但妳卻經常使用Instragram（但全都是懷舊風，妳爸爸生前的照片，還有妳恐怕根本不記得的海灘時光）。妳有個哥哥，克萊德，妳父母給小孩子取名的風格眞的很做作，妳還有個妹妹，安雅（眞的超賤，但不是我想的那一種做作）。從房地產資料看來，妳一直與家人住在一起，妳出生在田園家鄉，但妳老是喜歡說自己在南塔克特「沒有住所」，不過妳家人明明在那裡有個家。妳的話語充滿了驚嘆號，簡直就像是香菸盒上的警語。

安雅一直在島上安居，她永遠不會離開，她是那種別無所求的單純小孩，只希望可以好好漫步海灘，享受清朗的夏日一隅，以及與觀光旺季大相逕庭的在地荒寂感。安雅比妳父親還糟糕，妳在自己的小說裡描寫過她好幾次，有時候把她轉化成小男孩或是瞎眼老太太，還有一次，是迷路的松鼠。不過顯然妳影射的是自己的妹妹，妳嫉妒她，爲什麼她沒有雄心大志？妳覺得她好可憐，怎麼一點企圖心都沒有？

克萊德是家中的老大，他繼承家業，在島上開計程車，已婚，有兩個小孩，循規蹈矩的爸爸。這與當地報紙上所刊出的照片形象很吻合：義消、曬得黝黑的皮膚、一般的美國男人。妳父親具備了小鎮酒鬼的各種行徑，酒駕與醉酒滋事的紀錄也不止一次，而妳哥哥對此的反應卻是大相逕庭——不喝酒，滴酒不沾。如果妳是第一個出生的小孩，繼續掌管家族事業可能是選項之一，但妳是典型中產階級的小孩，在校成績優異，從小到大被貼上的標籤就是「希望」，注定會離家的那一個小孩。

網際網路眞美妙，在我們第一次相遇的一個小時之後，妳發了一條推特：

我身上的味道像是起司漢堡。#轉角餐廳讓我越來越肥#

老實說，剎那間我有點焦慮，也許我不夠特別，妳根本沒提到我，也沒提到我們的對話內容，而且，妳明明在推特的自我介紹裡有這麼一句，與陌生人對話。

貝可，那句話他媽的到底是什麼意思？小孩子的確不該與陌生人說話，但妳已經是成年人了。或者，對妳來說，我們的對話根本不算什麼？我只不過是其中一個陌生人？妳在推特上的自介是否等於暗示了妳只是個喜歡引起別人注意、毫無標準可言的賤貨，隨便哪個白痴向妳打招呼妳都會搭理？我對妳來說是不是根本不算什麼？你根本沒有提到書店的那個男人？我心想，幹，也許我會錯意了，我們之間可能根本沒什麼。不過，我開始搜尋妳的資料，發現妳不會把眞正重要的事情寫出來，妳才不會讓我與妳的跟隨者知道妳的心事。妳的網路生活等於是綜藝節目，所以呢，搞不好妳沒有把我放進妳的單人脫口秀表演裡面，也就意味著妳不想讓我曝光，也許妳的心思根本超越了我的理解範圍，因為現在妳的手又再次下探小穴。

網際網路送給我的另外一份大禮，是妳的地址。銀行街五十一號。媽的妳在唬弄我吧？這可不是什麼痛苦上班族來來往往的鬧亂中城，這是高檔靜謐又超級安全昂貴的西村房宅。我不能就這麼大剌剌在妳家附近徘徊，穿著打扮必須要符合這群做作人士的調調。我進了二手店，買了套西裝（適用於商務人士以及／或者司機、以及／或者小白臉）、工裝褲與某種工具腰帶（適用於休息空檔的工人）、一套噁心的運動服（適用於注重自己寶貝身體的渣男）。我第一次過去的時候，穿的是西裝，貝可，我好愛這裡，經典的老紐約，讓我覺得彷彿可以看到伊迪絲・華頓、楚門・卡波提手牽著手過街，兩人各自拿著一杯外帶咖啡杯，模樣都是巔峰時期的面貌，彷彿被保存在福馬林裡面一樣。公主們都住在這一區，席德・維瑟斯多年前也在這裡過世，當時公主們都還沒出生，曼哈頓依然很酷。我站在對街，妳的窗戶大開（沒有窗簾），我看到妳把速食燕麥片倒進保鮮盒裡面。妳不是公主，妳發的推特證明妳中了某種房產樂透彩：

嗯，我不想讓自己講話的語氣和@安娜・坎卓克一樣，但那些@偏愛紐約的布朗超屌書呆子眞是讓我愛死了，我迫不及待要搬到銀行街。

我坐在門階梯台，打開谷歌搜尋資料，這棟受到偏愛的褐石建築樂透是某一散文比賽的獎品，參賽者必須是在紐約念研究所、而且有住屋需求的布朗大學畢業生，這棟公寓一直屬於布朗家族（誰知道那到底是什麼意思）所有。妳正在念小說創作的藝術創作碩士，贏得散文比賽的樂透獎，也不是什麼出乎意料之事。安娜・坎卓克是電影《歌喉讚》的女主角，這部片子講述的是一群打算參加人聲樂團比賽女大生的故事。妳把自己投射在這女孩身上，根本不合理，我看過了那部電影，那女孩永遠不會和妳過著一樣的生活。

妳住在褐石建築公寓的起居層，只比一樓高了那麼一點點而已，衆人在妳家前面來來往往，就連妳在搔首弄姿，他們也不曾駐足觀看。妳家的兩扇窗戶全都敞開，算妳走運，這裡不是什麼交通要道，難怪妳自以爲隱私沒問題。我在第二天傍晚又回去了一次（同樣的西裝，就是忍不住），妳全身赤裸，在敞開的窗前走來走去。裸體！我又晃到對街的門階，妳沒看到我，也沒有其他人在注意我或是妳，靠，大家都是瞎子嗎？

日子一天天過去，我也越來越焦慮。妳太招搖了，這樣很不安全，只要有一個變態看到妳在裡面，心一橫衝進去，妳就慘了。幾天之後，我換上我的工人服，幻想自己在妳的窗前裝上鐵窗，保護這個妳稱之爲家但其實是展示櫃的地方。我覺得這個區域很安全，的確如此，但這裡的寧靜也隱含了一股死寂。要是我在馬路中央勒住哪個老頭子，應該也沒有人會出來制止我。

我換回了西裝（這比工人裝好太多了），又戴上了我在另外一間二手店（我就是那麼混蛋！）找到的洋基隊球帽，刻意混搭，以免被妳發現，但妳渾然不知。某個與妳住在同一棟樓的男子，踏上了連接外門（沒有鎖！）的小階梯（只有三階而已），而且那扇門距離妳家好近，如果他有意願（有誰不想呢？），他可以翻過欄杆，以指節敲打妳的紗窗，呼喚妳的名字。

我白天來，晚上也來，無論我什麼時候過來，妳的窗戶總是大敞。妳似乎從來沒有看過夜間新聞或是恐怖片一樣。我走到這乾淨小街的另外一頭，找了棟面對妳家的褐石建築的階梯坐下來，假裝在看寶拉．福克斯的《可憐喬治》，或佯裝傳簡訊給我的商場夥伴（哈！）要不就是假裝打電話給遲到的朋友，大聲嚷嚷願意再等個二十分鐘（這是爲了提防可能躲在某處偷看、懷疑那個徘徊在門階梯台男子的某位鄰居，我看過許多電影都有這種情節）。因爲妳主張門戶大開，我也得以進入妳的世界。要是風勢方向正好配合的話，我可以聞到妳的冷凍食品飄散的氣味，我還可以聽到妳在播放「吸血鬼週末」的音樂，還有，要是我假裝打哈欠，抬頭張望，就能看到妳在發懶、打哈欠、呼吸。妳一直都是這樣嗎？我不知道妳的這種行爲模式是不是出於天意的安排，妳大剌剌招搖，彷彿想要讓妳的高貴鄰居知道妳不時全裸、半裸、對微波爐食品有偏執狂愛、而且自慰時會發出狂淫叫聲。希望不要，希望事出有因，而等到適當時機到來的時候，妳會向我解釋清楚。還有，彷彿只要妳一碰電腦，就得要提醒妳的那些虛擬觀衆，妳是個作家，但我們（我）都知道妳的本質：演員，暴露狂。

值此同時，我還是得要保持警覺，前一天頭髮光潔後梳，後一天就蓬亂如麻，在那些不會特別注意旁人的眼中，我一定看起來毫不起眼。畢竟，要是一般人知道有個平常喜歡光著身子的女孩在敞開的窗戶前開心跑來跑去，而且還有個煞到她的男子在對街偷看，小心翼翼，大多數的人都會認定我是瘋子。不過，妳才是瘋子。妳不只是瘋了，因爲這些人都會想要看妳的小穴，但妳的鄰居對我的身體完全沒有興趣，這些人絕對不會想碰我的老二，反觀妳的小穴，根本是黃金珍寶。

我坐在對街門階梯台上面，啜飲咖啡，手裡握著捲起來的《華爾街日報》，我深呼吸，盯著妳。貝可，我從來沒想過要穿運動服，是妳讓我想要開始換裝，兩個禮拜就這麼過去了。此時，有個肥胖的老貴婦從寓所出來，我起身，雖然我很鳥，但依然是個紳士。

「嗨，女士您好。」我伸手扶她。

有人幫忙，她當然也不客氣，還順便訓話，「你們年輕人也該學學做人處事的道理了。」

我回道：「您說得有理。」她的房車司機開了車門，又對我點點頭，難兄難弟，我做這種事作一輩子也沒關係，我又坐回自己的梯台。

大家喜歡看眞人實境秀，是否就是這個原因呢？對我來說，妳的世界是個謎，看到妳在裡面東摸西摸（身上穿著棉質內褲，是妳在維多莉亞秘密的官網買的多件裝商品，我前幾天看到妳撕開包裝），妳在裡面半夜不睡（窩在沙發裡上網，看些有的沒的）。看到妳這樣，忍不住讓我心想，也許妳正在搜尋書店遇到的那個帥哥店員，也許吧。妳在裡面寫作，挺直腰桿，綁了髮髻，以免寶寶奔跑的速度在拚命打字，最後，終於寫不下去了，妳拿起平常用來小睡的萊姆綠小枕，如野獸一般跨騎在它身上，解放原慾。終於，妳在裡面沉沉睡去。

還有，妳的公寓小得要命，妳發了某條推特，的確很有道理：

我住在鞋盒裡，其實對我來說也沒關係，因為我也不會花大錢買Manolo的鞋子。@偏愛紐約的布朗人#叛逆

我的#布朗大學馬克杯比我的公寓還大。@偏愛紐約的布朗人#房地產#紐約

裡面沒有廚房，只有把用具全堆在一起的某塊區域，就像是家飾店在出清樣品一樣。不過，妳的推特裡卻另有沒說出的真相，妳討厭這裡。妳自小住在有前後院的大房子，妳喜歡寬敞空間，難怪總是把窗戶打開。妳不知該如何自處，要是妳與這世界產生了隔絕，妳就真的不知該如何是好了。

妳這些鄰居的日常作息，就和小孩子一樣——房車開到豪宅門口，接他們上車，等到一日將盡的時候，又把他們放回原處——而妳卻痛苦不堪，困在一個明明是給女傭或是腳踝扭傷的黃金獵犬的狹小空間裡。但我也不怪妳選擇住在這裡，我們兩個都好愛西村，要是我能夠搬到這裡，我也不會有任何猶豫，就算會因為幽閉恐懼症而逐漸發瘋也在所不惜。貝可，妳的選擇沒錯，妳媽媽說的話並不正確：

媽媽說「小姐」不會住在鞋盒裡。@偏愛紐約的布朗人#媽媽的邏輯#我不是小姐

妳發推特比妳寫文章勤快多了，難怪妳只能申請到新學院的藝術碩士，而不是哥倫比亞，這

所學校拒絕了妳的入學申請。

拒絕，是一道最好應該要放在信封裡的菜，那麼至少還可以撕碎或是燒了它。

#進不了哥倫比亞#日子繼續過下去

這一點妳說得很好，日子的確是要繼續過下去。新學院雖然沒有那麼聲譽卓著，但裡面的老師同學對妳也算是夠好了，還有許多可透過網路參加的線上讀書會。現在有許多線上學習的大學課程，對於這個大家稱之爲「大學」、卻與原來菁英體系漸行漸遠的處所來說，無疑又是一大衝擊。妳開始寫作，要是妳不要花那麼多時間玩推特和折磨妳的小穴……不過，老實說，貝可，只要我能夠進入妳的肌膚，我就再也不穿衣服了。

妳喜歡亂取名字，不知道妳會怎麼爲我取什麼樣的綽號，現在，妳正在推特上爲妳的公寓玩命名大賽：

妳覺得這個怎麼樣#比我房間還小的房間

或是#觀賞歌喉讚的平板電腦

或是#被誤當成公寓使用的瑜伽墊小櫃

或是#妳從窗户望出去看到書店的那個男生正盯著妳的地方妳微笑揮手然後

有台計程車猛按喇叭，因爲有個剛洗完澡的渣男過馬路根本不看路，活像是從布列特·伊斯頓·艾利斯小說未出土的初稿裡爬出來的主角一樣，他雖然道歉，但態度很敷衍，然後，他開始伸手撫弄自己的金髮。

這傢伙頭髮未免也太多了。

他走上台階，儼然是房子的主人一樣，彷彿一磚一瓦都是爲他而生，他還沒走到門口，大門就開了，是妳開的門，妳站在那裡，帶他進去，大門還沒關上妳就開始吻他，現在，輪到妳的雙手上場。

如此小巧的雙手。

搓揉著他的頭髮。接下來，我看不到你們兩個，再看到你們的時候，已經出現在客廳了，他坐在沙發上，妳脫去了自己的背心，騎在他身上，像個脫衣舞孃一樣拚命扭動，貝可，這樣眞的很糟糕。他脫去妳的棉質小褲，開始打妳屁股，妳狂叫個不停，我過馬路，靠在妳公寓的大門前面，因爲我得聽清楚妳在吼什麼。

抱歉，把拔，對不起！

小女孩，再說一次。

對不起，把拔。

妳這小女孩眞是不聽話。

我是壞女孩。

妳討打對不對？

是啊，把拔，我想要被你打屁股。

他把自己送入了妳的嘴，他對妳叫罵，甩妳耳光，楚門．卡波提幾度經過這裡，張望，不以爲然，然後把頭別了過去。沒有人會因爲這件事報警，因爲沒有人想要承認自己當了觀衆，拜託這裡是銀行街。妳開始和他打砲，我又回到對街的位置，發現他根本不是在和妳做愛。妳死抓著他的頭髮——這傢伙頭髮未免太多了——宛若這個舉措能夠挽救妳自己與妳的創作小說。妳應該要找個更好的對象，看到他伸出軟弱無力的大手抓住妳，還有完事之後猛拍妳屁股的樣子，眞的很不舒服。妳跳下來，依偎著他，他卻把妳推開，妳讓他在妳的公寓裡抽菸，他把妳的布朗大學馬克杯當成了菸灰缸——比妳的公寓還大的馬克杯——妳開始看《歌喉讚》，他繼續抽菸，傳簡訊，妳挨過去，又被他一把推開，妳面露憂傷，妳當然會傷心，他又不是妳的第一百一十二頁，我才是。爲什麼我這麼確定？早在三個月前，我們還不認識的時候，妳就發了這條推特。

我們能不能就老實招認自己之所以會知道#E．E．卡明斯都是因爲#漢娜姐妹？呼。#別再唬爛了#終結矯揉做作

妳看看，妳根本還沒認識我之前是怎麼說的？他離開的時候，並沒有帶走寶拉．福克斯的《絕望的角色》。他是個討厭女人的金髮噁男，只忙著豎起自己的衣領，吹開眼前的瀏海。他純粹在利用妳，他不是妳的朋友，而我得離開了，妳得好好沖個澡。

03

在妳之前，還有甘蒂絲。她也很固執，所以我對妳會很有耐心，一如我對待她一樣。妳在妳那台笨重的老舊電腦裡面什麼亂七八糟的東西都寫了，就是沒有我，我不怪妳。貝可，我不是白痴，我知道要怎麼找硬碟資料，我很清楚裡面沒有我，而且我也知道妳根本沒有什麼記事本或日誌之類的東西。

只有一個可能：妳把我寫在手機裡的記事本裡面，我依然還有一線希望。

不過，我沒有辦法就這麼放過妳。妳的確是超級發電機，舉個例子吧：妳拚命研究分類廣告網站上的「邂逅」欄，將妳鍾愛的貼文複製，貼上，存成了一個超大的檔案，爲什麼？貝可？爲什麼？所幸妳並沒有貼文找「邂逅」。我猜女孩子都喜歡收集有的沒的，可能像是各種蔬菜湯食譜，或是由極端寂寞男子所撰寫的詞不達意、文法慘不忍睹的把妹幻想文。嘿，我還在這裡；我接受妳了，然後，好啊。所以妳就讓這個金髮變態對妳做出分類廣告網站上面提到的那些事情。但妳至少還有分寸，那個變態不是妳男友，妳把他送回街上，彷彿妳對他好厭煩，妳早該如此。妳最近的電郵，我已經都看過了，所以這等於是正式的情報來源：妳沒有告訴任何人他進了妳的公寓、進入妳的身體，他不是妳男友。知道這個就夠了，我已經準備要開始對妳展開肉搜，我一定辦得到，我當初沒有對甘蒂絲做這件事，親愛的甘蒂絲，我欠妳一個公道。

我第一次遇到甘蒂絲，是在布魯克林的葛拉斯蘭茲表演場地，她在與她兄妹合組的樂團中演奏長笛，妳一定也會喜歡他們的音樂。他們的團名叫做「殉道者」，我一看到她就想認識她。我很有耐心，一路跟隨他們的演唱會，從布魯克林追到了下曼哈頓，他們的音樂很棒，是根本進不了前四十大金曲，但有時候，在CW網站鎖定青少年、慘不忍睹的音樂表演節目中，他們會擔任主秀，網站一定會被塞爆，他們一直沒出片，因爲他們對於要給哪一家唱片公司一直無法達成共識。反正呢，甘蒂絲是最正的一個，是樂團裡的靈魂人物。她哥哥就是那種標準的噁爛鼓手，她妹妹長得很路人，但很有才華。

在演唱會一結束之後就衝上去把妹是不可能的事，尤其這個樂團搞的是氛圍電音，而且她充滿控制欲的變態哥哥（對了，要不是因爲他的兩個妹妹，他絕對不會搞樂團）總是跟在她旁邊。我必須等到甘蒂絲落單的時候才能接近她，而且我不能冒失前去搭訕，因爲她身旁有個「愛護」妹妹的哥哥。要是我不能接近她，或是至少朝接近她的目標邁進一小步的話，我一定活不下去，所以我靈機一動，想出了妙招。

某個晚上，在葛拉斯蘭茲的外頭，一切就這麼開始了，我趨前向「殉道者」自我介紹，我是「Stop It」唱片公司的新進助理，我告訴他們，我正在找尋新人。嗯，所有的樂團都喜歡被唱片公司挖掘，我不就來了嘛，幾分鐘之後，我已經進入座位區，與甘蒂絲以及她的煩人兄妹一起喝威士忌。她妹妹先離開，乖女孩。但她哥哥就是個問題了，我沒辦法吻甘蒂絲或是問她的電話號碼。「寫電郵給我，」她說道，「我可以拍照上傳Instagram，我們很樂見有唱片公司主動上門。」

所以我就效法電影《漢娜姐妹》裡的艾略特，一直杵在「Stop It」唱片公司的外頭，某個可憐兮兮的小地方，我發現有個小孩天天過來，大家叫他彼得斯。在進辦公室之前與下班後的空檔，他都會躲進小巷裡哈一小管大麻。妳不能怪他，畢竟他工作的時候得忍受一堆鳥氣。那些穿著緊身牛仔褲、稱呼自己的眼鏡爲飾品、會大聲嚷嚷要善品代糖與更多的帕瑪森起司的唱片公司噁男們，全都是彼得斯的老闆。好，我找了一天窩在巷子裡，手裡拿了一管大麻，向彼得斯借火。和他交朋友不費吹灰之力，因爲社會底層的無名小卒總是渴望找到同病相憐的人。我把自己與甘蒂絲之間的狀況全告訴了他，我騙她自己在「Stop It」唱片公司工作，他自己提議由他的電郵（asst1@stopitrecoreds.com）發信給她，然後佯裝發信人是我。甘蒂絲回信了，輕佻，火辣，當然，她也把自己的電話號碼給了我（asst1）。

利用彼得斯，我倒不覺得有什麼良心不安，老實說，他終於覺得自己得到了某種權力的感受，而且有時必須要耍一點詐才能把到妹。我看過太多浪漫喜劇，知道和我一樣浪漫的男主角們總是會遇到這樣的麻煩。凱特．哈德森戲約不斷，就是因爲一直有被愛沖昏頭的男人對自己工作地點撒謊的電影橋段在。而甘蒂絲還眞的以爲我是星探，等到我們在一起一個月之後，我才把實情告訴她，起初她氣得要死（女生有時候眞的很愛生氣，就算男友是馬修．麥康納也一樣），不過我提醒她這謊言的本質其實好玩又浪漫。這世界並不公平，我懂音樂，我聰明，我認爲「殉道者」應該要出道，被大家膜拜。我要是拿到了某個文理大學的學位，每天穿著復古襪，認爲拿到了文學士就等於是個聰明好員工，我可能就會去某間鳥不拉嘰的唱片公司找個無薪實習的工作，然後想盡辦法混到一個鳥不拉嘰的正職工作。但我才不信這一套陳腐的概念，我是我自己。她了解，至少起初是這樣，但她哥哥就是另外一個故事了，也是我與甘蒂絲無法在一起的原因之一。

所幸這一切我並不後悔，我與甘蒂絲的諸多問題讓我得到了磨練、得以應付此時的狀況，我必須潛入妳家，貝可，而且我很清楚該怎麼進行。

我打電話到瓦斯公司，通報妳的公寓有漏氣狀況，我知道妳這時候在上舞蹈課，而且結束之後一定會與某個同學喝咖啡，只有在這個時候，妳才不會碰妳的電腦。我在對面的門階梯台上等待瓦斯公司的人到來，等到他一出現，我就告訴他我是妳男友，妳派我來幫忙。

法規要求只要有瓦斯漏氣的狀況都必須要詳細檢查，而社會遊戲規則卻擺明了像我這種高中就輟學的人，自有門路應付在瓦斯公司工作的人。我也不知道該怎麼解釋給妳聽，反正我知道他一定會信我這套說法，讓我進去，而且我知道就算他覺得我在說謊，他也會讓我進去。貝可，說眞的，妳不能把瓦斯公司的人叫來，然後自己卻不出現。

他離開了，我先拿了妳的電腦，然後坐在沙發上，猛聞妳的綠色小枕，拿妳布朗大學的馬克杯喝水。我還特地先洗過，因爲裡面有他的殘留菸灰（妳眞的不懂要怎麼清洗碗盤）。我看了妳的短篇小說，〈當懷利買下自己的起亞汽車的時候在想些什麼〉。內容是關於某個住在加州的老頭，買了台進口爛車，他覺得那是他牛仔生涯的最後一絲遺緒。這篇故事所埋的梗就是這個人其實並不是牛仔，只是在扮演西部片裡的牛仔罷了，但現在大家早已不拍西部片，懷利一直無法釋懷。他從來沒有買過車，因爲他幾乎都在某間咖啡店裡消磨時光，裡面的顧客全和他一樣，聊的內容盡是美好的往昔。不過，最近他們宣布抽菸是違法行爲——妳很可愛，還把*違法*標爲斜體字──現在這群人在自家附近找不到地方抽菸聊往事。故事的結局是懷利坐在自己的起亞汽車裡，完全不記得該怎麼發車。他手裡握著簡直像是迷你電腦一樣的車鑰匙，驚覺自己不知道該去哪裡是好，所以他買了電子菸，回到了原來的咖啡店，一個人抽著自己的電子菸。

我不是妳讀書會裡的天才碩士生──說真的，貝可，他們不懂妳，也不懂妳的小說──但妳渴望的是過往，妳是個已經喪父的女兒，妳懂得寶拉．福克斯作品的真義，妳想要釐清老西岸的風情，這也讓妳窩在紐約的這種行為，雖然只是暫時而已，等於是自我毀滅。妳充滿悲憫，妳撰寫的主角是老人，起因就在於妳公寓裡的那些攝影圖集，有許多拍攝地點妳去不了，因為它們早已不存在了。妳生性浪漫，想要尋找沒有毒販與口香糖包裝紙的康尼島，還有真牛仔與唬人牛仔拿著錫杯、啜飲著他們暱稱為喬伊的咖啡，交換彼此故事的純真加州，妳想要前往自己無法到達的地方。

當妳進入浴室，關上了門，坐在馬桶上的時候，看到的是愛因斯坦的照片。在妳拚命與便秘奮戰的時候（相信我，貝可，等到我們在一起之後，妳一定不會再有嗯嗯不順的問題，因為我絕對不會讓妳每天靠垃圾冷凍食物與明明是鹽水卻標示為「湯品」的罐頭維生），妳喜歡盯著他的雙眼。妳喜歡愛因斯坦，因為他看到了其他人看不見的事件，而且，他也不是作家，不會與妳廝殺，永遠不會。

我打開電視，妳最常看的就是《歌喉讚》，現在，我已經可以看到妳在臉書上的學生生活，所以這一點我也不意外。我終於進去了妳的網頁，開始研究妳過往的照片，妳沒有參加人聲樂團，也沒有找到熱情的寄託或是眞愛，妳和妳的閨蜜謝娜、琳恩倒是經常喝酒。除了她們之外，妳還有一個非常高瘦的朋友，只要她出現在照片裡，妳們三個就變得超級嬌小。妳的照片裡從來沒有標示這個局外人朋友，她一定有什麼其他的優點，因爲妳似乎對於你們從小到大的友誼感到非常驕傲。她那張似笑非笑的臉一定會經常害我作惡夢，我也該研究其他照片了。

妳曾經和兩個男人交往過。查理總是一副看起來像是聽完大衛·馬修斯演唱會才剛剛回神過來的模樣，妳和他在一起的時候，會坐在草地上與大家一起玩樂吸毒，妳後來離開了那個嗑藥蠢男，與某個手臂細瘦的驕蠻龐克談戀愛，他名叫赫瑟。對了，我認識赫瑟，倒不是眞的與這個人有私交，但他是圖文書作者，我們店裡有賣他的書。至少，現在有賣，但當然只要等到我一上班，就會立刻把他的書丟進地下室。

妳曾經去過巴黎與羅馬，而我從來沒有離開過美國，妳從來沒有在赫瑟或巴黎或查理或羅馬或大學生活之中找到自己不斷尋索的事物。妳爲了赫瑟而與查理分手，查理一直無法對妳忘情，自從分手之後，他的照片看起來永遠是醉醺醺的。妳崇拜赫瑟，但他從來沒有給妳任何回報，至少臉書上看不出來。妳有許多讚美他的貼文，但他從來不回應。然後，某天妳的感情狀態變成了單身，妳的朋友們紛紛按讚，顯然妳是被拋棄的那一個。

《歌喉讚》已經播到了結尾，我進入妳的臥房，躺在妳亂七八糟的床上，聽到鑰匙進入鎖洞，開始轉動的聲響，我腦中突然閃過一段對話，今天稍早時房東對著瓦斯公司的工人碎碎唸——這棟屋子最小的公寓，鎖孔也是他媽的最小一個，總是卡得要死——然後，我聽到妳把鑰匙插入鎖孔，大門開了，這間公寓真小，妳已經進來了。

貝可，妳說得沒錯，這裡真的是小鞋盒。

04

我從來沒有來過格林波恩特，這裡的人會以醃菜汁當成搭配威士忌的酒後飲料。貝可，但我為了妳就進去了，就像我為了妳而背部受傷一樣，我正忙著了解妳的時候，妳卻回來了，我只能從妳家窗戶跳下去，以免被妳發現。一想到妳可能會看到我待在這裡，我就覺得很懊惱，妳一定會以為我是那種高估《Vice》雜誌文化影響力的蠢蛋，完全遵照《Vice》的建議點酒。貝可，我沒有念大學，所以我也不會浪費我的成人時光去補念大學。我才不是那種不敢活在當下的俗辣，就像現在一樣，我活得理直氣壯，我很想再點一杯伏特加蘇打水，但這就表示我得再次與那個穿著布考斯基T恤的酒保講話，他又會問我要哪一種蘇打水。

我心情不是很好，妳站在那裡朗讀，妳穿著黃色褲襪，上面有好多洞洞，妳打扮得也未免太做作了。妳背離了《夏綠蒂的網》風格，而我看起來也沒那麼帥氣。那天我必須要爬出妳的窗戶，摔得不重，但畢竟摔了就是摔了，我發誓，如果我要是又聽到酒後醃汁這個字，我的背就會開始犯痛。

妳的兩個閨蜜坐在我隔壁桌，嗓門大，而且在背地裡講朋友壞話，她們是典型的地鐵F線風格的女人，穿著靴子，頂著一頭過度染燙的頭髮，鐵定可以讓性喜美髮的紐澤西女孩默默甘拜下風。妳們三個是布朗的同窗，如今又在紐約聚首，妳們討厭《女孩我最大》影集，抱怨個不停，但妳們不就是拚命像要過這種生活嗎？布魯克林、小男生，還有酒後醃汁？

妳與其他那些所謂的「作家」們坐在一起，所以妳的朋友可以繼續暢聊妳的八卦，很不幸，她們說的一點都沒錯：妳太積極投入作家這個身分——接受大家的讚美，喝威士忌——但對於寫作本身卻沒那麼積極。不過，所幸她們也搞錯了：這裡的每一個人都喝了太多的酒後醃汁，看不懂妳的牛仔故事。

妳的朋友嫉妒妳。謝娜最愛大肆批評，她是女版的亞當．李維，目光銳利，帶有一股不知從何而來的自信。「妳再拗嘛，如果妳不是莉娜．丹恩，念那他媽的藝術創作碩士能做什麼啊？」

「也許可以考慮去教書？」琳恩回道，她的內心無知無覺，宛若死屍，她在Instagram的照片條理分明，簡直像是在為被告蒐集證據，彷彿全部的精力就是要為了證明自己過得精采。她用力嘲笑妳在露露酒吧朗讀，她發推特說一定是瘋了才會在露露酒吧朗讀，貝可，我發誓，真的沒騙妳。

又是琳恩在講話：「妳覺得這像不像是妳曾經去過的畫展開幕？妳表現不錯，然後就……每個禮拜都有這種活動？」

「難道我剛設計出一件衣服就要馬上安排走秀了嗎？」謝娜嗤之以鼻，「沒有，我繼續工作，直到完成一整個系列為止，然後，我又繼續悶頭工作。」

「佩姬要來嗎？」

「有沒有她根本沒差。」

她們講的應該是那個面無笑容的高個子女孩，但我也不好開口發問。

「抱歉是我多嘴。」琳恩嘆氣，「至少畫展開幕的時候有免費的酒可以喝。」

「至少在畫展開幕的時候妳可以欣賞到藝術，但很抱歉，牛仔？什麼跟什麼啊？」

琳恩聳肩，也只能任由謝娜繼續說下去，她是不願意休息、也沒辦法休息的機關槍。

「我們講一下她的衣服好不好？」

「太刻意打扮了，有點恐怖。」

「靠，那雙褲襪是怎麼回事？」

琳恩嘆氣，邊發推特邊嘆氣，機關槍加快速度，進行最後一輪的掃射。

「難怪她進不了哥倫比亞大學。」

「我覺得都是班吉害的，」琳恩接口，「她眞可憐。」

班吉？

「這個嘛，愛上離經叛道的跑趴男孩，就是這種下場。」

我只聽到愛上這兩個字，妳愛上這個男人，妳對她們撒謊，也在妳的電腦與妳自己面前撒謊，妳以爲她們不知道，其實她們一清二楚，班吉，哦不!

我必須保持專注，聚精會神，琳恩嘆氣，「妳講這種話好酸。」

「我就事論事罷了，」謝娜很不爽，「班吉是個勢利的爛男人，只會買貴得要死的毒品，嗑藥嗑到茫，假裝忙著做生意。」

「他主修什麼？」琳恩想知道。

「誰在乎啊？」謝娜回嗆，但我在乎，我還想知道更多細節，我想哭，除了我之外，我不希望妳愛上任何人。

「哎，我還是希望他能對她好一點。」琳恩回道。

謝娜翻白眼，猛嚼著冰塊，頗不以爲然，「妳知道嗎？貝可眼中只有自己，班吉也是，我不覺得這兩個人有什麼可憐的。她假裝自己是作家，叫我們兩個來這裡，他也假裝自己是什麼超級達人要唬弄全世界，笑死人了。這兩個人只是自戀而已，才不是什麼過於易感、飽受折磨的靈魂在書寫什麼陰鬱蒼涼的鬼東西。」

琳恩覺得無聊，我也是，她想要轉移話題，不想再聽謝娜惡意譏諷，「我覺得自己現在好肥哦。」

謝娜學豬叫，齁齁了好幾聲，女孩的心眼眞的很壞。「妳看到他有機蘇打水公司的那些鬼扯淡嗎？」謝娜問道，「待在布魯克林眞讓我想搬到洛杉磯，買一大箱的紅牛，聽瑪莉亞．凱莉的音樂。」

「妳應該把這段話寫在推特上面，」琳恩說道，「但不要這麼酸啦。」

妳已經在擁抱其他的作家，這表示妳馬上就要坐到我隔壁桌了，琳恩的人超好，她露出假笑，「眞是替她感到惋惜。」

謝娜悶哼一聲，「我只替那些牛仔感到惋惜，應該要被寫得更精采才是。」

妳慢慢朝她們那一桌走來，所以她們也沒辦法繼續講妳壞話，我眞替妳開心，就在這時候，妳終於到了，擁抱妳的雙面人朋友。她們默默拍手，假意熱情讚美，妳大口喝下威士忌，彷彿在爲了自己得到普立茲獎而乾杯。

「小姐們，拜託一下，」妳開口嚷嚷，我沒想到妳醉成這樣，「女孩只會對讚美與雞尾酒來者不拒。」

謝娜把手擱在妳的手臂上，「親愛的，就不要再喝雞尾酒了吧？」

妳甩開手臂。現在是妳的產後恢復期，妳才剛產出一篇小說，接下來呢？「我沒事。」

琳恩向女服務生招手示意，「給我們來三杯酒後醃汁吧？這女孩需要借酒壯膽。」

「琳恩，我不需要借膽，我才剛從那裡起身離開，唸完了一篇靠夭的小說。」

謝娜親了一下妳的額頭。「而且妳唸那篇靠夭小說的時候，媽的超認真。」

妳不覺得這有什麼好笑，立刻推開了她，「妳們去死一死啦。」

能看到妳喝醉擺爛的這一面，眞好，如果要和某人談戀愛的話，最好要知道對方的各種面向，現在我沒那麼討厭妳朋友了，她們互相使眼色，妳瞄了一下吧檯，開口問道：「班吉是不是已經走了？」

「親愛的，他有說要來嗎？」

妳嘆了一口氣，彷彿這種狀況也不是一次了，妳似乎失去了耐心，妳拿起自己的裂面手機，琳恩一把搶下。

「貝可，不要。」

「把手機還給我。」

「貝可，」謝娜開始勸她，「妳邀請他，他卻沒有現身，就別管他了，算了吧。」

「妳們就是討厭班吉，」妳回道，「萬一他受傷了呢？」

琳恩乾脆別過頭去，謝娜嗤之以鼻，「萬一他是……渣男？」

不難發現琳恩已經萬萬不想再碰這個話題了。在這三個女孩當中，只有她會離開紐約、定居在某個規模比較小、更容易討生活的城市，那裡不會有小說朗讀會，那裡的女孩喝的是紅酒，而且那裡的酒吧會在週末夜以音樂點唱機播放「魔力紅」的歌曲。最後，她一定會貼出自己寶寶的照片，風格一如她拍烈酒杯、空空如也的高腳杯，還有她的鞋子。

但謝娜一定會在此終老，在這場漫漫愛情長路上，她會一直當我們的電燈泡。「貝可，聽我的好嗎？班吉就是個爛男！」

我想要大吼叫好，但我依然坐著不動，嗯，班吉。

「聽我說，貝可，」謝娜批判火力全開，「有些男的就是人渣，妳也只能認了。妳可以把全世界的書買下來送給他，但他依然是班吉。別鬧了，他永遠不會變成班傑明或是班恩，因爲他不需要，他永遠就是個幼稚鬼好嗎？他的人生和他的蘇打水事業一定會搞得一團糟，他的蠢名字也好不到哪裡去。我說認真的，

班吉？他在搞笑啊？而且他唸出來的時候彷彿把那當成了亞洲或法文名字。班……雞，你這傢伙，閃遠一點啦。」

琳恩嘆氣，「我從來沒想這麼多。班吉。班‧雞。雞，掰。」

現在妳們發出一陣輕笑，我正在收集班吉的背景資料，我不是很開心，但也只能認了。班吉確有其人，我又點了一杯伏特加蘇打，嗯，班吉。

妳的雙手交疊胸前，女服務生把妳們的酒後醃汁送上來，氣氛也變得凝重，「好，所以妳們真的喜歡我的小說嗎？」

琳恩反應超快，「我不知道妳這麼了解牛仔。」

「我不了解。」妳心情不好，拿起自己的杯子一飲而盡，另外兩個女孩互看一眼。

「絕對不要再去找那個爛人了。」謝娜說道。

「好。」妳答應了。

琳恩舉杯，謝娜也是，妳拿起自己的空杯。

謝娜講出了祈願：「乾杯，慶祝妳再也不要去找那個爛人，永遠不要理他的什麼鬼蘇打水和噁爛的髮型，還有，再也不要管他有沒有現身。」

妳們互相碰杯，但那兩個女孩有飲料可以入口，妳的杯子卻早已一滴不剩。我走到外頭，才能知道妳什麼時候會離開酒吧，有些傻蛋也跟著出來了，大吐特吐。

我發誓，嘔出來的一定是酒後醃汁。

05

現在是半夜兩點四十五分，我們共有三人站在格林波恩特大道的地鐵站裡面，我眞想要幫妳綁鞋帶，全鬆開了。而妳喝多了，站的位置距離鐵軌好近。妳倚靠著綠色的柱子，雙腿前伸，兩隻腳剛好壓在黃色警示線上面，也就是月台的邊緣。柱子明明有四個方向，妳卻偏偏要站在面對軌道的那一邊，爲什麼？

我是妳的護花使者，而在這個人間地獄裡，除了妳我之外，只有另外一個人，某個流浪漢，他坐在長椅上，活在另外一個星球，唱著「胖史酷」的歌，如果列車出軌的話可能會出什麼事的那一段歌詞。

他重複著同一個段落，唱得好大聲，妳低頭玩手機，但在他的歌聲轟炸之下，妳沒辦法站得安穩，還得同時忙著以指尖輸入文字。妳一直滑來滑去——妳的鞋子老舊，鞋底早就磨光了——也讓我看得不斷心驚膽跳。這個垃圾堆不是我們的屬地，這裡是地雷區，四處遍佈了空瓶罐、包裝紙、大家不願看到（就連那個唱歌流浪漢也一樣）的各種垃圾。和妳剛才鬼混在一起的那些死小孩，他們的生活脫離不了地鐵G線，儼然他們對這裡熟悉得很，但妳的朋友有所不知，如果少了他們、他們的美樂「好生活」啤酒空罐、還有他們散發醃汁味的嘔吐物，這條路線會變得美好多了。

妳的腳又滑了一下。

妳的手機掉了，落在黃線上，妳運氣不錯，至少沒滾落鐵軌，我開始冒雞皮疙瘩，我眞希望能抓住妳的手臂、護著妳繞到柱子的另外一頭。貝可，妳太靠近鐵軌了，但妳很幸運，因爲我在這裡，要是妳掉下去或是哪個變態跟蹤妳，剛好是個無所事事的性侵犯，那妳一定會束手無策。妳喝多了，嬌小球鞋裡的鞋帶太長，也綁得太鬆了，攻擊者會把妳壓在地上，或是把妳推向柱子，他會撕破妳宛若破網的褲襪，扯爛妳從維多莉亞秘密買來的棉質內褲，以油膩的手摀住妳的粉紅小嘴，妳毫無招架的餘地，從此再也無法過著和以往一樣的生活，妳會活在恐懼裡，害怕搭乘地鐵，害怕回到南塔克特，對於分類廣告網站的「邂逅」欄位避之唯恐不及，每個月做一次性病檢查，時間將長達一年，也可能是兩年。

這個時候，流浪漢依然在唱著他媽的同一段副歌，他撇了兩次的尿，但都沒有起身，他就坐在自己的尿液裡。要是妳的破褲襪引來了某個變態、跟蹤妳跟到了這裡，開始下手蹂躪妳，那傢伙也只會繼續唱歌尿尿，尿尿唱歌。

妳的腳又滑了一下。

妳瞇著眼睛打量那個流浪漢，對他咆哮，但他在另外一個星球上，貝可，妳被別人消費又不是他的錯。

我有沒有說過？妳有了我算是妳走運？沒錯。我自小在貝德斯圖長大，神智清醒，鎭定自若，而且對於我自己還有妳的動線都掌握得一清二楚，我是護花使者。

而要是有人看到我們三個，嗯，多數人一定只因爲我跟妳跟到了這裡，就以爲我是變態，太扯了。而這正是這世界的問題，女人的問題。

妳看到《漢娜姐妹》裡的艾略特拚命耍心機、想要接近他的小姨子，妳覺得那很浪漫，但如果妳知道我潛入妳家，爲了要徹底了解妳而搞到背部受傷，妳一定會開始批判我。有時候，世人明明情緣已斷，心中卻愛戀不捨，我知道妳爲什麼要一直拿著那支手機，妳想要與班吉聯絡，那個賣蘇打水、頭髮太多、放人鴿子的爛男，妳和他的相會不是隨便的邂逅，至少對妳來說不是。妳拚命找他，渴望與他在一起，但這終將成爲過去。

而問題的癥結之一就是那手機。他媽的那手機有個功能可以讓妳知道對方什麼時候看了妳的訊息或是根本看都沒看，而班吉根本不鳥妳。羞辱妳更能撩撥他的情慾，反而不是進入妳的身體。這就是妳要的嗎？妳猛戳手機面板，貝可，妳這支手機，妳也受夠了吧。再這樣下去，妳一定會被它整得半死，最後只是浪費妳的唇舌，害妳的手指頭報廢。

去你媽的那手機。

我眞想把它扔到鐵軌上，然後緊緊抱住妳，一起等著列車把它輾爛。手機有裂痕，一定事出有因，那天妳在書店的時候、把它留在購物籃裡也一定事出有因。捫心自問，妳自己當然知道要是少了它日子會好過一點。有了那支手機總是沒好事。妳看不出來嗎？妳當然心裡有數，不然妳一定會善待它。妳本來都會把它放在手機套裡，後來才摔出裂痕。妳千萬不要在這裡玩手機，任由它對妳頤指氣使。我眞希望妳把它扔到鐵軌上，不要再上線了，然後轉頭看到我，開口問我：「我不是認識你嗎？」我會陪妳繼續玩下去，然後開始聊天，我們之間的主題曲也出現了，就是「胖史酷」的那首歌，但只有不斷重複的副歌，九號列車一直在出軌。

「拜託你不要再唱了好嗎？」妳憤怒大吼，但那傢伙根本聽不見，唱歌尿尿，尿尿唱歌，根本蓋過了妳的聲量，妳轉頭轉得太快，靠妳幹嘛要猛力往後靠，可妳眞的就這麼幹了這種事。

發生得太快了。

妳伸出雙臂想要站穩，但妳晃個不停，妳手機掉了，妳立刻衝過去想要撿回來，就在這個過程中妳失足摔倒了，而且還被那靠北的鞋帶給絆倒，啪嗒一聲，不知怎麼的妳倒向軌道那一頭，從黃色警示區滾落在眞正危險的區域，妳在尖叫，這是我看過最快速的緩摔畫面，而現在只聽得見妳在下方鐵軌的尖叫，我的背痛得要死，但得要趕快救妳，他的歌聲成了惡毒的催促，列車會轟隆隆駛過鐵軌，從妳身上壓過去，我從來沒聽過這麼可怕的電影配樂。我衝過月台，低頭看著妳。

「救我！」

「別擔心，我來了，把妳的手給我。」

但妳只是繼續尖叫，像是電影《沉默的羔羊》裡陷在井裡的那女孩，妳不需要這麼害怕，因爲我在這裡伸手準備把妳拉上來。妳在發抖，低頭盯著隧道，心中充滿恐懼，在這個節骨眼上，妳只要抓住我的手就沒事了。

「哦天哪，天哪我要死了。」

「不要看那裡，看我就好。」

「我要死了。」

妳向前一步，妳根本不知道鐵軌有多麼危險。「站在那裡不要亂動，那裡有一堆鬼東西會把妳電死。」

「什麼？」妳的牙齒在打顫，又開始尖叫。

「妳不會死，抓住我的手就是了。」

「他要把我逼瘋了。」妳摀住耳朵，因爲妳不想再聽到「要是我的列車出軌」那句歌詞了，「都是他在唱歌才害我摔下來。」

「我在幫妳啊。」我態度堅定，妳睜大眼睛，低頭望著隧道，然後又抬頭直視我的雙眼。

「我聽到火車了。」

「不可能，只是錯覺而已，快把妳的手給我。」

「我要死了。」妳好絕望。

「抓住我的手！」

流浪漢繼續哼唱，他彷彿覺得我們很討厭，他必須要把「撿起來撿起來撿起來」唱得更大聲，妳雙手緊貼耳朵，尖叫。

我越來越沒有耐心，列車遲早會到來，妳幹嘛要把事情搞得這麼複雜？

「妳想被撞死嗎？如果妳一直待在這裡，遲早會被輾過去，抓住我的手！」

妳抬頭，我看到了我從來沒見過的神情，妳不想死，我覺得沒有人好好愛過妳，妳什麼都沒說，我也沒吭氣，但我們兩個都知道妳在測試我，測試全世界，今晚妳等到最後一個人的掌聲停止的時候才走下舞台，妳不綁鞋帶，摔跤之後妳責怪的是這個世界。

撿起來撿起來！引擎，引擎，九號引擎。

我點點頭，「好，」我放下手臂，手心向上，「來吧，我救妳。」

妳心生抗拒，妳不願隨便接受別人的援救，但我有耐心，終於等到妳準備好了，妳的雙手扣住我的肩頭、讓我救妳。我把妳舉起來，將妳整個人放在黃色警戒區，然後又把妳推滾到髒灰色水泥地的安全地帶。妳在發抖，雙手抱膝，急忙往後退到綠色柱子的內側，坐在安心的地方，等待。

妳還是沒綁鞋帶，而且妳牙齒打顫得更嚴重了，我趕快靠過去，指著妳那雙早已磨平、沒有運動功能的爛鞋，「我幫妳綁鞋帶好嗎？」妳點點頭。

我依照堂哥幾百年前教我的方法，將鞋帶繫緊之後，又打了雙結。列車前進的聲響逐漸逼近，妳看起來沒那麼害怕了。我救了妳，這一點不需要我多說，從妳的眼眸還有微亮的污髒皮膚就知道了。車門打開了，我們沒有上車，這是當然的。

06

計程車司機一開始很抗拒，換作我反應也一樣吧。我們剛才從鬼門關繞一圈回來，妳的模樣好狼狽，像是個髒兮兮的妓女，和妳相比，我像是個乾淨過頭、讓人覺得不知哪裡怪怪的老鴇，我們還眞是天生一對。

「而重點呢，」妳一直說起剛才的事，已經講了一百萬遍了，妳盤腿而坐，忙著講話之外，還不忘揮舞手臂，「重點呢，在今日將盡的時刻，要是那傢伙不住嘴的話，我一定會沒命了，我知道我現在看起來一定跟瘋婆子一樣。」

「哪有。」

「但我今晚心情很糟，而且某些時候就是得講清楚自己的限度，你懂吧？必須要講出來，我無法憋在心裡。要是這傢伙繼續唱個不停、污染大家的共有環境，我眞的活不下去。」

妳嘆了一口氣，我很欣賞妳這麼會拗，把這講成了類似某種傷害自尊的事件，而且逗妳眞的很好玩，「不過，我還是得說一句，妳眞的喝多了。」

「哦，就算我很清醒，也還是會做一樣的事吧。」

「如果他唱的是羅傑．米勒的版本呢？」

妳哈哈大笑，妳不知道羅傑．米勒是誰，但我們這個世代的人多半不知道他是何許人物。妳瞇著雙眼，撫摸下巴，又來了，這是第四次，對，我在偷偷幫妳計算次數。

「好，你有沒有在夏天的時候去渡輪打工？」

「沒有。」我回道。妳堅持自己不知道在哪裡看過我，先說是大學，然後又說是研究所，還有威廉斯堡的某家酒吧，現在呢，渡輪。

「不過，我發誓我認得你，我知道我在哪裡看過你。」

我聳肩，妳盯著我，感覺眞好，妳的目光正在獵搜我。

「妳覺得妳和我有關聯，只是因爲妳摔倒了，我剛好在那裡。」

「是啊，你在那裡，我眞幸運。」

我不該別過頭去，但我還是這麼做了，我擠不出話，這司機如果是那種愛碎碎唸的人該有多好。

「你今天怎麼在外頭待到這麼晚？」妳開口問我。

「工作。」

「你是酒保？」

「嗯。」

「一定很好玩，可以聽到大家的故事。」

「沒錯。」我的措辭小心翼翼，不想讓妳發現我知道妳在寫小說，「是很好玩。」

「你這禮拜聽到最棒的故事是什麼？快告訴我。」

「最棒的故事？」

妳點點頭，我好想吻妳。我想要把妳拉到鐵軌上，把妳整個人吞下去，引擎九號引擎也只能在我們面前緊急煞車，我要拚命幹妳，直到紐約捷運線吞沒我們兩人爲止，這裡好熱，外頭好冷，空氣中有著陰莖與口交的氣味，深夜的紐約啊。我只想說我愛妳而已，所以我抓抓頭，「妳知道嗎，很難選。」

「好吧，聽我說，」妳嚥了嚥口水，咬住嘴唇，臉色羞紅，「我不想嚇壞你，好像我是那種只要遇過的人就記得所有細節的變態，但我撒謊，其實我知道自己在哪裡遇見你的。」

「是嗎？」

「書店，」妳又露出那娜塔莉．波曼式的微笑，我假裝不認得妳，妳揮揮手，如此小巧的雙手。

「我們聊了丹．布朗。」

「我幾乎天天都和大家聊丹．布朗。」

「還有寶拉．福克斯。」妳說完之後，點點頭，甚是驕傲，妳還把頭靠過來，磨蹭著我的手臂。

「啊哈，」我回道，「寶拉．福克斯與斯伯丁．葛瑞。」

妳拍手叫好，差點就要吻我了，但妳沒有，妳只是恢復成原來的坐姿，再次交叉雙腿。「你一定覺得我是什麼瘋子吧？我看你每天應該會和五十個女生講話。」

「天，沒有啦。」

「謝謝。」妳回道。

「我每天至少和七十個女生講話。」

「哈，」妳翻白眼，「所以你也不會覺得我是什麼有跟蹤癖的變態囉？」

「不，當然不是。」

我的中學健康教育老師告訴我們，如果你直視著某人十秒鐘以上，如果不是在嚇人就是在放電，我在心裡默默計數，我想妳看得出來。

「我眞的不是。你在哪一家酒吧工作？也許哪天我可以過去喝一杯？」

妳只想把我貶低成從事服務業的某人，爲妳買的書算帳，把妳的酒後醃汁遞給妳，我不會怪妳的。

「我只是偶爾過去代班，大多數的時候我都待在書店。」

「酒吧加書店，很酷哦。」

計程車在西四街停了一下。

「妳眞這麼覺得？」我開口問道，妳喜歡看到的是我對妳畢恭畢敬的樣子。

「嗯，」妳傾身向前，「我快到家了。」

妳又靠在座位上，看著我，我微笑說道：「銀行街，還不錯的地方嘛。」

妳開始跟我玩遊戲，「我是繼承家業的千金大小姐。」

「哦，哪個行業？」

「培根（發音接近貝可）。」妳俏皮回我，大部分女孩聽到我問題的反應只是腦袋一片空白。

我們到了，到了妳家門口。妳猛翻包包找手機，它正好掉在我們中間，但比較靠近我這邊，司機排空檔，車子已經停下來了。

「又來了，手機總是會不見。」

有人猛敲計程車門，害我慌了一下，那個渣男眞的在敲窗，班吉。妳把手從我面前伸過去，搖下車窗，我聞到妳的氣味，醃漬物與奶頭。

「班吉，哦天哪，這位是救了我的大聖人。」

「老弟，眞有你的。媽的在格林波恩特對嗎？那裡總是沒好事。」

他舉手想與我擊掌，我也配合他了，妳離我越來越遠，我大勢已去。

「怎麼會這樣？我手機好像掉了。」

「又掉了？」他走到一旁點菸，妳在嘆氣。

「他似乎態度不太好，不過，你要知道，這是因爲我常掉手機。」

「妳電話號碼呢？」我脫口而出，妳望向窗外的班吉，又看著我，他不是妳男朋友，但妳卻演得好像他就是妳男友一樣。

我很穩，冷靜自若，「貝可，」我說道，「我需要有妳的電話號碼或電郵帳號，要是我找到妳手機的話，才有辦法聯絡到妳。」

「抱歉，」妳回道，「我只是腦袋昏沉，我還是有點驚魂未定，你有沒有筆？」

「沒有。」我回了她之後，從口袋裡拿了手機，幸好取出的是我的，而不是妳的。妳給了我自己的電郵，現在妳是我的了，班吉在車外大叫，「到底要不要出來啊？」

妳嘆了一口氣。

「眞是非常謝謝你。」

「時時刻刻爲妳效勞。」

「我喜歡你這種說法，而不是『隨時』爲妳效勞，聽起來更有誠意。」

「這是我的肺腑之言。」

我們的第一次約會結束了，妳準備要上樓，和班吉打砲打得天翻地覆，不過沒關係，貝可，我們兩人的電話已經在一起了，現在，妳已經知道我很清楚妳住在哪裡，我也知道妳很清楚該到哪裡找到我。

07

我的思緒好激動（想到了妳、我、妳的褲襪、妳的手機、班吉），每每遇到這種狀況，我只有一個地方可去。我走到書店，繞到後頭，打開了地下室大門的鎖。關上門之後，站在廊道裡，對寇提斯或其他人來說，這裡看起來就像是個儲藏櫃而已。我翻找口袋，拿出了眞正的鑰匙，打開下一道門的鑰匙，書店與隔音地下室之間的最後一道屏障。我鎖上了門，走到最後一個階梯的時候，不禁面露微笑，因爲看到了我們美麗巨大又可怖的圍欄：籠子。

貝可，「籠子」其實不算是正確的措辭，首先，它很大，幾乎與樓上的整個小說區面積相當。它也不是妳在監獄或寵物店看到的那種笨重金屬牢籠，它比較像是小教堂，而不是籠子，若是法蘭克・洛伊・萊特曾幫忙出力設計的話，我也不意外，看那光滑又厚重的搶眼桃花心木樑柱就知道了。壁面全是壓克力，敲不破，但空氣可以流通。貝可，這太魔幻了，就等著妳親自來見識一下。有時候，當古書藏家簽下鉅額支票的那一刻，我覺得一定是被籠子所散發的魔咒所陷害。而且，籠內也有實用設備，有個廁所，應該說是放置小馬桶的隔間，因爲穆尼先生不肯爲了「排泄之類的俗事」而上樓。裡面的書全放在高高在上的層板，需要靠梯子才能拿得到（雅賊們，就祝你們好運了）。前方牆面有個小小的滑動式抽屜，治安堪慮地區的加油站會使用的那一種。我進入裡面，抬頭凝望那些書，露出微笑，「嗨，大家好。」

我脫掉鞋子，靠在長椅上，雙手交疊在一起，貼住後腦勺，向這些書傾訴妳的事。貝可，它們專注聆聽，我知道這聽起來很瘋狂，但這是眞的。我閉上雙眼，想起我們第一天看到這籠子的往事。當時我十五歲，已經爲穆尼先生工作了好幾個月。他告訴我，八點整去等卡車。我準時去等候，但「客製壓克力」公司的送貨員卻等到十點才現身，開車的那個按了一下喇叭，揮手示意叫我們到外頭，他扯開喉嚨大吼，「這裡是不是穆尼書店？」音量蓋過了隆隆的引擎聲響。就在這個時候，穆尼先生叮囑我要睜大眼睛看仔細了。

穆尼先生看著我，那些懶得看店門口上方招牌的俗人讓他好生厭惡。他又盯著司機，「我的籠子到了沒？」

司機沒好氣回答：「我沒辦法把這個籠子送進店內，老哥，全部都是零件。樑柱有十五英尺長，而且牆面太寬，進不了那間大門。」

「我開了雙門，」穆尼先生回道，「而且我們有的是時間。」

「重點不是時間，」他悶哼一聲，看著卡車裡的另外一個人，我知道他們不是我們的盟友。「恕我直言，我們通常拼裝這些東西拼的地點是在豪宅的後院，又大又寬敞的地方，你知道嗎？」

「地下室又大又寬敞。」穆尼先生回道。

「你覺得我們會把這他媽的龐然大物搬進地下室？」

穆尼先生臉色一沉，「不准在小孩面前講髒話。」

那兩個人必須要搬二十幾個趟次，得先把樑柱與牆面拉出來，然後陸續搬進書店，下樓梯。穆尼先生說，千萬不要覺得他們可憐，「他們在工作，」他告訴我，「勞動對人的身體很好，喬瑟夫，你好好在旁邊看就是了。」

我無法想像等到籠子拼組完成之後是什麼模樣，其實連能不能裝好我都不確定。樑柱顏色好深，充滿古風，而牆面又好透明，濃濃的現代感，我眞的不知道它們結合在一起之後會是什麼樣貌，直到穆尼先生叫我下樓，我才終於看到它的廬山眞面目。我就嚇傻了，那些送貨員也一樣。

「從來沒看過這麼大的，」那個滿身大汗的司機說道，「你養非洲灰鸚鵡嗎？我愛死那些鳥了，牠們會講話，超酷。」

穆尼先生沒吭聲，我也一樣。

他又繼續找話題，「先生，你的層板也未免太高了，眞的不要我們幫你調低一點嗎？大多數的人都希望層板，嗯，差不多在中間的位置。」

穆尼先生開口了，「我和這男孩還有很多事得要忙。」

那司機點點頭，「靠，你可以在這裡養一堆鳥，抱歉，我嘴巴不乾不淨。」

等到他們離開之後，穆尼先生鎖了書店，告訴我那兩個傻乎乎的送貨員和喜歡把鳥兒養在籠子裡的殘忍有錢人相比，根本是半斤八兩。「喬瑟夫，沒有所謂的可飛翔的籠子，」他告訴我，「把鳥兒關在小籠裡、讓牠無法飛翔已經夠殘忍了，只有一種狀況比這還令人髮指，那就是給牠一個超級大籠、讓牠誤以爲自己可以飛翔。只有禽獸才會把鳥鎖在這裡，還自詡爲愛護動物。」

我們的籠子只拿來放書，穆尼先生不是在開玩笑，我們的確很忙，還有許多事情要做。工人在牆面裡上了密封膠，讓整間地下室有了隔音設備。後來又來了更多的工人，拓寬修整了書店的厚牆，所以一打開通往地下室的門，首先映入眼簾的是一處廊道，但這才是眞正的地下室出入口。我們在打造一個天大的秘密基地，別人聽不到聲音的俱樂部，每天早上醒來我都興奮得要命。我當穆尼先生的助手，他為書本加上護封（動作輕一點，喬瑟夫），然後又把這些加了護封的書本放入有小孔的特製壓克力小盒（動作輕一點，喬瑟夫），最後又把那盒子塞進稍微大一點的金屬盒（動作輕一點，喬瑟夫），加上標籤，上鎖。

等到我們搞定了十本書左右，他就會進入籠內，爬梯上去，我則負責把書傳給他，一次一本（動作輕一點，喬瑟夫），他會把書本安放在那些未免太高的層板上，我問他我們為什麼要這麼大費周章，「書又不會飛走，」我說道，「它們又不是鳥。」

第二天，他拿了一組俄羅斯娃娃給我。「打開啊，」他說道，「動作輕一點，喬瑟夫。」我把第一個娃娃拆成兩半，它的肚子裡還有另外一個娃蛙，我又拆成一半，裡面還有另一個，我一直拆，一直拆，拆到了最後一個娃娃，再也無法拆成兩半，在這一組娃娃當中，這是唯一完整的一個。「珍貴的東西，你一定要藏得好好的，」他說道，「不然就毀了。」

貝可，現在我腦袋裡想的是妳，妳比娃娃漂亮多了。妳一定會喜歡這裡的，這裡是聖書的避風港，全都是妳鍾愛作家的作品。妳會對我無比敬畏，我是這裡的主人，我將在妳面前展示控制氣溫與濕度的遙控器，妳一定會想親手握拿，我也會大方交給妳，然後，我會繼續向妳解釋，只要我轉念，調高溫度，就等於在燉書一樣，它們會長黴積灰，毀了，永遠無法復原。如果這世界上有哪個女孩懂得珍惜我的權力，那就是穿著黃色褲襪的妳，可愛，從來沒有出過任何一本書，懷抱著期盼自己能寫出好東西、也能進入籠內的夢想。妳脫下小褲，進來這裡，在這裡生活，永不離開。我脫下自己的內褲，打手槍的力道太猛烈，發出的浪叫震聾了我的耳朵。

幹，妳超正，我勉強站了起來，頭暈目眩。動作輕一點，喬瑟夫。

書店也該要開門了，我深呼吸，走上樓梯。現在穆尼先生已經退休，所以這裡工作的只有兩個人。另外一個是寇提斯，念高中的小孩，差不多和我當年一樣，愚蠢的程度不相上下。靠，我十六歲的時候，穆尼先生給了我鑰匙，想也知道，某個晚上，我忘了關籠子。

「喬瑟夫，你太讓我失望了，」那時候的穆尼先生比較年輕，但依然有老態，他是那種從來不曾有過青春面貌的人，眞的。「你不但讓我失望，也讓這些書很失望。」

「對不起，」我回道，「但我們在家裡從來不關櫥櫃或房門。」

「喬瑟夫，因爲你爸爸是爛人，」他說道，「你就有樣學樣嗎？」

我說不是。

幾天之後，我偷偷潛入籠子，摸走一本簇新的舊書，《弗蘭妮與祖伊》，有作者簽名的初版品。我覺得自己應該要與衆不同，我對它的喜愛程度更勝於《麥田捕手》。貝可，我好愛這本書，眞是了不起的著作！有時候我會在看到一半的時候翻到最前面，只是爲了撫摸沙林傑的簽名。如果妳想學我做一樣的事，得付一千兩百五十美金才行，但我沒付錢，而把那本書從收銀機櫃檯偷走的那個女人，也一樣沒付錢。

就算她躲到天涯海角，只要被我看到，我一定會立刻認出她來。她頂著一頭紅髮，披戴渦紋圍巾，可能是三十歲，或是三十五歲，她掏現金付款。我告訴穆尼先生，我一定會加班彌補這筆損失，而且我一定要把她找出來。我蹺課，埋伏在大街小巷，腳趾頭都流血了。不過，在不知道姓名或是住所的狀況下，很難找人。穆尼先生命令我進入籠內，叫我閉上眼睛，我嚇死了，我聽到他鎖門的聲音，知道自己被鎖在裡頭了。

我沒有梯子，所以書架上的書一本也拿不到，就像是走進了羅浮宮，但卻親吻不到蒙娜麗莎一樣。我沒有手機，沒有陽光與黑暗，只有我自己的腦袋與空調的嗡嗡聲，每天的披薩（都是冷的，因為熱氣對書會有損傷），還有咖啡（裝在外帶杯裡面，只有殘溫），都是由穆尼先生從那個滑動式抽屜送進來給我。我不知日夜，穆尼先生很愛護我，所以要給我一個教訓，我也學乖了。

二〇〇一年九月十四日，也就是九一一事件後的第三天，他讓我出籠了。整個世界變得不一樣，穆尼先生說我爸爸一直沒打電話，可能以為我死了。「喬瑟夫，你自由了，」他說道，「以後要放聰明點。」

自此之後，我很少待在家裡，慢慢人間蒸發其實也不難。我小二的時候母親就離家出走，所以我自小就知道離開家人也沒什麼大不了，尤其是我爸爸。貝可，我不覺得自己有哪裡可憐，許多人的父母都很糟糕，家裡的櫥櫃有蟑螂，直接生吃潮爛的速食餅乾當晚餐，電視幾乎只是裝飾品，兒子遇到國難時一直沒有回家，老爸也不擔心。我要講的重點是，我很幸運，我有這家書店。

養小孩不需要勞師動眾，現在穆尼先生成了我的老大、我想要予以善待的父親。在九一一事件之後，我繼續追查偷走《弗蘭妮與祖伊》的那個女賊，我不孤單，大家和我一樣，都在街頭拚命尋人，想要找到親人的下落，但我要找的是小偷。

紐約到處都是尋人傳單，我也想過要學畫畫，讓這座城市到處貼滿了那偷書賊的畫像，我可以假裝她是我媽媽，但我終究沒有展開行動。有時候我在想，那小偷應該死在雙子星裡面了，報應。但大多數的時候，我覺得她應該還在人間，活得好好的，享受閱讀之樂。

門鈴響起的時候，我正站在L－R的小說區裡，我早就準備好了。妳告訴自己的閨蜜，打算要在今天這時候到書店來，我一清二楚，是因爲我已經有了妳的手機，妳不是那種會爲自己的手機設定四位數字密碼的女孩。我已經看完了妳的電郵，也已經拍下妳存在密碼檔案夾裡面的密碼照片。如此一來，要是妳改密碼的話，我還有機會猜得出來。妳不是那種會設新密碼的女孩，反正也只有三種組合輪來輪去而已：

ackbeck1027

1027meME

1027Beck$Ale

更美妙的發展還在後頭。妳掉了手機，但不想告訴妳媽，妳出門買了新手機，配了新號碼，也有了全新計畫。我很清楚這一切，因爲妳的舊電話依然能用，妳的電郵全被我看光光了！妳向自己的朋友發出群組信，告訴大家妳的新電話號碼。謝娜嚇壞了：

搞屁啊？快告訴妳媽媽妳掉了手機，趕快停用。有人偷妳的身分資料！變態！貝可，我是認眞的，快告訴妳媽，妳搞丟了，她遲早會原諒妳的，大家都會掉手機，趕快辦停話，沒什麼大不了的。

妳回給她的是：

手機應該是掉在水溝裡，所以妳說得沒錯，沒什麼大不了的。要是有人眞的要偷我的資料，我只是個背債的可憐藝術創作碩士生，誰會要啊？而要是有人覺得我長得很美，把我的自拍照在網路上貼得到處都是，哦，那我就會覺得自己果然是大正妹。☺開玩笑的啦。但說眞的，一切都很好，反正我本來就想要新手機！我喜歡我的新號碼！

謝娜毫不留情：

妳告訴大家妳掉了舊手機，所以買了新手機。妳母親遲早會知道妳掉了手機，因爲妳使用的是新的電話號碼，還有，別忘了$$$$$這檔子事。

你眞是固執：

小娜，請妳冷靜一下。我可以告訴我媽我換了電話號碼，是因爲我想要有紐約的號碼。她連怎麼傳簡訊都不知道了，怎麼可能會去研究帳單呢？沒事的啦。錢哦？隨便啦，妳知道嗎？現在這種時候，多付一點錢也死不了。

謝娜不再回覆，我好愛妳媽媽（謝謝！）我也愛妳，妳這假惺惺的小可愛！妳的舊手機（雖然舊但還是可以用！）是妳生活的百科全書，只要妳媽媽繼續付帳單，我就隨時能看個過癮。好人有好報！哦，貝可，我好愛看妳的電郵，知道妳的生活點滴，而且我小心翼翼，只要看過新訊息之後，一定標示爲未讀，所以妳絕對不會察覺有異狀。我的好運還沒結束，妳喜歡發電郵，不喜歡傳簡訊，所以這就表示我不會遺漏妳與別人互動的紀錄。在某篇妳稱之爲「散文」的部落格中，妳提到了「電郵流傳永世。可以隨時查看妳自己對任何人所講過的任何一個字詞，還可以看到妳對別人提起這個字詞的所有紀錄，簡訊就閃邊去吧」。我喜歡妳渴望留下紀錄的性格，也喜歡隨便動動手指就看到妳的紀錄。

我的手邊充滿了妳的資料，妳的每日卡洛里攝取量、社交活動、月經週期、妳沒有發表的自拍照，還有妳的食譜與習作，我保證，不久之後，妳了解我的程度也會不相上下。

就從今天開始。

妳已經到這裡來了。

「等一下！」我大吼，彷彿我正忙著屙大便，不知道外頭站的就是妳。我邁開大步上樓，看到書堆裡的妳，穿著連身裙搭配及膝襪，妳特別爲我做了一番打扮，我知道，妳手裡還拿著粉紅色的環保袋。

「引擎，引擎，九號引擎……」我開口逗妳，妳哈哈大笑，只要我有時間好好準備，表現一定超優。「還好嗎？」

我上前擁抱妳，妳也大方相迎，我們貼合得眞好。我的雙臂摟住妳，我可以就這麼緊緊抱著妳，直到天荒地老。先放開的人是我，因爲我知道妳們這些女生會作何反應，妳們雜誌電視看多了，早就不知道該如何順應自己的天生直覺。

「我帶了東西給你。」

「不會吧。」

「眞的。」妳立刻回我。

「何必這麼客氣。」

「嗯，我大難不死，」妳哈哈大笑，「所以我眞的得買點東西致謝。」

我們走到了前區。我知道我們爲什麼會走過來，這是妳的期望，妳希望我到這裡來。因爲妳知道要是我們繼續待在剛才那堆書區，我一定會把妳壓在F－K的標示牌上面，送妳一份大禮。現在，我依照自己先前的計畫，坐在櫃檯後面，雙手交纏、貼住後腦勺，然後又把雙腿蹺在櫃面上頭，順勢拉高我的海軍藍T恤，妳就可以看到我的腹部了——讓妳遐想的某些部位——我微笑說道：

「小女孩，妳帶了什麼東西，快拿出來吧。」

妳把它放在櫃檯上，我把腳收回來，傾身向前。我距離妳好近，要是伸手就可以撫摸到妳了，而且我知道妳喜歡我的古龍水氣味，因爲某個酒保也擦這牌古龍水，妳與謝娜哈他哈得要死，所以我才買了這一款。我打開我的禮物，妳送給我的禮物。

義大利文版的《達文西密碼》，妳拍手哈哈大笑，我喜歡妳熱情洋溢的樣子，這比妳的作品自然多了，妳在散播熱力，妳是散播者。

「快打開。」

「但我不會義大利文。」

「又不是整本書都義大利文。」

我翻了一下，但和妳說的不一樣，妳搶過書，把它丟在櫃檯上。

「我知道第一頁是英文，快翻到那一頁。」

我打開了，「哦。」

「好，」妳說道，「大聲唸出來啊。」

看到了，黑色墨水寫的一段話，妳改寫了流浪漢唱的那一段歌詞，獻給了我：

引擎，引擎，放下心來

你發現了某個喝醉的邋遢女孩

你把她從鐵軌上拉起來

充滿俠義騎士的風範

我大聲唸出來，我知道妳覺得自己的文筆很有魅力，聽到最後一句的時候，妳拍手叫好。從妳的文字看得出來，妳的確在對我調情，妳點點頭，既然最後有妳的署名，唸出來也不奇怪。

「謝謝妳，桂妮薇爾。」

「叫我貝可。」

我揚了揚手中的書，「但這裡也有桂妮薇爾。」

妳只好認了，點頭回道：「不客氣……」

我把自己的名牌留在籠子裡，妳假裝忘了我的名字，我立刻伸出援手。「喬伊，戈登伯格。」

「喬伊．戈登伯格，不客氣，」妳嘆了一口氣，繼續說下去，「但這樣有點鳥耶，嗯，因爲我來這裡是來向你道謝的，但現在我卻說『不客氣』。」

「這樣吧，」我接口說道，這是我早已事先練習好的台詞，「既然我們兩個都活得好好的，也沒有人在旁邊唱歌，妳又送給我這麼酷的禮物，眞的很棒，因爲這間書店有這麼多書，剛好就是沒有義大利文的丹．布朗作品……」

「我早就注意到了。」妳的話語宛若歌聲，妳眨眼微笑，身體還輕輕搖晃。

我深呼吸，就是這樣，該進行下一步了，「我們找個時間一起去喝一杯吧。」

「好啊……」妳回了我之後，雙手交疊胸前，妳根本沒看我，也沒說究竟要約什麼時候，哪一天，在什麼地點。現在，我們進展的關鍵浮現得好緩慢，那速度就像是暗房裡的照片一樣——妳沒有在書裡留下妳的電話號碼，而且妳是拿我們談話內容中、我開玩笑的那一部分做文章——丹．布朗——而不是我們認眞討論的作家——寶拉．福克斯——而且我覺得妳身上有吻痕，小小的，但依然是吻痕沒錯。妳送班吉的是寶拉．福克斯的作品，但卻送我丹．布朗。

「嗯。」

「問題是，」妳說道，「我還是沒找到手機，而且我還沒買新的，所以這樣也很難約。」

我假裝在檢查電腦裡的資料，想到了妳寫電郵給妳朋友、談到我的那種語氣，妳的重點在於我救了妳，而不是妳對我多麼痴迷，痴迷到必須假裝不記得我是誰。妳沒有告訴謝娜與琳恩當妳夾壓自己的綠色小枕的時候、妳對我的渴慕有多麼強烈，還有當妳與我在一起的時候，妳有多麼緊張膽怯。妳看到我就心神不寧，連手機都掉了。貝可，這一切妳還記得嗎？但妳發電郵給朋友的內容都是班吉，我一定要發洩一下，不然我會爆炸。

「所以妳一直沒找到手機？」

「嗯，我的意思是，對，沒找到，我覺得我掉在地鐵站了。」

「妳在計程車裡面的時候還拿出了手機。」

「對哦，沒錯，但我的意思是有誰會記得計程車公司的名字啊？」

下曼哈頓的優選計程車隊。

「的確，不會有人記得計程車公司的名字。」我附和她。

妳向我要筆，我給了妳，妳又拿了張我們書店的書籤，把它翻過來，寫下我早已知道的電郵地址。「這樣吧，」妳一邊潦草寫字，一邊講話，「我最近在忙課業還有一堆亂七八糟的事，我看你就發電郵給我好了，看看怎麼約。」

「希望妳知道這些書籤只送給那些買書的顧客。」

妳哈哈大笑，沒有手機可以把玩，妳很不自在，妳東張西望，等我開口說沒關係。貝可，妳眞的有戀父情結。

「我沒惡意，不過這些書沒辦法把自己推銷出去。妳何不先離開，讓我，嗯，可以繼續工作？」

妳笑了，如釋重負，妳往後退的時候，還差點對我行屈膝執裙禮，「再次謝謝你。」

「時時刻刻爲妳效勞。」這是我早想好的台詞，妳微笑，不露牙的淺笑，妳沒向我道再見，我也沒說「祝您有個美好的一天」，因爲我們早已超越了講客套話的層次。妳既然又給了我一次電郵，那麼我現在就得決定該把哪一份草稿寄給妳。我昨天就知道妳會來找我，而且妳早已給了我電郵，所以我昨晚針對要發給妳的第一封電郵、寫了不同版本的草稿。我整夜不睡，都在拚命寫東西，貝可，就和妳一樣。我待在自己的籠子裡，貝可，就和妳一樣。

我把寫有妳電郵的那張書籤放入丹．布朗的義大利文版作品，搭配得天衣無縫。

08

我眞希望大多數人能夠及時領悟到一件事，「王子」是我們當代最偉大的詩人之一。我說的不是詞曲創作者——而是詩人。他是我們這世代之中、功力最逼近E．E．卡明斯的人物了，大家眞的有夠蠢，居然不會來書店買王子的詩集。

你帶走了你的愛，已經過了七個小時又十五天。

這句話之所以會成爲經典詩句，有好幾個原因，最重要的就是他顚倒了小時與天數的時間順序。一個毫無詩意的人只會天數加小時，但詩人不一樣，詩人能夠重新塑造這個世界，靠的是……

如此小巧的雙手。

妳還沒回信。妳已經把我的電郵轉給謝娜與琳恩，對著photo-booth拍的三人照笑個不停——謝娜琳恩……我們！——還與別人來來往往，寫了數十封沒營養的白痴電郵。妳抽出時間閱讀回應同學的短篇小說，還懇求布魯克林的朗讀酒吧的老闆們讓妳表演，但妳卻還沒有回覆那個救妳一命男子的電郵。妳依然對班吉緊追不捨，雖然還沒有到七個小時又十五天，但也快了，貝可，這樣就不好玩了。

妳寫信給謝娜琳恩：

遇到好男人的時候，我的反應爲什麼一定要和一般女孩一樣？嗯，多謝，但我沒興趣？我不看《大都會》雜誌，不吃去碳水化合物的減肥餐，也不貼自拍照，也就是說，我不是那種討厭好男人的蠢女。我要說的是，班吉等於娶了自己的事業，但妳們知道嗎，這男的卻完全相反，我說的是對事業的態度。還有，週五要不要去去雷斯飯店的屋頂酒吧玩耍？

謝娜第一個回信：

貝可，這是妳在格別烏酒吧認識的男人嗎？嗯，雷斯飯店應該可以。

這段話告訴我妳認識的男人也未免太多了，妳渴望結識陌生人，難怪那麼喜歡看分類廣告網站的「邂逅」欄，不，妳不會真與那些人有什麼邂逅（感謝老天），但妳卻把自己的生活當成一場超大的邂逅，浪費自己的時間，與班吉、格別烏酒吧那種地方偶遇的陌生人們攪和在一起。

琳恩回信：

小妹妹，學校裡有心理醫生可以回答那種問題。☺還有，格別烏的那男人超帥。還有，雷斯可以，但也許可以考慮去上東城換一下口味？只是我的一點小小想法而已……

這些女孩不知道我們的丹．布朗義大利文版作品，也不知道妳有多麼煞我，因爲妳什麼都沒說，最後，經過了五個小時又八天，妳才在半夜回信給我：

週四傍晚見面可好？

我等了一天又三小時才回信給她：

可，在哪裡？

這一次妳就沒搞懂我的梗，妳居然沒有立刻回信。四分鐘又三小時又兩天之後，我的收件匣出現了這封噁爛的回信：

抱歉我這禮拜超慘。無論你打算做什麼都好，反正，千萬不要念研究所啦。好，下禮拜怎麼樣？

可愛小公主，我這個人有詩性，知道要如何轉換觀點。顯然，誘使妳投懷送抱是行不通了。妳生活散漫，愛與人調情，拚命講電話，不會刪除任何紀錄，而且妳拿自己的月經當藉口遲交學校作業，妳寫了一堆充滿活潑創意的電郵，比妳的短篇小說好看多了。而且妳在九個不同的網站上與九個男人聊天，妳很愛與人搞曖昧。還有，妳什麼都想買，妳知道妳在anthropologie這個網站的購物籃裡存了多少垃圾品項嗎？天，貝可，妳必須要學一點決策的技巧。同時，我發現妳病了，和妳父親病得一樣嚴重。妳眞的煞到班吉了，我一定得摸清楚班吉這人的底細，否則哪有機會讓妳對班吉斷念？

這只花了我大概三十五秒的時間。

班傑明，「班吉」，貝爾德．凱亞斯三世是個大笑話。他曾經進入戒毒中心，這根本是鬧劇一場，從他那賊笑的表情就知道他要是眞有毒癮，絕對耐受不住。他是象徵現世一切崩壞的某家有機蘇打水公司的老闆。公司名稱是「家園蘇打」，比起一般的蘇打水（club soda），這是品質更好的另一種選擇，因爲他把club這個字挑出來大做文章，「俱樂部固然高檔，但家園才是全世界最高檔的地方。只要你付了低消就可以進去俱樂部，但這句話並不適用於家園。」貝可，別說妳會信這種鬼話。班吉的小小新創公司，馬上就成了引領潮流的搶手天然健康食品，而且他那粉蠟筆風格的網站上還猛力抨擊孟山都（講得好像這小孩的父母沒有直接拿過孟山都的好處一樣，講得好像這小孩不是靠孟山都養大的一樣——其實，在班吉小時候，他父親曾在萬惡的雀巢公司工作），但班吉依然大言不慚。有一組圖片故事（靠，那就是大家熟知的幻燈片秀）告訴我們，班吉當初與朋友在南塔克特露營的時候、產生了「家園蘇打」的構想。露營根本是鬼扯，南塔克特又不是新罕布夏州，而且班吉明明住在朋友的夏日濱海別墅。我把那張照片放大後仔細研究，看到了妳臉書上的那個未標註姓名的女孩，啊哈。妳之所以會認識班吉，就是透過這個只會在與有錢朋友拍攝宣傳照的時候、才會露出應有笑容的超怪女孩。但妳有和他們一起去露營嗎？沒有，他們可能根本沒邀妳去。妳的朋友八成找了什麼海邊房間不夠之類的爛藉口搪塞妳，妳是當地人，班吉是旅客，他進入了妳的領地，利用妳，把妳當成遠離達人蘇打水事業倦怠的歡樂假期，卻在夏末甩了妳。他是妳拚命要取悅的把拔，也是無論妳怎麼努力、卻一定會拋棄妳而去的把拔。

妳的感情賴以爲生的來源是季節性產業，過了夏末就無以爲繼。他迅速甩了妳，也以相同的速度投入南布朗（就是布朗克斯南區，我們懶得對那種不歡迎我們的社區取特別的綽號）的懷抱、租了頂樓空間。而且他背叛妳，貝可，好多次，忍不住一犯再犯。他正在熱烈追求某個演員，他哈這女人的程度就和妳哈他一樣。經過了六分鐘又三小時又一天之後，妳寫電郵給我：

眞是湊巧，我正好在格林波恩特，你正在酒吧當班嗎？

我回道：

今天沒值班，但我們可以在露露酒吧見面。

妳回我：

耶我們終於約到了！抱歉剛才全是大寫字，我只是太興奮了！

我等了十二秒又九分鐘但零小時之後回訊：

哈哈，正在路上，五點鐘見？

妳沒有回我訊息，而我必須搭兩班車才能到達那裡，《漢娜姐妹》的電影原聲帶在我腦中響起，所有的歌曲同時播放，吵得要命，我沒辦法聽我自己手機或是妳手機的音樂，我一心只想到我們的初吻，很可能會在十八秒又十九分鐘又三小時之後發生，那時候的我們已經喝醉了，坐在行駛於銀行街的計程車裡，現在我知道爲什麼有人會在車廂裡打手槍了。但我沒有，我的未來有妳。列車速度實在不夠快，引擎引擎九號引擎，妳看我們已經擁有了多少共同的回憶，而我們根本還沒有打砲呢。我也帶了個禮物給妳，《西岸》，而且這本書裡有我的贈言：

引擎引擎九號引擎

如果妳進了養老院

這本書一定會成爲妳的經典

不算完美，但也可以了，我一定得買點東西給妳，當作是妳跨出第一步的獎勵。列車到站，眞希望「王子」最後也能像我一樣到達這個地方，再走十六步又過兩條街又一條大馬路，就能找到餘生的幸福。不過，就在我爬地鐵階梯爬到一半的時候，妳的手機的提醒鈴聲響個不停，有好多訊息有待消化，我必須坐下來才行。一坐下來，一切都變了，這麼快，來得實在太快。妳向群組發布新電話號碼，到今天幾乎已經快兩週了，班吉現在才回電郵給妳：

嗨。

妳立刻回信：

過來。

他的回覆：

然後，妳立刻發電郵給我：

☺

哎呀，我突然得去忙學校的事，我們改成下禮拜好嗎？抱歉，抱歉！

然後班吉回訊給妳：

給我一個小時，得處理公務。

妳回他：

☺

妳露出甜笑，因爲妳渴望那種在父親沒出狀況之前、窩在南塔克特的那種生活，沒有秘密，沒有危險。妳描述過那裡的生活有多麼安全，不會有空間幽閉症，手牽著手散步有多麼舒服，妳家從來不鎖大門或車門，直接把車鑰匙留在車內的鎖孔裡，但三月到來的時候，妳卻已經開始渴望見到陌生人。幾個禮拜前，妳發了一條推特：

#曼哈頓島與#南塔克特島好像：日常用品好貴，飲料也貴，而且到了冬天的時候，每個人都發瘋了。

貝可，妳很可愛，但曼哈頓島和妳的寶貝南塔克特小島根本是天壤之別，且讓我告訴妳我上禮拜二做了什麼事。

在曼哈頓島上，大家必須注意門戶，該鎖的都要鎖好，不然某個深諳街頭生存術的傢伙可能會在週二晚上拜訪某間他媽的蘇打水工廠、進去參觀，因爲他知道當天晚上老闆不在家（特別感謝班吉發的推特），他假裝要用廁所，但卻跳過廁所、直搗班吉的辦公室（沒鎖），他也跳過蘇打水工廠導覽的其他區域，在班吉的電腦（也是沒鎖）裡進行了一趟私密之旅，發現班吉有一份依照莫妮卡表演行程而特製的行事曆。今天，她在埃斯托利亞[4]某個由消防局改建的空間裡表演現場塗鴉（少來了），由於他是她所有社群媒體的認證粉絲（哦貝可我也對妳做了一樣的事），所以我也得以進入表演直播專頁，雖然我看不到班吉這個人（那地方人太多了），但我看到了那些濾鏡效果照片裡出現的「家園蘇打」瓶子。他在那裡。某個戴粉紅眼鏡的瀏海妹的留言也證明了這一點：

班吉帶蘇打水過來，眞屌。#有機過一生#家園蘇打#要是沒有無限暢飲就死定了

就是這樣，所以妳的寶貝班吉又沒出現在妳的朗讀會，當天他跑去埃斯托利亞，因爲他覺得莫妮卡比較正，個子高挑，又是金髮，而且還誤把她的塗鴉當藝術。我必須冷靜一下，妳並不知道這件事，妳不是白痴，當然不會是莫妮卡的粉絲。但妳必須要知道眞相，我迫不及待想要離開這間自以爲很屌的工廠，必須要拯救妳。

我是那種會爲此類緊急狀況而早有準備的人，所以我老早就申請了一個名爲HerzogNathaniel@gmail的帳號。妳沒有研究過，所以妳不知道納森·赫佐克是何許人也，他是《禿鷹》雜誌全新「好食」版的美食評論家，讓班吉之流的衣冠禽獸拜服得不得了。我讀過這傢伙寫的東西，覺得沒什麼，但班吉對他卻百般巴結，在推特上頻頻轉貼他的評論、無所不用其極想讓對方讚美一下自己。而班吉的做作蘇打水「粉絲」們在看過「家園蘇打」官網上的歡樂新聞部落格之後，頻

頻抱怨為什麼《禿鷹》雜誌上還沒有看到「家園蘇打」的專題報導。

現在，不一樣了。

當然，我開始使用自己的新電郵帳號、冒充納森．赫佐克這個美食界人渣。過沒多久之後，班吉就會收到納森．赫佐克的電郵，他剛剛喝到了此生最可口的蘇打水，驚覺相見恨晚，但依然渴望能與班吉見面，他寫下了這段話：

不知你現在是否有空見面？下東區有間穆尼珍本與二手書店，是結緣的好地方，書店下面有間咖啡館，沒有人知道。

納森　敬上

班吉只花了十億分之一秒的時間就回覆了：

當然沒問題，納森，我榮幸之至，我已兼程前往。

我沒回覆，什麼樣的人渣會使用「兼程前往」這種字眼？

我在地鐵上的時候想念著妳，這才發現大事不妙，有東西不見了。

《西岸》那本書。

裡面有我寫的獻詞。

剛才我發現妳放我鴿子之後，我花了一分鐘的時間努力恢復心神，就是在那個時候，我把它擱在人行道上，忘了。穆尼先生說得沒錯，我的確不是經營書店的料，我不是能夠一心多用的商

❹ 位於紐約皇后區。

人，我是詩人，所以我才會知道自己再過四站，加一次轉車，過三條街，過兩條大馬路，再爬一階樓梯，就可以回到我住的公寓、拿些東西款待班吉。

我傳簡訊給寇提斯：

今天你不用過來，我來就好。

他回訊：太好了。

09

我一轉過街角，就看到班吉正在猛拉書店的門，而且他還被我嚇了一跳，這樣更好。我笑得開懷，這渣男已經落在我的手中。「出現了，」我呼喚他，「『家園蘇打』的老闆！」

「赫佐克先生，我眞的很榮幸……」他輕聲細語，那馬屁精穿了件布克兄弟的休閒外套是要怎樣？

「抱歉我來晚了，」我假裝在翻找鑰匙，身兼複合式咖啡書店股東的美食評論家，當然，一定手腳不怎麼麻利，「但我向你保證，這次的等待一定值得。」

我開了書店大門，我們一起進去了，班吉太緊張，完全沒注意到我已悄悄反鎖了門。

「這地方眞別緻，」他發出驚嘆，「這裡也賣咖啡？」

「偶爾，」我回道。我簡直可以幫《紐約雜誌》的狗屁網站寫稿了，我看過《廣告狂人》影集，也知道Jay Z與超貴拉麵。「不過，現在只有水，可以嗎？」

「好極了，納森。」

好極了，納森。所以趁班吉緊張兮兮在鬼扯自己有多麼愛書啦書店啦還有愛書人的時候，我把一小包壓碎的贊安諾倒入水杯裡，他一定會大口喝光光，因爲他緊張得要死。他接下水杯，向我道謝，這傢伙就連說謝謝時的語氣也這麼假惺惺。接下來我沒理他，我說我得到櫃檯後面去忙，他連聲道歉，好極了，納森，我已經爲了這場會面排開所有的行程，我不斷在翻文件，聆聽他的動靜、不知道贊安諾發揮作用沒有，劑量夠嗎？他全身虛軟，看來很想坐下來。

他走向櫃檯的時候，已經搖搖晃晃，「希望您別介意，是不是有哪個地方能讓我坐一下？」

這時候扁他就顯得多此一舉，不過，在他逐漸失去意識的那二十分鐘之中，他還是把好極了這句話掛在嘴邊，足足講了十幾次。現在他已經昏迷倒地，我走入大廳，拉起他的腳，慢慢下樓。我把他拖進籠子裡的時候，他根本沒醒過來，之後，我把他鎖在裡頭，我露出微笑，好極了。

他那件布克兄弟外套裡藏了不少東西，毒品包，裡面有許多小包的分裝品，可能是海洛因或古柯鹼或利他能或現在小孩喜歡的其他毒品，塑膠鑰匙卡（這我就留在原處），他的錢包（這個我拿了）。還有一個超級大獎，就是他的手機（想也知道我拿了）。貝可，班吉和妳一樣天不怕地不怕，不消幾秒鐘的時間，我已經登入他的推特、電郵，還有「家園蘇打」官網部落格。當然，他手機裡到處都是那個行動藝術家莫妮卡的照片，她令人作嘔，動作難看，一直在搔首弄姿。我挑了一張「性感」照，從班吉的推特帳號發了出去，還加註了兩個字詞搭配照片：

#美麗可愛#哦耶

妳一定會覺得班吉是針對妳而來，因爲他總是這麼叫妳

#不夠格#不行

貝可，妳果然反應激動。看到妳落淚、覺得被人拒於千里之外，我也心痛，難道妳不知道我有多想抱住妳、讓妳貼住綠色小枕，給妳滿滿的愛與喝不完的一般蘇打水。我很想這麼做，但是我沒辦法介入，我必須要讓妳有自己的空間、與這個爛人斬斷孽緣。我等待妳的悲傷情緒轉爲憤

怒，妳的確辦到了，寫出的字句宛若毒蛇不斷滑行：

班吉，我不是你的玩物，我不是什麼假惺惺的狗屁冷血行動藝術家。我是人，眞正的人，就像那首歌的歌詞一樣。不准你再放我鴿子，你有沒有聽到？我不該過這樣的生活，對待我要像對待你的蘇打一樣認眞，不然呢，還有更好的一招，去幹你的臭蘇打啊，大幹特幹，把你那根塞進玻璃瓶去捅你的臭蘇打，因爲你只愛這個。你不愛我，你誰都不愛。

妳的電郵眞摯，文筆優美，但有個問題，一直都存在草稿匣裡，沒有勇氣寄出去。妳依然抱存著小島少女的幻想，這個頭髮蓬亂的露營觀光客將會拋下自己的理想、投向妳的懷抱，這是妳的願望。我能做的不多，所以我靜觀其變，先看完妳的電郵再說。

謝娜說得沒錯：貝可，老實說，要是班吉曾經愛過妳，那的確是美事一樁，但他沒有。所以他放妳鴿子又搞劈腿，還掰出變態把拔那一套鬼話唬弄妳，也沒什麼好意外的。妳知道嗎？我接下來要講的話可能有點怪怪的，但我眞的爲妳開心，這段關係早該斷了。

琳恩也補上一記：我覺得紐約沒有好男人。這麼說倒不是我急著結婚，我寧可去布拉格工作也不要結婚。我喜歡待在這座聯合國城市，但老實說，我眞的不覺得紐約有好男人，他們都是班吉。

謝娜回訊：琳恩，我說認眞的，不要再玩交友網站了。

我本來一直很樂觀，但一看到妳與佩姬這女人的私訊內容，我的心就涼了半截。

妳：但我一直沒有聽到班吉的動靜，我應該是被他放鴿子了，他應該只是在忙，但如果……

佩姬：如果妳正忙著在寫偉大的作品，暫時忘了他的存在吧。這就像在做瑜伽的時候一樣，妳把全部精力放在某個神聖之地：純粹的妳。

妳：這段話眞是太太太有道理了，謝謝妳，妳眞有智慧！

不過妳的朋友怎麼想並不重要，妳還在寫草稿給他。現在妳想要知道他人在哪裡，什麼時候可以見到他，妳想要他，一如往常。妳需要我的援助，我假冒班吉的身分，在「家園蘇打」部落格上發了一篇短文。

忍不住奔往ACK。在某位可愛新夥伴的援助下，挖掘新的靈感，新的香氣。

他是那種會以機場代號ACK指稱南塔克特的噁男，當然，他並沒有邀妳，他沒告訴妳他要飛過去，他只是一走了之，這人眞不上道。而且他使用了可愛這個字，妳一定以爲他和莫妮卡在一起，準備要寫信與他絕交。一如往常，妳把連結給了佩姬，妳很憂傷，但並沒有生氣，她回訊給妳：

親愛的，他是企業家，他指的可能是他家族的實驗室，不要……遽下結論！

我們陷入僵局，每一招都行不通。這傢伙發了一張快來喝我啊的濾鏡效果蘇打照片，妳還是原諒了這個大混蛋，貝可，妳明明知道這傢伙從來不對任何人提供免費的「家園蘇打」當贊助，但妳一如往常想要他，我只能一如往常幫妳解決問題。我從班吉的電郵帳號發了封信給妳：

說來話長。小女孩，妳自己保重。

我寄出這封信之後，才不過幾秒鐘而已，妳就迫不及待打開，這次妳沒有轉寄給朋友，而且妳這次連恨意十足的草稿信也不寫了。現在妳依然如常，而一個小時之後、我的手機響起了新郵件的提示鈴聲，我倒是一點也不意外，是妳傳送的訊息：

改成星期四好嗎？

我成功了，終於啊，我只回了妳一個字：好。

這個小娘炮醒來了，我不知道他昏迷了多久，但看他打哈欠的那個樣子，彷彿沉睡了百年之久。起初他搞不清楚狀況，對著籠子嘀咕，講了些奇怪的話——這是桃花心木嗎？——然後，他開始像鸚鵡一樣碎碎唸個不停。最後，他終於發現我們之間有隔板相阻，這個渣男找到了門，猛拉門把，這動作已經在今天被我看到兩次了。

「你不需要白費力氣。」我想讓他冷靜下來，我眞是個好人。

「讓我出去！」他厲聲狂吼，「馬上放我出去！」

「班吉，」我回道，「你得冷靜一下。」

他看著我，滿臉疑惑。甘蒂絲的哥哥也曾經出現過相同神情，一旦宇宙的運行秩序開始恢復原狀，必須爲他們自己懦弱虛矯無情的行事方式付出代價，這些廢物總是充滿疑惑。

10

終於到了星期四早晨，我們今晚的約會，是我等了三天的禮物。貝可，照顧班吉三天可不是什麼好玩的事，我一直上上下下，根本不記得自己開開關關地下室的門多少次了。寇提斯知道自己不能進地下室，而且他也沒有鑰匙。我的手因爲一直緊抓著鑰匙都抽筋了，儼然把它當成了我的救生索，我的確少不了它。

貝可，我累死了。我整整花了一小時的時間撬開地板夾層、取出我藏在那裡的砍刀，還得搭火車去紐黑文市，才敢用他的銀行卡領錢，以免引人疑竇。我倒不是在抱怨自己做了一堆白費工的事，其實，我擬定了某個很屌的計畫，決定利用班吉的手機來編故事。我知道，這根本超屌。因爲妳在追蹤他的推特，現在，妳必須親眼目睹他墮落吸毒與犯蠢的過程。故事的起點就從紐黑文市開始，我從他的戶頭領了兩千美金，又在推特上發了張耶魯鬥牛犬吉祥物的愚蠢照片：

眞正的#鬥牛犬回來了。#紐黑文還好吧#我與小莫

所以現在大家（其實是寫給妳看的）會以爲班吉回到母校參加狂歡同學會，貝可，如果妳問我這些常春藤盟校學生有什麼特點，那就是你們眞的很喜歡回去學校辦同學會。這計畫很屌，我不能因爲這位貴公子碎碎唸而心煩意亂。妳彷彿像是我肚子裡的蛔蟲，突然傳訊給我：

嗨，我今天起得好早，不知道爲什麼，所以我們今晚要幹什麼？☺

班吉大吼：「是貝可嗎？喬瑟夫，你要的話就給你吧！」

我們剛才已經吵過這件事了。這渣男進入籠子約一個小時之後，認出我是那個陪妳搭計程車回來的人，所以他自以為他已經摸清了我的底細，他覺得我煞到了妳，他認為我之所以把他關在這裡全是因為妳。但眞相複雜多了，而且被關起來的時候，閉嘴永遠是上策，但像他這種自負嘮叨的人並不知道。他直接把話講明了，而且他講到妳的時候，儼然把妳當成他的人一樣，但妳又不是什麼破爛的寶馬汽車，妳不是他的資產，他無權處置。我對他回吼：「快寫你的考卷。」

「喬伊……」他開口叫我，這個舉動超蠢，因為只要他呼喊一次，就等於在提醒我這傢伙知道我的名字。

我冷靜下來，開始回信給妳：

早安，瞌睡蟲，希望妳昨晚一夜好夢。就約八點半在聯合廣場的台階見面吧，天黑之後，我們可以去其他地方。

我按下送出鍵，我已經迫不及待想要見到妳了。我拿起班吉列出的清單，他寫下了他最愛的五本書，我們還得忙正事：

托瑪斯．品欽的《萬有引力之虹》，他眞是做作的騙子。

唐．德里羅的《地下世界》，假仙。

傑克．凱魯亞克的《在路上》，他是智力停留在小二的小屁孩。

大衛．福斯特．華萊士的《與醜陋人物的短暫會談》，眞是夠了。

史蒂芬．克萊恩的《紅色英勇勳章》，他眞敢講。

班吉沒通過《萬有引力之虹》與《地下世界》的測驗，他一直嚷嚷要是知道有測驗的話，他會開不同的書單。養尊處優的人就是這種思維：說謊說個不停，直到謊言被人戳破爲止，妳和他不一樣，這時候妳又傳訊：

☺

我不知道該怎麼回應笑臉符號，反正我現在也沒空，因爲班吉王子想要豆奶與《紐約時報》，還要契爾氏保養品和他媽的愛維養礦泉水和Tom's牙膏。我告訴他，我給他什麼他就用什麼：外帶咖啡、《紐約郵報》、一小管凡士林，然後又從員工廁所裡放了一百年的盒子裡挖了一小匙蘇打粉給他。

妳又發訊：

天黑之後我們要去哪裡？

我不能對妳生氣，顯然妳才剛剛對我燃起興趣，妳當然心懷期待否則也不會又問我一次，我立刻回訊給妳：

妳該知道的時候就會知道了，眨眼。

最後加的那個眨眼可能會造成誤會，我覺得心情好糟糕。

「喂，喬伊，要是沒有大量的咖啡因，又得面對高中以後就不曾碰過的書，我是沒有辦法做測驗的。」

我做出重大決定，因爲我實在受不了聽他繼續鬼扯，「《在路上》就算了，撕掉考卷，今天就到此為止。」

他抬起頭來，那神情彷彿把我當成了上帝。「謝謝你，喬瑟夫，我從來沒有看過《在路上》，謝謝。」

他因為我逼他現形承認自己是個徹底徹尾的騙子而感謝我，就連在垂死掙扎的時刻，他依然在說謊，我希望這小孩要明白基本事理，我開始訓他。

「你沒看過《在路上》？」

「不算看過。」

「可是這本書在你的清單裡。」

「我知道。」

「我告訴你要列出自己最喜歡的五本書。」

「我知道。」

「太扯了，你不知道自己待在書店的地下室？待在籠子裡嗎？你進了我的店就別想撒謊，門都沒有。」

「不要生氣。」

他目光飄動了一下，發現砍刀了。我別無選擇，只能拿起來，慢慢走過去，撿起來，我緊握不放，但並沒有面向他。

「你何必這樣……」他在低聲哀求。

我稍微跨開雙腳，盡可能擺出豪邁姿態，然後才開口，「我花時間為你準備測驗卷，考你的這些書籍都是你自稱看過的，靠，你居然一本都沒看過，也就是說你在浪費我的時間，你還叫我別生氣，你覺得這世界可以給你這樣亂搞嗎？」

「我是騙子，這樣總可以了嗎？」

我轉身過去，他盤腿而坐，低著頭，伸手撫弄自己那一頭也未免太長的金髮。他敏感纖弱，隨時可能會崩潰。我依然握著砍刀，但看他現在這種狀況，似乎是多此一舉。我對他點點頭，彷佛在對他喊話：囂張啊，豬頭，再繼續囂張嘛。

看到金錢在人們身上所發揮的作用，眞教人嘖嘖稱奇。他那如少女般光滑的雙手彷佛早在出生前就已經被仔細呵護了數百年之久，還有那一頭濃密的頭髮，從來不曾因爲夜晚狂風或是白日必須彎腰剷雪清除沙灰而變得稀疏。從那樣的頭髮，還有他那鼻梁的角度，可以證明人生並不公平。

「容我爲自己說兩句話，我是後現代方式的愛書人，所以那本書當中與我相關的部分讓我很有感覺。我想那是能夠呼應我信仰與感知的書，只要是曾經看過那本書的人，我都與他們相處得不錯，而且我也寫過關於那本書的文章。你知道嗎，我的主修是比較文學，所以的確有可能，而且是可能性很高，能夠以非傳統的直接閱讀方式、消化了那本書的相關資料，喬伊，你知道我的意思嗎？你懂嗎？」

「嗯，班吉，我懂。」

「看吧，喬伊，我就知道你應該有慧根。」

「對，我沒有耶魯學位。但我的感測能力好極了，根本是厲害得不得了。」

我準備上樓，他開始怒斥我是混蛋，還有他爸爸一定會修理我，然後他開始求我，「給我大衛·佛斯特·華萊士的書！我一定會看完的！等我看完之後你就可以給我考卷了！喬伊！喬伊！」這間地下室做了隔音，穆尼先生花了大錢，把這個地方搞得超級隱密，班吉要怎麼吼都可以，不會有人聽到，就像當初也沒有人聽到我的聲音一樣，此時妳傳簡訊給我：

喬伊，你好好笑。

剛才傳的那個眨眼並沒有害我列入妳的蠢男名單，陽光耀眼，我關了地下室的門，傳訊給妳：

我還得賣書。聯合廣場南面台階正中央，八點半準時見。

然後我關了手機，我已經告訴妳時間地點，妳要是還想知道今晚和我出去的其他細節，別肖想了。

今天諸事不利。我忘了史蒂芬·金有新書上市，《安眠醫生》，大家期盼多時的《鬼店》續集作品。全新的史蒂芬·金作品就等於洶湧人潮，即便是新書上市一兩週之後也一樣——大家就是這麼懶——許多客人一想到能再見到丹尼·托倫斯就樂得暈陶陶。但我渴望的是妳，貝可，《安眠醫生》讓我的書店變成了史蒂芬·金的教堂，我沒有餘裕想妳，也無法爲妳做準備。我們書店被人潮所淹沒，其中有史蒂芬·金的死忠粉絲，想要靠讀書會挽救婚姻的怨偶，等了一輩子之久的老書迷，想要在臉書上留下獨立書店打卡紀錄的年輕龐克，只注意邪惡情節、期待重獲刺激感的變態，渴望能找到愛不釋手讀物相伴的孤僻笨蛋、與不敢承諾的銀行家激情打砲已無法滿足、而轉念想從書本之中得到更多樂趣的女人。大家都愛史蒂芬．金，但我愛的是妳，我今天應該要思索的是頭髮該分哪一邊，還有猜想當我們在吃東西的時候妳是否會舔手指？但我的嘴裡卻必須掛著他媽的丹尼．托倫斯，已經長大成人了！我就和其他美國人一樣熱愛史蒂芬．金，但我討厭我自己，這個店員的身分，還有他的臭書。

妳是藝術創作研究所的學生，我們今晚可以暢聊文學。我猜呢，妳很可能因為太緊張而假意矜持，大力稱讚某本鬼扯的實驗性敘事小品？我該怎麼回妳呢？妳一定難以相信丹尼．托倫斯已經長大了吧？反實驗性敘事小品的暢銷書莫過於史蒂芬．金的作品了（這是不爭事實，除非妳要搬出丹．布朗反駁我，但妳不能將他們相提並論，丹．布朗不是文學作家）。要是史蒂芬．金先生也在這裡的話，一定會幫我的，因為他知道第一次約會得格外努力。他除了自己的小說之外，也喜歡其他作者的作品，要是有人看的是《早安美國》節目推薦書單以外的書（但並不包括實驗性敘事小品），他一定會很以這些人為傲。此外，史蒂芬．金先生欠我一份人情，靠我一直在賣他的書！當然，他不會出現在這裡。陽光依然徘徊不去，收銀機老舊，狀況連連，而且，我今天這段講出這相同的對話已經有八千五百次了。

「你看過《紐約時報》的書評了嗎？」

「當然。」

「一定是等不及了吧？第一集裡的傑克．尼可遜好恐怖！」

這麼多俗不可耐的顧客，我敲打收銀機——又出狀況了——而我猛拍它是因為時間過得太慢了，我好想妳，我要妳，終於，有個女人要買的不是史蒂芬．金的小說，而是瑞秋．雷的食譜，她的反應好像是我出手扁的是她，而不是收銀機。她發出故作無奈其實超不爽的嘆氣聲，開始在自己手機的推特軟體上打字：

惡劣的客户服務是最糟糕的事！#穆尼珍本書店

她刻意讓我看到那一行字，然後任由游標閃啊閃的，好，小姐，知道了。我爲自己的不良態度向她致歉，還告訴她大家都小看了瑞秋・雷的食譜，她立刻刪除了那條推特，很好，有的時候這世界就是不把你搞死絕不善罷甘休。我稍微休息片刻，從班吉的推特帳號發文：

「家園蘇打」與苦艾酒？哦耶。#五點鐘會去某個地方

下一個豬頭一直在翻找自己皮夾裡的信用卡，他想要買史蒂芬・金的書回去好好拜讀（我存疑啦）作品中某個變態做的各種變態行爲，因爲他自己太孬了，很可能從童年時代就渴望得不得了，卻一直不敢做出那些變態行爲。

貝可，這一條焦躁不安、看不到終點的旅鼠人龍很有問題。他們都很孬，每個人都一樣。他們買這些書是爲了要嚇自己，因爲他們的生活過得太輕鬆了，妳說這有多麼病態？

「大家都說結局很意外，不看到最後絕對猜不出來。」

「是啊，大家都這麼說。刷卡還是付現？」

妳覺得和班吉約會很酷？好，要不要試試看在班吉蹲在籠子裡、想要鑽到世界另外一頭的時候，聽他重複講述同樣的話？好，就算妳可以忍受他鬼扯好了，不過，貝可，妳曾經把他鎖在籠子裡？聽他一天嘮叨二十四個小時嗎？這死小孩對麥麩、花生、酵母、灰塵、糖、Visine滴眼液這些東西過敏。我給了他一塊Reese的花生醬夾心餅乾，他臉色慘白看著我，他說他光是聞到花

生醬的味道就會死翹翹。

拜託。

妳知道這渣男到底對什麼敏感？眞實的生活。我正在幫助這小孩，等到他離開這裡的時候，當然會對於被關的這段日子心生不爽，但他也會感謝我讓他蛻變成一個眞正的男人。

「史蒂芬・金寫的每一本書我都有。」

「很好，的確値得驕傲。」

但你看了嗎？死屁孩？

還有，說眞格的，貝可，妳知道我因爲擔心穆尼先生深夜跑進地下室欣賞他的七〇年代色情書刊、而一直睡在書店裡有多麼痛苦嗎？我一直在忙著回答他媽的史蒂芬・金的問題，心裡惦記著要買蘋果與蜂蜜給那籠子裡的娘炮——還要祈禱我今晚與妳出去的時候，寇提斯不要嗑藥嗑茫了、好奇心大發，想要下去一探究竟，也希望穆尼先生因爲年紀太大也太懶，不想再看他收藏的色情書刊。貝可，我愛妳，眞的，但妳不知道我有煩惱，我擔心會有那麼千萬分之一的機率出現——我不在書店、由寇提斯當家的時候，突然莫名其妙冒出個家裡開銀行的老頭子，覺得今天是花六千美金買下海明威簽名書的黃道吉日，寇提斯打電話給穆尼先生，他也眞的一拐一拐地過來了，然後，他們三人進入地下室，班吉一生中最悲慘的一日也瞬間成爲最美好的一日。我很煩惱，眞的。

「你相信嗎？這裡居然這麼多人！我還以爲我是唯一會買紙本書的人了！」

「大家都不買紙本書了，」我對著第四千三百四十三號客人開口，他跟第四千三百四十二號客人與其他客人的長相都一模一樣。「只有史蒂芬．金的作品是例外。」

妳覺得自己很煩惱，我知道妳有哪些心事。雖然我把班吉關在籠子裡，但我依然一清二楚。妳作業的期限快到了，還得閱讀其他妄想成爲作家的同學的爛小說，妳的髮型設計師搞砸了妳的頭髮，謝娜覺得自己懷孕了雖然那傢伙等於根本沒內插，琳恩說她要是懷孕的話就搬回老家把小孩生下來，妳說妳懷孕的話就要讓小孩#取什麼名字都可以就是不要班吉，妳的朋友對妳只要逮到機會就不斷在婊班吉已經非常厭煩了。我說眞的，貝可，還有妳們這幾個女孩子，不知道爲什麼，妳們得花五十二封電郵才知道他媽的最基本簡單的道理：

謝娜沒有懷孕，這很合理，因爲她沒有和任何人搞內插。

琳恩的內心無知無覺，宛若死屍。

妳對班吉依然難以忘情，但只要妳跟我出去之後，妳就可以放下他了。

好，妳的確是有某個大條的問題，妳媽媽喝醉了，半夜發電郵給妳，她難過，想找人講話，大吼大叫，不過，貝可，要是妳知道我爲妳吞下多少壓力，妳就不會花那麼多時間在唉唉叫，會乖乖讀完妳研究所同學的小說，依偎著妳的綠色小枕，然後感謝上蒼，妳不需要把一百六十鎊（約七十三公斤）重的王子鎖在自家地下室，還被他問三明治裡的雞肉是不是放山雞。

他在開玩笑吧，是不是？

「難道你不喜歡史蒂芬．金嗎？」

「誰不愛呢？」

他不是笨蛋，這一點我很確定。他在研究我的表情，雖然他不喜歡雞肉三明治，但還是啃了下去。還有妳知道嗎？他吃完之後也沒吐出來。但他是個緊張兮兮的肉腳男，他尿尿的時候沒對準，而且還在馬桶邊嘔吐了兩次，所以我也得鋳住他兩次、幫他清理他的嘔吐物。眞的累死了，在清理這娘炮的穢物之前，我把史蒂芬・金的新書上架、放入櫥窗，一天之內搞了三次，同時還得應付崇拜史蒂芬・金而過來轟炸書店、一定都得要在他媽的同一天買新書的客人，因爲上帝不准他們睜開眼睛注意其他知名度沒那麼高的作家。

這就是人心啊，妳能拿大家怎麼辦呢？是不是？

我手機的提醒鈴聲響起，下午六點鐘了。今天除了史蒂芬・金的新書之外，我只賣了瑞秋・雷的食譜，而想必班吉也沒碰他最喜愛的那幾本書，因爲大多數的人現在都不看書了，而現在距離我與妳一起坐在台階上，已經剩下不到三個小時了，我不想這麼慌慌張張。

「大家說這是他最好看的一本書。」

「希望囉。」

寇提斯該要在十分鐘之內到班才是，因爲他本應在六點鐘出現，但他從來不準時，因爲他也屬於「班吉世代」，成天東摸西摸裝忙，約會網站tinder和okcupid社群網站instagram還有推特與臉書與vine鬼扯加自戀線上陳情請願幻想打砲橄欖球。我很想開除他，但他很尊敬我，雖然他叫我幫他留一本史蒂芬・金的書、而且還帶著不必要的超大耳機聽阿姆的歌、看一本書得花他媽的一年的時間，但我還是讓他留下來上班。

「你看過沒？」

「書今天才到。」

「嗯，但到貨一定是提早一天吧，別騙我了，你怎麼可能連第一章都沒看？」

「沒有，我沒看第一章。付現還是刷卡？」

我繼續等待。心情沮喪的下班客人一直陸續進來，他們馬上就會進入自家的地窖，準備讓史蒂芬．金轉移他們的注意力，得以暫時忘卻自己悲慘孤單的生活。貝可，我們好幸運，有這麼多的美國人——包括了班吉，因爲我是好人，在我離開之前也給了他一本——今晚將埋首在史蒂芬．金的小說中，但妳我卻要在外頭享受兩人生活，我好同情這些人。

「可不可以讓我跑過去拿另外一本？」

「但後面排隊的人還很多，而且我已經刷了妳的卡了。」

我沒辦法對每一個人都發飆，所以我就讓這蠢女買了甘蒂絲．布希奈爾的書，因爲她實在太遲鈍了，後來才發現她自己不喜歡史蒂芬．金，她只是跟著大家一窩蜂想買而已，這就是眞正的病毒，愚蠢的行徑。

現在是六點零六分，我知道妳在幹什麼。妳正在抹暈眼線，希望能有歐森雙胞胎姊妹眼妝的效果，妳覺得自己應該要看起來很辣，但妳明明不是這種風格。妳把大衛．鮑伊的精選集放得震天價響——約會前的音樂，讓妳覺得自己很酷，這是當妳欠缺安全感時、能讓妳充滿自信的音樂——然後妳開始挑上半身的小背心與小胸罩，最後挑得心煩意亂，乾脆又挨在妳的綠色小枕上，因爲要是想把頭髮搞得像是剛起床時一樣蓬鬆隨性，就只能窩回床上手淫。大家總說妳們女生比我們男生猥褻多了，一點都沒錯，妳就是。在等待信用卡過卡的空檔，我一直盯著妳的電郵，妳們一直在討論妳的貼身事物，和維多莉亞內衣完全無關。妳是大衛．鮑伊派女孩，從肌膚的醫美保養與在中國城接睫毛，展現了妳的前衛風格，妳們的話題赤裸露骨，妳甚至告訴妳的閨蜜要在我們約會之前自慰。

自慰啊。

「抱歉？」

「這樣就好了嗎？」

「對，可以給我個袋子裝書嗎？還是得另外付錢？」

六點零八分，接下來的這傢伙買的是史蒂芬．金的新作品加《鬼店》，他眞是大言不慚——居然說《鬼店》是依照新書寫的前傳，我眞想拿刀刮花他的臉——貝可，這是個何其可怖的世界，除了妳我之外，大多數的人進來書店的時候都慘不忍睹，但妳出現的時候卻如此快樂，好神奇，現在，寇提斯終於到班，他握住門把送走了《鬼店》先生，開始對我鬼扯。

「嘿，捷運L線掛了。」

「過來顧收銀台。」

「我站在那裡十五分鐘，根本沒車。」

「今天大家都來買史蒂芬．金的書，所以他的書一賣完就可以關門了。」

「酷，可是哦，我眞的需要多賺這幾個小時。」

六點十一分，這個死龐克還想要多賺點時薪，眞是浪費我的時間，我得準備約會了，爲妳洗澡，把繃帶貼上被紙割傷的傷口，然後擠出我新買的Tom's天然牙膏（謝謝你，班吉！）好好清潔牙齒。我緊咬下巴，但寇提斯這傢伙很鈍，不懂得看人臉色，因爲大部分的時間他都把臉埋在自己的手機裡。

「史蒂芬．金的書一賣完，給我關門就是了。」

「好啦，老哥你知道嗎？這城市要是連捷運都沒辦法給我準時發車，眞的會讓我很不爽。」

「下次如果要遲到的時候，記得傳個簡訊給我。」

「你看起來好累，小朋友，快走吧，我來接手。」

這個「野獸男孩」小混蛋先是遲到在先，現在他叫我小朋友，我明明是他老闆，再怎麼樣也輪不到他講出我一臉疲憊。

「寇提斯，還有很多人在排隊等結帳。」我說完之後，走到書店外頭，離開了地下室，離開了這些書，我在傻笑，想到妳和我一樣，爲約會在做準備。此刻妳應該正夾著妳的綠色小枕，因爲時間也差不多了，這麼久以來，我第一次在回家的路上想起了「賽門與葛芬柯」的淡然歌聲，因爲今天已經再也不是史蒂芬．金的新書上市日，貝可，今晚是我們兩人的日子。

11

我七點才到家，七點十五分才洗完澡出來，腳趾頭不小心踢到了某台打字機，而且還破皮流血，但我倒不覺得這是什麼不好的兆頭。這台打字機——赫克特，史密斯．可樂納的八二年產品，是我在布什維克區的某條巷子裡撿到的——它就擋在家裡的正中央，我太緊張了，也許輕微的血光之災可以舒緩緊張的心情和大老二，也許赫克特也在緊張。貝可，妳很快就會見到它們了，我所收集的這些打字機，因爲，終有一天，世界上的電腦都會報銷，我將成爲坐擁二十九（數字持續增加中）台破爛打字機的男人，大家都得排隊進入我的公寓、等著買打字機。因爲，顯然在未來的某一天，世界終將翻轉，我正在殷殷等待。

妳喜歡某部男主角在加拿大拉著三輪車到處跑的電影，還有那傢伙大多穿著白T恤也深得妳心，所以我找了件樸素的白色尖領T恤搭牛仔褲，再加上軍用品店找到的皮帶，扣環粗大，但沒像布萊恩．亞當斯的那麼誇張。價格漂亮，而且古舊有凹痕，妳看到一定會想要摸一下，因爲它就像是妳小說裡牛仔主角身上的配件。

我進入地鐵，傳了簡訊給妳：

會遲到一會兒。

妳回傳：

我也是。

路旁的風景慢慢閃逝而過，因爲我的心思其實不在這台列車上，馬上要見到妳，我心情好雀躍，這整個世界在此刻根本消失不見了。我下車之後，從班吉的推特帳號發文：

眞想幹麥莉．希拉，就是要讓大家知道。#左思右想

我的工作已經結束，空氣清新美好，我到達聯合廣場的時候，偷偷躲在某個小亭子後面，看著妳走上台階，四處張望找我，然後又坐下來等我。現在是八點三十五分，妳撒謊，妳才沒遲到，明明和我一樣興奮，我傳訊給妳：

抱歉，八點四十五分會到。

我看到妳回傳簡訊給我：

別擔心，我也是！八點四十五分見。

妳心思細膩，這麼在意我，妳緊張，我也緊張，八點五十二分，我向妳邁出了第一步，我聽到喉嚨裡的心搏聲，眞不敢相信就這麼發生了，我們，在一起。妳看到我走過去，露出甜笑招手，妳起身迎接我，妳氣息好清新，眼神明亮，妳準備好了，妳咬著下唇，身體的每一個部位都在微笑，一開口就和我玩遊戲。

「先生，你遲到了。」

「抱歉。」

妳一直笑個不停，我耐心等待，讓妳有充分的時間看出我只是酷，不是粗魯，妳深呼吸，抬頭看著我，又低垂眼睫，「你說天黑之後要去某個地方，嗯，現在已經天黑了。」

「我知道。」我坐下來，拍了拍水泥地，妳的可愛小屁股也坐定在我身旁。眞棒，這樣就對

了，我刻意等到天黑之後才走過來找妳，我們是專屬於黑夜的一對男女，妳的氣味甜美，純淨，我喜歡。

「你應該要偶爾擦擦鞋子。」妳伸出自己的芭蕾平底鞋，輕踩了一下我簇新的白色愛迪達球鞋。

「所以我才會遲到，」我回道，「擦亮這兩隻小東西花了我一小時。」

妳哈哈大笑，不費吹灰之力，我們立刻就聊開了，寶拉．福克斯啦、球鞋啦，還有那個對著垃圾桶講話的詭異流浪漢，我們來電了！我們一直待在台階上，我也不知道會待多久，但不需要趕著離開，妳喜歡這裡。

妳喜歡讓大家注視妳。只要出現意外沉默的空檔，我們就會拿我的球鞋出來開玩笑。

「現在眞的超白，就像班．史提勒一樣白❺。」妳哈哈大笑。

「好，我要把妳講的話告訴我的擦鞋師傅。」

「哦，好啊，喬伊，反正他幹活幹得挺認眞的。」

妳說了「幹」，而且還叫我「喬伊」，妳一定別有用意，沒錯。

「因爲我有給他小費。」我回話之後，妳開始說起自己不小心從暢貨中心偷了鞋子的故事，我們已經在台階上待了將近二十分鐘，妳又緊張又興奮，彷彿妳一定要把這偷鞋的故事講完，不然妳可能會站起來，在我身上、在台階上跳來跳去。我之所以挑選這地方，是因爲我從小就在這裡鬼混，總是看到成雙成對的情侶，讓我覺得好孤單，沒有人愛我。現在那些形單影隻的人走過妳我身旁，好嫉妒我們，妳依然講個不停，靠，聞到妳的沐浴乳氣味，眞教我很難專心聽妳講話。

「所以呢，就是這樣，我沒有偷鞋，只是不小心一直穿在腳上，我的意思是有誰會在鞋店的中島區大剌剌偷東西啊？是不是？」

「顯然是有，某個以貝可名號行走江湖、勇敢又可愛的女孩。」

妳一聽到可愛就笑了，很好。妳覺得我了解妳，我的書畢竟沒有白念。

「你一定覺得我是變態，」妳開口說道，「我怎麼會把那種事講出來啊？」

「因為這是第一次約會。每個人在第一次約會的時候都得要先給對方打預防針，保證好笑，保證是根據眞實事件所說出的故事，但保證也只有一半是眞的。」

「所以我是說謊的臭女人。」妳說完之後露出微笑，還交叉雙腿，雖然妳穿的是牛仔褲，但還是有兩個渣男盯著妳看，彷彿他們可以有透視眼，可以看到丹寧布裡面的一切，紐約啊。

「妳不是，」我回道，「妳是會順手牽羊又會說謊的臭女人。」

妳哈哈大笑，臉頰緋紅，惹得我哈哈大笑。妳伸懶腰，妳穿的是紅色胸罩與白色背心，還有妳的週四專用牛仔褲，妳的手伸向天空、伸開雙腿，整個人往後倒，小小的頭靠在水泥地，妳的粉紅色棉質小褲也對我展開挑逗，我眞想立刻把妳壓在台階上，就在千不該萬不該的此刻，就在大家的面前——包括死盯著妳的渣男、在叫賣痲繩手鐲的拉斯特拉法教徒，還有那些趕著回家拿iPad看《安眠醫生》的臭臉女子。我要妳，就是當下，我現在這麼硬，沒辦法站起來。

---

❺ 電影《鐵男躲避球》中史提勒飾演懷特，White。

「你看起來似乎很年輕。」妳對我講了這句話，彷彿我還很嫩的樣子。

「啊？」

「沒有，沒啦，喬伊，別生氣，是我一時口拙。」

「很好，因爲我才剛滿十七歲，不喜歡別人誤會我只有十六歲，搞得自己像有戀童癖一樣，這樣不太妙。」

妳拍了一下我的大腿，妳越來越喜歡我，妳弓起身子，咬著下唇，這是妳看書時的習慣動作，妳準備要吐露些許心事之前也是如此，「我只是要告訴你，我有一大堆朋友急著要成家立業，」妳繼續說道，「有時候我覺得他們這種心態好老氣，他們似乎失去了讓人青春永駐的那種氣度。」

「妳過來這裡之前吸了多少大麻？」

妳又輕拍了我一下，我要的就是這個，我喜歡逗妳大笑，我喜歡在妳身上看到我期待的反應，而妳依然目光炯炯，宛若雷射光，妳繼續說下去，「嗯，大三的時候我開始覺得自己老了。我本來要去布拉格，最後一刻卻決定取消，我好多朋友的反應是我錯失了什麼，再也無法彌補，好像布拉格會關門一樣，他們一直這麼說，害我覺得自己好老，彷彿你只能在念大學的時候出國玩，不然就沒機會了。」

「我們現在可以走了。」我開了口，我知道我的笑話不怎麼樣。拜託不要再講大學的事了，因爲我優勢盡失。

「反正呢，我的重點是你散發青春氣息，很好，彷彿一切都有可能，理論上我們還有機會選總統或學手語或是造訪布魯日的每一座城堡。」

我只聽到我們這兩個字，我笑了，「妳的意思是我的噴射客機該去加油了？」

「我是認眞的，」妳的身體越來越挨近我，「那你小時候呢？長大了想做什麼？」

「搖滾明星。」我也學妳往後靠，更接近了妳一點，現在我們兩個都仰望天空，我覺得由上往下看我們兩人一定很棒，被星光照耀，沉浸在愛河之中。

「我小時候想當歌星。」妳嘆了一口氣。

「所以妳才那麼喜歡《歌喉讚》？」

妳轉頭看我，立刻坐起來，我出包了。

「你怎麼知道我喜歡那部電影？」

「亂猜的，」幹，「我知道很多人喜歡那部電影。」

「啊哈，」妳繼續問道，靠，「喬伊，那你喜歡這部電影嗎？」

「我不知道，」我的臉與甜菜根一樣紅，尷尬到不行，「我沒看過。我的意思是，但如果妳喜歡，應該是很棒的電影。」

「我自己要小心，」妳現在講話根本不看我了，「不要這麼容易被別人看透。」

妳再也不講話了，我也不知道該說什麼才好，靠，安娜．坎卓克，都得怪在她頭上。我不知道妳心情不好的原因到底是什麼？是怪妳自己？還是因爲我讓妳不舒服？我怎麼會這麼不小心？我這麼努力準備一切，卻因爲脫口講出了一部電影就前功盡棄，妳終於願意看我了，但眼眸裡有一股新的哀傷，都是我的錯，是我捅出的婁子，只有一個方法可彌補。

「貝可，妳不是那麼容易被人看透，只是妳把自己的事寫在臉書上而已。」

「所以你在偷偷追蹤我啊。」妳的語氣完全聽不出憂傷，還猛拍了一下我的大腿，妳喜歡我，眞的。

「嗯，這也不能算是偷偷追蹤，」我微笑回道，「那又不是什麼隱私。」

妳哈哈大笑，打我——又一次！——妳站起來伸懶腰，雙手高舉過頭。我看到妳的肚臍眼，我喜歡這樣仰頭看著妳，我們都知道妳喜歡被看，妳伸了好幾次懶腰，最後雙手在屁股上抹了兩下。

「你看過我所有的照片了嗎？」

「嗯，只看了上個禮拜的新照片，兩三百張吧。」

妳低頭揮舞雙手，「不，不要，我不想當那種所有生活都被別人看透的臉書女孩。」

「眞的不是。」

「妳在推特上還講了一堆有的沒的。」

妳拍了一下我的膝蓋，妳眞的很喜歡搞這種小動作，我也喜歡，滑板客從我們前面溜過去，有個小娃娃大叫大鬧想吃冰淇淋，某個嬉皮在演奏班卓琴，穿著高跟鞋的小資粉領拉開嗓門講手機。這一切都是爲我們所演出的布景，妳壓低了聲音。

「我也搜尋過你。」

「眞的嗎？」

「我想要看你的照片，可是臉書上找不到你。」

「我以前也用臉書，」我說謊，「但不久之後就覺得無聊了。某些人呢，關切的是自己臉書上的動態更新，眞實生活裡的變化反而沒放在心上。」

「一點都沒錯，」妳告訴我，「我有個好友也和你一樣，一直反對使用臉書。」

「我不算眞的反臉書。」

「嗯，反正你沒有用就是了。」

我知道你在說佩姬，現在妳覺得我跟佩姬一樣，誰會跟這個佩姬一樣啊，眞糟糕。我陷入恐慌，沉默不語。那個小娃兒也因爲有了巧克力冰淇淋而安靜了，風勢漸起，天色昏暗的速度越來越快，滑板重落地聲響不斷，妳想要盯著手機，我知道妳只想告訴妳的朋友，這個和我一起約會的男人在臉書上偷偷追蹤我，就醬。

「好，那妳要不要吃點東西或做些什麼？」我開口問道，又伸了一下懶腰，我在提醒妳我有二頭肌，要是有哪個色狼盯著妳不放，我隨時可以宰了他們。

「或怎樣？」

「我覺得妳應該是想吃東西吧，我其實沒有『或做些什麼』的腹案。」

「你有沒有發現我們浪費了多少廢話？」

「是啊。」我差點想講妳與謝娜、琳恩聊影集《俏妞報到》有多討厭的時候才是廢話一堆，但幸好我忍住了。

「我只是想對自己的遺詞用句更謹愼而已，只要表達自己的意思就好，不要講贅字。」

「好，」我回她，「知道了。」

「好，那我想吃東西。」

我站起來，伸手打算扶妳，雖然妳不需要，但妳還是接受了。「妳先走，」我開口，妳知道我希望妳先下階梯，所以我才能看妳屁股，「妳想去什麼樣的地方？」

「隨便，」妳回頭看我，「只要靠近我家就好，因爲明天早上我得早起。」

我們去了轉角餐廳，點了漢堡、薯條、伏特加、威士忌，我讓妳主導話題。妳眞的把班吉的事告訴了我，「我的毒蟲前男友，我甩了他，但他總是想要復合，就不要講這話題了。」我同意（欣然同意！）然後我們開始聊妳的童年（妳在南塔克特長大，我在貝德斯圖長大，妳愛鄉情切，我已經提前看過了小島資料，所以能夠侃侃而談，妳大爲驚豔，因爲我從來沒有去過那裡）。妳驚呼，「喬伊，你好厲害，一聽就知道你在書店工作！」妳三不五時就講起大學的事，「常春藤聯盟狗屁」還有「耶魯臭男生」。最後，妳終於有了酒膽，問出妳眞正想知道的問題。

「所以你是哪所大學畢業？」

「沒有，」我回道，「我根本沒念過。」

妳點點頭，妳從來沒和我這樣的人交往過，妳開始哈哈大笑。我也沒追過妳這樣的女孩，我開始再次發動「誰念書念得比較多」的比賽。

我又贏了，妳瞠目結舌，「抱——抱歉，」妳結結巴巴，「這樣說可能很失禮，但是，你沒有念大學，但你的閱讀量應該狠狠打敗了我一半的同學，眞是太離奇了。」

我臉色一沉，「千萬別讓學校裡的小朋友知道這件事。」

妳露出甜笑，眨眨眼，我們之間有了小秘密。我知道與妳聊天該掌握什麼訣竅，靠，我眞的很厲害，我們是餐廳裡逗留到最後的客人，這就是明證，妳也知道當初我爲什麼要堅持坐在最後面，我們能夠享受自己的空間。我們坐的是四人桌，其他桌早已清理乾淨，椅子也都疊放在桌上。妳貼牆靠坐，我直勾勾看著妳，妳看左，看右，然後又看我，妳問我可不可以躺在長椅上，但我有個更好的提議。

「當然可以，」我回道，「不然我也可以直接帶妳回家。」

妳刻意放慢速度眨眼，嗆了我一句，「然後呢？」

「看妳要怎樣都行，貝可。」

妳粲然一笑，「所以你是君子囉？」

我沒有回答，妳喝醉了，同時也好害羞。諷刺的是妳喝得越兇，揉眼睛的次數也越來越多，原本刻意化的煙燻妝也漸漸消淡，越來越不像歐森雙胞胎姊妹，反而更像妳自己。

「躺下去。」我命令妳。

「先生，遵命。」妳雙頰緋紅，乳尖硬了，妳的內褲一定濕透了。妳躺了下來，我想要撲過去，但今晚我絕對不可能吻妳。

「把妳的手擱在頭頂。」

「我們是不是在玩『老師說』？」

「不是。」我腦中開始想像我們在這裡打砲的畫面，只是想像而已。空氣中充滿了啤酒培根與莫非清潔油的氣味，我猛力嗅聞，妳把手擱在頭上，老天有眼，因爲現在正播放著大衛．鮑伊的某首老歌，妳微笑，我望著妳的笑容，腦中出現妳裸體的畫面，我因爲有點醉意，站了起來，妳聽到我在挪動椅子的聲響，妳睜開了眼睛。

「閉上眼睛，貝可。」

妳乖乖照做，又對我說話，「我只是要想要講這張專輯而已。」

「我不想知道。」我在訓練妳，妳對待我的方式必須要獨一無二。我不是什麼常春藤盟校畢業渣男，只因爲妳知道噁心的大衛．鮑伊專輯而特別尊敬妳，我也再不會讓妳在我面前講「耶魯臭男生」的事。現在妳是我的，妳必須遵從我講的話，大衛．鮑伊開始唱著陌生人到來、停留，妳低聲跟著哼唱，證明妳的確知道歌詞。妳以前會與那些在意這種鳥事、如班吉之流的人攪和在一起，眞是可怕。

我繞過餐桌坐下來，就靠在妳的頭的旁邊。妳發出銀鈴般的笑聲，依然緊閉雙眼，現在妳不再哼唱，因想望而悸動不已。我整個人懶洋洋，把雙腿蹺在椅子上，我的大老二距離妳的頭與嘴巴只有幾英寸而已，妳可以聞得到它的氣味，妳小小的鼻孔一張一合，妳在嚥口水，緊張不安，我低頭看妳，妳閉著雙眼，微啓朱唇，大衛．鮑伊正在嘶吼，彷彿身而爲人是種屈辱。貝可，顯然他的歌聲並不適用在我們兩人身上。

「這樣也好，」歌曲還沒結束，妳開口告訴我，「也許他們忘了還有我們，直接把我們鎖在裡面。」

「嗯。」我回道。幹，要是我沒想到班吉就好了，我想要永遠和妳待在一起，但我得回去餵我的新寵物，雖然他明明被關在籠子裡，但他卻橫阻在我們之間。

「嘿……」妳睜開眼睛呼喚我，歌曲結束了，現在播放的是「齊柏林飛船」的歌，坐在這個位置聽歌實在是太吵了。妳一定是從家裡有女傭的朋友那裡學來了這種口氣，妳對我下令，「陪我散步回家。」

「小姐，沒問題。」

我們沉默不語，走過兩條街，我們的手各自插在自己的口袋裡，彷彿那兩隻手就得固定在那個地方，不然就會蠢蠢欲動。我們兩個都情慾高漲過了頭，連閒聊之類的廢話都講不出口，這裡的夜晚好安靜，附近也沒人，我們已經到了妳家門口的門階梯台，妳往上走了兩階，所以我們現在高度相當、面對著彼此。雖然我沒有親眼看過妳向別的男人搞這一招，但我猜妳以前一定幹過這件事，這是妳的無聊遊戲，我不會吻妳，貝可，休想用妳的肢體語言對我下指導棋。

「今晚好棒。」妳對我撒嬌。

「是啊。」但我的聲音鎮定自若，「妳明天得早起，還是趕快進屋去吧。」

貝可，妳喜歡衝突，妳和一個高中畢業生約會，理論上，這傢伙很想上妳，而這個人看過的書也遠遠超過妳的同學，妳的世界被我搖撼得好厲害。我不會吻妳，妳點點頭，妳還有什麼其他選擇？

妳氣呼呼的，今晚妳的綠色小枕會被壓得很慘，妳會想我，妳必須等下去，而且因爲這樣的渴望，因爲我，而心煩意亂，就像那個爲了冰淇淋而尖叫的小娃兒，在等待史蒂芬．金新書的衆多美國人，等待寇提斯上班的我，還有在這座城市的另外一頭等待我的班吉，妳也必須繼續等待下去。

「祝妳好夢，貝可。」

「要不要喝杯水再回去？」妳開了大門，手撐著不放，妳邀我進去，這是妳的最後一搏。

「不用了。」我說完了，也沒回頭多看一眼。妳現在對我著迷得要死，老實說，現在必須處理班吉、幫他張羅有機蘋果與蘇打水，算是讓我鬆了一口氣，不然現在我可能會跟著妳進去，等妳開了自家大門之後，立刻把妳壓到沙發上，把妳想望的，還有我想望的那一切，都給妳，但沒有。妳終將會給我水，但不是我現在回家時手中拿的塑膠瓶。等到妳消解了我的飢渴，也就是我們第一次打砲之後，我躺在妳的床上，妳為我倒了一杯水，我們兩個一起喝，我們之後一定還會有諸多的美好歡愛，這只是我們的第一次。在我如此渴望妳的時刻，我沒有拒絕妳的勇氣，但我的籠子裡真的養了個娘炮。

靠，班吉原來是我的救星。誰知道呢，是不是？

我回家的時候，臉上一直掛著笑容，我把今晚的事告訴了我的那些打字機，為了向妳致敬我打了手槍，我洗澡，然後抹了一大堆契爾氏，又下載了大衛．鮑伊的精選集，所以我等一下去書店的路上可以好好欣賞。我想要等著看妳對自己的閨蜜發電郵、聊今晚的約會，這教我怎麼睡得著？我先去了小雜貨店，買了契瑞歐燕麥片與牛奶，因為班吉也該吃點好的。我要是知道怎麼吹口哨的話，現在一定會吹個不停。我進入書店，大步走下樓梯，看到班吉王子正在嚙嘴摳指甲。我瞄了一眼《安眠醫生》，就知道他根本連翻都沒翻一下，畢竟我是專家。我把燕麥片放入滑動式抽屜，還多塞了個枕頭，我真好心對吧？

不過這位王子聞了一下，退避三舍，「那是杏仁牛奶啊？」

「乖乖看你的書吃東西就是了。」我回道，「測驗的範圍是前一百頁，快去看書。」

我邁開大步，上樓，坐定下來，準備開始上漫長而美妙的貝可讀書會，內容包括了聽精選集，研究我從妳臉書偷來的照片，以靜音模式觀看《歌喉讚》的各個段落。我完全沉浸在妳的世界裡，一直沒發現書店裡已悄悄出現晨光，我喝了這麼多，又這麼興奮，照理說應該會感到疲倦才是，但我因爲妳而心緒激動，我想要帶妳去妳深愛的大衛．鮑伊所吟唱的那個倫敦，但我現在得回到樓下，看看班吉是否已經學會了乖乖聽從我的指示。

貝可，眞是驚人，他不只是在看史蒂芬．金的新書而已，簡直像是一個肥嘟嘟的小朋友拿到糖果一樣在開心貪食。我拍手叫好，當然，他放下了書，假裝打哈欠。我告訴他測驗時間到了，他不想考試——哼當然不想——我告訴他，現在要考的是蘇打水。

「但你剛才叫我要看史蒂芬．金的書。」

「沒錯，你也看了，恭喜。」

好，他現在開始給我耍娘，他不想接受蘇打水考試因爲他胃痛加頭痛，而且他覺得自己對書裡的某種東西過敏，他需要OK繃（媽的這是在露營嗎？）他還需要維他命B與乳霜緩解濕疹，他說他自己因爲喝了「便宜」咖啡而症狀加劇（班吉，這牛奶當然是從母牛乳頭裡出來的啊）還有他好累，不想再接受任何測驗。

「班吉，準備開始了。」

「我還需要一點時間，我告訴過你我不能碰奶酪類食物，這燕麥片簡直是毒藥。」他向我抱怨。

「蘇打水可以讓你的胃舒服一點。」

「拜託啦。」他開始求我。

「你也從來沒看過《與醜陋人物的短暫會談》，對不對？」

他不發一語，但我猛搖頭，我眞想打電話給他媽的耶魯大學，他們教出來的學生眞是廢物。

「我不是壞人。」他說道。

「你當然不是。」

妳知道嗎，貝可，他眞的沒那麼糟糕，只是因爲必須丟下自己深愛的史蒂芬·金的書而超沒安全感，我又丟了一個問題給他。

「好，那史蒂芬·金呢？」

「呃……」他居然敢這樣回答我，顯然還是沒有學到教訓。

我把三個相同的索羅牌紅色塑膠杯排成一列，放在托盤上，每個杯子裡都有靠他媽的蘇打水。

「你沒有看《與醜陋人物的短暫會談》，但我們每天都有考試。」

「喬瑟夫，我有很多錢，我家裡有錢。我有車，全新的愛快羅密歐。你要不要車？我可以幫你買一台。」

我打開滑動式抽屜，從托盤上取下塑膠杯，放入裡面，動作輕一點，喬瑟夫，一次一杯。

「好，班吉，開始了。」

「等一下，喬瑟夫，別這樣，」他跪了下來，「我是認眞的，我有錢。」

他眞的是白痴，完全無法判斷狀況，我差點對他萌生憐憫之情。我示意他站起來，他也乖乖站好，好乖的小狗。

「班吉，我又沒有在裡面下藥。」

「感謝老天。」

「這是測驗，每個杯子裡裝的都是蘇打水，」我開始解釋，「你現在每杯都拿起來喝個一小口，然後告訴我哪一杯裝的是『家園蘇打』，我們來看看你是不是有辦法辨識出自家產品。」

他雙手交疊胸前，「我需要東西清口。」

我向前一步，從袋子裡掏出一個硬邦邦的貝果。

「這三瓶都是同一時間打開的嗎？蘇打水接觸空氣會發生變化。」

「是的，班吉。」

「我需要玻璃杯，因爲塑膠杯會干擾化學物質。」

「給我喝就是了。」

我交給他第一杯，他接過之後，閉上眼睛，漱口發出嗖嗖聲，我眞想把他的頭壓進杯子裡。他把它吐進馬桶之後，活動了一下筋骨，朝我走來。

「你知道我爸有噴射機可以用，我可以讓你飛去全世界的任何一個角落，他根本不會知道飛機飛走了，他本來就覺得我會亂花錢，我是說他絕對不會起疑。」

「班吉，吃貝果。」

「泰國、法國、愛爾蘭。你要去哪裡都可以，什麼地方都沒問題。」

「吃貝果。」

他咬了貝果，我拿起第二杯蘇打。

「喬伊，拜託，你想想看自己窩在這裡能圖些什麼啊。」

「拿過去。」

「這次測驗依然無效，因爲貝果的酵母會中和我的味蕾，我應該要拿鹽水漱口。」

我從來沒有拉高音量講話，所以自己也嚇了一大跳。「媽的快給我拿過去。」

他雙膝一軟，這沒用的傢伙，他可能對《安眠醫生》這個書名投射過度了。丹尼·托倫斯醫生最早出現於《鬼店》，一個拚命掙扎的角色，無知的班吉可能連這一點都不知道，而班吉自己從來沒有工作過，不算眞的勞心勞力，他可能根本沒辦法看完《鬼店》這本書，直接找電影來看比較快，而他終其一生也沒拿過斧頭。班吉不算是個眞正的人，就連他到底在搞些什麼名堂也講不出來。

「站起來。」

「給我鹽水好不好，拜託。」

「大家在做可口可樂與百事可樂評比的時候也不會給你鹽水。」

「你知道蘇打水、碳酸水、氣泡水之間的區別嗎？」

我不耐悶哼。

「喬伊，關鍵是鹽，有時候是碳酸氫鈉，不然就是檸檬酸鈉或磷酸氫鈉。」

「給我喝下去就是了，班吉，別想靠鬼扯逃過考試。」

「我不是在鬼扯，」他回我，「這次不是，我講的都是我知道的事。」

「給我喝。」

他拿起第三杯，開始漱口，「這不是我的產品。」

他鬼吼鬼叫想知道自己猜對沒有，但我沒理他，逕自上樓。懸疑對人人都好，能夠讓我們更堅強，這就是美國人這麼熱愛史蒂芬．金的原因，他讓大家如坐針氈，他也知道只要把人放在適當情境之下，無論是芬威球場的維護員或是有錢人家的小屁孩都會發瘋。史蒂芬．金要是知道我對班吉的所作所為一定會大力稱讚我，我關上了門，臉上一直泛笑。

轉角小雜貨店有賣鹽巴與玻璃罐，我兩種都買了，小雜貨店的那個男人很帥氣給了我一個紙箱，我帶著東西回書店的時候比較順手。我不斷鑽研這個蘇打水計畫之後，發現某些白痴相信「家園蘇打」這種東西，其實也就沒那麼意外了。而在我不斷研究班吉這個人之後，我也就更加了解為什麼其他百萬名的有錢白痴不買帳了。

「家園蘇打」永遠不可能像史蒂芬．金一樣大受歡迎，你想要征服消費者，就必須顯現出你對他們了解得很透徹。要是你不懂潛在客戶，東西根本就賣不出去。

班吉才不懂行銷。大家都知道可口可樂的行銷無所不用其極，所以可口可樂才能既時髦又經典、具有原創性又有新鮮感、有喝了不變胖的健怡也有喝了會變胖的一般產品。可口可樂是狂野珍妮佛・羅培茲的最愛，也是最無聊的美國式飲料，這根本是互相牴觸，眞是天才。而且可口可樂花了大筆鈔票就是想讓每一個人都欣然接受。妳男友班吉根本搞錯了，他以爲要獨特、要科學，但若是不知道該怎麼融入這個社會，怎麼搞都行不通。

「漱口。」我下樓之後，向班吉下令。

他像是在看牙醫一樣猛漱口，我倒沒有不給他第二次機會的意思，大多數的敗類不該就這麼一刀斃命。比方說，我知道班吉眞的是被家裡寵壞了，他媽媽絕對不會說「不可以」，他爸爸也不會噓他什麼的，而且還有一堆保姆任由這小壞蛋予取予求。他來這裡的第二晚就全告訴我了，也就是他未能通過《萬有引力之虹》測驗的那天晚上，他還承認自己在耶魯交出去的每一篇文章都是靠槍手完成的。他說，他光看那本書的前五頁就愛得不得了，沒辦法繼續看下去，他說自己太敏感、太受震撼了，承受不住，他的體質天生只適合吸食少量毒品而已。對於這麼敏感纖細的人來說，以鹽水漱口鐵定得花他不少時間。

「班吉，給我喝下去。」

他捏住鼻子，一點一滴喝下去，我不知道該拿他怎麼辦。這小孩犯了錯也從來沒有被禁足被痛打一頓或被關起來。他靠著欺瞞念完了大學，還企圖繼續以自己的高檔蘇打水欺瞞虛僞人渣、達到賺錢目的。現在，是自班吉有生以來、首次必須爲他的行爲付出代價，有了承擔，他的樣子也好多了，長出了皺紋，看起來沒那麼娘炮，顯然，他並非完人。不過，他依然雙腿交疊在一起，簡直把自己當成了他媽的伍迪・艾倫，他還吐氣吹拂眼前的瀏海，做完了這麼多的測驗，他還是娘炮一個。

「哪一杯是『家園蘇打』？」

「一點都不重要，我賣的是氛圍，賣的是健康與財富。」

「這當然是重點，可口可樂與百事可樂的味道不一樣，白痴也喝得出來。」

「那另當別論。」

「哪一杯是『家園蘇打』？」

「我怎麼知道你等一下公布的答案是不是眞的？」

「靠，因爲我從不撒謊。」

「你才不會殺我……」他再次想要掌握主控權，他以爲我是那種想被厲害娘炮有錢人賞識的笨蛋。

我才不理你，我態度很清楚，繼續問他，「哪一杯是『家園蘇打』？」

「你這麼聰明，當然不會殺我，」他眞是好戰，「你也知道，我是什麼樣的人，我的爸媽一定會查個水落石出，你才不會做傻事害了自己。」

我沒吭聲，我知道沉默的力量有多麼巨大。我還記得父親不發一語的樣子，與他講過的那些話相比，我對他沉默的記憶反而更加鮮明淋漓。

班吉開始發抖，再次拿起了第一杯。但他的手晃得好厲害，當他把杯子湊到嘴邊的時候，大部分的蘇打水都從他下巴淌流而下，浸濕了他的布克兄弟襯衫。有這麼多人想念這傢伙，深愛這傢伙，眞是讓我難以釋懷，貝可，妳應該要見識一下他的電郵信箱才是，他才消失三天，這世界上的每一個人似乎都把他當成了電影《蹺課天才》的萬人迷費里斯·布勒一樣。電郵蜂擁而入，你在哪裡？你好嗎？喂，你沒事吧？我根本不理會這些人，因爲他們必須了解班吉已經出現異常行爲。他們難道沒看見他發的推特嗎？反正，這等於是我們社會出了問題的罪狀，大家居然對這個騙子的下落這麼好奇，眞不知道負責在世間散播愛的人到底是誰，這世界眞是被他搞得亂七八糟。大家愛得要死的班吉正在啃貝果，我開始滑妳的手機，穩定自己的心情。妳沒有向任何人發電郵講述我們共度的那一晚，還沒有，也就是說妳依然忙著對付妳的小枕頭或是因酒醉而昏睡不醒。他拿起第二杯，喝了一小口，漱嘴，吐掉。

「絕對不是第二杯，」他回道，顯然他就是想要撒謊，看看能不能從我的臉上得到些許線索，我沒理他。對付人的方法就是要等到他們乖乖就範，否則不需要多加理會，尤其是被寵壞的有錢人家小孩。我被關在籠子裡的時候，非常乖巧，才不會像小女生一樣吵鬧發抖。

他拿起第三杯，講了一句義大利文，「祝你健康。」不知道爲什麼，我覺得這算是他目前說過最挑釁的話，他又不是義大利人，憑什麼要講這句話？他喝了一小口，舔弄嘴唇，伸手撫摸著下巴，在籠子裡來回踱步。

「怎樣？」

「你知道嗎，這個環境不是很適合試喝。」

「對大多數人來說，生活本來就沒辦法隨時稱心如意。」

「空氣潮霉。」

「哪一杯是『家園蘇打』？第一杯？第二杯？還是第三杯？」

他緊抓著欄杆，搖頭哭泣，又來了。我查了一下妳的寄件匣，現在是我們約會過後的第二天早上九點鐘，妳已經醒了，因爲我知道妳剛剛寫了一封信給妳的某個同學，稱讚他的小說，妳喜愛得不得了。我深呼吸，這種事妳不得不做，只是學校的課業罷了。

「班吉，到底是哪一杯？」

他抬起頭，退後，彷彿快要暈厥過去一樣——最好是啦——然後，他揉了揉眼睛，雙手交疊胸前，厲聲回答，「都不是。」

「這就是你的答案？」

他抓著自己的蓬亂金髮，髮色變得越來越深——都是因爲汗水。

「等一下。」

「這就是你的答案？是或不是？」

「這三杯的味道都很恐怖好嗎？都像是九十九分商店賣的劣等品，全靠化學物質提味的噁心蘇打水。你故意設計我讓我無法過關，這樣很不應該，太不公平了。」

「這就是你的答案？」

「對。」

「抱歉，班吉，」我一開口，就看到他下唇顫抖，「但你錯了，三杯都是『家園蘇打』。」

妳有新信件進來了，妳的臭同學回信：

謝謝，貝可。我正在讀妳的作品呢，妳寫出了前所未有的佳作，很棒，眞的很棒。

班吉勃然大怒，「不可能。」

這個矯揉做作的渣男是誰？我正在讀妳的作品呢。貝可，這男的廢物一個，拜託，寫信給謝娜，寫信給琳恩，這是妳最美好的一次約會，而妳卻忙著與三流作家同學通電郵？

「喬伊，那些不可能是我的產品。」

「嗯，但明明就是，」現在班吉不只是班吉，他就是個壞人，教養良好的騙子，「這種問題叫做品管，如果你知道要怎麼做生意的話，那麼你一定很清楚，沒有品管，等於什麼都是空談。」

他坐下來，雙腿交疊，我忍不住覺得這小孩眞可憐。這世界辜負了他，沒有讓他準備好面對自己長大成人之後的一切。現在，他襯衫上滿是淚痕，一肚子都是蘇打水與牛奶，整個人侷促不安。他的金髮與口才終於無力敗陣而退，他開口了，「好，現在呢？」

但他沒有資格聽我的答案。他闖關失敗。我關了燈，上樓，他在大聲嚷嚷自己需要光源，顯然他看史蒂芬．金已經看得欲罷不能，而妳拚命在與這傢伙傳電郵，我只想喝杯可口可樂，看到妳傳訊給我而已。我轉身，又爲他開了燈，他這輩子終於破天荒要看完整本書，就成全他吧。

12

兩三年前，我開除過一個女孩，她名叫莎瑞，光聽這名字就討人厭。她的本名是莎拉，但她想要作怪標榜自己很獨特。莎瑞眞是夢魘，她覺得自己在這家書店工作等於是給我們的大恩大德。她向每一個人都大力推薦梅格．渥利澤❻的作品，就連亞洲老頭子也不例外。當她必須給客戶找零的時候，就是不肯自己抓零錢，反而讓客人自己伸手越過櫃檯拿錢。大家都討厭莎瑞。她買外帶拿鐵時總是吩咐店員一定要超燙，但每個禮拜她都會至少從書店又回去星巴克三次，就只是爲了抱怨她在冷天氣走個十分鐘、就連超燙拿鐵顯然也不夠力。她明明是白人，還要搞辮子頭。她總是在櫃檯放一本書，就是爲了要確定每個人都知道她在看伊迪維奇．丹蒂凱特或是哪個大家理應興趣濃厚的當代少數族裔女性作家的作品。而且，她還喜歡看《紐約客》，也就是說她在打掃時的閒聊話題有百分之九十八點九都是這樣起頭的：「你有沒有看到《紐約客》的那篇文章……」她上廁所尿完之後從來不沖水，還嚷嚷這是她父母教她的儉省習慣。不過因爲她吃素，經常吃蘆筍，所以尿味特別騷臭。她戴的眼鏡也很做作，有個在醫學院念書的男友，她負責顧櫃檯的時候，總是穿著難看的開襟羊毛衫蜷窩在一角，讓客人覺得他們開口像是打擾了她一樣。

我開除她的時候，留了張字條給她，告訴她最後一筆的薪水支票放在廁所，然後，我又把那

❻ 女性主義小說家。

張支票扔進滿是她蘆筍臭尿的馬桶裡面，她再也沒有進來過。如今她在某個非營利組織工作，嫁給了那個醫生，他一定是全世界第二討人厭的人，原因無它，就是因爲他娶了那女人。就討人厭的程度看來，我周邊還沒有任何一個人能夠比得上莎瑞．渥辛頓，這位環保主義者，明明出生於緬因州的波特蘭，但卻一直渴望自己其實是來自奧勒岡州的波特蘭，這臭女人應該是最近剛搬過去了吧。

但我好嫉妒她，眞的，她超酷，超級冷靜，無論看到什麼都不爲所動。書店裡曾經出現過一本詹姆斯．喬伊斯的作者簽名書，但她的反應也只是聳肩而已。她讓我覺得自己太容易大驚小怪，我好恨自己想要讓她也有相同的感動，我好恨自己這麼容易就大受感動，拚命嗅聞詹姆斯．喬伊斯的乾涸墨跡。現在，我眞的很感動，因爲我和妳一起坐在這台計程車裡面，當初妳說要帶我去參加妳朋友家派對的時候，我不敢置信，現在就見妳的朋友似乎太早了一點，但妳很堅持。我好緊張，畢竟我不是喜歡跑趴的人，而且我這次更是加倍焦慮，因爲我們不是去普通人的家裡，我們正往上城的方向前進，準備要拜訪妳朋友佩姬．沙林傑的家。一起搭計程車，讓我們彼此貼近在一起，我們還沒習慣一起搭車，我想要刻意擺出輕鬆姿態，但妳已經不再像是在轉角餐廳的那個女孩了，而且我對於自己搞定班吉頗是得意（穆尼先生與寇提斯完全不知道），我不想一時大意誇耀自己這個書店經理有多麼厲害，所以我裝腔作勢，像是眼睛發亮的遜咖，「沙林傑，眞了不起。」

「沒錯，」妳的態度也未免太冷靜了一點，「她和沙林傑有親戚關係，就是那樣而已。」

如果是莎瑞要去沙林傑家參加派對，她絕對不會緊張，但我卻是坐立難安。我不敢相信自己即將見到J．D．沙林傑的親戚，就在我們第二次約會的時候。當初我打電話約妳、準備安排第二次約會，我本來想帶妳衝去下城的天文館，我們可以在後排座位親親摸摸，但妳卻打斷了我，「有人找我去參加派對，」妳問道，「要不要一起來？」

我說好，無論妳要帶我去哪，我都會一路追隨。但我們越來越接近目的地，我也更加緊張不安。我怕大家都會討厭我，妳怕大家都會討厭我，我感覺得出來，貝可，妳坐立難安，心事重重。而只要我一開始緊張脾氣就會很差，這問題很嚴重。

「所以J．D．是她的大伯？」

「沒有人這樣稱呼他啦。」妳緊張的時候脾氣也很差。

「所以他們到底是什麼樣的親戚關係？」

「大家只是知道有關係而已，」妳嘆了一口氣，「我們沒問過，她很神秘。」

我深呼吸，我一定要記得妳今天寫電郵給佩姬提到我的時候所使用的形容詞：

與眾不同，性感。

妳請我一起去參加派對，因為我——

與眾不同，性感。

但如果我搞砸了呢？街道不斷往後流逝，我的不安感也越來越強烈。我們即將進入伍迪．艾倫的地盤，那是我一直渴望能夠入住的區域。我賣沙林傑的書，而妳朋友就是沙林傑家族的人，我明明已經看妳化好了妝，但依然還在計程車上補個不停。自從過了十四街之後，妳就開始在眼睛下方抹得黑嘛嘛，而我才是那個準備要磨刀霍霍上戰場的人。我跟大學生一直相處不來，更甭說「布朗畢業生」了。妳擺臭臉對司機說道：「剛才告訴過你了，要去上西城，不是上東城。」

妳拿了普拉達的包包，打扮得好刻意，我覺得這不是我當初要追的貝可。妳一定有讀心術，因為妳頓時臉紅，趕緊為自己辯護，「抱歉，我口氣這麼壞並不是故意的，只是緊張罷了。」

噗。我開口逗妳，「我也是，我擔心妳的朋友不喜歡妳。」

妳果然被我逗樂了，也不知道妳原本在皮包裡找什麼東西，但妳乾脆不管了，開始跟我聊天，妳不是在單純講述過往而已，簡直沉浸其中、回味無窮。妳告訴我妳最愛的一場生日派對的事，妳爸爸讓妳與兩個朋友搭渡輪到內陸看電影《愛是您愛是我》，妳遇到了一個男孩，我發現自己的妒意真是強大，連一個十三歲的小男孩也不放過。和妳聊天宛若穿越了時光隧道，妳嘆了一口氣，「他對我意義非凡。」

「妳還和他有聯絡？」

妳看著我甜笑，「我說的是休・葛蘭。」

幹，休・葛蘭，我一定殺了你。「哦。」

「喬瑟夫，你知道嗎？休・葛蘭在他某部電影裡也是在書店工作。」

「真的假的？」那我就不殺休・葛蘭了。我有感覺，我們兩個馬上就會接吻，但妳的手機卻在此時響起，有簡訊。

「是佩姬，」妳開口說道，「要是我不馬上回訊的話，她會瘋掉。」

「和她的伯父J・D・一樣瘋瘋癲癲嗎？」

我的梗讓妳笑不出來，佩姬最好要知道自己真幸運能交到妳這朋友。現在她直接打電話找妳了，彷彿妳回訊拖了太久一樣。「我們快到了……」妳立刻告訴她，而我聽到她在電話另外一頭大吼，「貝可，是妳，不是我們。」

妳掛了電話，我們的融洽氣氛也消失了。我笑說J．D．的姪女聽起來就很難搞，妳也沒笑，不，喬伊，她不是他的姪女。我不喜歡妳用這種口氣喊我的名字，我應該要閉嘴，但我沒有，因為我對佩姬的天生惡感佔了上風，「我就是搞不懂，妳們感情這麼好，但她居然沒有在妳面前講出她與某名全球最知名作家到底有什麼親戚關係？」

這是我們的第二次約會，妳已經開始在排拒我，雖然我——

與眾不同，性感。

妳害怕愛情，眞令人傷悲，我不想走進全都是陌生人的空間裡，但我們已經到了，而且我是妳的護花使者。門房打開計程車的車門，妳讓我扶妳下車，我樂意之至，「快點，」妳催促我，「我不想遲到。」

要是佩姬沒打那通電話，妳現在說出口的就會是：我們不想遲到。

這部電梯讓人的心情煥然一新，我們都覺得它聞起來有薰衣草的氣味，牆壁上貼滿了花色壁紙，我想，應該是紫羅蘭。這是古董電梯，裡面還有張小長椅，我們站在一起，盯著那隨著樓層上升而跟著亮起的指示按鈕。

「閣樓啊？」

「對。」妳回答之後，把自己的普拉達包包改揹右肩，正好阻隔在我們之間。

「幸好我記得換包包，這是佩姬去年送我的生日禮物，要是我忘了帶出來的話，一定會害我心情很不好。」

我們在做愛之前也不可能一直聊包包的事，所以我只好假裝好奇，「佩姬絲也念布朗？」

「她叫佩姬。」妳舔了舔手指，又抹了眼線好幾下，妳緊張兮兮，電梯行進速度緩慢，爲什麼我們就不能按下紅色按鈕，留在這裡就好？

「哦。」

「從來就不是佩姬絲啊。」妳的語氣好嚴肅，妳似乎覺得我們討論的是政治。

「嗯，其實，也不盡然。她的中名是依莎貝拉，所以有時候我們會開玩笑，佩姬．絲（Is）。」

「嗯嗯。『Is』就是伊莎貝拉的簡稱。」

「你懂嗎？」

我望著妳，因爲我知道妳覺得我——

與眾不同，性感。

我不需要得到妳的特許，撫摸妳也不會有任何問題，但我只是把手舉到妳的臉頰旁邊，以大拇指抹去妳眼妝的一小塊污痕。妳吞了一下口水，微笑，瞳孔因慾望而脹大，先把頭別開的人是我，我把妳追到手了。

「反正，」妳開口說道，「她是老朋友了，她們一家人會到南塔克特過暑假，我們從小就玩在一起，她是天才。」

「酷。」

「她預校的時候，是南丁格爾的同學，琳恩是她大一的室友，她算是把我們大家牽在一起的中間人。」

我哈哈大笑，妳臉紅了，「怎樣？」

「妳剛才居然把『預校』當成了動詞使用。」

「你去死啦。」

「小姐，妳這樣要扣分哦。」

「要是繼續被扣分的話會怎麼樣？」我差點就想要把妳壓到牆上，妳差點就想要死抓住我不放。我們距離派對現場越來越近，妳也越來越想要啪一聲按下紅色緊急按鈕，就在這裡，就在此刻開幹。

我應該要吻妳才是，但我們已經快要到達標示爲P的閣樓樓層。妳把皮包又換肩揹，妳想要親近我。我以左手掌心磨蹭妳的後腰，妳興奮得差點發出嘶響。電梯震動的時候，妳的指尖正輕輕撫刷著我的大腿，我慢慢把手放下來，妳在殷殷期待，妳搖晃手指，等著迎接我。我的手終於靠過去，妳輕輕倒吸一口氣，

伸開手指，扣住了我的手。我們手牽著手，兩人的汗水交融在一起，哇。

該是吻妳的時候了，但電梯門已經開啓，我們到了，我啞口無言。現在是置身在《漢娜姐妹》的電影場景裡面嗎？現在的我，除了對妳的渴望之外，還參雜了一股嫉妒，因爲這一切，還有知道妳是誰而不認識我的這一群人，都讓我好羨慕。妳的世界比我的大多了，妳擁抱這些布朗

人，有好幾個人還帶了樂器——大家圍成一圈看手鼓表演，這是在開玩笑嗎？是回到了一九九五年嗎？他們在玩的是〈Jane Says〉這首歌，嘴裡還跟著唱和，彷彿他們眞懂得慾望與軟弱的個中滋味。這時候，妳捏了捏我的手。

「喬伊，」妳開口介紹，「這位是佩姬。」

就是她了。她比我想像中的還要高，頂著一頭超級毛燥的龍捲風狂髮。她讓妳顯得更加嬌小，而妳讓她看起來更形巨大。妳們來自不同的星球，不該站在一起才是。她輕拍雙手，彷彿把我當成了五歲小孩，看到個頭比我高的女孩，我就是很不爽。「嗨，喬瑟夫，」她的咬字也未免太清晰過頭了吧，「我是佩姬，這是我家。」

「幸會。」我打完招呼之後，她開始上下打量我，臭婊子。

「你這個人不惺惺作態，已經讓我很欣賞了，」她說道，「而且，也謝謝你沒帶紅酒什麼之類的東西過來，這女孩就和我家人一樣，送禮過來我一定不收。」

當然，妳嚇壞了，「哦我的天哪，佩姬，我眞的是昏頭了。」

她低頭看妳，「親愛的，我剛說了我很欣賞啊，而且我們根本不需要便宜紅酒。」

妳看起來像犯了重罪一樣，而她打量我的目光簡直就把我當成了等著領小費的快遞員。「喬瑟夫，我得借一下我們的女孩，給我兩分鐘。」

妳就任由她把妳借走了，我站在那裡，不認識任何人，也沒有人認識我，眞的活像是快遞小弟一樣。沒有美眉過來招呼我，也許我在這裡看起來很不稱頭。只有一件事我非常確定，我早就知道我討厭這個佩姬，果不出其然，而且她對我的態度也不遑多讓。貝可，她知道要怎麼玩弄妳，妳因爲沒有帶酒，沒有帶琳恩與謝娜過來，因爲沒有好好愛護妳的包包而頻頻道歉，她原諒妳，摸著妳的背，告訴妳別擔心。當她一現身，我就跟其他人一樣，成了隱形人，佩姬．絲……成了我們的絆腳石。我東張西望，但沒有人想要向我打招呼，彷彿他們聞得出來我是念公立學校的學生。有個瘦巴巴的印度妹對我鬼叫了一會兒，然後整個鼻子埋進了一排細粉裡，不知道是阿得拉還是古柯鹼。

我拿出手機，從班吉的推特帳號發了一段話：

一切都得要節制，尤其節制更是如此。#家園蘇打#鬥牛犬加油#每天都在吸快克

我在房地產資料庫網站輸入了這個地址，這地方得要價兩千四百萬美金，我還在某個上流社會部落格裡發現了討論這屋子裝潢的文章。佩姬的媽媽看起來更刻薄、個子更高，誰知道他們家到底怎麼回事呢？也許降臨在這個世界上、在十萬美金的地毯上爬來爬去很辛苦吧。佩姬學鋼琴時用的是全新的黑色史坦威，她如果想去天文館隨時都沒有問題。她當然會把上西城的榮光視爲理所當然，也當然喜歡看到妳因爲收下普拉達包包而百般奉承的模樣。我看到一個手工雕刻的邊櫃，立刻湊上去瞧個仔細，漂亮，獨特。其中一道門刻有大衛之星，另外一道門則是聖十字，佩姬和我一樣，猶太教天主教各一半。但我生長在沒有宗教氣氛的家庭，而她則是在充滿宗教氣氛的環境下長大。她歡度每一個節日，我什麼都沒有，妳回來了，還帶著她。

「很酷吧？」妳對我開口，整個人靠在櫃子旁邊。

「的確很漂亮，」我也這麼覺得，「佩姬，妳知道嗎，我家也是猶太教與天主教各一半。」

「哦，喬瑟夫，」她要糾正我，我感覺得出來，「我不信天主教，我是衛理教教徒，但你這

人很可愛。」

「酷。」我好想回家，我也想告訴她我是喬伊，不是喬瑟夫，我是艾瑪．戈登伯格與隆尼．帕賽羅生下的小畜牲。

妳假裝咳嗽，原本盯著我的目光移到她身上，然後又飄了回來，妳的聲音好高亢，「你們兩個都是紐約客。」

佩姬講話慢條斯理，簡直把我當成了外國人，「你住在哪一區？」

臭婊子。「貝德斯圖。」

「我有看過報導，越來越多人搬到那裡，」她說道，「希望這種仕紳化的過程不要摧毀了當地的獨特色彩。」

我之所以沒痛扁她的頭，只有一個原因，因爲妳似乎對於我們兩人的初次會面非常緊張，完全沒有注意到她對我粗魯失禮。我也沒開口問她做哪一行，但不知怎麼的她卻提起了自己的工作。「我是建築師，」她說道，「專門設計各式各樣的建築。」

我知道他媽的建築師是什麼德性，眞實生活中哪有建築師，這只會出現在電影裡面。妳是不是告訴他我是白痴？我努力擺出從容模樣，「酷哦。」

「不，眞正酷的是你根本沒念大學，」她滔滔不絕，「我眞的只能有樣學樣，我父母念布朗，所以我跟著去念布朗。」

我微笑回答，「我父母沒念布朗，所以我也沒念布朗。」

她看著妳，「貝可，他眞好玩，難怪妳這麼煞他。」

妳甜笑，臉紅，那我就沒差了。「對，他眞的好厲害。」

她大聲嚷嚷，稱讚我徹底躲避正式教育體系眞是了不起。

這不算是讚美，但我還是向她道謝。她把脖子上的絲巾又繞得更緊了一點，附近正好有人在捲大麻，她故意懲罰妳，叫妳去幫她點菸。

她耍我耍夠了，她開始問妳有沒有琳恩與謝娜的消息。妳連聲道歉，妳很在意她對妳的想法，緊張得要死，我眞希望能趕快把妳拖走，帶妳回去我住的那一區。這女人眞僞善，可怕的程度超過了我的想像。妳溫柔，她粗魯，她穿的是貼身紅色緊身牛仔褲，妳絕對不會做這種打扮。她有厭食症，身上有小塊刺青，附近的厚重汗毛磨損得參差不齊，嘴唇又粗又紅，吹喇叭剛好，她的笑容和小丑一樣，手臂細長多毛，她的指甲白禿，啃到已經見肉了。妳歡樂洋溢，而她卻是皮開肉綻的傷口，刺目又病弱，沒有人幹也沒有人愛的傢伙。顯然她想要妳陪在她身邊，我不想讓妳爲難，所以我插嘴問道：「抱歉，附近是不是有廁所？」

妳告訴我廁所的方向，我立刻飛奔過去。難怪琳恩與謝娜不肯來。如果她是狗的話，一槍斃了牠絕對是人道行爲，但我也不能這麼做，我現在只能四處走動，找尋我在那篇部落格裡看到的圖書室。我打開圖書室的燈源，立刻倒抽一口氣，媽的眞是太讚了。沙林傑家族果然不是等閒之輩，我拿起索爾．貝婁的第二本小說《受害者》的首刷版，貝婁這本書的書衣好可憐，已經破損了，佩姬的父母的確很會買書，也會生小孩，但顯然他們並不擅長照顧自己的書籍與寶寶。

布朗人又再次齊聲高唱〈嘿，茱蒂〉（還眞有創意啊），我好想妳。妳和佩姬就在這個時候走進圖書室，我愣住不動，希望自己沒有闖禍才好。

「我們就猜到你會窩在這裡，」佩姬哈哈大笑，彷彿妳們兩個才是我們，而我就是我自己一個人而已。「我是很樂意借書給你，但我爸媽對這些寶貝的佔有欲超強。」

「沒關係，」我什麼時候跟妳開口借書了，靠。「但還是謝謝妳。」

妳伸手勾住我的臂膀，感覺好舒服，妳發出了驚嘆聲。

「喬伊，真的好棒，你說是不是？」

「是啊，」我回道，「在這裡待上一年都不成問題。」

佩姬又開口：「妳知道嗎？有時候我覺得念大學反而搞壞了我的閱讀興致。」

「我懂啊，」妳立刻回她，妳的手也不再勾著我了，「喬伊，這間圖書室裡的書，你看過的一定比我多吧！」

佩姬附和她，「厲害的業務一定得很清楚自己的產品，是不是？」我覺得佩姬比莎瑞還討厭，居然叫我業務，客廳裡的那群布朗人居然在為自己鼓掌叫好，只不過因為大家都知道〈嘿，茱蒂〉的歌詞，難道這不是全世界最知名的歌曲之一嗎？佩姬打噴嚏，從口袋裡抽出手帕，她八成是對我過敏。妳丟下我，跑過去找她，「是不是感冒了？」

「我看可能是這裡的灰塵引發的反應，」我回道，「妳應該不習慣待在這裡。」

「有道理。」妳回了我的話之後，又帶著我們回到派對現場，佩姬一路上沒吭氣，暫時而已。要是現在手裡有杯酒該有多好，我從來不曾有過這麼強烈的渴望，我們經過了那群布朗人旁邊，〈甜美的維吉妮亞〉被他們唱得面目全非。謝娜傳簡訊給妳，她不來了，佩姬悶哼一聲，

「妳知道嗎，如果我是謝娜的話，我應該沒那個臉出現在這裡，我們念書的時候，這裡面的男人

有哪個她沒睡過啊？喬瑟夫，抱歉我講話這麼粗魯。」

我被她特別關照，心中充滿感激，我真恨自己這麼沒用，妳對我嫣然一笑（喔耶），佩姬把我們兩個拉到餐廳、與某些客人打招呼。超級挑高的天花板，還有高高在上的布朗人，坐在我此生未曾見識過的超級長桌旁邊，有的在放電調情，有的在放空，口鼻貼著風格完全不搭調的豔彩盤子、猛吸毒品。這裡還有各類酒品，多到喝不完。「喬伊，你喝哪一種酒？」佩姬問我，「啤酒？」

「伏特加。」我立刻笑答，但她臉上沒有笑容。

「要不要冰塊？」

「如果是小的話當然好。」我回道。

她看著我，又望著妳，然後目光又回到我身上，她縱聲狂笑，「抱歉？」

「伏特加配碎冰的效果比整顆冰塊好。」

這是我從班吉身上學來的，佩姬雙手交疊胸前，妳開始翻找包包，想要找話題閃避我，我得趕快補救才行，而且我想要把她攆走，我努力拗回來，「其實妳有什麼冰塊都可以啦。」

「喬瑟夫，你眞貼心。親愛的，那妳要什麼？」

「伏特加配蘇打水。」

「很好，而且一點都不麻煩。」佩姬丟下這句話之後就轉身離開。

有個手裡拿著一包古柯鹼的傢伙出現了，大家紛紛鼓掌叫好，越來越多的布朗人湧向餐區。

我覺得自己像是電影《愛上草食男》裡面的班．史提勒，被錯置在他方。妳和太多男人上過床了，我之所以看得出來，是因為他們刻意忽略妳，妳是大家都可以任意進入的餐廳。這些人聊得起勁，講話講個不停：

記得去土克凱可群島玩的那年春假嗎？等到你清醒的時候一定要聽湯姆．威茲。記得那個春天去彭布羅克度週末的時候你被鎖在外頭嗎？等到你嗑藥嗑茫的時候一定要聽湯姆．威茲。記得我們一起選修的那堂課嗎？參觀墓園？我們的校外教學？一起吃迷幻蘑菇？你一定要跟我們一起去土克凱可群島，大家都去那裡玩。

我完全搭不上話，能有酒杯在手眞是讓我鬆了一大口氣。佩姬一臉假笑問道：

「喬瑟夫，這些冰塊夠小嗎？」

「對，可以，我剛才只是在開玩笑。」

她帶我們進入廚房，這是我有生以來見過最豪華的廚房，我只能勉強佯裝鎭定，不要東張西望顯露出自己從來沒進過這麼大的廚房。這就像是麥克．道格拉斯主演的那部電影一樣，身為邪惡富豪的他，就是在這樣的廚房裡殺死了愛上窮藝術家的葛妮絲．派特洛。所有東西都是潔淨無瑕的不鏽鋼或是大理石，而廚房中島的尺寸就和一台小車不相上下。我不記得把到葛妮絲．派特洛的那個窮小子最後到底怎麼樣了，但現在我覺得這結局還滿重要的。我不知道眼睛該往哪裡擺比較好，目光只能在妳們之間飄來飄去，看佩姬，不舒服，不然就是看著妳，更糟糕。《紐時書評》下方有片CD露了出來，是電影《漢娜姐妹》的原聲帶，感謝上帝。

「佩姬絲，這專輯好聽。」在這麼嘈雜又臭得要死的空間裡，我沒有辦法控制自己的語調，她盯著我，彷彿我是向她討零錢的乞丐。

「我叫佩姬。」她回我。

「佩姬。」妳也糾正我，有時候我很能體會爲什麼穆尼先生放棄了女人。

「抱歉。」

「喬瑟夫，所以你是他的超級粉絲？」

我拿起她的臭CD，「這是我最喜歡的電影之一，也是他最好的作品。」

這是我對布朗女校友的空前大力肯定，而佩姬根本不甩我。必須與這些人共享與妳在一起的時光，一點都不好玩，而且妳喝酒喝得太快了，眞的太快了。妳喜歡我嗎？妳是不是期盼我能夠更像那些待在客廳裡、穿著「拱廊之火」樂團T恤、顴骨突出的傢伙？因爲嗑了藥而癱軟不起？那就是妳想要的嗎？天，希望不是，我緊捏著《漢娜姐妹》的CD，力道過猛，盒面出現了裂痕。我把它放回去，佩姬又把它拿起來，妳對著我甜笑，妳眞的喜歡我，我快樂瘋了。

「喬瑟夫，我也喜歡《漢娜姐妹》，」佩姬感嘆，「我看過這部電影一千遍了。」

「我看過一百萬遍了。」我幹嘛要跟她比這個？

她說我贏了，然後她看著妳，宛若她的確認輸了一樣。妳看到有錢人家小孩與窮人家小孩終究還是能相處得很融洽，不禁面露欣喜，而我差點想朝佩姬瘦骨嶙峋的臉吐口水，讓大家看看她的骨突有多麼明顯。她大可以在一開始就對我展現友善態度，不需要害妳焦慮不安，但她依然想討論《漢娜姐妹》。

「伍迪．艾倫最好的電影，」她說道，「場景渾然天成。」

「音樂渾然天成。」我說完之後，伸手想拿那片CD，但佩姬卻死抓不放，彷彿我這個人天生就是危險人物，我們回到了一開始的狀態，妳又開始摸我的手臂，「喬伊，你最喜歡是哪一個場景？」

「哦，結局。當黛安．威斯特在他面前說出她已經懷孕的那一刻，」我說道，「我是浪漫派，這一點我只能大方認了。」

我喜歡看到妳微醺的模樣，不斷磨蹭著我，佩姬眞是討人厭，「你在開玩笑吧？」她看著我哈哈大笑，妳再也不肯抬頭看我。這佩姬尖酸刻薄，一點都不暖心，除非妳覺得佈滿她細瘦身體的細小汗毛能帶來毛茸茸的暖感，那當然就另當別論。「喬瑟夫，你不是認眞的吧！」

「眞的，我喜歡他們的鏡影的那一幕，她說出自己懷孕的事，兩人相吻。」

不過佩姬伸出她的枯癟手指、猛戳剛被捏裂的寶貴CD外盒，而且還大搖其頭，妳現在撫摸我的方式不太對勁，彷彿希望我住嘴，那些布朗歌手也會唱〈我親愛的主〉，靠，有人找出了鈴鼓，我突然想起喬治．哈里遜的兒子也念布朗，我好恨自己幹嘛在這種特殊時刻聯想起這種事。

「嗯，喬瑟夫，你提到這場景眞的好好笑，因爲你知道嗎？伍迪根本不想放這一段。」她滔滔不絕在教訓我。

叫他伍迪啊。

「不可能。」

「千眞萬確，眞的。」

「我沒有惡意，但我有點懷疑，我覺得理應會讓導演自己作主不是嗎？」

「我祖父在片場工作，他告訴伍迪導演他想要一個比較開心的結局。伍迪畢竟是伍迪，悍然拒絕，但我祖父，嗯，他就是那個，你知道嗎？關鍵人物。」

「所以妳祖父不是J．D．沙林傑。」我還是說出來了，這女人去死一死吧，她瞪了妳一眼，妳嘆氣，她的攻勢沒完沒了。

「反正，」她說道，「你最喜歡的那個場景，其實他根本不想要，這真是好笑。」

「佩姬，」貝可開口，「妳有沒有蘇打水？」

「冰箱裡有一箱『家園蘇打』。」她說完之後，賊笑瞄我，我當然知道她這動作是什麼意思。

我舉起酒杯，「敬妳祖父。」

她沒有舉杯，「這個好萊塢禽獸，硬是把肉麻又幸福的結局塞進你看過的所有電影，而且他躲小孩就像是在閃避瘟疫一樣，他一個人毀棄了許多美國最經典的電影畫面。不，不，喬瑟夫，你不會想要對那男人舉杯致敬的。」

妳整個人蹲下來、埋進冰箱裡面，我猜妳想到了班吉，我也是，但我們的思考路數完全不一樣，妳帶著杯子回來了——裡面紅通通的，妳選了小紅莓果汁，妳選擇了我。還有妳終於糾正她了，妳告訴她我是喬伊，不是喬瑟夫，我向妳道謝，杯子舉得更高了，因爲既然妳糾正了她，等於妳也已經選邊站了，我當然可以讓她開心。

「敬妳，佩姬，」我的語氣很謙卑，這是我拿來專門對付小心眼老太太的專用口吻，「感謝妳爲我最愛的電影上了一堂課。」

她看著妳，妳聳肩，彷彿在說：是啊，他就是這麼棒，妳又看著我。

「說眞的，佩姬，有機會的話，我想向妳好好請教一番，我眞的很愛伍迪．艾倫。」

她回敬之後也沒喝酒，嘆了一口氣，繼續說道：「哎，這算是念大學的好處之一，整個晚上不睡覺，拚命聊電影。喬瑟夫，你應該會很愛那種感覺。」

我很想出拳扁她的臉，但我卻舉起自己的酒杯，又敬她一次。她盯著自己手中的噁心西班牙水果酒，問妳是否有通知謝娜，某個叫做李奧納德的傢伙也來了。

妳離開我身旁，開始找手機，妳再次道歉，佩姬原諒了妳，這場派對永遠不會結束了。妳喝多了，沒辦法打簡訊，發出了挫敗的哀號聲。

佩姬挑眉，這鐵定是她父母送她去「舞台之門莊園」演藝夏令營的時候學來的招數，因爲他們期盼女兒能出落得與葛妮絲．派特洛一樣，想必她也在那個夏天習得厭食的完美技巧，了解該如何羞辱像我這樣的人。

然後，我看著妳，這是怎樣？妳雙手摟抱自己的手機，臉上泛笑。我得要知道到底是什麼讓妳著迷成這樣，誰還管佩姬呢，無論是任何人我都不管了。我站在妳後面，低頭看著妳的手機螢幕，原來是《漢娜姐妹》的電影片段，伍迪飾演的那個角色進入電影院，觀看馬克思兄弟主演的電影。今天這一切都值得了，我把雙手擱在妳的肩頭，一起看完了剩下的段落，天佑格魯喬．馬克思。

在這個似乎永遠不會結束的夜晚終告結束之後，我們進入了電梯，門還沒關上，妳已迫不及待。自從我發現妳正在看我最愛的《漢娜姐妹》之後，妳就一直想要貼近我，現在，就是了。我還沒按下按鈕，妳已經把包包扔到地上，妳把我的臉拉過去，托住，動也不動。妳讓我痴狂，然後，哦然後。妳的唇天生就是爲了我而生，貝可，我之所以有口，有心，都是因爲妳。妳主動吻我，就在大家依然看得見我們、鮑比．蕭特吟唱〈我又戀愛〉的時刻，妳請佩姬播放《漢娜姐妹》原聲帶，因爲妳想要了解我涉獵的知識，聆聽我喜愛的歌。妳的舌頭有小紅莓的味道，而不是蘇打水，妳再也不會喝那東西了。電梯門關上，現在只有我們兩個人，妳開始後退，但我抓住了妳的頭髮，又讓妳的雙唇湊到我的嘴邊。我知道要怎麼讓妳欲罷不能，而且，我成功了。

13

我搞砸了。我們約會完的第二天，我留言給妳、想找妳去安傑利卡看電影，靠，我眞是菜鳥，過了兩個小時之後，妳傳訊給我：

我已經看過那部了，現在還有點宿醉☹，而且還得忙著寫作。不過，期待趕快見到你！☺

其實，妳沒看過那一部電影，而且妳沒有宿醉，也沒有在忙著寫東西，除非妳覺得「寫作」的定義就是發電郵給妳的閨蜜、聊班吉的事。

去死吧班吉。

我看了一下手機。從我們接吻到現在已經過了十五個小時又兩天。妳告訴謝娜與琳恩，妳還沒有「準備好」與我在一起，因爲「班吉盤據妳心」。我沒辦法毀了班吉，除非妳自己斷念，我只能努力保持冷靜。這兩天我一直在賣書、照顧班吉、想念我們的吻，我們的吻哪。妳是這麼告訴琳恩與謝娜的：

喬伊十分熱情。我不知道，他可能……反正，妳們覺得我是否應該寫點什麼給班吉？

妳使用了可能，比妳打出班吉的名字更教我心痛，我們的吻絕對沒有可能這樣的語彙。只要我在腦中複習細節，就在在證明了我的感覺一點都沒錯：妳喜歡我的頭髮，妳在計程車裡是這麼告訴我的，妳緊抓著我不放，貝可，妳沒喝醉，妳覺得我熱情，這是稱讚，沒錯。我試圖冷靜下來，除非等到妳有幸得到讓我大老二進去的機會，否則我永遠沒辦法確保我的地位。不過，今天早上我一起來就看到妳發的這條推特：

不得不去宜家家居的那一天終於到來#拖拖拉拉#垮掉的床

我不小心踢到了自己的其中一台打字機，妳怎麼會向大家昭告#垮掉的床這幾個字？妳知道我馬上就會看到妳的床？妳是不是想把我逼瘋？謝娜立刻回妳：

床垮了，搞什麼啊？

妳回訊：

不是眞的垮了，只是老舊，會嘎嘎作響。我覺得床壞了應該找得到人幫我吧？

如果我煮晚餐請妳吃什麼的，妳要不要幫我呢？

謝娜沒回妳，妳又在分類廣告網站上找了好幾個幫人組裝家具的臨時工，發電郵逐一詢問：

你可以去宜家家居把東西帶回紐約市嗎？或者你只是純粹幫人組裝而已？

後來，妳終於了解組裝工人並沒有兼具奴隸的功能，於是妳找了我：

你喜歡宜家家居嗎？嘿嘿。

我當然不喜歡宜家家居，但我當然會回信給她：

其實很喜歡，每天都去，問這幹什麼？

去那裡並不浪漫，而且這是在大白天的約會，但我知道妳對我充滿了熱情，妳必須要保持適當距離，也難怪妳會這樣回我：

要不要和我一起搭小船？之後有肉球可以吃。☺

肉球完全沒有性暗示，而所謂的小船其實是前往宜家家居的渡輪。買家具是吃力不討好的苦差事，但是在佩姬派對結束後，妳在計程車上對我輕聲說了一千遍的我喜歡你，無論妳在推特上對朋友傾吐了什麼鬼話，那些呢喃愛語還是戰勝了一切，我回訊給妳：

肉球就免了，但我會與妳一起搭小船。

好，今天下午，妳和我會去宜家家居，我們在那裡絕對不會有機會打砲。我知道妳們女孩的心機，也很清楚所謂的三次約會之後才能上床的狗屁規矩，但我也心裡有數，我們之間有個更大的阻礙：班吉。妳找我去宜家家居之後，又發電郵給琳恩與謝娜，叫她們去看班吉的推特：

恐怖，對吧？我好擔心他。☹

我幫班吉發推特的效果顯然不是很好。她們本來不會甩妳，但妳依然很擔憂，所以琳恩與謝娜勸妳死了這條心：

琳恩：貝可……被甩了沒關係啦，這種事沒什麼。

謝娜：我說他現在一定窩在遊艇上，到聖巴瑟米逍遙去了，旁邊還有某個搞藝術的賤女人相伴，他會在她面前說自己好擔心妳。說眞的，小貝，妳一直這樣，讓我覺得佩姬說的很有道理，而且一想到妳居然會被佩姬說中就讓我覺得可怕。但妳眞的需要放下，這個男人，就算了吧。

她們說得沒錯，但妳愛得辛苦、爲情所困成這種模樣，都是我的錯，我一定要在推特上發出更好的貼文。讓妳得以斬斷與班吉的情絲，要是妳這麼擔心他，也不可能與我展開熱戀。

我的心腸就和妳同樣柔軟，所以我花了大錢，買了一些班吉王子的最愛品項：素食墨西哥捲餅、豆漿、一品脫的假冰淇淋，還有《紐約觀察報》。他的反應不錯，滿是感激，拿起捲餅的時候宛若動物一樣狼吞虎嚥，而且，他還開始喟嘆盧．里德的離世消息。

「我做出這麼多的善舉與惡行，都是因爲他啊。」

「你最喜歡的是哪一首歌？」

「喬伊，每一首都很重要，」他開始對我訓話，「你不能引用某首歌曲或歌詞去裂解某位藝術家的文化影響力。重點不在於我偏愛的歌曲，而是他全部作品的價值。」

果然就是他會講的話，當我正準備要發送他最後一次推特的時候，他正在舔冰淇淋盒蓋。他總是餓得要死，他的體內有一種永遠無法塡滿的虛乏，在念預校時可以掩飾得很好的空洞，畢竟，在那種地方，欠缺意志力會被稱之爲有創意。

我沒理他，自己趕緊趁這時候幫他發了一條推特：

吸菸吸到菸屁股，嗑藥茫到骨子裡。#吸快克#吸安非他命#什麼都要試試看#願盧・里德安息

我按下發送鍵。太安靜了，我望向籠內，幹，班吉一定趁我在低頭用他手機的時候吸食他偷藏的毒品，地上有他的小包毒品，旁邊放著他的卡片。我開口大叫，「班吉！」

沒回應，這不在我的計畫之內。我走到籠子旁邊，再次呼喚他，但他動也不動。他的上唇沾有粉末，從來沒看過這麼死氣沉沉的毒品。我知道他三不五時就會吸毒，但我沒理他，因爲我痛恨吸毒。我從來沒碰過毒品。不吸毒算是我的處罰嗎？我眞希望自己能夠拍下他的照片寄給妳，讓妳看看班吉的眞正德性，但我不能。終於，他甦醒過來，我鬆了一口氣，他還活著，生殺大權在我手上，這話聽起來好老套，我揚起了拳頭。

「好啦，」他開口求饒，全身發抖，「班吉昏迷，殺死班吉。」

「不要再玩你的內心小劇場了，」我回道，「我沒那個心情。」

我的確沒有。我又不喜歡把人搞到昏迷不醒，就算這是個極度欠缺勇氣與想像力、連在理應掙扎求生的關鍵時刻也只能以毒品來塡補自身空乏的遜咖，我也沒興趣。

「你殺死我了嗎？」

「媽的快吃你的冰淇淋。」

「這不是冰淇淋，」他哈哈大笑，「裡面又不含乳製品。」

我大吼，「閉嘴，給我吃就是了。」

他狂笑，海洛因被暱稱爲「啪啪」還眞是剛好，因爲我超想把他打得啪啪作響、雙臂亂顫。現在他舔那假冰淇淋的姿態就跟毒蟲一樣，他的確是啊。貝可，妳愛的就是這種人嗎？他拿起《觀察家報》，想要把它撕成兩半，但他太茫了，又搖搖晃晃站起來。

「坐下，班吉。」

「你殺死我了嗎？」

他現在是個殘廢殭屍，又繼續講個不停，「喬伊，哎喲，拜託一下，你不覺得這很好笑嗎？這女孩簡直像是花了一百年的時間在偷偷跟蹤我，現在，我坐在這裡，死了！都是因爲你在偷偷跟蹤她！」

「沒有人在玩跟蹤。」

「但你例外，喬伊，」他打斷我，「你知道嗎，我在這裡沒別的事好做，只能東想西想，我懂了。那天晚上在地鐵站你遇到她絕非巧合。老實說，如果你眞的那麼哈她，如果我告訴你她是瘋子而你就是不願相信的話，也就隨便你了。」

「隨便啦。」

他又發出哀嘆，班吉這種人會指控妳跟蹤他，也是稀鬆平常之事。這座城市裡到處都是吹噓自己被女孩「跟蹤」的白痴，我聽多了，貝可，眞好笑是吧？好像妳是花痴、不管是什麼樣的男人都會被妳騷擾，還威脅呢，偷偷跟蹤，鬼扯，有幼稚病啊。我轉身就走，但是他大叫，「等一下。」

他爬到籠子邊，從他的毒品包旁拿起他的塑膠鑰匙卡，丟了出來。

「拿去。」

「爲什麼給我這個？」

「附鎖式置物櫃，」他說道，「喬伊，我是慣竊。」

「我還有正經事要幹。」

「那張鑰匙卡可以打開置物櫃，」他十分著急，「後面有地址，沒有人知道，我是史蒂芬·克萊恩。」

「你不是史蒂芬·克萊恩。」

「這是我對置物櫃出租老闆謊稱的假名，」他露出微笑，靠你媽的海洛因，「《紅色英勇勳章》的作者，我的書單上有他的書。」

他看過的書也鐵定只有這一本而已。像班吉這樣的人只會在念中學時自己寫功課，之後就不需要他費事了。

「喬伊，全拿去，變賣典當都好，隨便你處理。」他在低聲抱怨，我可以想像他在迪士尼樂園因為天氣炎熱而發飆的樣子。「拜託，喬伊，裡面有一堆東西。打從我剛學會走路就開始幹東西，你問我爸媽就知道。嗨，媽咪。」

他又昏了過去，最好別給我死在這裡。我在乎他，是因為妳在乎他，我希望他死也要等到適當時機、死得體面一點。我不想看到他在嗑到茫的時候掛掉，尿濕褲子又脫糞。有兩小包毒品從他外套裡不小心滑脫出來，等一下我們得去宜家家居，我得進去把它們拿出來收好，他才不會嗑藥嗑過頭。他又開口，唱著盧．里德的歌，黑人女孩合唱，一直嘟嘟嘟。我拿著砍刀猛敲籠子，「住嘴！」

「喬伊喬伊生氣了。」他開始滴口水，說出來的話語宛若融化的奶油，跟他的腦袋一樣。

妳傳簡訊給我：

你快出發了吧？

我不知道該寫什麼給妳才好，他瞄我，一臉調皮樣，「她不值得啦。」

我回傳：

還需要一個小時，工作眞難搞。

他從那件噁心外套裡取出了電子菸，噘嘴吹口哨，不知道為什麼，我覺得自己才是陷在籠內的人。「喬伊，她是瘋婆子。」

我說他茫了，但我的聲音軟弱無力。他猛吸那管假菸，果然是嗑藥嗑到骨子裡的大毒蟲。他開始講故事，我專心聆聽，我大可以把砍刀插在自己的腳上，但也無濟於事。

「想知道貝可是什麼樣的人嗎？」他沒等我說好，繼續講下去，「讓我來告訴你吧，她只想要錢，只要是有錢的男人就好。我大三那年，她跑到我家門口，假裝自己是女傭。我當然知道她不是，但還是讓她進入我家大門。喬伊，我沒開口，她自己主動幫我吹喇叭，我沒開口，她也自己主動幫我刷馬桶，眞的。」

「你嗑藥嗑茫了。」我雖然這麼說，但卻越來越心虛，可憐兮兮。

他放聲大笑，「哈，媽的，喬伊，我現在當然很茫。」

我眼前出現妳在吸他老二的畫面，我拚命想要把它拋諸腦後，但就是辦不到。

「如果她這麼愛錢，那她爲什麼這麼哈我？今天想要和我一起出去？」

「今夭？」他再次哈哈大笑，幹。「酷哦，喬伊，她連一個晚上都不會給你啦！」

他是在籠中振翅翱翔的鳥兒，穆尼先生錯了，這隻自以爲能飛的鳥兒在此時此刻十分開心。

他討厭妳，但妳卻愛他，一切亂了套。我站在這裡，但我其實好想離開，他依然平躺在地上，廢渣。

「我們今天約會是因爲準備要去宜家家居，幫她買新床。」我一口氣堵死他。

他盯著我，沒說話，然後，他開始像沐浴在陽光下的狗兒一樣翻滾，笑得要死。

「她也對我做過一樣的事，騎了我一整個晚上，然後她講了那個無聊紅色枃子的故事，想慫恿我陪她去宜家家居。」

我不知道什麼無聊蠢枃子的事，這時候，妳傳訊給我：

四十五分鐘之後見囉☺

妳並沒有騎我騎了一個晚上，班吉開始學妳講話：「班吉，帶我去宜家～～～家居～嘛，拜託拜託，我要最好的紅色杓子。」他哈哈大笑，發出悶哼聲，他不再模仿妳了，「如果她想找人拿杓子打她屁股，應該到網路上找變態男子吧？」

無論我做什麼或是我多麼努力，終究會夾纏在這樣的困局裡，被某個資源更多、知道得更多的傢伙搞得動彈不得。我絕對不會讓他贏的。我打開籠子，他想逃跑，我把他當狗一樣踢到角落，拿起他留在地板上的剩餘毒品，全部丟進馬桶沖掉。我向他道謝，因爲他送給我置物櫃裡的那些贓物，他開始大哭，我心情好多了。我錯了，主導的人其實是我，他可能有那個紅色杓子，但我有鑰匙。

14

自從妳伸手抓住我、制止我付錢買前往宜家家居的渡輪票之後，妳的臉上就一直掛著抹不去的蠢笑。妳整個人異常拘謹，穿了件我從來沒看過的白色牛仔褲，這擺明告訴我妳今天絕對不會動手，只會袖手旁觀。妳穿涼鞋，腳趾甲閃閃發亮，綁了個髮髻，什麼東西也沒帶，眞輕鬆。妳說聽到我「準備要一起去遠足」就「開心得不得了」，妳還說一定要搞得很好玩，媽的妳最好給我認眞點，因爲當妳在對我講話的時候，我覺得妳的嘴只是含住班吉的大老二的洞而已，而且我還想到妳在電郵裡與閨蜜們開玩笑的口吻：

妳：喬伊要去耶，當我的一日奴隸，貝可贏了！

謝娜：哈哈哈，妳知道妳得幫他吹喇叭或打手槍吧。

妳：不，他不負責組裝，只是陪我去而已。

琳恩：妳覺得要是妳開口的話，他會不會幫我裝冷氣啊？

謝娜：琳恩妳要幫喬伊吹喇叭嗎？

琳恩：妳好噁。

妳：大家都不需要吹喇叭好嗎，相信我。

我們在碼頭見面，以柏拉圖式的歐洲人方式親吻問好，但至少等到我們搭船坐定之後，我們還滿親近的。妳勾住我的手臂，我無法判斷妳這種態度是冷是熱，妳臉上掛著微笑。

「眞不敢相信你從來沒去過宜家家居。」妳開口說道。

「我也不敢相信妳去過。」

「哦，我很喜歡那裡，」妳挨我挨得更近了一點，「你等一下看了就知道，到處都是精心打理過的小空間，只要走進某間客廳，就會想要逛另外一間客廳，一定會想把整間店都看完才會善罷甘休，它具有某種魔力。我講這種話聽起來是不是很瘋狂？」

「不會，」這眞的不算什麼，我繼續說道：「我一進入我的書店之後也是這樣，妳知道嗎，我四處走動，覺得可以在書本裡看到全世界，歷史上的各大重要事件，然後，下樓之後，進入籠子裡又東晃西晃。」

「抱歉，你剛才是說，籠子？」

「貝可，珍稀書本必須要妥善保存。」

「我記得我聽到的是籠子，以爲你講的是動物。」

班吉現在應該是醒了，能呼吸到這裡的戶外空氣眞舒服。「不是，那就像賭場一樣，他們也把錢放在籠子裡。」

「就是爲了收藏嗎？」

「是啊。」

「你喜歡賣東西，我卻是標準的購物狂女孩。我喜歡逛街，我的意思是我可以在心情極差的狀況下進入宜家家居，等到出來的時候、帶了……」妳停頓了一下，關鍵字出現了嗎？紅色杓子

紅色杓子紅色杓子。「我出來的時候，帶了兩塊桌墊，就覺得心情煥然一新。」

幹。「很好啊，能有這樣的感覺一定很棒。」

也許我要是與妳共享某個物件，那麼，妳可能會把杓子的事告訴我。我從口袋裡拿出了空調遙控器，想起在還沒追到妳之前、曾經看著它對妳展開性幻想的那一刻。妳看著它，但並沒有摸它，我告訴妳儘管拿去，妳從我手中接下了它，面露微笑，「高科技產品。」

「這是我最重要的東西。它可以控制籠子裡的濕度與溫度，」我繼續解釋，「如果我提高溫度，任由書本受潮，它們就會全毀了，永遠無法復原。就像是葛楚．史坦死了，她也無法起死回生爲讀者簽書一樣。」

「我起雞皮疙瘩了，」妳微笑回道。杓子的事呢？「喬伊，你將來一定可以成爲優秀的作家。」

「妳怎麼知道我現在不是？」妳喜歡我的回應，我再接再厲：「妳正在攻讀藝術創作碩士，家人一定很以妳爲傲。」

「我沒有家人，」妳回道，「只剩下媽媽了，她很孤單。」

我瞄了一下其他的宜家家居渡輪旅客，大家都在討論要選什麼邊桌以及瑞典食物。我們不一樣，我們正在談戀愛。

「很遺憾。」我說的是眞心話。

「我爸爸已經過世了。」妳說道。

「很遺憾。」我說的是眞心話。

「我也不知道，」妳的眼眶濕濕的，但有可能是因爲風的關係，妳認識這麼多男人，同學，網友，妳大可以找他們幫忙，但妳卻找上了我。「但我有時候會莫名其妙掉淚，死亡就是這麼決絕，你知道嗎？他走了，不可能再回來，他走了。」

妳擦眼，我不會讓妳就這麼輕鬆結束這話題。「他什麼時候過世的？」

「將近一年前的事了。」

「貝可……」

妳望著我，我向妳點點頭，妳在我的臂彎裡崩潰了，我們狀似在擁抱，又是一對爲了築巢與享受開心肉丸而前往宜家家居的小情侶罷了。除了我之外，沒有人聽見妳的哭泣聲，妳扭了幾下想掙脫我，但我緊抓住妳不放，妳那雙娜塔莉．波曼式的大眼好盈亮，雙頰紅通通的，我們對面有對老夫婦，那先生對我點點頭，彷彿把我當成了美國隊長一樣。我們快到了，妳揉了揉雙眼。

我還想知道更多，繼續試探：「所以，妳爸爸是怎樣的人？」

妳聳肩，我眞希望能找出方法探問紅色杓子的事，但這又不是什麼一般性的問題，妳嘆了一口氣，「他喜歡煮菜，這一點還不錯。」

「我也喜歡煮菜。」我話一出口，就知道自己得好好去學做菜了，紅色杓子紅色杓子紅色杓子。

「太好了，」妳交疊雙腿，「我的心理醫生說我不尊重分際。」

「妳在看心理醫生？」

「尼基博士。」妳說完之後，我點點頭。

「天哪，喬伊，我跟你說這個幹什麼？我是怎麼了？」

「妳不覺得這是尼基博士該解決的問題嗎？」妳聽到我的回應之後笑了，我這個人就是會逗妳開心。

現在我終於懂得妳手機行事曆裡每週二下午三點的「安傑文」是什麼意思了。尼基．安傑文博士，耶！我告訴妳不需要因此而不好意思，這的確是我的肺腑之言，「說眞的，貝可，」我的語氣溫柔至極，「我覺得能去看心理醫生是很好的事。」

「多數人都不想知道這種鳥事，」妳回我，「大多數的男人現在就會對我躲得遠遠的，愛哭啦、看心理醫生啦，還有愛買東西。」

「妳認識太多男人了……」妳對我甜笑，妳知道妳需要我，妳點點頭，彷彿也認同，認可了我們之間的關係，光芒透現，船長按下汽笛發出嗚響，妳吻了我。

在電影《戀夏500日》裡面，宜家家居是全世界最浪漫的地方。喬瑟夫．高登—李維與女孩一開始在某間廚房裡約會，她在他面前溫柔可人，還假裝煮晚餐給他吃，打開水龍頭、卻沒水流出來的那一刻——笑點就是裡面的設備全部都是道具——喬瑟夫立刻離開座椅，穿過連通門——進入隔壁的廚房，她一臉崇拜看著他，他說道：「所以我們要買有兩間廚房的房子。」當初妳發了想去宜家家居的推特之後，我立刻找出這一個電影橋段，我當然不是那種以為現實生活會與電影一樣的白痴，但我還是不吐不快。

在宜家家居的眞實情境，與電影裡的宜家家居情節完全不一樣。

在現實生活中，我不是喬瑟夫．高登—李維，而我還必須推著巨大的金屬購物推車，繞過重重人群，而妳卻忙著指來指去，包括了妳不需要的沙發、妳家根本塞不下的牆櫃，還有紙板做的烤箱。這間巨大的改裝倉庫擠滿了一百萬名的客人，這裡的所有家具都是出自同一批便宜木料，所有展示間裡的東西全部都是同一間工廠在同一時間製造出來的商品，反烏托邦的惡夢終於成眞。裡面充滿了爽身噴霧、室內芳香劑、嬰兒便便、屁味、肉丸、指甲油的味道，嬰兒便便的臭氣越來越濃——大家現在是都不請保姆了啊？——貝可，而且這裡好吵，妳講的話我有一半都沒聽到，因爲妳的聲音被其他人淹沒了。而且我一直忍不住在想，在這一大堆的簇新垃圾當中，紅色杓子可能會放在什麼地方。

在《戀夏500日》當中，那個美眉從廚房跑出來、進入臥室，挑逗喬瑟夫去追她，在他們跑過走廊的時候，攝影機也一路跟追過去，美眉飛撲倒在床墊上，約瑟夫隨後跟到，慢慢爬上床，他壓在她身上，她好想要他，明眼人都看得出來。他輕聲細語告訴她，「親愛的，我不知道該怎麼對妳說才好，但我們的臥室裡還有一家子的中國人。」

在現實情境中，也有個中國家庭在宜家家居跟著我們，但他們和電影裡那安靜的一家人眞是天壤之別。有個尖叫的小男生，還有個包著尿布流口水的小女生，我覺得他們似乎在跟蹤我們，貝可，要是他們繼續吵下去，我一定會大發脾氣。靠，他們吵得要死，我根本聽不到妳在說什麼。妳拿起一個黃色的流蘇抱枕，我已經受不了一再錯過妳所說出的話，萬一妳正好講了什麼重要的話怎麼辦？萬一妳向我講出了什麼秘密我卻沒聽到呢？

那個中國媽媽突然停下來，盯著一張毫不起眼的圓桌，妳說了聲對不起，想從她旁邊擠過去，她明明可以閃開不要擋路，但就是杵在那裡不動。妳只好爬過明明是塊巨大垃圾但他們卻稱之為沙發的後靠背，才終於挨到我身邊。這女人眞不要臉，我想要訓她一頓，但妳卻握住了我的手，好吧可能這結果也沒那麼糟糕。

「摸一下。」妳把抱枕塞到我的手裡，我低頭，立刻就瞄到妳白色牛仔褲褲腰下方的黑色小褲，妳剛才爬來爬去，內褲也跑出來了，妳握著我的手，不斷喘氣，妳的味道就是那麼好聞，完全不像宜家家居的氣味，我硬了。

「好軟，對不對？」

「嗯。」就在妳放下抱枕的時候，那個中國爸爸對著桌面猛敲拳，砰！我們兩個都嚇了一跳。如果這是在《戀夏500日》的情節，我們的耳畔絕對不會出現他發出的噪音，只會聽到專門為我們播放的「霍爾與奧茲」的歌曲。妳又挑了另外一個抱枕，粉紅色，把它壓在我的手心裡。

「那，這個怎麼樣？」

我只能任由妳擺佈，妳紮了髮髻，妳沒在看我，但妳知道我一直在看妳，妳甜笑，眼睛一直盯著我放在枕頭上的那隻手，妳聲音好輕柔，「我覺得這個不錯。」

「我也這麼覺得。」我低聲回道。過去這兩三個小時，我幾乎都聽不到妳講的話，妳的聲音太美妙了，我好想念哪。

妳抬起頭，美麗雙眼盯著我，「你知道嗎？感覺就是好舒服哦。」

「是啊。」這是我的肺腑之言。

「一看到某些對味的東西，馬上就有感覺，因為大多數的事物就是一定會有哪裡不對勁。」

「沒錯。」妳必須要講講我們的事，而不是什麼美金十二塊的瑞典垃圾，但妳不看我，完全不給我插嘴的機會，幹，不管了，這樣太糟糕，我決定要直接切入。

「嗨，貝可……」

「嗯？」妳有回應，但目光依然停留在抱枕，不是我。

「我喜歡妳。」

妳臉上掛著甜笑，「是哦？」

「是啊。」我把另外一隻手搭上妳的肩，現在妳終於看我了。我們靠得好近，我連妳一直拚命想要收縮的毛孔都看得一清二楚，連妳早上來不及拔的眉毛也一樣，因爲今天早上妳還不知道妳想要我，今天早上，我看到妳只花了五分鐘就整裝出門。

「所以我們買這個枕頭了？」妳問我。

「好啊。」不久之後，我將會進入妳的身體，我們剛才已經定下了合約，我們都有了默契，我不知道到底是誰抓了誰的手。我只知道我們牽著彼此，妳拿著枕頭，我們在不同的臥室來回穿梭，現在妳開始幫我了，伸手扶住推車的前方，我們在一起探索各個角落，像老夫老妻，也像是剛熱戀的情侶，還有，貝可妳知道嗎？

靠，宜家家居變得讚得不得了。

妳抓住某個名爲HEMNES的床框底座，妳抬頭看著我，「這個可以嗎？」

「嗯。」妳點點頭，妳希望我也喜歡妳的新床，妳知道這將會變成我們的床，妳從屁股口袋取出小鉛筆，草草抄下編號。

妳把紙塞給我，笑得可愛，「成交！」

有些女孩會來來回回逛一整天，但妳做決定超果斷，我眞的好煞妳。妳輕啄我的臉頰，「在『我的新床』先坐一下吧。」，然後自己溜去了洗手間，妳可能是去尿尿，但也可能不是。不過妳的確發了一封電郵，寄給妳在分類廣告網站上找到的那個組裝工：

嗨，布萊恩。我是從廣告網站裡發信給妳的貝可。眞的很抱歉，但我今天必須取消了，因爲我男友剛好休假，所以他可以幫忙。抱歉！貝可

男友。當妳從廁所出來的時候，妳的眼瞼微紅，剛才草草拔了雜毛的結果，嘴巴也多了唇蜜，乳尖的位置也比剛才高了一點，妳笑意盈盈，我腦中幾乎已經浮現妳剛才在裡面打手槍的模樣，妳深呼吸，拍拍手。

「我請你吃肉丸吧？」

「不要，」我回道，「但我可以請妳吃肉丸。」

妳笑了，因爲我是妳男友。貝可，妳剛才就是這麼說的，眞的。我們把推車放在餐廳外面，這裡好吵，而且得要排隊，但妳說很値得。妳開始嘰哩咕嚕講著肉球，靠，那一家中國人在我們前面，他們怎麼會比我們早進來？他們講話講個不停，他們總是領先我們一步，無論是排隊或是實際生活都一樣——他們已經結了婚，還生了小孩。我突然覺得烏雲罩頂，因爲妳從來沒在朋友面前講出男友這個字眼，只是告訴某個分類廣告網站上的組裝工。萬一妳不是認眞的呢？妳挑床的速度這麼快會不會只是因爲妳早在網路上就挑好了？萬一妳根本不在乎我的想法？萬一妳沒有要跟我上床、共組家庭的意思呢？那個中國爸爸取物的時間也未免太久了，我的手從他手臂上方

伸過去，拿了另外一把肉丸杓子，啊杓子。他狠狠瞪了我一眼，妳向他道歉，彷彿我才是自助餐人龍裡、這世界當中的壞蛋，妳還是沒有告訴我紅色杓子的事，妳望著我，「喬伊，怎麼了？」

「他們好粗魯。」

「只是人多罷了。」妳覺得我好嚴厲，妳說得沒錯。

「抱歉。」

妳下巴掉下來了，目瞪口呆，妳柔聲說道：「這個人做錯事的時候會道歉，還任由我浪費兩個小時看我根本不需要的沙發？喬伊，你的人怎麼這麼好啊？」

我眉開眼笑，是啊。那個中國媽媽爲了拿餐巾紙、把我的手一把推開，我根本沒有任何反應，我不需要壓抑我的怒火，因爲我根本沒生氣。妳挑肉球，我付錢（我是妳男友！）妳挑桌子，我跟在妳後頭，終於，我們坐定了下來。

「你知道嗎？喬伊，我一定會幫你把床組好。」

「小姐，這一定要的啊。」

妳把肉球從中對剖一半，將其中一塊送入嘴裡，妳嚼得起勁，嗯……現在輪到我了，妳拿起另一半的肉球，我張開嘴，我是妳的海豹，等妳餵我，我大嚼特嚼，嗯……那個中國家庭又來攪局，小男孩拿著鍋鏟亂敲白色桌面，不禁讓我想到妳還沒告訴我紅色杓子的事，剎那之間，肉球的味道變得跟大便一樣。妳告訴班吉杓子的事，爲什麼不讓我知道？

「喬伊，你沒事吧？」

「嗯，」我撒謊，「只是剛才想到我得處理店裡的某些網路訂單。」

「哦，剛好啊，」妳回道，「我可以先洗澡，打掃房子，然後等你忙完之後再過來。」

妳剛才說的都很完美，但依然沒有提到紅色杓子的事，我知道妳一定不會自己主動講出口，我直接發動攻勢。

「我也得在這裡買點東西。」

「眞的嗎？」妳的語氣似乎是難以置信，「你要買什麼？」

我說不出杓子，「鍋鏟。」

「喬伊的鏟子，」妳回道，「聽起來好像是本童書之類的東西。」

那個中國家庭從我們身旁過去，急忙前往這間塑膠動物園的下一個目的地。妳一臉羨慕望著他們，還有他們塞得滿滿的推車，我們也繼續開始購物。我四處尋找廚具的標誌，妳嘆了一口氣，「我累了。」

「找到鍋鏟之後就可以走了。」

妳又累又懶，「我可以在這裡顧推車等你。」

「跟我一起來好嗎？」我回道，「我上次買的品質超爛。」

妳跟在我後頭，進入廚具區，我刻意放慢腳步，希望鍋鏟旁邊放的就是杓子。我看到了紅色杓子，心跳得好快，妳也看到了，但沒有任何反應，我需要給妳一點刺激才行。我拿起其中一個，「也許我應該把整套廚具都換成紅的，」我說道，「這樣是不是很蠢？」

妳望著這把紅色長杓，「這眞的很奇怪。」

「怎麼了？」

現在，好不容易，妳摸弄著我手中的紅色杓子，說出了妳的紅色杓子的故事。當年的小女孩，躺在小床上，每個週日早晨總是因爲聞到煎餅香味而醒來。妳父親總是在週日才拿出那個特別的紅色杓子，那是週日專用品。他會跟唱當週的前四十大金曲，亂改歌詞，讓妳和哥哥妹妹哈哈大笑，無論是春夏秋冬，只要到了週六晚上妳就難以成眠，因爲一想到週日早晨就興奮不已。然後，他開始酗酒，那樣的週日早晨就此消失，紅色杓子就一直被擱在抽屜，妳母親的煎餅做得好油膩，不是燒焦就是太濕稠，不然就是沒煮熟，妳父親走了，但紅色杓子還在那裡，難吃的煎餅聞起來味道也不錯，既然他死了，再也不會有原來的煎餅了。這個甜美又哀傷的故事，完全沒有齷齪的成分，班吉眞可惡，讓妳這麼傷心。

「那把杓子還在我家，彷彿他有一天會回來，」妳說道，「生命好卑微。」

我伸出雙手，擱在妳的肩上，妳望著我，一臉期盼。

我開口了，「我要買這個給妳。」

「喬伊……」

「不要跟我講如果，還有，也不准講但是。」

世界停止運轉，妳的雙眼綻放光亮。班吉之流的那種人不懂妳的需要，不知道妳想望的是某個能爲妳做煎餅的人。妳不在乎錢，妳不希望被打屁股，妳渴求的是愛。妳父親有紅色杓子，現在我也有一個了，我會爲妳煎出妳渴望至極的煎餅，自從他過世之後就不曾嚐過的美味煎餅。妳開始流口水，也讓步了，「好吧，喬伊。」

妳拿起銀色長杓，妳說：「全新的開始。」一點都沒錯。

我是妳男友了。

15

我走過第七大道，只要是經過我身旁的路人，我都會投以微笑。我好開心，我甚至不覺得自己現在是在走路。一切宛若夢境一樣，如果我現在開始唱歌跳舞，路人排成一列、跟在我後頭，我也不意外。我與妳共度了奇妙的一天，我在想妳爲了迎接我，現在正在家裡洗澡刮腿毛，讓它們變得光潔柔滑，而且，妳正忙著刷牙，清除可愛貝齒間的肉丸軟骨。我迫不及待想要撫摸妳的全身，走在銀行街，我覺得自己像是啤酒廣告裡的男主角一樣歡樂無憂。

今晚我們很可能會上床，我眞的沒料到會進展得這麼快。但班吉依然昏茫，我買了二十美金的沙拉加上一罐「家園蘇打」，放入滑動式抽屜裡面，所以讓他等上幾小時也沒問題。我無事一身輕，走上階梯，到了妳家大門的梯台，我按了電鈴，等待妳跑過來開門，果然。

「進來吧。」妳用法文招呼我，咯咯笑個不停，我走進妳家門廳，要來了，我們馬上就要打砲了。妳的頭髮濕漉漉的，毛孔舒張，短背心底下沒穿胸罩，破爛的低腰運動褲裡面沒穿小褲，也沒穿襪子。

「我有點邋遢。」妳開門的時候特別提醒我，我很想告訴妳我早就知道了，但我沒說出口。

「這地方不錯。」我稱讚完之後，就杵在那裡不知如何是好。和妳待在這裡好彆扭，空間實在太狹小了，塞一個人剛好。妳雙手扠腰，站在我面前，東看西看那散落一地的女孩用品、雜誌與火柴盒、維生素水空瓶、折價券與收據、新書、還沒看的書、混雜著已經磨損的鍾愛書籍。這是佈滿各種垃圾的地雷區，搞不好這就是妳盯著自家猛瞧的原因。左邊有個長條狀廚房，多了個烤吐司機，它的包裝盒還擱在地上，妳真的喜歡新東西。浴室在正左方，燈還亮著，抽風電扇響個不停。我把手伸進去，關掉電源。我做這件事很怪，自己心裡也有數，妳嚇到了，但感謝上帝，妳實在太愛我了，自己開玩笑化解了。

「哦，對，喬伊，把這裡當自己家就是了。」妳說完之後，逕自穿過地雷區、走過電視機前面，進入臥室。

我脫去外套，把它掛在外套架上面，妳轉身，皺著可愛的小鼻子看著我。

「進來。」

「小姐，遵命。」靠，我踩到衣架，劈啪一聲斷了，但我還是若無其事繼續往前走。

妳的房間。地板上放了瓶伏特加，兩個新酒杯（不是宜家家居），還有個裝了冰塊的紙杯，妳把它拿到我面前。

「真的是貧民窟風格，對吧？」妳哈哈大笑。

「不是，貧民窟會拿紙巾包冰塊。」

妳笑個不停，把冰塊與伏特加放入那兩個杯子，坐在床架旁的地板上。房內有音樂，就是我們上次約會時的大衛．鮑伊歌曲，妳拍拍地板，我也乖乖坐在妳對面。

「將來我一定要變成那種冰箱裡一定會放搖酒器的女孩。」

「能有志向是好事。」

妳對我甜笑，改採跪姿、更挨近了我一點。我靠過去迎向妳，我拿起酒杯，刻意碰了一下妳的手。

「謝謝。」

「沒什麼。」妳輕聲回道，不知道爲什麼，妳像是芭蕾女伶，像是蝴蝶餅，雙腿放鬆，光溜溜的雙腳疊在一起，宛若在練瑜伽。妳啜飲伏特加，抬頭看著天花板，「我討厭那些污痕。」

「不，貝可，這是老房子，那些污痕都是歷史。」

「我小時候好想要玻璃屋，你知道霧面玻璃？就像是八〇年代流行的那種東西？」

「妳喜歡新的東西。」我回道。

妳反應很快，「喬伊，你喜歡老東西。」

「我喜歡這裡，」我四處張望，這房間比我記得的小多了，或者可能是因爲太熱了而已，我想要妳。「妳覺得這裡放得下妳的新床嗎？」

「我以前放過加大雙人床。」

妳錯了，因爲妳的舊床是標準雙人床，而且幾乎塞不下，但我沒有糾正妳。

妳舔了舔嘴巴之後，開口問道：「好，那我可以當你的助理囉？」

「不行，」我回道，「但妳可以當我的學徒。」

我講話總是得妳歡心，而且簡直都像是立刻脫口而出。妳喜歡文字，我也深得個中三昧，我們莫名其妙就乾杯，一飲而盡。先站起來的人是我，我伸手拉妳，握住了妳其中一隻手，現在又握住了雙手，這一次，妳沒有放手。我越來愈硬，妳也發現了，我的背貼著窗戶，聽見外頭樹葉在沙沙作響。車輛往西四街嗖嗖疾行，也穿徹了我的全身，我的感官，貝可，妳撩起我的慾火，紗窗裡灌入的風啃咬著我的背，妳拉著我的雙手、放在妳的屁股上面，妳主動引導我，扳著我的手指，一次一根，進入妳破爛運動褲鬆緊帶的下方，外頭只要有人經過，都可以看到我們兩個人在幹什麼，妳把我的手又往下拉了一點，妳的屁股好柔軟，但依然緊實圓翹，我托住妳的蜜臀，妳放開我的手，勾住我的頭，好戲登場了。

妳跳上來，雙腿夾住我，我可以就這麼抱住妳走向世界盡頭，我走到小房間的另外一邊，把妳壓在牆上吻妳，而且緊緊掐住妳的屁股，我喜歡妳的腳跟壓住我的背，也喜歡妳小房間裡的床，但門口傳來恐怖的聲響，金屬撞擊聲，還有哨子，妳立刻站好，梳整我的頭髮，門口有人。

「妳媽來了？」我開口問道，妳舔了舔手指，撫勻我的眉毛。

「不是，」妳回道，「是佩姬！」

就這樣，妳一溜煙跑掉了，這太離譜了，現在明明是我們共處的時光，妳居然跑向門口讓佩姬進來，我聽不到妳的聲音，但我的確可以聽到她講的話。

「妳頭髮怎麼了？」

妳嘀咕了幾句話。

她大吼，「妳不是在跟那個分類廣告網站的組裝工打砲吧？」

妳又嘰嘰咕咕了一會兒。

她唉聲嘆氣，「貝可，妳應該要等到用完晚餐之後才能吃甜點，現在他連床都還沒有幫妳組好，不知道妳腦袋在想什麼？」

妳現在的聲音響亮清朗，「喬伊！」

我立刻就過去了，對佩姬點點頭打招呼，她對我假笑了一下。

「嗨，喬瑟夫，」她說道，「抱歉打擾，不過我們這位小朋友先前花錢請人來幫她組床，我是她最好的朋友，我擔心她遇到瘋子工人，過來陪伴自然是我的職責。」

「哇，好意外！」我驚呼，妳哈哈大笑，但佩姬不為所動，天，剛才的伏特加後勁眞強。

她看著妳，「我可以去尿尿嗎？」

「當然，」妳問道，「妳是不是憋不住了？」

「沒錯。」她脫掉球鞋，公寓裡瞬間充滿了她大剌剌的汗濕腳味。現在，她從頭上直接拉掉粉紅色的刷毛外套，扔在地板上，而不是掛在外套架，她的目光盯著我不放。

「喬瑟夫，」她對我說道，「我看你也不想知道這件事，但我膀胱患有某種罕見症狀，叫做間質性膀胱炎，我需要尿尿的時候，一定得趕快尿出來。」

「請便。」我回道，她踩著重步走進小廁所，也沒開燈，她對妳家很熟，她知道要是自己開燈的話，抽風扇就會自動運轉，她也就聽不到我們的談話。她不信任我，不過她應該是不相信任何人。

我忍不住輕笑，妳發出噓聲制止我，又示意叫我跟妳進臥房，妳的態度變得截然不同，「眞是抱歉，喬瑟夫，」妳口誤，「我是說喬伊。」

「沒關係，她還好吧？」

「你有沒有聽過IC？」

「啊？」

「就是間質性膀胱炎。」妳現在完全擺出好友的姿態，把頭髮往後梳，抓了橡皮筋紮好，又拿起剪刀拆包裝盒。我接過剪刀，繼續工作，妳又倒了伏特加給自己喝，而不是給我。我們不會做愛了，妳也不再是我的學徒。我把床框、螺栓、把手，還有所有的小配件從紙盒裡取出來，妳的老習慣又來了，靠在窗邊抽菸，妳一直告訴我間質性膀胱炎的事，我根本不想知道那麼多細節，事情不該演變成這樣啊。

「所以她很慘，」妳說道，「她不能喝一般的水，只能喝愛維養礦泉水，幾乎所有的食物都會造成她膀胱不適，發作的時間、食物來源、原因以及方式讓病症都無法預知。所有的速食她都沒辦法碰，萬一她喝酒的話，必須要喝高pH值的酒，類似『坎特一號』或是『灰雁』之類的伏特加。她最好是吃梨子，因爲梨子有舒緩膀胱的功能。反正，這女孩好可憐，飽受煎熬。大家都對她沒有同情心，但要是她吃廉價食物，她的膀胱眞的會爆掉。」

「她那天在自己家的派對裡明明在喝野格利口酒。」

「喬伊，別這樣。」

「抱歉，我只是很疑惑而已。」

「這是很複雜的疾病，」妳又訓了我一次，我再次道歉，妳原諒我，跑過來揉我的頭，親吻了一下，但妳又立刻回到窗台邊。當初說的不是這樣，我不想一個人組床，我好想妳。我開始摸妳的褲子，但妳繼續講個不停，而且連看都不看我一眼。

「有時候，如果她服用了特殊的藥丸，先吃大量的羊奶起司或牛奶或是濃縮梨子果汁，墊一下膀胱，你知道嗎，類似野格酒或是含麥的食物就可以吃了。」

「她還眞倒霉。」組床的流程指示全是圖畫，總共八頁的組裝小冊裡唯一的文字就是「宜家家居」。靠圖像學習不是我的專長，妳的菸味讓我噁心想吐。

「的確如此，」妳說道，「我很愛琳恩與謝娜，但她們有時候對她的態度眞的很惡劣。我的意思是，她們老是喜歡去吃披薩或是威士忌酒吧，她們明明知道佩姬沒辦法把那些東西吞下肚子，但還是規劃出這樣的行程，不是很體貼吧。」

「披薩店裡的所有東西都不能吃嗎？」我反問，我要是知道自己得使用扳手的話，我剛才絕對不會喝那杯伏特加。我現在彷彿覺得今天早上我是在妳客廳的沙發上醒來的，妳全身赤裸躺在我懷裡，然後，我已經幫妳組好了床。

「貝可！」佩姬大叫，然後又開始哭，裝的，我確定她在演戲，但妳捻熄香菸（妳也只是熄了一半，我必須幫妳善後），連聲再見也來不及說就衝過去了。

有錢人很難搞，但他們的個性與大驚小怪卻讓妳深深著迷。

我開始組裝妳的床，動作慢條斯理，低聲唱和著妳房內的大衛・鮑伊音樂，這段時間漫長又寂寞，妳一直陪著她，我聽不見妳們的談話，我從來不曾覺得這麼孤單，終於，我鎖緊了最後一個螺栓。我的判斷沒錯，這張床太大了，我只能把床墊靠在牆上，讓它自己落在床框裡，沒辦法以推塞的方式裝進去。我希望妳能進來爲我的付出拍手叫好，但我卻只收到了妳從浴室傳來的簡訊：

喬伊，我眞的非常抱歉，佩姬超級不舒服，我不想丟下她一個人，你能不能幫我一個忙呢？

我能怎麼辦？只好回訊給妳：

儘管開口就是了。

現在妳把我叫過去，我立刻走到浴室門口。我沒開門，妳也沒有，所以我敲了兩下，「小姐們，有什麼吩咐？」

妳打開了門，只露出小到不行的一點縫隙，「可不可以請你去雜貨店買愛維養礦泉水和梨子？再多帶一點冰塊回來？」

「沒問題，」我回道，「可以拿妳的鑰匙嗎？」

妳本來打算說好，但她推了妳一下，我猜啦，妳改口說回來按電鈴就好，妳會去開門，我也沒辦法親妳道再見。

我走過葛雷特．卡特的房子外頭，呼吸西村的空氣，面前的態勢已經很清楚了。班吉必須滾蛋，佩姬是妳最要好的朋友，所以我當然允許妳縱容她的鬼話連篇，但問題出在妳身上，貝可，這不是妳的錯，每個人都多少有問題，丹尼斯．勒翰會把它稱之為目睹常春藤圈子的惡行卻知情不報，這種說法很正確，妳總是會挑佩姬與班吉這樣的人，而不是我，因為妳就是吃上流社會那一套。我拿了最小罐的愛維養礦泉水，水果籃裡最爛的那顆梨子，買了兩塊美金的冰塊，還買了我自己需要的橡膠手套。

我拖著汗流浹背又腰痠背痛的身軀回到妳家，我沒機會按電鈴，因為妳早已在門口等我，立刻接下了我手中的塑膠袋。

「她現在不適合見人。」妳說道。

「知道了，」我回道，「那妳呢？」

「哦我很好，床也組得很好。」

妳甜笑，啄了一下我的嘴唇，佩姬在叫妳，妳立刻衝回去，我轉身，走回書店，今日的一切美好，當妳男友的喜悅，全被抹消得一乾二淨，因爲我好恨這座城市被班吉與佩姬這種人所主宰。我回到書店之後才發現自己把橡膠手套留在塑膠袋裡了，如果妳問起的話，我會告訴妳我本來打算自告奮勇清理妳的浴室，妳一定會相信我的，這種事我很拿手，眞的。

我走進自己的街角雜貨店，這間當然不像妳家那邊的那麼漂亮，我又拿了橡膠手套，還挑了花生油，然後進入汀恩德魯卡食品店買豆漿。我回到書店，把一茶匙的健康花生油倒入豆漿裡。班吉從來不講實話，所以對花生過敏這種事八成也是唬爛的。但誰知道？搞不好我運氣不錯。

16

大多數的人都以爲史蒂芬．克萊恩的《紅色英勇勳章》描寫的主題是戰爭，但其實不然，書中關於戰爭的場景描繪，其實是來自於他在校橄欖球隊的經驗而來。克萊恩年輕的時候有點娘炮，一直生病，根本不是稱頭的運動員，他從來沒有打過仗，在足球場上也只是明星球員後頭的小角色。貝可，妳眞應該看看我把這些事告訴班吉時、他臉上所出現的表情。他把這本書看得滾瓜爛熟，卻對克萊恩這個人一無所知，退役軍人爭相購買他的鬼扯淡小說，克萊恩對此厭惡至極，但班吉根本不知道這件事。克萊恩的餘生等於是在慢性自殺，不斷參加各場戰役，拚命想要彌補自己年輕聰慧又幸運所帶來的缺憾。

「太離奇了。」班吉不可置信，猛搖頭。

「眞正離奇的是你好愛這本書、但卻一直不知道作者的事。」

這果然是眞的：班吉沒撒謊，他眞的，應該說他生前，對花生過敏。他擁抱智識而死去，得到了全新的自信與自傲而死去，是誰說人過一生就得活上八十年？妳知道嗎？他學到了東西，有多少人能在離世時正好覺得自己能夠抬頭挺胸走路有風？大多數的人都是老死，充滿了痛苦與悔恨。或者英年早逝，充滿了毒品與自溺——不然就是純粹倒霉進了鬼門關。不過班吉卻得到至高無上的特權，他死的時候心胸豁達，增長了智慧。貝可，班吉已經不是昔日的吳下阿蒙，妳知道嗎，他已經超越衆人。看看他是怎麼待妳的，再看看他又是怎麼對待自己的身體，我爲他所設下的陷阱，等於讓他掙脫了他自己天生就被困住的陷阱。我創造了一個他無法侵佔的世界，在這樣的地方，他的花言巧語完全發揮不了作用。最後，我拿走了他的毒品。

我眺望宜家家居水面另一頭的地平線，貝可，這眞是破天荒的瘋狂之舉。貝可，班吉告訴我的那個置物櫃，有鎖卡的那個記得嗎？就在宜家家居附近。妳一定會因爲這種小事而興奮不已，我很想知道保羅·湯瑪斯·安德森會怎麼在電影裡處理這樣的「巧合」。

海洋、河流若想要取你性命，輕而易舉，在這樣的環境中，更容易釐清思緒，貝可，妳要記住，我們若與這種大自然力量相比，實在無足輕重，塵歸塵，土歸土。班吉的骨灰就放在某個宜家家居的盒子裡，也就是我們那趟採購之旅留下的垃圾。我告訴某個船夫，有零件不見了，而且裡面的產品與圖片長得根本不一樣。其實，那個盒子裡裝的是班吉的骨灰，妳一定無法想像我費盡了千辛萬苦，因爲人體不會就這麼自然而然分解爲骨灰。

兩天前，妳開始因爲萬聖節即將到來而備感壓力。妳想要打扮成莉亞公主（妳眞的很愛賣騷），妳開始不斷拍自己與朋友的照片，喝酒喝得好兇。妳沒有問我要不要扮演路克天行者，自己倒是越玩越開心，想必接下來我們對於要如何歡度萬聖節一定會笑鬧拌嘴。

兩天前，我也爲了要如何處理班吉的屍體而開始焦慮。我必須在萬聖節的忙碌時段派寇提斯照顧店面，而我自己得找出該怎麼火化屍體的方法。我必須搞懂該怎麼火化屍體。寇提斯很乖，因爲他需要錢買大麻解毒癮，所以我請他加班等於是有求必應。我最後也弄懂了該怎麼處理班吉，感謝網路上隨便就可以找到的省錢又實用的自行火化步驟。這種事不能在紐約市裡處理，所以我把穆尼先生的車從瓊斯海灘公園那裡開出來，而且找到了一個不錯的埋屍地點。燒屍很花時間，必須一直注意火勢，不能讓它熄滅，而且最後的結果未盡如人意，班吉的骨灰當然還有骨頭，所以也不能就這麼倒進濾網裡面！焚屍想要焚得乾淨，需要時間與化學物質的輔助，但考量環境的諸多限制，我覺得自己還算滿厲害的。我小心翼翼，最後把他裝在盒子裡帶回家，大多數的人要是遇到我這種狀況，一定會把他留在本島。我突然笑了出來，妳自己想想看嘛，妳其實不太像莉亞公主（妳的髮髻小多了），我也不像是殯葬業者，這也多少算是某種勢均力敵，我喜歡。

「這東西多少錢？」某個友善的船夫問我。

「說出來你可能不信，八十美金。」

他搖搖頭，舉起班吉的骨灰，「他們根本是在搶錢，但女孩子就是喜歡來這裡。」

「所以我才得來處理善後啊。」我虧了自己一下，我們兩人哈哈大笑，我給了他十塊美金當小費，他拿到了之後眞的很開心，你知道從來不會有人給他小費。

我們逐漸靠近碼頭，他耳朵後面塞了根香菸，抓住繩索，準備抛出去，他說他會幫我把班吉的盒子送回宜家家居，但我說我自己來就可以了。

「老哥，還是去享受你的菸吧，」我說道，「人生苦短，就走這麼一回。」

「不然就是一天六次來回。」他哈哈大笑。

鑰匙卡的確有效，班吉說得沒錯。置物櫃果然就在他告訴我的地方，而且開櫃取物完全不費吹灰之力，因爲現在已經沒有老闆要雇工了。要是以前的話，一定會有警衛搭配比特犬，還有一連串的問題：

你是誰？

盒子裡裝了什麼東西？

誰允許你過來打開置物櫃？

授權文件呢？

現在打電話給克萊恩先生確定一下好嗎？

你能不能請他過來一趟？

而我講出的答案一定會有漏洞，也不知道該怎麼處理班吉的骨灰盒，但他在離世之前十分大方，他知道我來這裡不會有人找我麻煩，而且我認爲他自己也想長眠於此，與他偷來的勞力士、西裝、銀飾，就是那些他從小被訓練要景仰、但卻沒有膽量擺脫的東西，再次歡聚在一起。他一直是個愁悶的拜金主義者，我終結了他多年來所承受的痛苦。

我打開兩瓶「家園蘇打」，一瓶給我，另外一瓶給班吉，把他的那一瓶放在盒子旁邊。貝可，我要告訴妳，要是妳偶爾恰好拿到品質優秀的貨，那味道宛若天堂。我戴上手套，開始清理，傾聽碳酸氣泡慢慢消散的聲音。我發現有一頂二〇〇六年奇峰蘭姆酒贊助的費加威航海賽的帽子，帽簷上繡有史賓塞．休威這個名字。有錢人的小孩總會把名字繡在衣物上，因爲和班吉這種偷竊癖在一起要小心，而且可以幫助保姆記住他們的名字。我試戴了一下帽子，滿合的，我決定留下了。貝可，我需要這頂帽子，那是南塔克特紅，自然的力量逞威，已讓它褪成灰紅色，雖然已經磨損，但不知道爲何依然很高貴，就和妳一樣。

17

妳不知道自己陷入哀傷之中，妳不知道班吉已經死了，妳不可能知道的，貝可，但妳整個人都廢了。妳整個禮拜都在閒晃，和佩姬到處在看3D電影試映。就連找妳喝杯咖啡，妳都要討論星巴克、唐恩都樂甜甜圈，還有妳家附近熟食店的「可愛男服務生」究竟哪一個比較好。我頻頻向妳示好，但現在呢，妳只和佩姬一起鬼混。

就連看部電影，妳的腦袋也不太靈光。我們先前去轉角餐廳的時候，妳告訴我妳好愛《心靈角落》這部電影，妳對加州的愛恨情仇也被引爆開來，妳期盼有一天能夠見到保羅・湯瑪斯・安德森本人，親口告訴他，靠，他眞是聰明絕頂，我也覺得他很厲害。但佩姬卻告訴妳，他的電影傲慢又主觀（judgy），妳卻大表認同！拜託根本沒judgy這個字好嗎，虧妳還想要當作家。我問妳最近在幹嘛，妳說自己在看《心靈角落》，那妳覺得怎樣，妳告訴我妳覺得這部片很主觀（judgy），妳完全不用大腦，那明明是佩姬的觀點，我想要約妳出去，但妳卻說自己生病了。

貝可，妳沒生病。妳找佩姬去逛街吃午餐，她說不要，她說她病了。但我跟蹤了她。我必須知道妳爲什麼被她吃得死死的，所以我盯著她走進她的建築事務所，又走出來吃午餐，她與大家親吻打招呼，整個禮拜都吃科布沙拉。我找妳出去散步，喝咖啡喝湯什麼都好，而妳的回覆千篇一律：

我還在生病。☹

我只好上床睡覺。班吉離世六天了，我還沒有見過妳，我一覺無夢，至少，我不記得自己作過夢。

當我醒來之後，這世界終於變得比較美好了一點，妳和佩姬大吵一架。她說妳的心理醫生不怎麼樣，妳開始為醫生也為自己辯護，我以妳為傲。最棒的是，妳的腦袋又恢復了正常，我認識而深愛的那個妳回來了，妳在深夜寫信給我：

好，這篇的字數有點太多了，而且發信給你的時間也太晚，但你有沒有過這種感覺？想要告訴自己身邊的每一個人滾遠一點？我不想當那種在背後婊自己好友的女孩，但現在，可不可以讓我說句話就好……我的朋友都好賤！我這麼努力要讓大家聚在一起，你也知道，而大家一直在吵架，讓我的日子很難受，要是佩姬願意出席，謝娜就不去，若是她們想要在促銷時段去喝酒，佩姬就覺得打折會引來亂七八糟的人。重點是……現在是凌晨五點鐘，我還沒做完功課，但今天得參加讀書會，你知道嗎？真是無聊。還有那個叫貝萊絲的女孩，這怪咖對我恨之入骨，她一定會批評這篇牛仔小說，沒關係。我真是嘮叨，不過，反正呢，太陽即將升起，我想念你。再見了，希望你看完這封電郵之後，不會認為我是瘋子吧？晚安。☺

就是這樣，妳讓我心情大好，我立刻寫了貼心短語：

親愛的貝可，今晚我請妳喝一手啤酒。喬伊

妳好愛我的回應，給了我一個笑臉符號，我們今晚有約會了——耶！——我循序漸進成功了——耶！——我把我先前拿到床邊的打字機又擺回原處，我頭髮今天看起來很帥——耶！——

而且寇提斯今晚當班，所以連關門的事都不用我費心——耶！——而且佩姬已經滾蛋了——耶！——貝可，我爲妳拚命打手槍。誰知道呢？也許是今晚就會發生了。我衝到妳家附近，在木蘭烘焙坊買了兩個杯子蛋糕，聞起來眞是他媽的香，貝可，我想全吃掉，但我是好男孩，而且我已經有腹案要怎麼玩這些糖霜了。

不過，後來……後來呢，我們本來應該要在九點見面，妳在九點零四分打電話給我，上氣不接下氣，妳正準備要前往上城。說來話長，妳是這麼告訴我的，但佩姬一個人在家，她覺得有人闖入她家，因爲露台的家具被移位了。妳的語氣似乎和她一樣驚慌，「喬伊，聽我說，」妳態度決絕，「反正闖進來的那個人動了她的法式躺椅。」

我打斷她，「但他們沒有偷走椅子？」

「沒有，」妳嘆了一口氣，「但有人闖進她家，喬伊，她嚇死了。」

「我想也是。」我回道，妳繼續滔滔不絕，但事情沒像妳講的那麼誇張。我沒有闖進去，也沒有動她的法式躺椅，我只是拿了在那次派對裡找到的萬用鑰匙、直接開門進去，而且我沒有偷東西。我比較像是聖誕老人，因爲我爲那本貝婁的書買了壓克力書套，所以這臭女人應該要向我道謝才是。

「佩姬眞的覺得對你很不好意思，」妳信誓旦旦，「她覺得超愧疚，但如今再次出現了跟蹤者，她嚇死了。」

我聽到再次這個詞彙，根本不覺得佩姬身價不凡，我只想到她這些年來一定編出了許多恐怖的故事嚇唬妳。

「別擔心。」我的語氣狀似誠懇，我還請妳要注意安全，妳喜歡我這麼體貼。我原諒妳了，眞的，妳是忠誠的好友，而妳的字典裡沒有「法式躺椅」，它是佩姬的專屬詞彙。那兩個杯子蛋糕都被我吃掉了，糖霜已經不再鮮甜，要是能在妳的乳尖上舔去這些糖衣，滋味一定好多了。過了一會兒之後，妳在推特發了張照片，全都是迷你杯子蛋糕，比我在木蘭烘焙坊買的小多了，它們被放在色彩鮮豔的盤子上，媽的旁邊還放了一大瓶蔗糖伏特加，妳加註了幾個字：

#女孩之夜最潮

妳不可能知道我買了杯子蛋糕給妳，不過，有時候，我不免懷疑妳是我肚子裡的蛔蟲。

18

第二天，妳果然補償了我。但倒不是去黑漆漆的酒吧喝一手啤酒、吃杯子蛋糕，我們只是一起吃午餐，妳告訴我佩姬有多麼憂鬱寂寞。我們待在一點也不性感的莎拉貝絲餐廳喝水（這當然也不是什麼性感的事），品嚐精緻手工果醬（和性感完全沾不上邊），妳一心只想講佩姬的事（讓人性慾盡失）。妳覺得對她有責任，因為她周邊沒有親人。看來等我們做完愛之後，就只能到這樣的地方來吃東西了。然後，我實在不懂妳這些話的邏輯。

妳告訴我，「她一直沒有爸媽照顧。」

「不過，貝可，妳家人也不在妳身邊。」

「我知道，」妳拿了塊小鬆餅，「但我是自己離家的，這很自然，而她卻是家人離開了她，真可憐，我們畢業的第二年，他們全都搬去了舊金山。」

聽到這種事我覺得也沒什麼好意外的，妳又轉移話題，開始婊那個叫貝萊絲的女孩，我邊聽邊點頭，我開始吃小鬆餅，妳溜進女廁，發電郵給佩姬：

我只是想要告訴妳，喬伊真的是超好的聽眾，不要喪失對其他人的信心！

佩姬回了一大段話給妳，速度未免也太快了，很可疑：

他人真好！貝可，不要對他太嚴苛。這個人看起來頗有潛力。我把妳的喬瑟夫的事告訴我的瑜伽老師，她把他比擬為《心靈捕手》的男主角。他數學是不是很好？反正，祝你們用餐愉快，希望妳能帶他去好玩的地方！妳是喜歡探索四方的女孩，絕對沒問題。我對人性的信心已經完全恢復了，我享受獨處的時刻。我們還這麼年輕，當然不該被綁得死死的。和喬瑟夫好好出去玩！我想他一定會從妳身上學到好多事，太棒了！

妳回來了，問我小時候是不是喜歡數學，我說我不行，當我問妳為什麼要問這個問題的時候，妳只是搖搖頭，繼續講貝萊絲的壞話。我們又喝了杯咖啡，如果這是我們先前已經講好、做完愛之後的飲食地點，我會比較開心。現在，我沒有辦法在大白天向妳吻別，這會不會是妳的招數？擺明了只把我放在一般朋友圈呢？一般朋友圈眞的存在嗎？或者那只是迷思而已？那個漂亮美眉最後與《心靈捕手》的男主角怎麼樣了？我不記得了。

當我們在莎拉貝斯餐廳外頭分道揚鑣的時候，我們擁抱道別，就像是表兄妹一樣，那天晚上我們差點要一起組床的親暱感沒了，妳變得有點疏離。

「今天很開心。」妳說道。

「等一下妳要幹什麼？」

「有女孩之夜。」

「但妳昨晚才和那些女生一起吃杯子蛋糕。」

我被妳抓到了，妳的反應也好可愛，「喬伊，你是不是在偷偷追蹤我的推特？」

「有一點，」也許這時候應該可以吻妳吧，這種時候有點曖昧，正好和《漢娜姐妹》裡捧倒的情節類似。

「嗯，其實是這樣，昨晚與佩姬在一起，今晚是琳恩與謝娜。」

「那明天晚上怎麼樣？」我在求妳，這與吻妳相比是天差地遠，我不應該繼續拗下去才是。「明晚我真的得寫東西，但我們可以早一點碰面，一起吃午餐好嗎？」

我答應妳一起吃午餐，妳走了，走回書店長路漫漫，我本來覺得塔克．麥克斯、《Maxim》雜誌，還有湯姆．克魯斯在《心靈角落》裡飾演的那個角色都很噁心，而且我認爲女人並不像他們向你鼓吹的那麼單純。但現在，我還眞想借用在《心靈角落》中法蘭克．T．J．麥基編寫的「引誘與摧毀」的對策，因爲我搞砸了。那晚幫妳組床沒和妳打砲，至少，我沒有好好努力，顯然是鑄下了大錯，我搞得亂七八糟，這是我長大以來最嚴重的錯誤。甚至之後我聽妳拚命分析自己的生活長達五小時，我居然連吻妳都沒有。我慘了，眞的，妳搞不好會以爲是我要把妳放在一般朋友圈。

這是最可怕的骨牌效應，因爲我們第二天的確要在某個妳稱之爲「應該與莎拉貝絲一樣美味」的新地方用餐。這又是因爲我在聚會後沒有吻妳，第二天妳想要做什麼？妳想要吃早午餐，有什麼會比午餐更令人性趣缺缺？就是早午餐，有錢白種人美眉發明的詞彙，喝酒狂歡配法國吐司的合理化藉口。而我們去吃早午餐的時候，妳根本不會碰酒，不久之後，我們就到了連服務生也沒有的地方約會，妳超愛在這間熟食店與那些上班族一起排隊，他們在等待點餐的空檔會拿出iPad看史蒂芬．金的小說，而他們點的都是毫無性感可言的生菜沙拉，靠，他媽的豆子、沙拉醬、青蔥與洋蔥（要紅洋蔥還是白洋蔥？要烤過的熟片還是生切片？）你們這些人也嘛幫幫忙，不過就是沙拉，不要想太多。

妳與佩姬之間沒有不和，但妳也沒有被她吃得死死的，我現在弄懂了，妳喜歡她，是因爲她爲妳痴迷。琳恩與謝娜也喜歡妳，但她們不會覺得妳拉出來的屎有玫瑰花的香味。妳喜歡被哄被寵被安撫，而我們只要一聊到妳的短篇小說與同學，最後一定是妳告訴我妳自己多麼特別、多麼有才華，他們有多麼嫉妒妳，妳比他們顯然高出一截，妳越來越厲害，透明的拋棄式塑膠碗裡的沙拉越來越少，我說妳很幸運，我是認眞的，我知道妳想聽這種話，而我也打從心底就這麼認爲：

「貝可，妳眞的很有天賦，如果妳不是天才，他們根本無所謂。」

「有時候，最厲害的作家會先被大家討厭，之後才會贏得衆人的喜愛，看看納博科夫❼就知道了。」

「我與妳沒有競爭關係，所以我說實話也無妨，我覺得妳講到了重點。」

的確如此。當我躺在自己的沙發上，聆聽妳講述貝萊絲的事的時候，我覺得我自己彷彿住在妳的身體裡面，滲透了妳，我感同身受，妳說得沒錯，貝萊絲的確討厭妳，但這樣對妳剛好，反而激勵了妳，妳火氣都上來了，「她這個人愛發脾氣，吃抗憂鬱劑，不願意和她媽媽、妹妹、父親、後母，或是她的室友、貓咪、她上禮拜打砲的那些男人講話，」妳停下來喘氣，「我是說，貝萊絲自稱是行爲藝術家——在眞實世界中我們稱之爲婊子，她弄了個自己稱之爲藝術的網路視訊服務。」

「換言之，她就是妓女啦。」

❼俄裔美國作家，其成名作《蘿莉塔》曾數度遭禁，後被列爲「二十世紀百大英文小說」第四名。

「謝謝你，喬伊。」

「不客氣，貝可。」

妳繼續滔滔不絕，「我來自南塔克特，又喜歡讀詩，她就是這樣看我不順眼。」

「她去死死吧。」

我想要幫助妳走出困境，但妳不知道她爲什麼討厭妳，妳一直繞著這個話題。

他媽的。

每一個。

晚上都這樣。

如果這些對話發生的地點是在公園長椅或妳家的門階梯台或妳家沙發或是我幫妳組裝的床上，那我比較知道該怎麼應付妳，但這全都是講電話時的聊天內容。我沒有辦法透過電話聞到妳的氣味，我覺得自己像是「給我信心」的0204熱線服務生，讓妳打電話找我的時候可以幫助妳自我感覺良好。妳不像是把我當成男友，妳會和同學一起去喝酒，而等到喝完之後才打電話給我，而且妳似乎完全不覺得沒主動找我有哪裡不對。我只是提供妳電交服務的人，我不喜歡這樣。妳不想知道我一天過得怎麼樣，妳總是在不得不的狀況下、客套問我兩句。

「所以書店還好嗎？」

「妳也知道就是那個樣子，還好啦。」

「眞的嗎？」

「眞的。」

然後，我等待妳詢問更多的問題，關於我這個人啦，還有我今天過得怎麼樣，但我總是先投降，自己主動開口問妳，「那妳呢？學校課業如何？」

但我受不了，不該繼續浪費我們兩人的時間，要讓關係運作順暢是我的責任。

「嘿，貝可……」

「嗯？」

「一起出去好嗎？」

「啊，我穿睡衣耶，而且明天要上課。」

「不，不是現在，我說的是下個禮拜。」

妳沉默了一會兒，妳已經忘了自己有多麼想和我幹砲，妳努力遵循「佩姬守則」過生活：不與男人往來，只要寫小說就是了，但妳的確想要和我在一起，不然妳現在早就找其他藉口推辭了。

「哦，你想要什麼時候出去？」

「星期五晚上，」我回道，「不要跑趴，我只想帶妳出去走走。」

不知道爲什麼，我聽得見妳微笑的聲音，妳說好，然後又說了一次。我喜歡妳描寫自己夏天打工當女傭的小說《一團團的灰塵》，我就坦然直說了，我也坦然告訴妳我最喜歡的段落——豪宅裡的那個爸爸想要在洗衣房裡找妳打砲。

「哦，你知道故事裡的主角不是我。」

「但妳告訴過我妳某個夏天打工當女傭。」

妳告訴我，「沒錯，但我並沒有想當那些人的小三，」難怪貝萊絲討厭妳，妳才不會跟蹤別人，班吉總是亂講話，但妳的確有這種渴求，純眞無邪的想望，但只是因爲妳骨子裡還會覺得不舒服，妳還不習慣，不過我會幫助妳的。妳繼續說下去，「喬伊，我絕對不會讓自己淪落到那種下場，那是小說。」

「我知道。」其實我不知道。

「我不會去追有錢的已婚男子。」

「我知道。」

「好，喬伊，你打算帶我去哪裡？」

妳好開心，因爲我不肯告訴妳答案，因爲妳盛裝打扮卻不知道自己到底要去哪裡的這種情形並不多見。妳穿了件開兩條高衩的嫩粉紅色長裙——全新的，爲我買的——裙衩開得實在太高了，幾乎可以看到妳的內褲，妳上半身套的是寬鬆的褐色毛衣，我要把它脫掉可說是輕而易舉。妳的身體是我的禮物，是那些免持聽筒熱線電話以及午餐的報酬。妳的胸罩是粉紅色的，熱情的粉紅色，等於提醒我要注意妳毛衣底下的乳尖，我時時刻刻都不會忘記。我擁抱妳的時候，聞到了花香、洗衣精的氣味，還有妳下體的甜汁，我眞想知道妳的小枕頭被妳夾壓得有多慘，我覺得自己眞了不起，整整兩個小時不曾偷看妳的電郵，製造我們約會應有的懸疑感。貝可，我眞的等好久了，雖然妳總是這麼可愛，但妳從來不曾爲我費心打扮，今晚，妳好在意我的想法。我們不會去見妳的朋友，沒有人會拍下妳的照片、分享在臉書上。妳的身體妳的秀髮妳的雙唇妳的大腿，都是我的。自從那天晚上我幫妳組好床之後，妳就強迫我們一定要在毫無性遐想的明亮地方約會。我終於在天色昏黑的時候擁有了妳，妳再也不會在我面前閃閃躲躲，我要盡情享受這樣的時刻，我好愛這樣的約會，我愛妳。

「走吧。」我牽起妳的手，兩人靜靜往前走，這些天鳥到不行的電話對談內容居然發揮了某種功效，因爲現在我們粘得好緊，我們兩個都嚇了一跳，原來我們對彼此居然如此熟悉，我捏了捏妳的手，妳望著我，我招計程車，有一台停在我們面前，一切即將順利展開。

「去哪裡？」

「中央公園。」我回道。

「哦天哪，喬伊，眞的嗎？」

「停放馬車的地方。」

妳尖叫拍手，這是我的成功出擊，起初我有疑慮，因爲我不知道除了搭馬車之外還有沒有其他能更讓妳開心的事，但最後證明我沒錯，我們一起去宜家家居的那一晚已經是將近兩週前的事了，我希望這次的重聚之夜可以熱情如火。計程車往上城前進，車行速度比我預期的快多了，這一次，我先下車，這一次，我繞到妳那一側爲妳開門。我伸出我的手，妳也把手放在我的掌心裡，妳把車資給了計程車司機，我給了他小費。在妳還沒搞清楚狀況之前，我們已經貼在一起、坐在馬車上，兩人依偎的姿態宛若熱戀情侶。

「喬伊，這太刺激了！」妳挨我又挨得更近了一點。

「妳的裙衩也很刺激。」聽到我這句話之後，妳的大腿微微張開，妳希望我幫妳忙，手開始摸妳的大腿，妳好興奮（馬兒的噠噠步蹄、樹葉的顏色，還有我），等到我達陣的時候，妳發出輕聲呻吟，蕾絲內褲已經濕潤，妳再次呻吟，又主動往前稍微推移，迎向我的手，我停留在妳的內褲下方，妳因爲我而變成了宛若枕頭般柔軟的溫熱小池，妳呼喊我的名字，我的手緊扣不放，剛好讓妳夾住，妳親吻我的頸項。

「謝謝。」

「不，不用謝，」我之所以這麼說，是因爲此刻的我無法言語。我太開心了，講不出話來。我們的戀愛故事的言說部分已經結束，我舉起另外一隻手，摟住了妳，我們閉著雙眼，享受彼此的身體——妳的手在我的大腿緩慢游移而上，既痛苦又美好——妳根本不知道接下來是什麼狀況，這是我一生中花過最划算的兩百美金了，謝謝你，馬兒。

所以班吉說得沒錯。妳喜歡豪奢時光，我發現我也是。我們窩在卡萊爾飯店的貝梅爾曼斯酒吧裡最昏暗的角落，我擁有了妳，苦苦折磨著妳，我們如此接近那些無人入住的房間，還有那些柔軟的床，但我卻沒有打算帶妳上床的意思，現在還不行。

「哦，拜託啦，」妳說道，「我們等一下去偷清潔女工的鑰匙吧，我以前從來沒有幹過這種事。」

「這位年輕小姐，妳想去那裡幹什麼？」

「喬伊，你明明知道我們要幹嘛。」

「是嗎？」

妳點點頭，輕輕咬著我的耳朵，彷彿只要我開口，妳就會鑽到桌子底下，此時此刻，就在這裡。但我沒開口，因爲我想要讓妳的嘴唇貼住我的耳朵，妳的雙手不安分，在我的皮帶周圍到處摸索，這就對了，那裡有空隙，沒錯，那是妳的手，那是我的襯衫，把它拉出來，耶。妳伸進去，妳渴慾難耐，我已經被妳一手掌握住了，大家需要爲打手槍發明一個全新的語彙才行，因爲這是：

奇蹟。

妳慾火難耐，我必須睜開眼睛，盯著一些有的沒的才能壓抑自己，不然我一定會射出來，在一片昏暗之中，這個空間感覺好亮，現在妳掌控了我，我從來沒有這麼安心的感覺。我吻妳，妳也回吻我，等待眞是太值得了，妳的木蘭已經綻放、要準備迎納我，不需要等太久，妳已經濕到不行，準備好了。沒有人在注意我們，沒有人因爲我們的放肆而生氣，一切都很好。穿著紅色外套的服務生剛才爲我們送上兩杯高腳杯冰塊、雞尾酒的墊巾、兩小杯冰涼的伏特加，他這個人看起來體面又有禮貌。牆上的畫也很漂亮，就跟我在網路上看到的一樣，當時我花了一些工夫，想要找出我的黃金戰車豪華之旅的目的地，這樣才能改造妳的腦袋，讓妳覺得我是讓妳通往金錢與餐廳眞皮豪華長椅的通行證。其實，這裡每一個男人賺的錢都比我多，就連那個男服務生也不例外。

「喬伊……」

「貝可……」

「我要你，就是現在。」妳的聲音甜膩溫熱。

啊，靠，有個服務生慢慢走過來，態度彬彬有禮，「先生，抱歉打擾。」

「什麼？」

妳立刻把我推開，交疊雙腿，緊咬著下唇，難道在公眾場所示愛也會被抓嗎？

他微微欠身，開口問道：「請問是貝可小姐嗎？」

「我是貝可，」妳回道，服務生一臉困惑，「對，我是貝可小姐，出了什麼事？」

一切都不對勁。

「很抱歉打斷妳，但有通相當緊急的電話要找妳，是佩姬小姐打來的。」

「哦天哪。」妳的手貼住喉嚨，結束了，妳已經開始慌張失措。

他看著我，我點點頭，他離開之後，妳瘋狂扒袋子找手機，我們冷融的速度比桌上的剩餘冰塊還要快。

「眞奇怪……」我說道，妳依然在東翻西找，妳帶的東西也未免也太多了。

「我找不到我的手機。」

「她怎麼知道妳在這裡？」

妳雙頰緋紅，「應該是因爲我有發推特。」

貝可啊，貝可，這原本是屬於我們兩人的夜晚，沒有別人，我做的這一切都是爲了妳。妳的高裙衩是爲了我，胸罩與內褲也是，要是妳不能忍個幾個小時、暫時放下尋找觀眾的欲望，我們要怎麼繼續下去呢？貝可，當妳溜入酒吧的座位區、把手伸進某個男人的褲襠裡面的時候，就等於與對方有了約定。妳在打砲的時候不需要發推特，我能拿妳怎麼辦？我想尖叫，我需要更多的冰塊，但我只能深呼吸，喝酒，什麼話都不要說比較好。

「喬伊，你沒生氣吧？」

「沒有。」

「我從來沒有到過這個地方，你剛才去廁所的時候，嗯我不知道……」妳找到了手機，還拿它戳了戳我的手臂，我看著妳，「喬伊，能來到這裡我好開心，這一直是我的願望，我只是太興奮了。」

「沒關係。」

「我得打電話給佩姬。」

「好，貝可小姐，快去打電話給佩姬吧。」

這裡的每一個人都看著妳跑出去，其中有兩個男人望著妳，那眼神彷彿像是剛跟妳喝過酒一樣，我眞想扁人。我們應該要一起走出這間酒吧才是，妳不該穿著引人想入非非、已經皺得亂七八糟的粉紅色長裙獨自離開。妳抓了門房不知道問些什麼，妳不需要把手擱在他手臂上啊，還有，老實說，那條裙子有點過於透膚，妳具有這種喜歡被注意、被觀察的愛現欲望，想要搞定妳何其困難，貝可，妳需要護花使者，尤其妳的穿著像是個淫蕩妓女的時候。

「他媽的你在看屁啊？」我對著那個最挑釁的男人嗆聲，某個坐在吧檯的渣男，當妳走出去的時候，他依然盯著大門不放，宛若在計算一旦制住了妳的小小嬌軀，要先從哪裡開始幹砲最好。他看起來有一百歲了吧，根本不怕，但要是他不守規矩的話，我一定會讓他嚇得屁滾尿流。

妳的聲音從門廳傳來，「喬伊！我們得走了，現在就走！」

那個老傢伙看著我哈哈大笑，妳在發抖，甚是不耐，「我去叫計程車。」

「我得買單。」

「我剛攔住那個正準備要進來的服務生，」妳的態度好冷漠，跟剛才完全不一樣，「沒關係，我付了，剛才那一趟馬車逛大街一定花了你很多錢。」

就這樣，我讓妳當公主的所有心血就被妳搞得狗屁不如。妳買單，我不是男人，塔克・麥克斯❽不知道躲在哪裡、與那些坐在吧檯的怪老頭一起嘲笑我，牆上的卡通人物也在訕笑，那個賺得比我多的服務生一樣在嘲笑我，妳打開大門，準備搭乘計程車——妳一點一滴，剝光了我的男子氣概，我只是提供妳電交服務的人，妳的裙子亂七八糟——還有可能比這更糟的狀況嗎？就是有。

「妳要去哪裡？」

「七十一街與中央公園西路交叉口。」

「佩姬還好嗎？」我嚇了一跳，想不到我講起話來居然還中氣十足。

「不好。」妳從一點也不性感撩人的大包包裡拿出了橡皮筋，把頭髮往後一紮，彷彿妳早就知道一切會演變成這樣，「你一定不敢相信發生了什麼事。」

❽ 美國暢銷作家，《塔克，嘿咻嘿咻嘿咻！》是其親身經歷的嘿咻冒險故事。

19

凡事終有高潮終結的那一刻，這就是人生的本質。

我們的計程車正往佩姬家的方向奔馳而去，我越來越覺得剛才在四輪馬車（誠如妳所說的一樣，那並不是什麼「馬力計程車」）的時候，就是我從頂峰下墜的開始，我知道自己再也沒有機會當那樣的男子漢了。我再也不可能在那相同的地點挑逗妳，在妳皮膚光亮、裙衫潔淨的時刻摸遍妳的腿，而且夜晚正準備迎接著我們。這就像是麥可・康寧漢在《時時刻刻》裡所說的那段話一樣：幸福是因爲深信自己終將幸福，那是希望。

佩姬奪走了我的希望，妳在看電郵，頻頻發簡訊，妳怎麼能在我們有生以來第一次握住我那裡的時刻斷然收手？妳現在與我的距離有千里之遠，忙著與那些和我們毫無瓜葛的人在講話。

「嗨，貝可，嗯……」我好不容易才開了口。

妳根本不看我，態度好粗魯，「怎樣？」

「要不要告訴我出了什麼事？」

「一堆狀況啊，」妳終於看著我，「哦，你生氣了。」

「沒有。」妳的朋友這麼機車又不是我的錯，妳連一個晚上都離不開推特也不是我的錯。這些全都超出了我的控制範圍，我比妳更從容，否則妳也不會握住我的手，低聲告訴我佩姬的狀況，她覺得又有人闖入她家偷東西，太好笑了，因爲我只進去過一次，而且我根本不偷東西。

「嗯哼。」我回道。

妳雙手交疊胸前，「喂，喬伊，她只有一個人，怕得要死，而且她是我朋友。」

「我知道。」

妳才沒那個膽去對嗆琳恩與謝娜，我很樂意當妳今晚的出氣筒，「抱歉，貝可，眞的對不起。」

妳點點頭，妳對朋友眞是忠心耿耿。

妳回嗆我，「那就不要給我回什麼『嗯哼』。」

「不過容我說兩句，那棟建築門禁森嚴，要闖進去一定相當困難。」

但妳不爲所動，悶哼一聲，「到底有沒有人闖空門並不重要，她覺得有就是有了。」

我讓妳贏，因爲妳是女生，當然有這種特權。車子繼續前行，我們兩人沉默無語，我偷偷發現到琳恩與謝娜並沒有在我們約會的時候打電話給妳，而且還宣稱大腳丫小姐佩姬一直在她們面前聊青春往事，煩死了。司機還沒停妥，妳就開門衝出去，我付了車錢，心情哀傷。

我一下計程車，妳就伸出雙臂用力抱我，低聲對我說：「這是我有史以來最美好的一次約會。」

「請定義一下什麼是有史以來。」我知道妳希望我吻妳，好我就順妳的意思吧。我們走入屋內的時候，眞像是一對情侶，我們進入電梯，妳手機響了，妳接起電話，是佩姬。

她在尖叫，「妳到底在哪？」

「抱歉，我們在電梯裡。」

她不爽抱怨，「我們？」

手機訊號沒了，妳嘆了一口氣，「今晚有得熬了。」

「要不要我先離開？」

我看得出來妳希望我不要跟來，但妳還是環住我的手臂，「記得要對佩姬溫柔一點，好，我知道她很難搞，不過，她曾經企圖自殺好幾次，她很脆弱，情緒低迷。」

「我只是不想看到有人對妳大吼大叫。」

妳笑了笑，捏我的手臂，「你是護花使者。」

「沒錯。」我牽起妳的手，不久之前才握住我大老二的手，我親了一下，保證我一定會保護妳的安全。

妳溫柔低語，「我的騎士，一身閃亮盔甲。」

電梯發出吱嘎噪音，晃搖了好幾下，電鈴按下之後，大門開了，露出可怕的場景。艾爾頓·強的音樂震天價響，佩姬看起來像是觸電而亡的死人一樣，頭髮又毛又亂，雙眼徹夜未眠，居然千挑萬選拿了削皮刀當武器，她大聲咆哮，「為什麼拖這麼久才來？」

她立刻衝進客廳，少了那些布朗人，這地方看起來更加空洞。妳捏了捏我的手，抱歉，我也回捏了一下，沒關係。我們跟在怒氣沖沖的佩姬後頭、在她房子裡走來走去，要是我一個人住在這麼大的地方，我一定也會發瘋。

還不到十分鐘，上次那種沒拿到錢的快遞小弟的感覺又回來了。佩姬只對妳講話，等到我終於鼓起勇氣插嘴的時候，她還沒等我說完，就開始喃喃唸道，我剛才講過了……我覺得她倒不是衝著我而來，我眞的覺得要是妳帶的是琳恩或謝娜，她應該也一樣不爽。貝可，但這一點都不好玩。

我雙手一攤，倒靠在沙發上，妳坐在我旁邊，但身體前傾，屁股貼坐在邊緣。我不能告訴妳佩姬其實是毒藥，聽她撒謊，又聽妳被唬得一愣一愣的，讓我眞的很難受，但我什麼都不能說。

妳一把抓起手機，「我覺得我們該打電話報警才是。」

她丟開妳的手機，我看不下去了，挺身而出，「我覺得我先把事情釐清一下，好嗎？」

佩姬聳肩，「喬瑟夫，隨你囉。」

「有沒有任何的嫌疑犯？」我開口問道，妳把手放在我的大腿上，我輕拍妳的頭。

佩姬眺望窗外，騙子的典型反應，「果汁店有個猥瑣無能的快遞小弟，但我猜不透他到底是靠什麼辦法闖進來的。喬瑟夫，我沒有冒犯的意思，但我懷疑這孩子連高中都沒畢業。」

「沒關係。」

她侷促不安，「我嘴笨講錯話了。」

「眞的不要緊。」算她狗屎運，因爲我根本不鳥她怎麼想。我挨到妳旁邊，抬起妳的下巴，親吻妳的雙唇，是張開嘴巴的火辣濕吻。我抽身後退，離開房間的時候，還順便對佩姬致意。

我慢慢晃進那間宛若圖書館的房間，檢查一下貝婁先生那本可憐兮兮的書。難怪妳作品的產量不夠，佩姬是累贅，自己惹事生非卻一直把妳拖下水，她總是在瞎編鬧劇。現在，妳班上那個叫貝萊絲的女孩正在專心寫作，泡了一壺茶，手裡拿著紅筆，小說草稿已經改到了第十次。她正在聽莫札特，沉醉在自己的作品當中。妳偏好的是現實生活，妳喜歡這間閣樓上演的肥皀劇。我拿起貝婁的書（現在有書套了，沙林傑先生太太，不用謝我了），聽到妳們走進廚房，佩姬吩咐妳把披薩送進烤箱，妳卻堵了她一句，「妳有間質性膀胱炎，我覺得應該不能吃番茄吧？」

「老實說，現在我氣得半死，壓力又這麼大，吃什麼已經沒差了。」

「親愛的……」妳在撒嬌。

「我知道妳要說什麼，」她回道，「不，公平，但就是這樣。」

那句話應該適用在我身上才對。我向貝婁先生道別之後，往樓上走去。我的第一站，當然，就是佩姬的臥房。上次我進來的時候，我覺得這裡比書店還要大，當我又踏進來的時候，心情好沮喪，我的推測沒錯，眞的超大，可以一次同時舉辦八場的扭扭樂比賽。而且，也設計得很有品味，這是當然的，有錢人知道要怎麼把他們的牆搞得有型有款。到處都是法式落地窗，有些是二十英尺長衣櫃的窗門，有些則通往露台。我覺得這裡最美的家具是漂白桃花心木的古董五斗櫃，十八英尺長，搞不好有二十英尺。

我想要放鬆，所以鎖上了門，我脫掉鞋襪，那貂皮小地毯——靠，超屌的貂毛——踩上去的感覺跟天堂一樣。正中央擺放的是漂亮華麗的加大雙人四柱床。拉爾夫・勞倫的床單——我確定過了——還有一堆維吉妮亞・吳爾芙的書放在內嵌式書架裡，精裝書、平裝書、新書、舊書。她參加過一百萬場的馬拉松，那些掛帶可資爲證，被當成了書籤、隨手塞在書本裡。我伸手撫摸漂白處理過的桃花心木五斗櫃，這眞是好東西，太可惜了，幾乎看不到頂面，被美髮塑膠瓶罐佔滿的一大片森林，還有台巨大電視，但在這樣的呼麻據點看到這東西也沒什麼好意外的。

我想要去外頭的露台，但是門卡住了。我猛力拉扯，拜託你這臭婊子，快開啊，果然開了。但我失去重心，趕緊抓住了某個髮膠塑膠瓶以免摔倒，沒用，我啪嗒一聲摔在地上，也因此撞落不少東西，好幾個塑膠瓶、被翻爛的《自己的房間》，還有一堆照片全散在貂皮上。我真不敢相信自己運氣這麼好，我逐一翻閱這十六張美麗又暴露的相片，拍的全都是妳，沒想到佩姬是這麼厲害的攝影師。

不過，眞正偉大攝影師的特點是獨立超然的利眼。偉大的攝影師的攝影主題可以是檜溝，找到了正確角度之後，就能把檜溝化成鋼鐵稜柱。這些照片都很漂亮，不過，貝可，它們不是藝術品，全部都是靠他媽的色情照片，我必須坐下來仔細觀看，因爲有太多細節必須消化，必須要搞清楚才行。佩姬愛妳，佩姬想上妳，我怒了，因爲有個仇敵住在這裡，而且現在我發現這些照片都很髒，充滿了愛意的痕跡，黏糊糊的。某些照片上還看得到指紋，她不只是愛妳，靠，根本是爲妳痴狂。我仔細端詳，看到了條狀分布、層次豐厚的女子淫液，她先自慰，然後又摸妳的照片，摸她自己，然後又是妳。她早就從遠古時代就愛著妳，難怪這女孩這麼生氣，這麼壓抑。這些照片呈現出妳的身體成長史（謝謝妳佩姬），我看到妳十八歲的模樣，也許是十七歲吧，穿著寬鬆的背心，沒穿內褲，在床上趴睡，來自背景的海灘自然光映照著妳，妳是天使，閉著眼睛，雙腿大開。我看到妳穿著比基尼、以腳趾點水，妳的屁股，眞諷刺，就是成熟可口的蜜桃（音同佩姬）嘛。我又看到妳夜半在海灘的照片，妳跨坐在某個男人身上，妳一絲不掛。佩姬的相機很不錯，因爲我可以看到妳的眼睛，還有妳鼓凸如鈕釦的乳頭。

我得趕快躺在那張加大雙人床上面，這些照片啊，貝可。

這些。

他媽的。

照片。

床被下有一團東西，我掀開被子，看到佩姬污黑汗濕的運動衣物與沾血的襪子。我爬過那堆髒衣服，抓了一件她的披巾扔到正中央，這種東西正好可以掩飾剛被我發現、她平日不爲人知的隱形勃起部位，我把照片逐一攤開，感謝上帝，這張床好大，我想對著每一張照片打砲。妳在高中的照片，剪了瀏海，妳在大學的照片，露出了屁股，還有妳正在打砲的照片，騎坐在某人身上的黑白影像版本。那張照片裡的人不是我，但總有一天會輪到我當男主角，我會以妳喜愛的方式、抓住妳的頸項，逼得妳呻吟呼喊我的名字，喬伊。我射出一大坨熱呼呼的液，只能隨手抓住最靠近身邊的東西遮擋：某件發霉的運動型胸罩。

這鐵定會被佩姬發現，我別無選擇，只能藏進內褲裡，我翻拍了這些照片之後，才把它們放回那個貝可小盒裡，我露出微笑。

等到我冷靜下來，把現場清理乾淨之後，我走到樓下，發現妳們兩個都站在露台。現在一切看起來都不一樣了，這是一大問題。佩姬愛妳，妳是我的，她要是繼續裝病裝可憐裝作被人惡搞，使出全身解數只爲得到妳的注意力，那麼我們的日子永遠不好過。我現在也變得不一樣了，我不敢看妳，因爲剛才看到的那些照片依然歷歷在目。佩姬喝醉了，嘴裡喃喃唸著自己被跟蹤的事。我擺出警探的架勢、坐在某張椅子的扶手上，以手扶住下巴。

「佩姬，請容我一問，我注意到妳跑過很多場馬拉松，妳是不是每天都跑步？」

「問這個幹嘛？」她冷不防反嗆我一句。她巴不得我去死，倒不是因為我沒念大學，而是因爲妳凝望我的那種樣態。

「哦，」我開口說道，「如果妳每天都出去跑步，要是有哪個變態想知道妳的作息，跟蹤妳，當然是輕而易舉。」

妳揮揮手，披巾掉在大腿上，「哦天哪天哪喬伊！佩姬每天都在破曉時分去跑公園。」

「不是每天。」佩姬糾正妳，但她把艾爾頓·強的歌聲調低了一點，更妙的在後頭，我聽到妳的大力稱讚。

「妳明明就是，佩姬。妳超厲害，天不怕地不怕，我的意思是妳甚至敢在樹林裡跑步。」

佩姬聳肩，但可以看得出來那幾個字眼讓她永生難忘：超厲害，天不怕地不怕。

「那樣不是很安全。」我說道。

「佩姬，」妳開口問道，「妳再仔細想想，還有沒有其他人？約會的對象？」

她聳肩，「可能是那個叫賈斯伯的傢伙吧。我們前幾天一起吃過午餐，我看得出來他不好受，誰知道呢？也許我傷了他的心，我自己卻沒有發現。」

媽的眞是天大的謊言，但我必須保持堅定，「這個叫做賈斯伯的傢伙，是不是崩潰了？」

如果我說天空是海軍藍，佩姬一定會糾正我，告訴我那是午夜藍，所以她當然立刻反駁我，「根據我的經驗，類似賈斯伯這樣的男人就算被拒絕，也是拿得起放得下，通常不會對自己的私生活有過於情緒化的反應。」

「哦，所以妳有許多的前男友囉？」

「我們還是朋友，」她回嗆我，「我們又不是小孩子，不需要搞得那麼誇張。」

「那就恭喜了，」我回道，我眞想勒死她，「我和我的前任女友們都無法當朋友，我用情太深，沒辦法就這麼拋下一切，跟她們一起若無其事吃午餐。」

她無法回嘴，我靠過去親妳，「一切要小心。」

「哦，喬伊，」妳也不需要這麼誇張，「謝謝你的體諒，我眞的得待在這裡。」

看看妳多有愛心，妳對朋友忠誠體貼，妳起身送我到門口，再次謝謝我如此體貼，我們親吻道別，艾爾頓・強吟唱公主與她的靠北電椅的歌聲也越來越響亮，妳想要我，妳的舌好滾燙。

20

二〇〇八年某份德國研究證實了所謂的「跑者快感」其實是一種病症。不幸的是，我一定是少數人，因爲我已經跟蹤了佩姬八天，但直到現在依然沒有感受到她講個不停的「跑者快感」。妳住在她家已經快兩個禮拜了，哈。這段時間我只見到妳兩次。

第一次，也就是七天前：妳請我過去，因爲妳要回去自己的公寓拿東西。妳一邊打包，一邊問我感恩節的計畫。我說我要和穆尼先生一家人共進晚餐，妳也信了。妳說妳會與佩姬的家人在一起，因爲每次他們來看佩姬的時候，她總是很沮喪。

我們開始玩親親摸摸，但妳阻止我繼續下去，還伸手搓揉自己的額頭，我以爲我一生就這麼完蛋了，但妳卻握住我的手。

「喬伊，這是我的問題，」妳告訴我，「遇到過節的時候，我心情總是怪怪的，都是因爲父親的關係，自從他過世之後，一切都變得不一樣了。」

我告訴妳我懂那種心情，眞的，然後我們一起看《歌喉讚》，佩姬打電話來，妳按下暫停鍵，接了電話，然後對我道歉，請我準備回家了。

我躲在妳家窗戶外頭，我運氣不錯，妳把電話轉爲擴音模式，妳們的寒暄已經結束，佩姬嘆氣，「所以我媽和班吉的媽媽一起吃了午餐。」

妳回道：「嗯嗯……」

「哦，難道不想知道她說了些什麼嗎？」

「班吉是驕縱的小孩，」妳語氣裡的那種平靜，顯現出妳對他沒意思了，「當然，他也算是毒蟲。」

佩姬就是想要壓過妳：「貝可，許多藝術家都擋不住毒品的誘惑。」

妳沒理她，繼續說道：「現在，他應該在中國拚命吸食高檔海洛因，沉溺在中國女孩的淫水之海裡。我的意思是，他一定被什麼東西搞得無法自拔吧，他發的推特鳥斃了。」

別這麼說，貝可，我幫班吉發的推特一點都不鳥，它們可以解除大家的疑慮，是反映內心陰暗面的發文。

妳的話題依然圍繞在他身上，「老實說，佩姬，我一點都不擔心班吉，」妳態度嚴正，「他擔心過我嗎？」

「可愛美眉，冷靜一下。」

「抱歉，我只是忙著在打包，這本來就夠累的了。」

「我睡衣可以借妳，我的衣服隨便妳用。」

天，她就是想要上妳，妳說自己得離開了，然後又爲了我們的草草結束而寫信向我道歉。我立刻回訊給妳，告訴妳不用擔心，然後，妳開始拿起小枕忘情狎玩，我聽得好爽。

嗯，三天前又一樣：妳、我、佩姬在他媽的意外驚奇咖啡店見面，因爲她只能吃這家的巧克力，而現在因爲她必須面對跟蹤者所引發的一連串事件，她眞的需要巧克力。我們坐在小孩桌，或者應該算是帶小孩的客人的專用桌，我盯著佩姬猛吃超大碗的鮮奶油冰火巧克力，先前我查過間質性膀胱炎的文章，要是眞有那種症狀的話（不是疾病，佩姬，這只是症狀），絕對不能沾惹任何巧克力。她講的話比我們兩個人加起來的還要多，我把手伸到桌子下方，想偷偷握妳的手，但妳卻在我大腿上拍了一下，不可以。之後，我們在街上吻別，妳的雙唇噘得好緊，全都皺縮在一起了。

這個感恩節讓人開心不起來，過節就是這樣。佩姬的家人回來了，妳忙著與他們交際應酬，此時此刻，我不是妳的男友，妳也沒邀請我與她的家人一起吃火雞。寇提斯想要多休一天，所以我一直在工作。我第一次開始跑步，就是因爲我可能會殺死佩姬。當大家都在忙著與家人團聚之際，我卻在四處走動遊晃，我發現我不由自主走到了她家外頭，因爲妳在裡面。我趕緊拔腿就跑，因爲佩姬正好從大門衝出來，差點就看到了我。要是她發現我在她家附近徘徊，她一定會發瘋，覺得我就是跟蹤者。所以了，這是我的第二次，盡可能加快自己的跑步速度，跟蹤她進入樹林，因爲我想要勒住她的脖子，讓她再也無法跑步。

我第二天還是繼續跑，因爲只要一想到他媽的我居然跟不上她，就讓我深惡痛絕。早晨天氣寒冷，我在二手店買的高筒球鞋並不適合，我在運動用品專賣店買了特殊的慢跑球鞋（拜託，殺了我吧），現在我的腳都是血，就和佩姬的一樣，每當我跑到書店的時候，簡直累斃了，那些喜歡說晨跑可以產生活力的人，一定不必在白天從事櫃檯客服工作。

到了第十天，我好思念妳的臉蛋，那些翻拍的照片已經無法發揮作用了。我們每天都有聞聊，但妳現在幾乎都待在佩姬家，姿態也變得不太一樣。我想念妳和我待在貝梅爾曼酒吧的情景，某個晚上，我自己去了那裡，覺得自己好慘，還有個噁心的服務生一直追問我是不是有朋友要過來。眞是憂鬱孤單的夜晚。貝可，我不能再這樣繼續下去。

第十一天，穿上新運動衣與新鞋之後，我看起來也像是個有模有樣的慢跑者，我甚至還搞了個怪裡怪氣的運動頭帶。佩姬今天起得晚，因爲妳和姊妹淘昨晚喝多了，我看到妳發的推特：

要喝伏特加還是琴酒？伏特加與琴酒加在一起才對味啊。#女孩之夜最潮

她動作遲緩，有時候還停下來，顯然是宿醉未退。她彎腰，看起來快要吐出來了，大多數的人都會避開高撞擊式的運動項目。天氣好冷，我的雙腿馬不停蹄，每天跑步穿越樹林，已經讓我好生厭煩，但關於跑步，有件事我倒是不得不承認：他媽的眞的會上癮。我才跑不到兩個禮拜，已經不需要設鬧鐘了。

她每天都在日出前開始晨跑，播放的是艾爾頓．強的〈今晚有人救了我一命〉。這種適合半夜聆聽的鋼琴音樂和萊卡運動布料完全不搭調，聽到這種歌哪會想流汗，這是適合熬夜到天明的音樂，一大早起來聽這種歌也太莫名其妙了。我之所以知道她在放艾爾頓．強的歌，是因爲她總是毫不顧慮別人的感受，就是要在公共空間逼大家一起欣賞。這世界上有水準的自重人士會使用小耳機或頭罩式耳機，不會讓自己的音樂干擾到別人。但佩姬不是這樣，她把自己的哀鳳手機塞進上臂的某個護套裡面，上頭有個特殊的喇叭，播放出來的音樂吵死人了。當大家斜眼瞪她或是露出不以爲然神情的時候（靠，我愛死紐約人了），她也不道歉，她告訴大家習慣就好了。艾爾頓．強的音樂緩慢，與跑步節奏正好相反，這種運動成了對她身體的虐罰。她在喘吁呼吸的時候，一點都不開心，面容醜陋，大部分的女孩都會挑選光線明亮的路徑，但佩姬卻專挑與她格格

不入的地帶，獨自跑步，只有艾爾頓．強與她爲伴，他毫不知情，透過她的iPod娓娓唱出了小夜曲，對她做出了承諾，蝴蝶一定能夠自在飛翔。貝可，她才不是蝴蝶，妳才是，而且妳也不像她一樣自由自在。我跟蹤她，因爲她是危險的超級變態，偷拍妳的照片，對著妳流口水，居然有人會趁女孩睡覺時偷拍照片，還有比這個更變態的行爲嗎？

我必須要阻止她，我得要拯救妳，我加速前進，與她之間的距離越來越近，我現在已經可以聞得到她的氣味，渾身散發著汗臭，而艾爾頓．強的音樂越來越大聲，他在對救命恩人殷殷歌唱，而我將成爲妳的救命恩人。機會來了，我一鼓作氣撲過去，將她瘦巴巴的身軀猛推在地。她尖叫，但當她的頭撞到石頭的一剎那，叫聲也戛然而止。她昏過去了，全身冰冷。她喜歡艾爾頓爵士吟唱一人獨眠的歌聲，他的音樂依然響亮，而佩姬卻已經沒有任何聲息。眞希望佩姬能向他看齊：做人就是要像他那樣誠實感恩。

音樂依然響個不停，我氣喘吁吁，全身顫抖，我想要關掉音樂，但留下指紋太冒險了。現在她無力抵抗，我才搞懂她的音樂到底是什麼名堂，那等於是保全系統，她有備無患，就是擔心會出這種事。雖然強迫別人聽音樂實在很討厭，但這種措施很聰明，她也眞是夠不要臉的。要是她父母沒這麼雞巴就好了，因爲他們的小孩原本很有潛力成爲好人，成爲發明家。我就讓她的音樂繼續播放下去，當作我在向她致敬吧，這當然是我的諷刺手法，那樣的歌曲也沒辦法救她一命，不過呢，好歹她努力過了。

要是大家聽說中央公園死了一個女孩，也不會覺得有什麼好大驚小怪的，習慣在昏暗中跑步的女子等於自我剝奪了感官知覺，一個人跑步，眞的很危險。一想到她曝屍在森林裡，我趕緊拔腿就跑，我從來沒跑得這麼快過，不知道自己的肺活量這麼驚人，我跑入大街，消失在地鐵站裡面，現在，我很可能會吐出來，我喘得上氣不接下氣，臉上露出了微笑。

那些德國人果然講得沒錯，眞的是有所謂的跑者快感。

能夠在生活中激發一點快感也不錯，因爲過了不久之後，我收到了妳發的簡訊，看了之後讓我相當不爽：

今晚沒辦法一起出去了，我在紐約長老教會醫院，因爲佩姬出事了☹

她應該要待在殯儀館才是，而不是醫院。因爲我不知道到底後來怎麼了，跟蹤她的又不是我，我佯裝驚訝，詢問了所有細節，妳告訴我她在公園被人襲擊，但根據妳的說法，不幸之中仍有大幸：

她很幸運，事發後沒多久，有個女孩發現了她，要不然她很可能會，嗯……

我回傳：

但她沒事吧？

妳回我：

哦，身體狀況沒問題，但心理層面就很嚴重了，她得住院好一陣子。

要是佩姬那時候有看到我的話，妳這輩子再也不會跟我說話，所以，至少這一點我應該要心存感恩。我主動說要幫妳，而妳堅持不需要，但我會讓妳看到我是個體貼男友，而她能夠找到病床這等不公不義的事，我也就睜一隻眼閉一隻眼了。她能順利住院還不都是因爲她爸爸是醫院董事會成員。一想到那些病得眞正嚴重的人卻被拒絕入院，就令人覺得很不公平，但這世界本來就是這樣。

21

我沒有生氣，眞的，我沒生氣。妳是體貼的好朋友。我知道佩姬的父母已經回去舊金山，我也知道妳必須留在醫院照顧她。我不會像琳恩與謝娜一樣丟出「拖累」之類的字眼、拒絕到醫院探視佩姬。我沒生氣，眞的沒有！爲了證明我沒生氣，我還請花店送花到醫院，甚至還多花一筆錢買了個黃色笑臉大氣球。

會買這種氣球的人，能說他生氣嗎？不，當然沒有。

我也沒擺臉色給顧客看，大家都看得出來我沒生氣，因爲我對客人更有耐心。寇提斯遲到，我沒有罵他，他忘了加訂《安眠醫生》（這是我們唯一賣得動的書，當然，這個說法不包含它的前傳），然後又看著它登上《紐時》的暢銷書排行榜榜首，更讓我感觸良多，因爲我們之間一點進展也沒有，我也沒有因此而對他大吼大叫。我們第一次約會，也正好是那本新書上市的日子，現在，它已經創下銷售紀錄，佔據暢銷排行榜已經他媽的第三個月了，我也不知道爲什麼，開始在網路上瀏覽照例一定會出現的改編電影的消息——我沒有生妳的氣，史蒂芬．金、客人、佩姬、其他人也都沒有惹惱我，她明明在撒謊，但我沒生氣，我對這可憐的女孩深表同情，她是她自私父母的產物，她眼巴巴地痴戀妳，要是說眞有什麼的話，我只是純粹擔心妳罷了。

而且，我可以等待。某些好事很快就發生了（暢銷書），某些就是好事多磨了（愛情），我懂。妳在忙，有課要上——我懂——妳被佩姬困住了——我懂——妳沒有在躲我——我懂——妳作業的截止日期快到了——我懂——佩姬就是沒辦法與大家在一起——我懂——妳沒有辦法把一切的事情寫電郵告訴我——我懂——當妳睡在我為妳組裝的床上的時候，妳想到了我——我懂。妳看，貝可，我不是自戀的爛人，我不會硬是要把自己的需求放在第一位。我一早起床，跑到河岸邊又回來，雙腿變得越來越結實——妳遲早會看到的——我賣史蒂芬．金的書，也看他的作品，我一個人吃午餐，一個人吃晚餐，妳放我鴿子，我從來不會幹譙，一次都沒有。

貝可，那顆氣球的含稅價格也花了我十塊多美金，當我詢問妳是否收到氣球的時候，我覺得妳彷彿佩姬上身。

「對，」妳回道，「收到了。」

「是不是有哪裡不對勁？」

「哎，喬伊，就不要多問了，我的意思是，對她來說，現在一切都不對勁，你懂嗎？」

「貝可，到底怎麼了？」

我的口氣並不惡劣，我只是想要聽到妳對我說實話。

「喬伊，別擔心，沒事。」

「顯然不是。」

妳幽幽嘆氣，生氣的人是妳，妳態度也變了，彷彿妳已經習慣要喝每天早上送到佩姬家的那種綠色果汁，彷彿妳已經習慣了這種生活，住在上城，每天醒來的時候，身邊絕對看不到任何一件宜家家居的東西。

「別生氣。」

「貝可，我沒生氣。」

「我們兩個只是覺得送那顆氣球不是很體貼。」

「不體貼啊？」

「我的意思是……那是笑臉。」

「那是祝福康復的氣球。」

「對，不過，喬伊，事情沒那麼簡單。」

「網站上它明明是在『敬祝早日康復』的分類項。」

「對，但她又不是打網球的時候受傷。」

網球。

「貝可，理性一點好嗎？」

「我很理性。」

「我沒有惡意。」

「喬伊，我知道。只是在遇到變態闖入家裡、攻擊妳的時候，根本不會想看到什麼黃色大笑臉。我的意思是，那是個笑臉，就是呢，簡直……」

「天啊。」我回道。

「現在不是搞笑的時候。」

「抱歉。」

「你不需要道歉。」

「貝可，我們一起去喝杯咖啡好嗎？」

「我現在眞的走不開。」

我從來不曾感覺妳的距離如此遙遠，我會帶走氣球、把它消風，同時立刻把它綁在佩姬的脖子上，因爲天底下怎麼會有人因爲氣球而爆氣？

好，佩姬出院返家已經有七個小時又六天了。妳要忙學校的課業，也要忙著照顧佩姬，依然住在她家裡，但妳卻有時間與一個名爲南塔克特奈德船長的陌生人不斷有電郵往來。

妳：喂，可以打電話給我嗎？？

船長：現在不行，妳這週末還是會過來吧？

妳：我眞的很忙，難道你不能打電話給我就好？

船長：我想見妳。

妳：我沒車。

船長：去租車，我會買單，妳還是穿小號的衣服，對嗎？

妳：沒錯。

等到妳與船長的見面計畫敲定之後，妳離開佩姬家，坐上計程車。我打電話給妳，卻轉到語音信箱，我沒留言，我又不是船長。而佩姬打電話給妳，妳也置之不理，她開始發電郵，全部都是大寫字母，火氣很大：

妳在哪裡？

妳回得匆忙，速度急快：

寫作出現緊急狀況，說來話長，我準備要去橋港的銀色海馬進行我的「寫作閉關計畫」（哈哈）。妳要好好照顧自己，門要記得鎖好。好愛好愛妳的貝可

現在佩姬對妳不高興了，老實說，我也不怪她。開車到橋港眞是段傷心之旅。妳租了車，因爲呢，船長會付錢。我整個人窩在穆尼先生的老舊大別克裡面，貝可，我爲妳犧牲奉獻，在妳心目中我的功能和船長一樣吧。在驅車前往橋港的途中，我沒有開音樂，我太傷心了，沒辦法聽任何音樂，沒辦法聽艾爾頓．強唱歌，我的頭痛得要死。

哦船長，我的船長。

我哭了。

首先到達橋港的人是我，「銀色海馬」是間近海的小型汽車旅館，所有房間都面向走道的那種建物，佩姬絕對不會踏進這種地方，但我沒找錯地方，因爲橋港只有這間「銀色海馬」。我一邊啃著加油站買來的墨西哥捲餅，一邊聽當地的新聞，我好擔心妳，也擔心我自己，還有我們的未來，我根本沒辦法吃完捲餅。船長，到底誰是船長？

妳把車子駛入停車場，我悄悄滑下座位，從後照鏡盯著妳。妳下了車，走到後車廂，但卻沒有取出行李袋，因爲船長從汽車旅館的某個房間裡慢慢走出來了。

他至少有四十五歲，可能是五十歲，有一頭喬治．克隆尼式的灰髮——妳喜歡的就是這種菜？——他把手中的香菸扔到一旁——去你媽的，船長，祝你得癌症死翹翹——他讓妳上車之後，開車掉頭離開，貝可，妳知道嗎？

現在，我眞的生氣了。

混帳老頭船長進了妳的車，他開車，我跟在你們兩個後面（妳從來沒有和我一起開車），你們把車停在坎伯蘭農場便利商店的提款機前面，妳跳下車，回來的時候手裡握著一大疊二十美金的鈔票，他叫妳算錢（我眞希望他現在死掉），妳很不高興，算得很慢，像是三年級小學生在練習算錢一樣，我不禁想到妳在分類廣告網站上的「邂逅」欄，我擔心最壞的狀況出現了。我繼續跟蹤你們，船長把車開回到「銀色海馬」。貝可，我就知道會這樣。船長先下車，爲妳打開車門，妳走到車子後面，從後車廂取出自己的行李，他已經準備好了鑰匙，我靠得很近，你們的對話內容我聽得很清楚。

「喂，我可以抽菸嗎？」

他搖頭，「親愛的，我眞的會受不了。」

「所以你抽可以，我抽就不行？」

「妳有沒有帶道具服？」

道具服？天哪。

「你覺得我會帶道具服嗎？」妳開始抱怨，「拜託，一根就好可以嗎？」

「我怎麼可能會給妳菸抽啊？」

「你開什麼玩笑？你當人父親就是這種死樣子嗎？」

妳講出了父親，我腦袋一片灼熱，心跳也暫停了下來，隨時可能會昏倒。父親。妳告訴我他死了，妳告訴大家他死了。啊，貝可，爲什麼？我不知道自己是在生氣還是難過，因爲當下我鬆了一口氣，妳不是在花錢找男人（還是妳在做援交？）、穿上女校生的制服，在汽車旅館的房間裡被人大幹特幹。我深呼吸，原來船長是妳的父親，妳父親拿了鑰匙，妳一路唉聲嘆氣，跟著他進入二一三號房。我想認識這男人，我想要跟在你們後頭，對他伸手致意，等他講出自己好開心，因爲發現女兒居然找到了這麼好的男人相伴一生。不過，妳告訴我他已經死了，如果我眞的衝過去的話，搞不好比較開心的人是妳也不一定？我頭昏腦脹，氣溫越來越冷。

現在正是橋港這鬼地方的淡季，登記入房的程序讓我得以穩定心緒，有許多資訊需要消化，但我已經鬆了一口氣。我瞎編了一套幸運數字的鬼話，要求入住你們隔壁的房間，他們眞的給了我，房間散發出漂白水與紐堡香菸的氣味，牆板很薄，等到我洗完澡之後，我把多餘的毛巾扔在地板上，坐下來聆聽妳與妳父親的吵架內容（大概是錢啦、小孩啦，你們兩個人聽起來像是《史努比》漫畫裡的成年人）。他猛力甩門，現在妳只有一個人。妳哭完之後，去浴室洗澡，全身濕答答又潔淨，就和我一樣，我聽到房門上鎖的聲音，妳把毯子從床上扯下來——撞到地板，好重的毯子，我聽到了聲音——妳開始手淫，發出呻吟——妳叫得好大聲，我聽得到——現在，輪到我了，妳的手依然很忙，在我的腦海中，我們之間並沒有牆，因爲我在那張床上幹妳，妳弓著身體求我，我們在橋港，我們就是想在汽車旅館裡打砲，我拉扯妳的頭髮，妳在尖叫——沒錯，貝可，妳叫得好大聲，現在沒有什麼綠色小枕能讓妳把臉埋進去——完事之後，妳打開電視，點菸。我聽到了，也聞到了，我實在太累，很難與妳同步達陣，而且這是根本不可能的事，因爲過沒多久之後，我的腦中突然閃現一個念頭。

妳明明知道那個笑臉氣球沒問題，而且妳父親也不是酗酒而亡的酒鬼。媽的妳眞會撒謊。

22

哎，妳就是有那個能耐，逼我做出我通常不會做的事。我已經多年不曾穿過萬聖節道具服，最後一次是小學三年級（蜘蛛人），我這一生幾乎都在默默對抗假期這種鬼東西，然而我此刻卻窩在「橋港道具服」充滿樟腦丸氣味的試衣間裡面。這個試衣間實在太小了，就算是藍色小精靈也會汗流浹背。席琳．狄翁透過全世界最可怕的喇叭在抒唱情懷，好心的愛爾蘭店員在試衣間幾英尺之外的地方一直碎碎唸。

「小帥哥，馬褲穿上了沒有？」

「還沒有。」我回答之後，望著鏡中的自己，我好想死，但我不能這麼做，因爲妳需要我。妳爸爸把妳大老遠拖來，橫渡海灣去傑佛遜港，參加這他媽的狄更斯節，妳不想去，但他已經爲妳租了道具服，等到你們今天早上吵完架之後，妳終於同意與他的家人會面。

妳與妳父親正忙著準備迎接慶典，我則窩在自己的汽車旅館房間裡，開始研究這個不知是什麼碗糕的節日。當妳走出來抽菸的時候，我向外眺望，看著妳，我知道自己已經別無選擇。穿著道具服的妳美麗至極，整個人裹在紅絲絨禮服裡，小小紅色蝴蝶結下方是傾瀉的秀髮。妳待在銀色海馬汽車旅館的停車場抽菸，還噘著嘴，能夠同時看起來如此嚴肅又愚蠢的女孩，全世界也只有妳這一個了。妳父親戴著大禮帽、穿著燕尾服，走出了房門，挨到妳身旁，給了妳白毛手套。

「給我這東西幹嘛？」妳問道。

「趕快戴上去，以免手冰。」

「可是我有手套。」

「貝可，妳就不能讓我清靜一下嗎？」

妳嘆氣，將自己的小手放入那幸運的手套裡，我真希望我也能把自己的手置入妳的身體裡，我著裝的時間拖得太久了，那個愛爾蘭店員頻頻以指節敲門，當然，她很想偷看。「能有你這樣的年輕人體現復古精神，真是太好了，」她在外面大吼，「希望您不要介意我直說，您要是穿上馬褲一定非常適合。」

「嗯，請等一下。」

「還有，我不知道我有沒有講過，」其實她已經說第三次了，「租借的道具服必須在起租後的一週內歸還，不然很可能會有個愛爾蘭老太太在半夜時分去敲你家大門。你準備好了嗎？」

「馬上就好。」我回道，也許愛爾蘭女人不會講英文吧。席琳．狄翁依然在鬼叫自己有多麼傷心，樟腦丸的味道與自我憎惡感讓我快窒息了，要是妳先前就告訴妳爸爸有我這個人的話，也許他可以幫我們兩人租借服裝，不然妳也可以在這裡陪我，我就根本不會注意到樟腦丸或是那恐怖的加拿大哭腔。不過，妳對我撒謊，現在我必須要走出試衣間，告訴那位愛爾蘭小姐，我要自己一個人參加慶典。

「像你這樣的帥哥，不需要花太久的時間就能找到漂亮美眉，這個我打包票。」她得意開懷大笑，她背後有面鏡子，靠，我穿這套衣服難看死了——我的帽子比妳爸爸的大禮帽還高——但重點是這套衣服完全沒有偽裝功能。

「妳這裡有沒有假鬍子？」

她笑嘻嘻，假裝不以為然，「年輕人，你是認真的嗎？」

「外頭很冷。」

「我們有假鬍子，但不是狄更斯風格。」

「我不在乎。」她抓著我的二十元美金鈔票，臉色超臭。對我來說，小鎮比城市來得更可怕。這個女人，一分鐘前還看起來和善又巴結，一等到我開口想要鬍子之後，那張臉就垮了下來。

「我在趕時間。」我刻意加了一點點的愛爾蘭口音。

她把老式錄音帶唱機的音量調小了一點，席琳・狄翁的錄音帶歌聲也不是那麼狄更斯風格啊，不過，她還是讓步了，她指了指後方的某個箱子，裡面是一點也不狄更斯、而且沒辦法退貨的鬍子，上頭標示的是適用於強尼・戴普／《鴨子王朝》❾。

靠，美國真是個莫名其妙的地方，貝可，有時候我真的是搞不懂。

當自己一個人穿著道具服、站在派對船上，眼看船上四周的人都穿著道具服、三兩成群的時候，生活顯得格外淒涼。我們根本還沒到傑佛遜港，我不該上船才是，我根本沒想清楚，萬一妳認出我怎麼辦？我現在身穿他媽的馬褲，妳絕對不會想把我介紹給妳爸認識。

❾ 美國電視台真人秀節目，講述羅伯遜一家的故事，主角留著滿臉大鬍子。

我應該要回紐約啊，但既然搭上了這艘慶典專船，也沒有其他辦法了，所以我盡量朝好處想：妳到了這裡之後沒發推特，也沒有寄電郵。但令人憂心的念頭卻悄悄鑽入了我的腦袋，妳的父親又回來了，萬一妳因爲這樣而告訴母親要停用手機怎麼辦？喬伊，冷靜一下。我知道妳的密碼，而且我一定找得出方法知道妳的動靜，但我喜歡看妳的手機，我喜歡把這件事當成了是妳母親爲我花錢付手機費、一切都是爲了要保護妳。身穿道具服很難保持冷靜，我再次轉念，全心往好處想。妳不上網還是可以過得很好，妳對大家都撒謊，不是只有針對我而已。就某方面看來，我說謊的態度比妳從容多了。妳和妳老爸坐在船艙主區的酒桶椅，當然，妳看起來好漂亮，這艘船是我們的鐵達尼號，我是狡詐又樂觀的傑克，妳就是我的蘿絲，要是我們能依偎在一起，哦貝可，我一定會想辦法鑽到妳的裙子底下。

不過，妳和妳父親對於這場慶典似乎沒什麼興趣，我看他的樣子好像是船老闆一樣。水手們看到他穿著這身道具服，對他畢恭畢敬，這趟專旅的船長還特別從輪機室走出來，堅持要與妳和妳的老爸合影留念。我眞想從甲板的另外一頭衝過去發動叛變，但還是忍住了。我知道妳需要空間，所以我才特地裝上鬍子。

妳父親問妳想不想喝點什麼，妳聳肩回應。

「妳就是要把氣氛搞到這麼僵？」

「我只是說，我不知道。」妳臉色超臭，妳現在變成了父親身旁的青春期少女，這種反應一點也不令人意外。

「好吧，桂妮薇爾，妳到底想不想要喝點什麼東西？」

「咖啡，」妳不爽回嗆，「這樣總可以了吧。」

他叫妳桂妮薇爾，一群喝得半醉的狄更斯粉絲開始唱起聖誕歌曲，有個扮成富蘭克林的肥男（哦，美國人哪）從我旁邊硬是擠過去，手裡的啤酒有一半都潑濺到我身上。空氣中瀰漫著樟腦丸、海水鹹味，還有酷爾斯啤酒的氣息，我一點都不喜歡這個地方。都是因為妳離開紐約、與妳那在世（其實他還活著）的父親見面，都是因為我想要待在妳身邊，以免妳萬一突然想要找我的時候找不到人，我得在拍賣網站上賣一堆狄更斯的書才能支付汽車旅館、道具服，以及心理諮商的費用，我穿著馬褲，凍得要死、與一堆大笨蛋站在甲板上的時候，就知道自己一定得去看心理醫生，至於那些小笨蛋呢，全躲在家裡看《孤星血淚》[10]，當然，看的是電影。

比這個慶典還要可怕的只有一件事，那就是搭船去參加慶典的這段旅程。貝可，這場對狄更斯的集體性侵真是殘虐，有誰會知道這種亂七八糟的活動？妳就知道。妳躲避自己同父異母的弟妹，逃得遠遠的，他們兩個都是小孩，小小孩，我看是八歲和六歲吧，都穿著道具服，這裡的每個人都是這種打扮，狄更斯要是知道自己的一生被人這樣糟蹋，一定恨得要死：有錢的退休老人閒閒沒事，只會花錢租借燈籠褲、長蓬裙、假髮，橫越長島海灣，與其他聲氣相投的傻瓜聚在一起，在傑佛遜港的小鎮裡東晃西晃，稱讚彼此的道具服，大啖蘋果糖，儼然把巡禮各棟老屋、欣賞十八世紀的吉他、繼續大吃特吃焦糖爆米花、做臉部彩繪（彷彿覺得塗彩在臉上可以與狄更斯

[10] Great Expectations，或譯為《遠大前程》，描述孤兒皮普一生跌宕起落的過程。

扯上邊）當成了什麼有趣的事情一樣。老實說，貝可，妳覺得要是考《孤雛淚》的話，船上的這些白種廢物（真的，不會有黑人搞這種玩意兒）有多少人能夠通過測驗？又有多少人看過狄更斯其他沒那麼知名的作品？

但我也不得不繼續在這個小鎮裡繼續跟蹤妳，而且，我能夠一直待在這裡也是好事，妳是惠妮·休斯頓，我是妳的凱文·科斯納，因為穿上道具服的每個人都變得怪怪的，就連從康乃狄克州來的蠢白人老頭也一樣。他們喝啤酒喝到微醺（慶祝狄更斯節的時候，白天喝酒不成問題），有好幾個傢伙黏在妳旁邊，喜不自勝，我心裡已經擬好了準備要好好動手教訓一番的名單。我從來不打女人，不過妳繼母不喜歡妳，而且看到大家都在注意妳更是吃味，她的小孩根本沒有那種待遇，我們兩個的小孩一定會長得可愛多了，為什麼我對妳的怒氣總是會變成軟綿綿的愛意？

「桂妮薇爾，」妳繼母在叫妳，妳爸爸叫她朗妮，她靠肉毒桿菌、深色粉底以及塑身內衣對抗四十歲的到來。妳到了這個歲數的時候，一定會坦然接受，依然美麗如昔，絕對不會和朗妮一樣。她對妳大吼，「妳剛向那個小販買蘋果糖找的零錢呢？有沒有給我？」

「妳只給了我二十美金啊。」

妳爸爸看起來快爆炸了，趕緊將注意力轉向那兩個討人厭的小孩，彷彿他們現在非常需要父親一樣，其實根本沒有。

妳噘嘴回道：「靠，蘋果糖每顆五塊啊。」

現在妳爸爸準備要教訓妳了，「桂妮薇爾，親愛的，過來一下。」

「好啦。」妳回話的語氣好尖銳，很可能會大暴走。妳脫掉了暖手筒，直接讓它掉落在人行道上，然後開始在普拉達大包包裡面翻找東西，妳的繼母抱起其中一個其貌不揚的小孩，放到自己的腿上。

「普拉達啊，」她問道，「妳在拍賣網站上買的嗎？」

妳回道：「是禮物。」有時候妳會說眞話，妳把兩塊美金交給她，她收下了，妳望著自己的父親。

「我們可以走了嗎？」

我在禮品店買的暈車藥完全沒有發揮作用，回程比去程更可怕。我幾乎都把東西嘔在廁所裡的鐵錫馬桶裡，殖民時代的康乃狄克人紛紛猛敲廁所門，因爲他們吃了太多，尋歡作樂過了頭，大家都想吐。這鬍子好癢，船搖得好厲害，而且馬桶居然無法沖水。我握住門把，轉了兩下，有個渣男出拳捶門。

「老弟，我們也要大便啦！」

我根本懶得理他，不過，靠，這艘船橫衝直撞——船長是不是也喝醉了？——我整個人被摔在牆上，等到我要吐的時候，我想要挪開那坨無法退貨的鬍子，但它卻掉進了馬桶的穢物堆裡。

撲通。

現在是不可能把它拿出來了，我開了水龍頭，而水流根本只像是在滴水一樣。我要是不趕快離開這裡，一定會更引人側目。我現在唯一能做的就是低頭祈禱，希望公廁門外的那群濫用私刑的暴民裡面沒有妳。要是眞有上帝的話，就能讓我一路安然回到「銀色海馬」的安全地帶。

果眞有上帝。外頭只有四個人在等待，不過在裡面聽起來卻像是有十幾個人的陣仗。我趕緊跑到船尾，後頭風勢狠勁，我衷心期盼只有我一個人，能夠安然度過接下來的旅程，不要毀了妳的這一天。我覺得妳要是看到我的話，一定會嚇得半死，要是我告訴妳我是來這裡與家人見面，聽起來一定像是鬼扯，我的臉頰掛了兩行清淚，不知道是因爲哭泣還是寒風。我想念自己那坨暖呼呼又癢得要死的鬍子，這條馬褲根本是紙做的一樣，我的兩條腿冷斃了。

終於，我們逐漸接近港口，船速也慢了下來，我卻發生了意想不到的慘劇，害我好想跳船。如果現在是夏天的話，我一定早就躲在水裡了，因爲妳同父異母的姐弟正在玩捉迷藏（隆妮，這眞是放任妳家小孩在船上撒野的好遊戲），我聽到她呼喚那兩個小調皮鬼，他們躲在我前方的箱子。

呼吸，喬伊，呼吸。

我聽到隆妮跑過來，立刻抓住小孩，一邊一個，她看著我，開口說道：「今天眞是精采，你說是吧？」

她在對我放電，因爲她嫉妒妳，但我支持貝可隊，我知道要怎麼對她還以顏色。

「是啊，女士。」

她不喜歡我講出那種話，我講出「女士」有兩層含義。應該會讓她覺得自己很老（這個目標已順利達成），同時也能夠讓她離我遠一點。不過，這時候卻不知道從哪裡冒出兩個水手，拆了繩索，捲成圓狀，康乃狄克州的醉客紛紛靠過來，媽的我運氣眞好，這艘船要從船尾停靠港口。

要是眞有上帝的話，那麼妳應該正忙著與妳父親吵架，無心理會身旁的事物。要是眞有上帝的話，我一定是第一個下船的乘客，要是眞有上帝的話，這台緩慢的鋼鐵怪獸早就到岸了，妳的繼母就可以帶著那兩個小孩回家、趕緊拿出他們吵嚷已久的起司通心粉安撫他們的胃。要是眞有上帝的話，那麼我們現在就可以下船，我們快到了，岸上已經有個小孩舉起斜坡板，沒錯。我們即將抵達，我會是第三或是第四個下船的人，大家開始互相推擠。

要是眞有上帝的話，我不會聽到妳的聲音在我背後，要是眞有上帝的話，隆妮也不會請我（我！）讓開，不要擋在路中間。

「我先生要過去。」她也是有仇必報的狠角色。妳父親從我旁邊擠過去，還爲了兩人如此近身而向我道歉。他轉頭吹口哨呼喚妳，就在這個時候，水手放下連接船隻與陸地間的斜坡板。

「來了！」妳回道，「大家幫幫忙好嗎，這又不是愛麗絲島[11]！」

我喜歡妳的幽默感與憤恨之意，我愛妳，這就像是花朵永遠向陽的道理一樣，我把頭微偏一公分，剛好可以在水手把斜坡板放妥之前，看到妳的美麗臉龐，而在這一小段時間當中、被妳看到我的臉也綽綽有餘，我從人群中擠出去，離開了這艘操他媽的臭船。

[11] 一八九二至一九五四年間美國移民管理局所在地，許多歐洲移民在此踏上美國土地。

23

只要我一看到高速公路出口，就很想開出去，找個加油站，換下這一身發霉的道具服。但我沒有。我一直開車，已經麻木了，我恐慌至極，只能拚命往前開，而理由很簡單：自從渡輪靠岸之後的這一個小時當中，妳已經打了四次電話給我，只有一個解釋：妳看到我了。

「不！」我放聲大叫，我覺得自己會一直開下去，就這麼開一輩子，我猛拍方向盤，別克也滑進右側，我切到了某台卡車的前面，卡車司機猛按喇叭，我打開窗戶破口大罵，「幹你娘去死吧！」

就算他有什麼回應，我也聽不到，我以手搖的方式關上車窗（穆尼先生是摳門的糟老頭），我必須要減速，因爲現在要是被警察攔下來就不妙了。妳知道嗎，這又不是我的錯，妳說謊，妳父親沒死，我之所以會搭上那艘船，都是因爲妳說謊。

其實我可能沒那麼了解妳吧，我太自以爲是了。但說來好笑，因爲這是我們的共通點，只是妳搞得亂七八糟的而已。無論妳覺得有多麼丟臉，都應該要對我講出妳爸爸的事才是，我也會仔細聆聽，關愛妳，在妳面前說出妳是個好女孩。然後，妳會開始詢問我的生活，我會逐一告訴妳，妳也會和我一樣專心聆聽，我們會變得更加親密。

我超了一個龜速女孩的車，她狠狠對我比中指。她的保險桿貼有「愛緊貼前車的駕駛物理不合格」以及波士頓學院的貼紙。我討厭開車，我眞想讓自己的車去衝撞她的富豪汽車，看著她流光身上的血。但不要啊，喬伊，別這樣，她不是什麼大壞蛋，你捅出婁子，她也不需要賠償你半毛錢。

貝可，這筆帳都得算在妳頭上。妳毀了我們的大好時光，妳知道我在跟蹤妳，妳知道，妳明明心裡有數。我猛按喇叭，緊追那臭女人的車尾，逼得她頻頻閃光警示，我準備要追過去的時候，放慢速度與她平行，我一手放在方向盤上，另外一手對她比中指，那賤女人哈哈大笑，我繼續前進，靠，臭女人，妳也一樣，貝可，靠。

妳永遠不會原諒我，我再也沒臉見妳，我希望前頭那台坐了一家子人、載著滑雪器具、裝了新輪胎的荒野路華趕快去死吧，所以我態度兇狠，準備繼續超他們的車，就在這時候，我電話響了。

是妳。

坐在後座的小孩不聽他爸爸的話，還是轉頭瞄我，妳知道嗎？我可以預見這小孩未來的模樣，以後會去念私立名校喬特．羅斯瑪麗（車後窗會貼上校友貼紙），而且這小孩還會在十三歲生日之前呼大麻嗑藥，大家都會覺得他超屌，因爲他躲在康乃狄克州郊外的森林裡嗑藥。我對他比中指，讓他記得這段童年插曲。我知道這小孩長大以後會是什麼死樣子，也知道這小孩不需要因爲自己亂七八糟的人生抉擇而付出任何代價，大家會同情他，尊敬他，我切到他們前面，急踩煞車，那個爸爸猛按喇叭，他現在不爽了，整個人變得激動了起來，我加速離開，幹，他們帶著滑雪雪具與雪靴去死吧。車裡的暖氣壞了，完全無法驅趕剛才在渡輪上的寒意，我把車開到休息站，熄火。他媽的一片死寂，果眞是十二月的天氣，也未免太安靜了。

又來了，電話響起，鈴聲響亮，是妳。

我（依然）不管它，我刪除了簡訊，因為我無法想像妳滿臉恐懼對我尖叫、還指控我是變態跟蹤者的模樣。不行，現在狀況眞是糟糕透頂，我又出拳捶打方向盤，指關節都瘀青了，這些傷會好，但妳這次就永遠不會原諒我了，那傢伙居然一路跟蹤妳跟到了康乃狄克州，還穿上了道具服（道具服！）跟在妳屁股後面參加慶典。

在妳的心目中，我應該已經變成了笑話吧，講故事的好素材，我已成為了過往，只不過是妳眾多追求者中的其中一個罷了。我哭了。妳又打電話來，我關了手機，也在妳母親停用手機之前關了妳的手機，這是遲早的事。眞的，今天是黑暗的一天。

我去了穆尼先生家，把鑰匙送還給他。他帶著氧氣瓶與鮑伊刀[12]出來了，我知道將來總有一天我也得隨身帶著氧氣瓶與鮑伊刀，因為妳再也不會和我講話了，我知道。他態度認眞，是個頂天立地的男子漢，身經百戰，我站在這裡，沒辦法直視他的雙眼，因為我很難承認雖然自己這麼敬愛他，唉，但我不想變得和他一樣。我好糟糕，但他是好人，他握住門把、大門保持開敞，獨居的老人看起來格外可憐。一想到他何其渴望我進去、與他一起喝啤酒，就讓我一陣心酸，他努力打哈哈開場，「喬瑟夫，你身上那套衣服是怎麼一回事？」

我忘了自己還穿著道具服，我想了一會兒，「先前參加扮裝派對。」

他沒興趣理會派對的事，「書店還好嗎？」

「穆尼先生，很好，非常好。」

我把鑰匙交還給他，但他卻大手一揮。他依然抓住門把、開著大門，他不是那種會直接說出自己需要陪伴的那種人。不過，他懂得我的意思了，因爲我把鑰匙收入口袋、往後退的方式說明了一切，他也退入自己的濕霉屋內。

「鑰匙你就留著吧，」他告訴我，「反正我再也不用車了。」

「穆尼先生，確定嗎？」

「你說我要去哪呢？」

「哦，如果你有需要，我可以載你。」

他揮揮手，他不需要去哪裡，教會裡有某人固定帶他去看醫生。他的人生走到了這個階段，也沒有什麼地方好去了，我應該要進去屋內才對，但我現在眞的力有未逮。

他轉身過去，「小朋友，再見了。」

「謝謝你，穆尼先生。」

大門靜悄悄關上，我漫無目的地亂走，但不知怎麼還是回到了自己的住處。有台打字機一看到我就哈哈大笑，眞的，都是因爲我的道具服。我拿起打字機，朝牆扔過去，幹，反正房東也從來不修繕這間房子。我脫掉道具服，眞想把它燒掉，不過，我把它放在鞋盒裡、以膠帶封好。我不想再看到這東西了，我寫下地址，等到我寫到橋港的時候，已經握不住筆了。我把我覺得最彆扭的衣服找了出來，穿在身上：母親留給我的破爛「超脫」合唱團T恤，還有一百年前在休士頓

⓬刀尖上翹帶護手的狩獵用直刀，因美國陸軍上校詹姆斯．鮑伊生前好鬥，常隨身攜帶此型刀而得名，俗稱「藍波刀」。

慈善二手衣拍賣會買到的絨毛長褲。我沮喪萬分，也希望自己的打扮一樣破爛可憐，我拿起剛才在穆尼先生家那的韓國料理熟食店買的扭扭糖，撕開包裝，牆上剛出現的大洞正是我的心情寫照。

現在只剩下兩條扭扭糖，我又再次浪費了光陰，只要待在家裡就經常會發生這種事，我正在聽艾瑞克．卡門的〈令我失控〉，不斷重複播放，我靠著煽情的歌詞在自殘，那是關於夏日戀情與巨大後座敞篷車的故事，我年紀太小了，根本不記得這一段歌詞。有人敲門，從來沒有人敲門或在牆上敲洞。又在敲了，我關掉音樂，繼續傳來叩叩聲。

24

我一開門，死了。是妳，出現在我的公寓裡，穿著粉藍色燈芯絨長褲與短毛外套。妳想要進來，太危險了，我從妳那裡所收集的東西全放在家裡，不該讓妳看到。妳的氣味依然如舊，宛若天堂的香味，妳看起來似乎是剛哭過。妳靠過來，我緊抓著門把，「貝可……」

妳嘆氣，「我懂你的意思，拜託好嗎？我一段時間沒和你聯絡，然後，我打了五十通電話找不到你的人，最後像是變態跟蹤者一樣出現在你家門口。」

現在我才搞懂狀況，放開門把也很安全。妳並沒有在渡輪上看到我，妳的目光寧和，妳想要進來。

我開始逗妳，「妳才不是什麼變態跟蹤者。」

「嗯，有一點啦，」妳回道，「我必須逼你店裡的那小男生交出你家地址。」

妳個頭這麼小，哪有能耐逼迫別人呢？我一定要殺了他，妳看起來好累，我別無對策，只能側身讓妳進來。妳一進來之後，面露遲疑，彷彿走進了某間電影院裡面最恐怖的廁所一樣，我剛才要是有打掃就好了。水槽裡有個打開的沙丁魚罐頭，我要是知道妳會過來的話，我絕對不會把它擱在那裡。但如果我現在盯著那魚罐頭的話，嗯，也是怪怪的。

「我喜歡你的T恤，」妳說道，「『超脫』合唱團。」

「謝謝，」我立刻脫口而出，「是我媽媽的衣服。」

妳點點頭，靠，我怎麼會講出那樣的答案？我結結巴巴，「要——要不要我打開窗戶？」

「不需要，」妳回道，「我等一下就習慣了。」

去你媽的寇提斯，我在客廳東張西望，擔心會被妳看到胸罩內褲或是電郵。完全沒有露餡，奇蹟。妳脫掉了短毛外套，又拉下了靴子的拉鍊，一屁股坐在我的沙發上，儼然把我這裡當成了妳自己的家。這是好事：妳只關心自己，似乎根本沒多餘的心思注意我這間公寓。妳在擤鼻子，整個人扭捏不安，我坐在自己的椅子上面，這張椅子是我幾個禮拜前在書店附近的小巷發現的家具。當我拉著這張椅子進地鐵回家的時候，我覺得再也不會有人看到它了，彷彿那是它最後一天出現在世人面前。

「好，我知道我好一陣子沒和你聯絡了，」妳開口說道，「可是我需要找個人講話，我想到了你……你卻沒回我電話。」

「抱歉。」我先前應該要給妳一個機會才對，要是我夠勇敢，接了妳的來電，那麼現在這段對話的發生地點就會是在妳的公寓裡面。

妳抱住膝蓋，輕輕搖晃，「反正，我現在連要怎麼講出口都不知道，腦子一片混亂。」

「妳還好嗎？」

妳搖頭，很不好。

「是不是有人傷了妳的心？」

妳的雙眼盈滿淚水，妳看著我，彷彿長久以來妳一直在保護某人，彷彿答案明明是肯定的但妳卻一直否認，妳終於擠出了真心話，「對。」

妳放聲大哭，我挨過去安慰妳，讓妳哭個痛快，妳有好一陣子不發一語。我把妳摟到懷中，讓妳盡情發洩，我的T恤被妳哭濕了一大片，我想這世界上有某個變態跟蹤人從此再也不會洗衣服了。妳因為情緒低落而全身發抖，不久之後，只要再等一下，我就會讓妳因為狂喜而發顫，妳拍拍我的背，「好了，我沒事了。」

我知道妳需要自己的空間，我又回去坐自己的椅子，妳長嘆了一口氣。「你有沒有埋在心中多時的秘密？我的意思是，等於是謊言的秘密，然後，某天你再也受不了，一定得把它講出來？」

有時候，我會看到甘蒂絲的那個討厭哥哥出現在電視上，我眞想砸爛電視，告訴他眞相，他妹妹不是在衝浪時淹死的。我點點頭，開口回道：「嗯，我懂。」

妳的目光左右閃避，最後終於還是看著我，「哦，說來話長，喬伊，事情是這樣的，我對你，對大家都撒了謊。我父親沒死，他活得好好的，住在長島。」

「哇。」妳選擇告解的對象是我。

「我再也憋不住了，」妳說道，「我得要向某個人講出眞相，不然就完蛋了。」

「我懂。」我回道，這是我的眞心話，我覺得妳不是挑了某個人，而是刻意選擇了我，貝可，妳早就鎖定我了，就是要找我。

「你也知道女孩們會怎麼回應，」妳繼續說道，「如果我告訴佩姬或謝娜還是琳恩，她們會告訴別人，然後那個人又會發出神秘兮兮的推特，講出這件事，然後就哎喲喂喲了。所以我才會想到你，我知道你一定會保守秘密。」

「我懂。」這是我的眞心話，我自己也隱藏了許多秘密，現在，也擁有了妳的秘密。

「老實說，就某方面而言，我也不算說謊，喬伊，因爲對我而言，無論從哪一方面來看，他都等於是死了。」妳滔滔不絕，「不過呢，他娶了律師，她很有錢，他也是有錢人，但我一文不名，當然他不會就這麼大方直接給我錢，不會。我必須穿著狄更斯節的道具服，與他嬌慣的小孩一起東奔西跑，才能從他身上拿到點錢。」

「有好多資訊得消化一下，」我問道，「狄更斯？」

妳哈哈大笑，告訴我那個慶典的事。我必須小心翼翼，假裝自己從來沒有聽過，就讓妳將一切細節娓娓道來，我的反應按部就班，最後我搖搖頭，「辛苦了，」我說道，「這樣値得嗎？忍受這一切，只爲了那麼一點點錢？」

「哎，過生活就得花錢，」妳雙手交疊胸前，「如果他能買有機蘋果糖給自己現在的小孩吃，那麼也應該爲自己以前的小孩買單。」

「我懂。」這是我的眞心話。妳父親與他的老婆可能花了四百美金準備狄更斯節的道具服、買熱可可，還有蘋果糖。妳不是那種會去餐廳打工當服務生的女孩，妳的朋友從來就不擔心錢，妳又爲什麼要煩惱這種事呢？

妳傳完了簡訊，雙手放鬆，兩條腿也擱在地上，只要動物的雙腿張成那個樣子，就是想要幹砲。妳是坐在我沙發上的母獸，妳開始研究我家，「哇，」妳開口說道，「你眞的很喜歡老東西。」

「每一個東西都是我從路上撿回來的。」我的語氣滿是驕傲。

「看得出來。」妳一臉嫌惡。你喜歡簇新乾淨的宜家家居，不過妳卻把自己用過的衛生紙塞進骯髒小包裡，哦，妳們女人哪。妳動了動腳趾，又開始講起妳爸爸：「如果你身處在經濟狀況不太好的家庭，爸媽離婚的狀況就變得不太一樣了。我爸爸是在隆妮去島上度假的時候、認識了她。喬伊，眞的，我爸爸是在我妹妹工作的酒吧認識了這女人。喬伊，他女兒成長的家鄉是大家去度假的地方，等到我開始念大學的時候，情況就更加艱難，我不想告訴大家我爸爸和某個觀光客跑了，你知道嗎，我已經夠難堪的了。」

「這樣並不公平。」我說道。

「的確不公平，」我從來沒看過妳態度這麼認眞，「當個常春藤的土包子是一回事，但如果是父親落跑的土包子？幹，這種故事情節太老套了吧。」

「我懂。」這是我的眞心話，我喜歡看妳擺出驕傲小鬥士的模樣。妳戰力十足，殺敵無數，妳殘暴兇狠。

「我搬到這裡來的時候，覺得要一切重新開始，但我沒有想清楚，」妳嘆了一口氣，搖頭，「同學都還在這裡，你知道嗎，如果我現在對朋友說出父親的事，我就得處理自己之前講出的謊言。」

「我知道，」我回答，「大家很可能會以道德角度批判這種事，妳必須小心一點。」

「沒有人知道，」妳的雙眼睜得好大，都是因爲我，「大家都不曉得。」

「只有我知道。」我回了妳這句話，妳臉紅了。

「只有你。」妳重複了一次，差點笑了，但隨即又露出悲傷神色，「我知道自己這麼沒有安全感，實在很不應該，但你知道嗎，他做出這種事，不只是一走了之而已。他打造了一個全新的家，有了更年輕可愛的妻子，還有年紀更小、更可愛的小孩。」

「貝可，那些小孩哪有妳可愛啊。」

感謝老天，妳完全沒有起疑，反而哈哈大笑，妳以為這只是我隨口瞎猜的話。

「喬伊，所有的小孩都比大人可愛，」妳嘆了一口氣，「這不過就是造物主的邪惡本質。」

「好，那就去他媽的造物主吧，」我這段話又引來妳一陣大笑，「妳很盡職了，與他會面，也見了他的家人，那麼他有沒有伸出援手贊助一點？」

妳開始伸懶腰，又把雙手往右晃了兩下，發現到妳背後的牆上有洞，「天哪，」妳說道，「靠，這個洞還真大。」

我嘸了嘸口水，「樓上有管線爆了，他們必須從這裡打洞。」

「顯然只能這樣。」妳回道，妳開始注意周遭環境，發現了賴利，放在咖啡桌上的破爛打字機。妳想要摸摸它，妳望著我，等待我首肯，我點點頭。妳愛說謊，我喜歡收藏打字機，我們與眾不同，性感。

「他的名字叫賴利。」我要和妳一樣誠實。

「你所有的打字機都有取名字啊？」

「沒有，」我回道，「是我帶他們回家的時候，他們自己告訴我的。」

逗妳真的很好玩，妳不知道我到底是在裝的還是瘋瘋癲癲，當妳哈哈大笑的時候，我也不知道妳是真的這麼可愛或只是在看我可憐而已，「這樣啊。」

「貝可，」我說道，「當然是我取的名字，我在開玩笑嘛。」

「嗯，賴利很帥，」妳傾身向前，對他打招呼，還開始亂玩鍵盤，我看得到妳的內褲，妳開口問我，「我可以抱一下嗎？」

「貝可，他很重。」

「你可以把他放在我大腿上。」妳穿的是小號的比基尼式無痕內褲，維多莉亞秘密的「天使」系列。我抱起賴利，放在妳的大腿上，暗中祈禱妳千萬不要看到塞在沙發靠墊裡的那條內褲、和妳身上穿的那件一模一樣。我告訴妳賴利是因為摔倒（哈哈哈）才壞成這樣，妳眞好心，還特地拍拍他。

「哦，喬伊，賴利可能是壞了沒錯，但他依然還是個小帥哥。」

「他獨一無二。」我回道。

妳仔細端詳賴利，「他少了一個字母，L。」

現在我就必須撒謊了，我絕對不能讓妳在我家裡四處翻找那個L，「我帶他回家的那一天就這樣了。」

妳看著我，「你家裡有沒有東西可以喝？」

我家什麼都沒有，幹，*寇提斯都是你害我的*。妳的注意力又回到打字機上頭，妳想要翻找靠墊，搞不好裡面會有那一個L，要是妳眞的那麼做的話，只會找到妳自己的內褲而已，妳要是嗅覺靈敏（我覺得妳就是鼻子很靈光的人），一定知道那就是妳的私物。妳像個需要大人給妳東西分神的小孩一樣，我趕緊把扭扭糖拿給妳，妳抓了最後一條。

「還有沒有扭扭糖啊？」妳開口問我。

「應該是沒了。」我答道，現在我又開始擔心了，因爲妳停下咀嚼的動作，雙眼盯著我臥房裡的某個東西。

妳瞇眼問我，「那是不是我送給你的那本義大利文的丹．布朗小說？」

我想要關上臥室的房門，但這樣的舉動很奇怪，所以我轉頭，目光順著妳的視線飄過去，這才發現妳看到的是我爲那本義大利文版丹．布朗小說所設置的特殊書架，妳要是跑過去看的話就更糟糕了，因爲我把「貝可之書」放在那個書架上。

「就是妳的書沒錯。」我說謊。

妳拍了拍賴利，笑得好開心，「喬伊，你好可愛。」

我吃掉手中剩下的扭扭糖，我必須想辦法讓妳離開這裡才行，「要不要出去外面再買一點？」

「當然好啊，」我走過去，賴利放在妳的大腿上，更顯得妳身形嬌小，妳拍拍他，「拜託，幫我拿起來好嗎？」

我把他從妳身上拿開，妳的粉藍色褲頭抽繩出現了新的暗色磨痕。我把他放回平常擱在地板上的老位置，妳往後退、套上了靴子，短毛外套也穿好，走到客廳的另外一頭，現在妳終於遠離了我的愛戀證據，也就是妳的內褲和胸罩。能夠打開大門、把妳送出我家，眞是讓我鬆了一口氣，因爲妳的到訪，家裡也轉而成爲一個全新的世界。妳停在樓梯間不動，指著牆上的一抹污痕，「這是血嗎？」妳低聲問道，語氣活潑詼諧，我可愛的毛茸茸小仙女，我點頭承認，妳挑眉，「是賴利的血？」

我拍了一下妳的屁股，妳喜歡我這樣示好，歡喜跳下樓梯，知道妳父親的事的人只有我，不久之後，妳也會在我面前講出紅杓子的故事。妳推開那扇我已經推了將近十五年的大門，我們走到了雜貨店，這一路上妳根本都在蹦蹦跳跳。

「這就是他們想要搞成歷史街區的地方嗎？」妳問道，「我不知道在哪裡看過這消息。」

「不是，」我回道，「妳講的是貝德斯圖的另一塊區域。」

我家這地方讓妳聯想到了「芝麻街與珍妮佛．羅培茲的歌曲」，而店裡的每一個男人都想要找妳幹砲，但妳身旁有我相伴。妳喜歡受人注目，因爲妳告訴我覺得自己在這裡像明星一樣，妳不禁開心大笑。我付了扭扭糖與愛維養的錢，妳把糖果塞進屁股口袋裡，彷彿需要大家更注意妳的屁股一樣。好，所以如果妳和我住在這裡，就會出現這樣的場景，想必很美好，溫暖。不知不覺之中，我們已經回到了我家的門階梯台。

我們挨坐在一起，撕開了扭扭糖的包裝袋，共喝一瓶愛維養。對街有兩個十幾歲的女孩走過去，對著妳手中的愛維養鬼吼鬼叫，妳態度溫柔，開始爲自己辯護，妳想要讓我知道妳之所以會喝愛維養，都是因爲佩姬說那是鹼性水，還有，妳告訴我妳沒穿胸罩，就和妳第一次進入書店時的情形一模一樣，我覺得我們之間有了全新的起點。

妳伸出小手，抓住我後腦勺的頭髮，「要不要回去樓上？」

「好啊。」我眞的，眞的好希望我預先準備好，把妳的私物藏起來，洗澡，換上左右兩隻一樣的襪子。但妳的人已經在這裡了，慢慢走上我家的階梯，每一步都刻意擺出嬌柔姿態，頻頻對我發出引誘。

然後，一切變得好朦朧。我的爛沙發變成了可樂納廣告裡遺世獨立小島上的吊床，只是少了啤酒而已。我們不需要啤酒，什麼都不需要，當下，我們擁有彼此。我伸出雙手抱住妳，妳抓住了我，這種盈握法鐵定會讓艾瑞克・卡門[13]爽快不已。我們互親臉頰，親到兩人無力之後，開始聊心事，妳把狄更斯節的事全告訴了我，包括了與妳父親爭執抽菸的事、還有妳的繼母、那間噁爛的汽車旅館、那對討人厭的同父異母姐弟、還有貴得要命的蘋果糖。妳想要知道我的事，我告訴妳我喜歡妳，好喜歡好喜歡妳。我們又繼續開始親臉，過了一會兒之後，妳全身疲憊，放鬆，妳終於睡著了，小小的身軀軟綿綿的。我不知道在妳這麼靠近我、而且我覺得不時越挨越近的狀況下，我要如何安眠。

與妳這麼貼近、卻還能入睡的唯一理由，就是因爲我知道自己第二天早上會被蓮蓬頭的水聲吵醒，妳已經不在我的臂彎裡，全身赤裸，濕淋淋，站在那裡。

⑬ 曾任「覆盆子」合唱團主唱，八〇年代以〈All By Myself〉紅遍歌壇。

25

如果明明是一個人住卻還想要買不透光的浴簾，那一定是自虐狂神經病。我想到了「銀色海馬」的浴簾，純白色，只不過在底下長了好幾個霉斑。看起來他們是很想把旅館房間搞成電影《驚魂記》的場景。我原本以為買浴簾是全世界最簡單的事情，但進了家居用品店之後，才發現裡面的不透光浴簾看起來似乎有六百種之多，但顯然都讓人買不下去。然後我開始在網路上找貨，出現了數千種的浴簾，我沒有挑選百分百透明的浴簾，因為坐在馬桶上的時候，總需要盯著某個東西看吧，但仔細一想，其實呢，浴簾是，

靠，

每天，

都得要看的東西。

所以我開始在網路上的數千種浴簾裡挑貨，大多數的設計都很鳥，每天看一定會反胃（世界地圖，靠，你去死吧，魚，布魯克林地圖，眞的你去死一死比較好，雪人，艾菲爾鐵塔，航海標誌——喂，我又不是那種會在Urban Outfitters買圍巾、在IMDB網站為電影評分的那種人），我只是想要有趣又耐看的浴簾而已。

我終於找到了透明浴簾，上面有條警方黃色封鎖線，寫著「禁止進入」。當初我買下這個浴簾的時候，壓根兒沒想到妳會站在封鎖線的另外一頭，下次我一定要挑全部透明的浴簾，貝可，

我學到了寶貴的一課。

說眞格的，我沒時間看妳洗澡也是好事，正好趁此機會把所有的「貝可私物」都藏起來，我衷心期盼妳醒來的時候沒有到處東瞄西看。我跟隨妳的足跡前進，妳拿了毛巾之後，就忘了關浴櫃的門（女人就是這樣），所幸妳拿的是最上方的毛巾，沒有看到最下方毛巾底下塞著妳自己的銀色鯊魚夾（我潛入妳公寓的第一天，順手帶走的，屋裡到處都是那種髮夾，妳也不會特別想念這一個吧？），我之所以要偷走它，是因爲上頭纏有妳的髮絲，有妳的DNA，妳的氣息。妳有沒有打開冰箱？看到妳喝了一半的南塔克特．內克塔減肥冰茶？妳的唇曾經碰過那罐子，我想要讓妳的唇印永遠封存在我的冰箱裡。妳曾經從冰箱拿水喝，可能妳誤以爲那罐是我的冰茶吧。

浴室門是家裡唯一沒壞的東西，妳大可以把它關上，但妳沒有，看來妳似乎想要一直開敞著門，就像是妳公寓裡不裝窗簾的窗戶一樣。我忍不住興奮莫名，你希望我在那裡偷窺妳，就是現在，芝麻街大鳥的鮮黃色警方封鎖線是我們之間唯一的隔絕物，妳仰背，讓水流輪流噴濺兩個乳尖，然後妳轉身，妳喜歡這裡，待在我的浴室，待在我家，妳任由水流沖洗妳的頸項，從妳的背脊淌流而下，妳拿起了那塊象牙香皀（我的香皀），把它握在乳溝之間，移到下方，然後直接讓它落地，開始搓揉腹部上的肥皀泡沫，位置越來越低，妳的雙手終於摸到了那裡，但又立刻回到了脖子，雙手張撐，貼住後頸，此刻的妳性感逼人，我應該要脫掉自己的衣服，進入淋浴間才是，但我沒有，因爲只要當妳一看到浴室門在動，就會發現門把上掛了妳自己的白色比基尼。我知道妳還沒看到，妳可能永遠不會發現，因爲妳沒關門。我可以抓下那件比基尼，祈禱妳完全沉浸在自己「濕答答」的氛圍中——親愛的，這是雙關語——所以根本不會發現我的動作，不然我也可以把它留在那裡，等到妳完事之後——洗完澡，不是打完砲——妳忙著擦乾身體，蒸騰熱氣掩蓋視線，所以妳根本不會看到自己的比基尼胸衣。

我在想什麼啊？我得趕快拿走那件比基尼才是。我閉上眼睛，祈禱。當我把手伸到門裡的那一側、把它取出來的時候，不禁抖得好厲害，妳完全沒有注意到異狀，一切安然無恙，靠，我眞的得想辦法把妳趕出我家。我準備把妳的比基尼藏在我買了很久卻從來沒吃過的冷凍食品的後方，然後，妳走出淋浴間，離開浴室，尖叫。

「喂，喬伊，你拿著槍要幹什麼？」

當下我陷入恐慌。被妳抓到了，妳口中的槍就是我手中的比基尼，我完蛋了，而妳圍著浴巾、全身在滴水，我像個瘋子一樣靠在冰箱旁邊。

「我開玩笑的啦，」妳說道，「我知道這個梗不好笑，但也沒那麼可怕吧，別緊張。」

「妳找到毛巾了。」

「我自己動手拿沒關係吧？」妳喃喃說道，我家不適合赤腳，妳一直侷促不安，因爲地板又黏又髒，妳低頭看著我的打字機，妳問的問題也未免太多了吧，妳拿起我的迷你鱷魚頭標本，如果我知道妳會過來的話，一定早就藏起來了，眞糟糕，簡直糟糕透頂了。一大早起來什麼都不對勁，妳睡在這裡，洗澡，全身都是泡泡，但卻沒有和我做愛，這怎麼會是好事呢？現在妳的乾淨雙手也未免太冷淡了，而且盯著我家的模樣宛若在勘查犯罪現場一樣，也許是因爲那條黃色封鎖線讓妳起了戒心，當我在整理打字機與動物標本的時候，妳嘻嘻哈哈問我是不是殺人魔，妳指著牆上的大洞，「喬瑟夫，這個洞到底是怎麼回事，你得再給我講清楚。」好，妳馬上哈哈大笑，妳根本也沒有要我好好解釋的意思，這對我們兩人的發展不是好事，我睡眼惺忪，晨勃未退，家裡沒有咖啡沒有雞蛋，無法為妳做早餐。水龍頭在滴水（妳總是沒關緊），但我不能衝進去關水龍頭，因為我不能把妳一個人留在客廳。妳說妳得去一下浴室，進去之後拿起肥皂搓了好久（都是因為摸了動物標本與打字機）。等到妳從浴室出來的時候，雙手已經乾乾淨淨，妳已經對我沒興趣了，開始講學校的事，與我吻別，但妳根本沒伸舌頭。

妳離開之後，我坐在濕答答的浴缸裡，大力嗅聞妳的氣息，把妳的味道全吸了進去。

「喂，你不覺得你這樣罵我有點太超過了嗎？」

寇提斯面紅耳赤，拚命辯解討饒，這小混蛋以前從來沒有被人開除過，突然之間他好愛穆尼書店，突然之間他好珍惜這裡的工作機會，突然之間我的毒蟲下屬宣稱以後再也不嗑藥了。

「寇提斯，你現在只要講『是，老闆』就夠了。」

他超不爽，有個矮胖女人猛敲櫃檯，簡直把它當成了大門一樣，「抱歉打攪兩位了，你們有沒有『區域減肥』法的食譜啊？」

「有的……」我回道，我正準備要告訴她位置的時候，寇提斯突然之間變成了這裡的勤奮員工，真的很在乎這份工作，火速從我背後離開，帶著這位可愛的矮胖小姐到了食譜區，告訴她我們具有超強的訂書能力，她肥嘟嘟的可愛腦袋所想到的任何有關「區域減肥」法的書籍，我們一定使命必達，寇提斯還對她解釋了我們的退書原則，他的聲音之大，簡直會讓人誤以為這位小姐是個聾子，而不是胖子，還有，真的太妙了，一旦被槍抵住頭之後、進步就會這麼神速？我又想到了妳一大早講的話（喂，喬伊，你拿著槍要幹什麼？），昨天早上都是他的錯，他必須爲此付出代價。他得付出代價，而這位胖小姐選擇付錢的方式是支票加現金加信用卡，我不禁懷疑她是否有能力購買「區域減肥」法書籍裡的食材，突然之間，寇提斯變成了超級義警，立刻反覆詳細檢查她的駕照，一如我先前教導過他的一樣，但他從來不曾付諸實行，而且他刷信用卡的方法非常到位，不但超用力，而且傾斜的角度也剛好，所以我們這台年老體衰的刷卡機立刻就讀卡成功。他還在每本食譜裡塞了書籤，靠，這小孩，超優秀超認眞，只有他媽的吹毛求疵的瘋子才會開除這小孩。

那位矮胖小姐甚是滿意，對著我吹口哨，「親愛的，呦—吼。」

我點點頭，微笑，她應該要稱呼我先生吧。

「你應該要給這年輕人加薪才是，」她在書店裡跑來跑去，已經臉色微紅，「我告訴你，我剛才在上城的另外一家小書店，等了兩個小時才有人來幫忙，而你店裡的這位年輕人對我的態度良好又親切，而且專業知識豐富。」

我很想告訴她，無論是在書店或是咖啡店，讓客人能夠好好獨處才是眞正的禮貌。要是你頻頻騷擾顧客、太過殷勤，他們會覺得你其實是在趕人。這位小姐完全不懂人情世故，她依然在大力稱讚這位友善的年輕人，我眞想告訴她，過度熱心的寇提斯（他是不是開始吸食安非他命還是其他毒品啊？）在今天已經嚇跑了其他的客人，因爲大多數的人都不想在小說才翻了幾頁的時候被人打斷。哦，我還想讓她知道寇提斯每天要呼四次大麻，還會偷腳踏車、拿去銷贓換零用錢。我還可以告訴她，寇提斯每次當班都遲到，而且都會固定在我們的廁所裡大便（粗魯啊），而且他很花心，每次交女朋友都一定偷吃，等到她離開書店之後，等到他知道自己不會被炒魷魚之後，他一定會開始高聲嘲弄那個女顧客，而且他很可能偷偷記下她的支票帳戶的資料，沒錯，她還簽支票付帳。

不過，我只是對這美眉微笑，「我們開店完全就是爲了服務您這樣的客人，」我說道，「協助大家買書，正是我們的工作目標。」

「這就和梅格·萊恩演的那部電影一樣嘛！」她尖叫，「你知道那一部嗎？那個漂亮女生開了間小書店，然後和連鎖書店的老闆墜入情網？」

靠，寇提斯開始哼唱，「《電子情書》對不對？」

「《電子情書》！」她大叫，哈哈大笑，「哦，我好愛那部電影！你們這裡有賣嗎？有沒有DVD？」

想必這個懶肥美眉一定不會打開她的食譜，她會跑去廉價百貨Target買一個小櫃子，然後請人把它釘在廚房裡，然後，她會把那些食譜擺好，欣賞它們一字排開的模樣，然後把披薩丟入微波爐，撕開她剛才跑去紐約另外一頭購買的《電子情書》的包裝盒，然後，她再也不會回來這家書店。

等到她離開之後，寇提斯也不知怎麼了，很清楚自己會有什麼下場，他知道自己完蛋了。

「喂，」他開口說道，「我也不知道講這句話有沒有用，當初我以爲我是幫了你一個大忙，那個美眉好辣，超級欠幹的那種辣妹。」

「不要把我的地址給陌生人。」

「她說她認識你，我有沒有說她很欠幹？超級欠幹的那種辣妹。」

我一定要聲明，我只打了他一拳，而且扁的不是他的臉，貝可，妳一定要記得，我不是什麼狠毒禽獸，我也沒有要傷害他的意思。我開除了他，以人對人、老闆對員工的姿態，我不是針對他個人，我的決定也不算嚴厲，自從他開始在這裡工作以來，從來沒有善待過客人，今天這個胖小姐是破天荒第一遭。還有，貝可，妳不是欠幹，妳長得很漂亮，不可以相提並論。

26

在我們蓋棉被純睡覺的第二天，妳找我出去，約在市中心見面。寇提斯已經被炒魷魚，書店裡只有我一個人忙死了，但如果有個女人已經在你家脫光光了，然後她又提出了這種邀約，我想每個人都會說沒問題。我們拿了妳的全新電視盒，電線長得要死，然後，妳叫我幫妳拿回家。

兩個禮拜過去了，狀況差不多一樣。今天，妳約我在先鋒廣場的某間星巴克門口見面，我站在這裡，妳親我（親的是臉頰）問好，妳絕對不會坐在我的大腿上、與我共坐一張蓬鬆的沙發椅，也不會舔去我上唇的奶泡，妳處於白天辦事模式，爲了聖誕節而血拼的來往行人應該會覺得我是妳的同志閨蜜，貝可，我的小弟弟好痛，我該怎麼過這個節？

「所以好消息就是呢，我知道我要買什麼了。」

「眞的嗎？」我眞希望妳請我進去星巴克的廁所、讓我來好好舔食妳。

「我要買那種可以當禦寒耳罩的耳機送我媽媽。」

「哦。」數位式的禦寒耳罩與口交根本天差地遠。

「還有更好的呢，我有折價券！」妳說完之後，我們就進入梅西百貨。現在妳開始講起錢的事情，妳說自己最近手頭很緊，我只好假裝自己沒看到妳與妳父親早上互通的那些電郵內容，我知道妳在等著看妳的船長老爹是否會伸出援手。

我們待在女鞋區（妳不是要買禦寒耳罩嗎？）的時候，妳問起寇提斯，我說我抓到他偷東西，開除了他，其實，他被炒魷魚的原因是因為他把我家地址給了妳，但我沒有告訴妳。妳嘆了一口氣，因為他看起來似乎人不錯，哈。我們在珠寶區（妳不是只需要禦寒耳罩嗎？）晃來晃去，妳想知道我會不會再招募新店員，我說，與其寄望找到好幫手，還不如我自己來管理書店，妳點點頭，也同意大多數的人都無法勝任工作，這就是現實狀況，我們又閒聊了一下履歷表，講這些幹嘛？

「想不想玩一下？」如果妳的意思是玩我的大老二，那當然好。不過，妳卻牽起我的手，帶我搭乘電扶梯，上頭擠滿了人，散發濃重的汗味，典型的聖誕節氣氛，我寧可去狂幹垃圾桶還比較開心。十二月時的梅西百貨電扶梯毫無隱私可言，但妳有表演欲，所以妳準備上場了。

「所以，我研究所的指導教授，今年是他的休假研究年，他拿到了普林斯頓的獎助金，」然後，妳停頓了一下，彷彿覺得自己前方的墨西哥辣妹很有興趣知道妳的事一樣，「他希望我能在他離開之前交出作品，眞是笑死人了。」

「我忘了他叫什麼名字，可不可以再告訴我一次？」我雖然這麼說，但其實先前根本沒問過。

「保羅。」妳不肯說出他的姓，這段對話自然就結束了。感謝老天。我們到達四樓，這裡好吵，充滿了蝴蝶餅與香水的味道，同時又在播放麥莉．希拉的歌曲，也未免太迷幻了一點。吵鬧的賤女人在鬥嘴，嚴重侵擾我的五官，我問妳耳機是否在這個樓層，妳卻告訴我妳有東西必須退貨。

幸好「賤女孩部門」的隊伍沒那麼長，因爲大多數的賤女孩其實沒那個財力買些有的沒的。妳沒告訴我退貨的來龍去脈，輪到我們的時候，妳拿出了內搭褲與皺巴巴的收據，站櫃檯的那個可憐女孩從來沒有處理過退貨，當然，我們有的等了。

「有什麼原因必須要等這麼久嗎？」妳厲聲問道。

「呃，因爲貨品售出已經超過了一百天了。」

「所以呢？」

哎喲我靠，妳眞的是破產了，不然爲什麼要挖出三個月前買的褲子呢？妳一把抓起褲子與收據，塞回自己的袋子裡。

「等到你們經理當班的時候我再過來。」

「我沒差。」

現在的妳被激怒了，因爲妳得依靠那筆退款過生活。妳把火氣發在「賤女孩」樓層的每個人身上，妳衝破了一層層的人造絲與霓虹色女孩，就是不肯開口說抱歉。有兩個小婊子說要扁妳一頓，但她們才不敢，只是高中女生，光是在後面罵妳賤人就讓她們夠得意的了。我告訴妳要放慢腳步，但妳就是不聽，原來妳可以這麼剽悍，簡直讓我愛得無法自拔，因爲等到我們在一起之後，總有一天妳會把我綁在床上揮掌修理我，盛氣凌人的模樣一如妳現在對付那些擋妳去路的人。妳實在太激動了，我想要逗妳，我眞的開口了。

「貝可……」

「怎樣？」

「嗯，我完全不懂女生的衣服，可是妳想要退的那些褲子啊，看起來很漂亮。」

「我穿起來不怎麼樣。」

「能不能讓我看看？」

妳想要憋笑，但還是忍不住，「在這裡哦？」

「是啊。」我回答之後，妳也放慢了步行速度，現在沒有人在看守更衣室，因為現在真的是聖誕時節，而聖誕老公知道我是個乖巧的好男孩。我們進入更衣室走廊、朝最裡面的殘障人士專用間走去。妳什麼也沒說，直接就推開了門，妳沒有開口請我進去，但我立刻自動尾隨。我坐在長椅上，妳站在三面鏡的前方，把內搭褲從包包裡拿出來，妳到底是怎麼了，這種時候還想著妳的褲子？

妳嘆道：「看吧，我其實想要的是牛仔內搭褲。」

但其實妳真正渴望的是性高潮，我叫妳趕快換穿給我看，妳臉紅了，開始扭捏賣騷，我們聽到關門聲，有人在嘀咕要趕快搶更衣室，我們的確已經搶到了一間，這地方是我們的，妳已經脫掉了毛靴，解開牛仔褲的拉鍊，褲身實在貼得太緊了，所以當妳脫下牛仔褲的時候，內褲也跟著一起被扯了下來。

「快過來。」

「喬伊，安靜啦。」

我伸手示意叫妳過來，因為妳內心羞怯，所以走過來的時候還忙著穿上內褲，甚至又把拉鍊再度拉上，我抬頭看妳，妳低頭看我，妳蹲下來，伸手要脫我的皮帶，但不行，我抓住妳的手，握得好緊。

「站起來。」

妳乖乖起身，我開始拉開妳的拉鍊，妳站得更近了一點，而且扭個不停，幫忙我脫掉妳的褲子，我也順利擺脫了這些障礙物、把它們全扔在鏡子前面，終於，等到了這一刻，在先鋒廣場的梅西百貨的「賤女孩」樓層，聖誕節提早降臨了。我體嚐到妳的滋味，我不斷舔弄妳，當妳高潮到來的那一刻，妳發出了狂放的淫吼。

我好愛逛街啊。

性愛讓腦袋變得澄明，而高潮也讓妳神清氣爽，我們離開了更衣室，妳決定把原本要退貨的褲子轉送給妳媽媽——我早就知道我們不會買禦寒耳罩。妳緊緊抓住我的手，我們又搭乘電扶梯往下，妳再也不想逛街了，〈給自己一個快樂小聖誕〉在此時響起，這是我最喜歡的憂愁節慶歌曲，店內的樂聲也變得柔和多了，妳問我聖誕節要幹什麼，我說當然是工作，妳告訴我，妳打算要找工作。妳把我帶到男帽部門，挑了頂紅綠相間的可怕毛帽，我懶得理妳。

「也許我可以在這裡上班，」妳露出甜笑，「你可以趁我休息的時候來找我。」

「妳眞的需要打工嗎？」

妳沒回答我，又拿起某頂類似考爾菲德在《麥田捕手》所戴的紅色獵帽、抬頭看著我，「拜託戴這頂啦！這本書幾乎是我一直最愛的小說。」

我無法拒絕妳，而且我喜歡妳以隱晦的方式提到了這本書，我戴上帽子，妳咬著下唇讚道：

「好可愛。」

現在我戴著這頂好笑的帽子，要讓妳把我說的話當眞有一定難度，但我還是勉強一試，「說眞格的，貝可，妳需要找工作嗎？」

「你這樣超帥的！」妳尖叫，又拿出了手機，「喬伊，讓我拍張照片，我一定得爲你留下紀念。」

「最好不要讓我在臉書上看到這張照片。」

「白痴，你又不用臉書，」妳回我，「你快笑啊。」

妳拍了照片，我把帽子還給妳，妳開始在包包裡找信用卡，「貝可，」我開口說道，「妳不需要送我帽子，我永遠不會戴啦。妳是眞的要打工嗎？」

「我知道我不需要買這頂帽子，」妳回我，「但我就是想買。」

既然現在是聖誕節，妳要買這種鬼東西我也就隨便妳了，我說，我願意把它戴在頭上，但只有一個條件。

「隨便你怎樣都行。」妳看待事情的角度也未免單純得太可愛了。

「答應我，到書店來打工。」

「好啊！」妳歡喜得不得了，立刻抱住了我，我滿足了妳一切的需要，給了妳渴望的一切，妳親吻我的脖子，好溫柔，還有我的唇，也一樣輕柔。妳低聲呼喚我的名字——喬伊——經過我們旁邊的每個人可能都會以爲我們剛訂婚吧。

當天，過沒多久，伊森出現在書店，接受面試。我不忍心告訴他這位置已經找到人了。他看起來像小沙鼠，而且態度友善得像小狗一樣，他應該要去動物收容中心才是，不該來書店。他嘰嘰咕咕講個不停，我忙著看妳的電郵，顯然妳已經打電話給佩姬，把我們的購物之旅與妳的新工作全講了出來，她寫道：

可愛的貝可，希望妳不要因爲在Target百貨公司的嬉鬧而太苛責自己。妳一定要記得：做了某些下流的事，也並不等於妳自己就是個下流的人。妳畢竟是個凡人，可愛的人！記得要對他溫柔一點，一起工作可能不是什麼好主意，也許找學校的工讀比較好一點？反正，要保重，佩姬。

佩姬的這封電郵澆熄了我在梅西百貨的滿腔熱血。萬一妳反悔了呢？萬一我們一起工作卻相處得不好呢？萬一妳每天晚上都需要#女孩之夜好好狂歡，我再也沒辦法和妳一起出去逛街了呢？伊森絕對不會背叛我。因爲他帶了三份履歷表過來，「喬伊，你似乎超忙，」他很不爽，「如果你現在希望我離開，我可以等一下再過來！反正我整天沒事！」

我沉吟了一下，我不知道自己是否有能耐應付他的熱情，「你最喜歡的五本書是？」

他笑了，彷彿我剛才告訴他聖誕老公公眞有其人一樣，我開始看妳回寫給佩姬的內容：

哦，我們是去梅西百貨，不是Target，所以應該沒那麼下流……希望啦。還有妳說得對，我不該在書店工作，我實在太不會掌握分際了，爲什麼妳總是這麼聰明呢？

就在伊森忙著分析《魔戒》的時候，我打斷了他。

「伊森，抱歉，給我一分鐘就好。」

「你不需要道歉！」他歡喜呼唱，「你是老闆啊！」

對這傢伙來說，每一件事都需要驚嘆號，所以他說他最喜歡的書是《美國殺人魔》，還眞是讓人費疑猜。「我喜歡恐怖的懸疑小說！你也是吧？喬伊？」

我鍾愛的是文學小說，他在對我搖尾示好，我重新整理妳的收件匣，打開佩姬的回信：

我只是關心妳罷了，可愛的貝可。千萬記得：謹守分際！

還有，我覺得好久好久沒看到妳了。

我放下妳的手機，心中暗自感謝妳母親支付帳單，伊森現在講的是《美國殺人魔》裡的受虐小沙鼠，他依然滔滔不絕。

他越講越起勁，還咯咯笑個不停，靠，這傢伙到底是何方神聖？「我真的好愛看書，」他語氣高亢，「我一講到書就可以講到天長地久！我最難過的時候就是丟了工作，女朋友跑了，我想念可以天天講話的日子，我好愛講話！」

我從來沒看過像伊森這麼寂寞又消沉的人，而他的出現也拯救了我。他很完美，正好是我需要的人，不需要一直和他攪和在一起，跟在他旁邊，我就是老闆。

我微笑問道：「好，伊森，週末上班有沒有問題？」

「當然沒問題！」他聲音尖細，根本就跟沙鼠一樣，「我哪個時段上班都可以！」

等到我們站起來之後，我才發現他比我矮了將近三十公分，而且還看得到他的頭皮屑，我送他走到門口，他充滿感激，頻頻道謝，「喬伊，你知道嗎，我一直有個預感，我最後一定會找到充滿樂趣的工作！就跟這個一樣！老實說，主修金融其實是我爸的意思，我根本沒興趣！」

「嗯，很好，伊森，太好了，」我隨口回應，他才是應該要謹守分際的人，「你應該去喝杯啤酒慶祝一下。」

「我平常不喝酒，不過我可能會在我的健怡胡椒博士汽水裡加一點蘭姆酒！」他大呼小叫，我目送他出門走向大街，我心中油然而生一股儼然是人師的驕傲，我今天做了一件大善事。

妳寫信給佩姬，祝她有個陽光普照的歡樂聖誕節。妳說妳應該會留在紐約，因爲回南塔克特一趟太花錢了，她回信給妳：

親愛的，如果妳需要借錢，妳知道我隨時可幫忙……

妳堅拒了佩姬的好意，她準備要前往聖巴瑟米與家人會面，在奇形怪狀的身體上塗抹有機防曬乳、默默想念著妳。也許她會找到某個當地女孩談戀愛，就此將妳放下。我寫電郵給妳，通知妳明天開始上班，妳立刻回信，而且回覆的方式正得我心。

☺是的，老闆。

當晚，妳打電話給我，再次確定妳的上班日期，我告訴妳伊森的事，妳起初好困惑。

「我以爲是我拿到了職缺。」

「嗯，貝可，現在是一年當中最忙的時候。」

「你的意思是說，沒辦法給我太多工時？」

「我的意思是，這樣一來，我們晚上偶爾可以出去一下。」

妳懂了，壓低聲音說話，「你已經開始對我性騷擾了啊？」

我沒笑，「小姐，沒錯。」

我是天才，顯然佩姬可以閃一邊去了，因爲我們繼續閒聊，就像男女朋友一樣，我又多講了一點伊森的事，逗得妳哈哈大笑。

「他和貝萊絲完全相反，」妳說道，「她看到大家的小說裡出現驚嘆號，一定把它們槓掉，眞的。」

「靠，」我回道，「不知道他們兩人共處一室的時候會出現什麼狀況。」

「哦我的天哪，」我知道妳站起來了，「我們必須想辦法搞定啊。」

「貝可……」

「我們一定要撮合他們兩人。」

「這傢伙非常天眞無邪，」我說道，「我不能放任貝萊絲吃了他。」

「我說眞的，喬伊，」妳繼續說道，「他們可能剛好就是彼此需要的菜，我的意思是，極端互補的吸引力，你懂吧？」

「我們也算是極端互補嗎？」

「哦，就等著看囉。」我們又聊起印度食物與音樂，其實我們開始無所不談，那是只有在歷經更衣室事件之後才可能出現的交流。

我們終於掛了電話，我把伊森的聯絡方式給了妳，讓貝萊絲可以與他聯絡，最後還加了一句：

聖誕快樂！

妳回傳：

眞的好快樂。☺

27

我好喜歡看妳出現在書店。能夠和妳一起工作，又讓我重新愛上穆尼先生創設的這個地方。我們是可愛的小情侶，天生一對，只要有人這麼說，總是讓妳開心得要命。我們再也不約會了，因爲我們眼中只有彼此。妳會提早到班，吻我，打招呼。我們看到路上的情侶檔會一起養狗、爲養育小孩提前做準備，無聊，但這整間店的書都是我們的。我們一起分擔工作，因爲客人而哈哈大笑，而且還爲了要播放哪種音樂而假裝吵架，我們是五〇年代風格的戀偶，男女有別，因爲我負責主控一切，妳也甘之如飴。妳和我玩遊戲，明明說好的規矩卻每天都要跟我拗，就是喜歡逗我，我們動不動就哈哈大笑。我把那頂霍爾頓的帽子帶進書店，趁妳不注意的時候戴到頭上，妳一看到就笑得不可抑遏。

「哦我的天，喬伊，你一定要讓我摘掉那頂帽子啦。」

我假裝要和妳翻臉，「不准妳碰我的霍爾頓．考爾菲德帽子！」

妳笑個不停，「不可以，我不能讓你戴著那鬼東西出門，看來我當初挑這頂帽子的時候一定是頭昏腦脹。」

我喜歡妳提到在賤女孩樓層的那段美好時光，也就任由妳抓走我的帽子。我一直沒有撕掉標籤，妳看到它還在那裡，甚是驚喜，「現在我可以買好一點的東西給你。」站在我這邊，我真不敢相信自己會這麼開心，如此歡喜，但我真的覺得這世界站在我這邊，因爲待在穆尼書店裡就是爽快得不得了！伊森與貝萊絲眞的開始約會了，好神奇，我每天上床睡覺的時候都在猜想妳隔天不知道會穿什麼衣服上班，還有我們之間的化學反應不知何時會在我幫妳組裝的床上爆發、成爲一場幹砲馬拉松。我們正在等待第一場歡愛，因爲妳說這很特別，沒錯。

每天都是聖誕節，今天妳穿得好騷，罩了件軟綿綿的灰色毛衣，露出了妳的肩頭，妳的鎖骨也變成了引人勃起的淫蕩風景。妳正在啃小紅蘿蔔，咯咯有聲，我告訴妳趕快回家去換衣服。妳滿嘴都是食物，「你從來沒說這裡有服裝規範。」

「這是潛規則。」

「是要依什麼當標準？」妳不爽回嗆，「伊森的超大號運動衫嗎？」

「冷靜一下。」

「喬伊，我很冷靜，我只是請你告訴我這裡的服裝規範。」

「就把這當成學校好了，妳去上課的時候不會穿這樣。」

妳把剩下的蘿蔔丟到櫃檯，雙手交疊胸前，「我就是剛下課過來的。」

「反正蓋住就是了。」我很想告訴妳，就是因爲妳穿這樣，所以妳班上的那些男生才會對妳想入非非。

「蓋住哪裡？」現在我眞想逼妳彎腰、好好教訓妳一頓，貝可，妳的戀父情結好嚴重。

「蓋住妳的鎖骨。」

「那我穿你的刷毛外套不就好了？」

我讓妳試穿我的黑色刷毛外套，妳整個人全被蓋住了，我眞想扣住妳的鎖骨，把妳拎到妳第一次到這裡時流連的F—K書區，那時候妳根本不知道自己在找什麼（其實妳要找的是我），我要是眞的做出那種事也沒關係，因爲我是老闆，而這也符合了妳的期待，我很想，但我不會輕舉妄動。我喜歡看妳現在極度渴求的模樣，到此爲止就好了，我對妳搖搖頭，伸手示意叫妳脫下外套，妳很不爽，發出哀號，當妳把外套從頭上脫下來的時候，那件引人遐想的毛衣也一起被拉上來，某個待在參考書區的變態一直在看妳，我趕緊把手伸過去、把妳的毛衣拉好。

妳嚇了一跳，暖氣管嘶嘶作響，《漢娜姐妹》的電影原聲帶正好播放到演奏版的老情歌，妳像個乖巧的女孩一樣，爲我送上咖啡，又把外套還給了我。我拿了之後，坐在櫃檯的凳子上，妳的雙眼眨巴眨巴看著我，那個變態依然在盯妳，我得多注意這傢伙才是。

「等一下妳進來的時候，」我提高聲量，「最好給我穿上胸罩。」

妳雙頰緋紅，拚命憋笑，妳穿上自己的雙排釦外套，抓起妳的垃圾包包，點點頭，「什麼顏色？」

看來我們不久之後就會幹砲了，我聳肩，「妳自己選就好。」

「紅色？」

「可以。」

「黑色？」

「快回去。」妳閃人了，我看著那變態，冷言冷語大聲問道：「先生，需要幫忙嗎？」

「哦，只是隨便看看而已。」

「好，只要你有需要，我隨時在這。」我講完之後，關掉《漢娜姐妹》的電影原聲帶，改放

「野獸男孩」的歌等妳回來，我一定會等到妳的，因為妳喜歡與我待在這裡，我是不是講過這是絕妙的好點子？妳第一天當班的時候，因為妳的傲慢而搞得一團糟，每一筆帳都錯了，不是多算就是少算，而且妳還穿著靠他媽的布朗大學運動衫，彷彿妳唯恐大家不知道妳是屈就了這份鳥工作，我告訴妳不要穿運動衫來上班，妳臉色漲紅，因為妳在耍賤的時候自己心裡有數。站在參考書區的那個變態問我們是不是有廁所，我的答案尖銳明快，「沒有。」他離開書店的時候自然連聲再見也沒有。我趁機到樓下打手槍，因為和妳一起工作，等妳回到這裡讓我聞到妳的氣味、看到妳，還有每天和妳近距離接觸，已經讓我出現了八年級小男生看到風騷代課老師時的反應。

我的電話響起，妳動作很快，已經傳訊給我了：

叩叩叩

有張照片，是妳，穿著紅色胸罩，妳又傳簡訊過來：

這樣適合上班嗎？

我立刻回應：

不行

一月是最荒寂的月份，我可以待在這裡看妳的胸罩看一整天，妳也知道的，妳立刻回訊：

叩叩叩

我回妳：

怎樣？

又是妳的照片，這次沒有臉，只有乳房塞進粉紅色蕾絲胸罩的照片，妳的乳頭因我而鼓硬，我受不了了，我打完手槍，妳再次傳訊：

？

我不肯以這種方式讓妳看到我的大老二，妳終於知道是怎麼回事了，妳又傳了一張自拍照，這次沒有胸罩，我給了妳預期的回應，我寫道：

壞女孩，馬上過來。

妳的回訊速度跟閃電一樣快：

好 老闆

沒有標點符號，只有一個「好」，這是放諸四海皆準的「趕快來幹我」的委婉表示法，還有「老闆」，是放諸四海皆準的「隨你擺佈」，我把自己清理乾淨之後，衝上樓梯，找到了我每次等妳現身時假裝在看的書，寶拉．福克斯的作品，又把「野獸男孩」的歌曲換成了「貝克」的音樂——現在這已經成了例行公事，我們兩人才懂的玩笑，現在我們是擁有自己歌曲、書籍、表情、食物的神秘語彙的小情侶——等到妳回到書店的時候，也差不多該打烊了，我甚至已經有好多天不曾偷看妳的電郵，我就是這麼對妳全神貫注，妳脫了雙排釦外套，露出透明蕾絲背心，妳對我甜笑。

「這樣是不是很不得體？」

我闔上寶拉．福克斯的書，貝克的〈性愛法則〉正好在此時響起，這是對於手銬與奇怪的美妙性愛的頌歌。妳和我將要創造自己的打砲歌，我調整姿勢，迎向妳，書店大門沒鎖，招牌顯示的是營業中，外頭街道空無一人（二月的某個週一），《漢娜姐妹》是我們的前戲，而剛才互傳的簡訊等於是一壘，妳的腳步輕盈，慢慢向我走來，我微張雙腿，妳穿著妳的幹─我─吧的靴子、站在妳的外套中間，我受不了了，立刻開口。

「你太晚來了，我們已經準備要打烊了。」

「老闆，抱歉。老闆，我們什麼打烊？」

「現在。」

「哦哦。」

「沒錯。」我硬得要命，妳的裙子裡根本沒穿內褲，妳這騷貨，妳的乳房，妳的小小的頭，妳的小小髮旋，這世界上最普通的東西居然能夠這麼性感，好神奇啊，書店裡的半裸女孩，伸手拿扭扭糖，細嚼慢嚥，靜靜乞求歡愛降臨。

「好吧，也許我可以幫你做一點其他的事。」妳對我撒嬌，我搖搖頭，示意妳現在就過來，妳嘴裡還掛著扭扭糖，妳雙手撐在我的膝蓋上，挨到我前面，將懸晃的扭扭糖湊到我的嘴前。

終於，我咬了下去。

28

我第一次幹妳的表現不太好，持續的時間沒有多久，而且妳也沒有尖叫。當我進去的時候，在梅西百貨的那股熱血到哪裡去了？我們打砲這麼快就結束是哪裡不對勁？因爲我們沒有躲在更衣室？不是在大敞的窗戶前面？或者是因爲我的關係？我太飢渴？太熱切？還是我太用力？也許我的口交技巧比打砲厲害。這眞是太可怕也太不公平了，我是不是應該要再來一次？妳想不想再來一次？

妳不想再來一次。我們躺在籠子地板上喘息的時候，妳意興闌珊，妳在我上方，撫摸著我的頭髮，我看不到妳的臉，但妳的雙手讓我知道妳好失望，妳的撫觸充滿了憐憫。妳的指腹不斷發出輕拍聲，我不能讓妳就這麼離開，妳可能會不甩我了，我還得天天面對妳，這教我怎麼受得了。我撐了大概八秒、九秒鐘，現在我腦子裡都在想這件事，我不知道爲什麼會出這種狀況，也許是因爲我打手槍打太多了，或者是妳挑逗得太過分，也可能因爲我剛才應該要關門才對。

「不要關門，」妳當時是這麼說的，「不要關門，」

我應該要老實告訴妳，缺乏安全感只會讓我緊張得要死。但我不想讓妳失望，我把妳的需求放在第一位。妳想要在收銀台邊做愛，但我說不要。

「我們下樓去吧。」

「眞的嗎？」妳好興奮，妳的確十分期待，我確定。

我們下樓（我的主意，我有鑰匙，我是老闆），我打開籠子，命令妳進去，妳乖乖聽從（我是老闆），妳沒穿內褲，我叫妳自慰，妳照做了，我想要另外那個貝克閉嘴，但妳說妳想聽音樂，所以我就讓它繼續播放下去（我是老闆，但我也有權利偶爾取悅妳一下）。妳站著，一手抓住籠門，另一手撫弄自己，等待我脫衣，妳笑盈盈望了我一會兒，姿態熱切，準備迎接下一個階段。我脫掉褲子，妳也看到了我有多麼想進去，我告訴妳跪下，妳照做了，妳伸手摸我（我是老闆，但我也有權利偶爾取悅妳一下），我打開籠子進去，妳的雙手托住我的老二，然後又含住它，妳一直抬頭看我，我知道是該開砲的時候了，也讓妳知道，妳立刻飛撲上來，像是母獸一樣跨坐在我身上，把我壓在下面（我是老闆，但我也有權利偶爾取悅妳一下），然後呢。

然後呢。

然後我一進去，立刻就高潮了，射了。它來得又快又猛，妳一開始不發一語，看起來也沒有需要我幫妳洩慾的樣子，妳只是立刻開始進入輕柔撫摸我的頭髮的模式（這種愛撫大錯特錯），然後悄聲告訴我：

「喬伊，別擔心，我有吃避孕藥。」

就在那一刻，我好怕妳，好擔心妳會對我做什麼或是不肯對我做什麼，因爲當下我驚覺妳才是老闆，而不是我，只要妳高興，偶爾也可以取悅我一下。等到我們終於站起來的時候，都覺得頭暈腦脹，肚子餓得要命，樓上有個老頭站在櫃檯旁邊盯著我們，我衣裝完整，妳上半身只穿著胸罩，讓他笑意盈盈。

「祝你們年輕人玩得開心，我下次再過來。」

他講出了這種話，還有那老者的目光，看到我們這對活潑性感情侶所散發的歡喜，但其中卻含有一點也不性感、反高潮的挫敗。他在那一瞬間得到的喜悅，遠勝過妳我在第一次幹砲時的快樂，這是無法逃避的事實，當妳告訴我佩姬眞的很沮喪、妳必須確定她是否安然無恙的時候，我不意外，妳絕口不提我們去妳的床上再幹一場，我也不意外，我表現這麼差勁，妳才是眞正的老闆。

不過，這件事倒眞的出乎我意料之外，第二天——妳連等個二十四小時都不願意——妳傳訊給我：

嗨，喬伊，今天我沒辦法過去，抱歉！

那個驚嘆號等於宣告了我們的關係走到了盡頭，我大錯特錯，居然這樣回妳：

好！

然後，妳打算想要與琳恩、謝娜一起出去玩，不想來找我。

妳：我好想念妳們哪。今天我得去尼基博士那裡去做緊急心理諮商，不過我想找人吃頓晚午餐以及／或是在促銷時段喝點酒？

謝娜：這是誰啊？哈哈，好，沒問題。

琳恩：我已經穿睡衣了，進入大媽模式。☹就幫我多喝一杯吧！

好，果然是這樣，對吧？眞相大白，因爲妳不想見我，反而要去找心理醫生與閨蜜，找他們聊我的事。根據我的經驗，只要女孩開始想找別人聊你的事、而不是想找你談心，那就等於玩完了。靠，我準備要自殺了，這間書店裡的每一個人也等著遭殃，我準備拿出艾瑞克・卡門的CD、把它砸爛，因爲我再也不相信我自己，我也不寄望我們會有未來，我可憐兮兮回訊給妳：

沒問題！

讓妳知道我快發飆了也是好事，因爲在我關掉CD五秒鐘之後——有時寂靜是最美好的聲音——我坐在凳子上、打算要效法電影《身爲人母》裡的那個變態自宮的時候，妳又傳訊給我：

但你今晚要做什麼？☺

宇宙一切平靜，因爲那個笑臉符號等於是妳那張得大大的濕潤陰戶，知道我還可以帶給妳更多的喜悅。我的心情又恢復了正常。我現在知道了，妳準備去找心理醫生，是因爲要解決妳的問題，因爲當妳發現有觀眾的時候，更能享受性愛。而妳要與謝娜見面，是因爲妳一直和我在一起，她也剛好在這段時間離開紐約去過節，妳想要將梅西百貨裡、妳生命中那段最美好的口交經驗與她分享。

那個表情符號是妳的獨特表達方式，我們不再是同事了，但將會在床上打砲。

所以我告訴妳七點來我家吧，妳回訊給我：

那就到時候見了！

七點十二分，我發現這些蠟燭受到了詛咒。我之所以會在家飾店挑了這五根許願燭，完全是因爲我突然想到了書店裡見過的某個顧客。他看起來很酷，我如果有意願結識新朋友，想要找的就是這種人。他把大包包擱在櫃檯上，開始翻裡面的信用卡，他嘆道：「去他媽的蠟燭，女人和蠟燭一樣，是吧？」

「對啊。」我隨口回他，當時並不曉得這段話已經烙印在我腦海中，只要有女人來我家，我一定會點蠟燭，因爲我知道某些怕老婆的老公會爲自己買湯姆．克蘭西[14]的小說，爲不肯行房的太太挑選蠟燭。到底是哪些原因造就了我們？又毀了我們？爲什麼會這樣？我沒有答案，不過我知道在七點十二分的時候，我開始討厭這些蠟燭了，而且那些可憐兮兮的微弱香氛也讓我心生惡感，披薩涼掉了，還有我買的酒——我討厭酒——到了這個時候，已經變得越來越難喝。醒酒的時間不能拖那麼久——我心裡有數，妳不會來了，妳放我鴿子是遲早的事，七點十四分，當我坐在餐桌前的時候——這是我特地搬回家、扛上樓梯的桌子——大勢已去，妳傳簡訊給我：

別恨我，但我今天沒辦法過去了☹

那個符號等於是妳的身體，封閉不前，妳目光閃避，妳放棄了我的一切，我們的一切，我不需要看妳的電郵也心知肚明，這件事我不能怪佩姬，她又不是我那根笨蛋大老二，貝可，我還爲妳買了一堆扭扭糖放在花瓶裡，我拿起花瓶，砸向牆壁的織錦畫，那是我爲了要蓋住牆洞、向街頭老太太買的掛畫，我希望可以讓妳待在我家的時候能夠輕鬆自在。花瓶沒破，只是回彈到沙發上，我應該是全世界最沒用的笨蛋，連個花瓶都砸不破，我朝那些蠟燭撲過去，但是我不想讓這裡起火，妳曾經來過這個地方，而且我們打過砲了。這個地方是無辜的，我也不能怪罪花瓶、扭扭糖，或是浴簾上那條「禁止進入」警方封鎖線。我把手放在蠟燭上面，火焰熱燙，我的皮膚好痛，我很想把自己的小弟弟也拿去燒了，但我沒辦法，因爲大家都知道我是吞種，我沒那個膽。焦肉的臭氣蓋過了冷披薩的味道，幸好，我沒有浪費錢買鮮花。

⓮ 美國暢軍事小說作家，擅寫以冷戰時期爲背景的間諜故事。

29

貝可，我想講一點與自殺有關的事，以前我從來不會想要拿手槍絞索或是投水結束自己的生命，但現在正是時候。妳甩了我，不再愛我了，已經過了五小時又十一天，我們兩人之間的歌現在聽起來好哀傷，因爲它們再也不會〈從高處俯瞰〉我們，不會了，妳也不可能〈明日依然愛我〉，因爲妳再也不愛我了，

我不是鮑比．蕭特或（眞正的）貝克，妳不想與我一起〈違抗性愛法則邏輯〉，而且妳再也不會〈深深愛著我〉了。我進入了妳的身體，而妳卻不想再看到我，這世界上已經沒有什麼好玩的了，就連爲嗑藥的班吉發送推特也一樣：

可樂[15]。等我死了就可以好好睡覺了。#可口可樂#樂壞了

「抱歉，但你可不可以不要再滑手機了？看著我可以嗎？」某個盛氣凌人的胖女人大聲抱怨，我按下推特的發送鍵，準備幫她結帳。

那個賤女人鬼吼鬼叫，「我說不用袋子，我自己有準備。」

「對啦妳最棒！」我不爽回嗆，把紙袋捏得皺皺的，扔進垃圾桶，讓她知道究竟誰是老闆，伊森嘆氣，對那女人道歉，把那袋子從垃圾桶裡拿出來，這就是我現在的生活：我、伊森，還有一堆買書的人渣顧客。

我每天都和伊森混在一起，跟他越來越熟實在令人開心不起來，尤其現在我沒辦法在妳面前

聊他的事。妳抱怨員工廁所裡的風扇很吵，妳就和其他人一樣，一直催促我要換新的，伊森把它稱之為「音效機」，而且他說他自己並不覺得吵。這傢伙啊，簡直像個雙性人，有幾分一九九二年卡文．克萊中性古龍水的味道。我不需要開口問他也知道這傢伙熟知〈讓你舞到出汗〉的歌詞，而且在舞廳裡側跨步、拍手、大聲喊數，絕對是家常便飯。他的積極進取完全搞錯了方向，怪就只怪他太晚出生了，四十一歲的他面容老衰，因為他一直在追求色彩繽紛、充滿八〇年代DJ里克．迪斯旁白的生活風格。你可以覺得這傢伙很煩，或者乾脆直接撲上去，幹走他的錢包。他是活人版的石蕊試紙，有一半的客戶會歡喜回應他的微笑臉龐，另外一半則對他怒目相視，我總是告訴他，他應該要在養老院工作才對，我可沒開玩笑。他可以為那些必須靠輪椅或維生系統撐日子的人播放舞曲音樂，那些大老二已經彎曲、散發甘菊除臭劑氣味，以及陰道變形的人們，將會因為他無可救藥的天生懷舊氣質而激發火花。

「女士，祝您有個美好的一天！」

「伊森，不需要對每個人都大喊『女士』，」我說道，「有些人呢，你只需要在他們進出的時候說聲『歡迎』就夠了。」

他聽不進去，也不肯學習或屈讓，我已經逐漸對他失去耐心，我對人生，對所有人類的態度也一樣。我現在對任何事情都沒有渴望，沒有夢想。當我看著他的時候，我好想吐，因為他這個人真是他媽的超善良，完全不會在我面前提到妳的事。他也不會在我面前炫耀他有女友，盡量避

⓯ 意為古柯鹼。

免在我面前提到貝萊絲，害我覺得自己好可憐。我現在只剩下那一場快砲的不堪記憶，妳像隻猴子一樣、扣住我大老二的那八秒鐘。日子一天天過去，梅西百貨的那一場火辣歡愛似乎也開始逐漸降溫，性愛的記憶就與其他記憶一樣，注定會隨著時光而晦暗衰退，妳告訴謝娜：

我只是陷得太深，太快……我在重蹈覆轍。

看到「重蹈覆轍」，讓我好傷心，大勢已去。我開始過著每天早上吃潮臭燕麥的日子，身上穿的是出現新破口的牛仔褲，我忘了洗也不想洗，因爲上面有妳的氣味。我搭捷運上班，我再也不在乎那些書了，因爲它們少了妳的撫觸。我瘋狂偷看妳的電郵，妳繼續過自己的生活，也不再寫信給我了。我摳掉了燒傷手指的癒合傷疤，我不想看到它痊癒，我需要這樣的疼痛，我的淚滴落在我的手指，我們乘坐馬車的那一夜、妳愛得不得了的手指頭。那根指頭開始流膿滲血，痛得要命，我生命中的其他部分亦是如此。伊森最好不要再給我嘮叨，叫我去檢查手指，還要對咖啡壺生產商提告——我必須隨機應變，總不能告訴櫃檯的新店員自己燒手指頭是因爲被甩了吧——好，伊森要是再不閉嘴，就等著挨揍吧，流膿流血一個不少。

雖然妳在這裡工作的時間很短暫，但卻是此處的永恆印記。不知道爲什麼，看到伊森站在妳的位置上就是讓人覺得好糟糕。他喜歡新東西，清爽俐落的Gap商品——「眞的好便宜！」他大呼小叫，彷彿覺得我對他買到打折的丹寧衣褲是多有興趣似的——還有他的直扣式襯衫——「每個星期二，Gap的特價出清區還會額外再打六折！」他不斷提醒我，似乎以爲我很想知道一樣，甚至彷彿想要在我的行事曆上特別註記——而且他每天的心情都好得要死，鬍子剃得乾乾淨淨，可憐兮兮在盼望有更多的好事能降臨在他身上。有了貝萊絲之後，他彷彿成了人生贏家，而且他現在眞的開始玩樂透彩。「喬伊，我們可以合買一張彩券嘛，你也知道，報紙上會出現的那種新聞，同事集資買彩券，一起中獎！」他每天都會誇讚自己的咖啡——彷彿咖啡喝起來像是咖啡這種事也値得特別拿出來說嘴——還有，在一月的時候，也就是一年之中最常被大家痛罵的月份，雨雪不斷，天空的顏色宛若酸洗牛仔褲一樣，由於豬頭客人的靴子與雨傘，書店每天得拖地三次，但他居然可以朗聲問我，「你說怎麼能不愛灰濛濛的天氣呢？」陽光露臉捉弄我們，因爲外頭其實是攝氏零度，他居然也開心得很，「還有什麼比得上溫暖冬陽？我說得沒錯吧？」

貝可，最可怕的是他不恨我。我可以對他置之不理，或是對他大吼大叫，他就是我的狗，只要我走進書店，他就會對我微笑。就算他錯過了Gap打二五折的大拍賣，他也不會自殺，他這個人眞的是太溫和了。他剛開始上班時的某一天，他帶了個家飾店的袋子進來。等到他去撇條的時候——他吃了太多麥麩，因爲他一直擔心自己結腸有問題——我偷瞄了一眼那個袋子裡到底裝了什麼東西，妳知道嗎？我來告訴妳吧：折疊式托盤桌，世界上還有比這個更可悲的商品嗎？

可能只有「C＋C音樂工廠」的暢銷金曲CD了，但他眞的買了這個東西。我記得我當時心想，伊森從書店下班回家之後，會準備高纖食物當晚餐，然後把食物放在新托盤上，看網路上的情境喜劇，深深覺得《宅男行不行》太好笑了。他會伸出舌頭把盤子舔得乾乾淨淨，然後把托盤桌折好，放在每天晚上固定的地方，就過著極端寂寞、充滿高纖食物、井然有序的生活一輩子。不過，他後來把到了貝萊絲，我知道他們兩個在一起了，我不是白痴。現在，我覺得自己才是那個家裡藏著折疊托盤桌的人，這世界整個都顚倒了過來。妳應該要來這裡才是，告訴我貝萊絲在自己的小說中是怎麼描寫伊森的。我需要妳，我需要輕鬆笑鬧的生活。

我好恨伊森，我恨他身邊有貝萊絲相伴。既然我們分手了，他們也應該分手才是，我只能盡量佯裝一切如常，我問伊森他們之間的相處狀況如何，但他卻給我打哈哈：「我們不急著要確定什麼，而且我們都很珍惜自己的獨立性，所以我們就慢慢來囉，你懂吧？」

不，我不懂，因爲我覺得我現在的獨立狀態沒什麼好珍惜的，我覺得妳的陰部才值得珍惜。如果我穿的是他那身銳跑運動服——離婚、沒事就在囤積折價券、動作慢吞吞——我乾脆拿手槍射穿腦袋算了。這是有史以來最黑暗的日子，他彷彿覺得我受的苦還不夠多，居然想要靠安立奎的歌學西班牙文，還問我可不可以現在就放歌。

「好啊。」我不在乎，我心已死，什麼都聽不見了。

「我不需要現在聽歌，」他在討我歡心，「要不要我放點別的？我有成千上萬條歌單，裡面有舞曲、搖滾，還有爵士音樂。」

「伊森，不需要講『爵士音樂』，講『爵士』就可以了。」

「喬伊，你眞的是萬事通，」他總是找得到微笑的理由，要是我現在扁他鼻子、搞得滿臉是血，他也會找出理由謝謝我。「我覺得自己每天都不斷在學習新知！」

我走到樓下，把門鎖好，開始偷看妳的電郵。有一大堆關於學校的垃圾信，還有妳與父母因錢而爭吵不休的信件，妳父親資助了妳「些許費用」，妳裝可憐，向琳恩和謝娜討拍。妳一直在裝忙，網購了一堆有的沒的，全靠爸爸的信用卡買單，然後又向妳爸爸發誓一定會還錢。看來已經沒有轉圜餘地，妳消失了，開始四處血拼，我摳掉了燒傷部位的新皮，望著它流膿。我的傷口沒有好轉，我也不想走出情傷。然後，妳寫信給謝娜：

我眞的很抱歉，但下禮拜沒辦法跟妳去看展了。嗯，我只是在想念喬伊而已。

要是我眞的有電視晚餐折疊桌的話，我一定把它朝窗戶扔過去，學野蠻人，學有大屌的頭號大猩猩一樣拚命捶胸，耶！妳想我！眞的！妳在想我！世界末日的倒數計時取消了，妳想念我，我朝自己的手指頭猛吹氣，我熱愛生命，我也愛「C＋C音樂工廠」，也許伊森眞的能夠學會西班牙文，我繼續看下去：

我不知道到底是想念他還是我們之間的回憶。不過，我心裡一直惦記著他，差點要打電話給他，要是我不離開紐約的話，我一定會打電話找他，所以我要去佩姬在小科普頓的別墅，算是紓壓吧。

我不斷來回踱步，因爲妳愛我至深，所以妳必須離開紐約，千眞萬確。妳對我痴戀不已，妳繼續寫道：

好，我得再次說聲對不起，不好意思放妳鴿子了，不過佩姬說歡迎妳一起來！

謝娜的回應超經典，我愛她，我愛全世界，她的回覆簡單扼要：

啊？好吧，貝可，妳因爲太想念喬伊了，所以妳決定與佩姬在寒冬溜去荒涼的海邊別墅？

妳：我需要空間。

謝娜：嗯，我沒有冒犯的意思，但我覺得佩姬的房子不算是眞正的「空間」，等妳回來的時候就知道囉。

妳想念我，妳想念我，還有一封佩姬寫來的電郵：

可愛的貝可，妳好棒。我知道妳昨晚差點就打電話給喬瑟夫，妳最後還是忍了下來，我眞是以妳為傲。妳才華洋溢，還在念書，當然是課業優先。而喬瑟夫比任何人都清楚什麼才是對妳最好的，不要對自己這麼嚴厲，小貝，反正……我們在小科普頓可以好好放鬆一下。哦，差點忘了，好多間臥房都在整修，我實在很不想這麼失禮，不過妳就別邀謝娜與琳恩過來了好嗎？謝謝！

臥房在整修沒關係，但如果只有一個人的話，一定找得出房間。度假的時候到了！大家都知道出發之前應該要準備妥當！我衝上樓梯，告訴伊森我馬上要去Gap。

「千萬不要看櫥窗裡的東西，」他好心建議，「直接衝到後頭就是了！」

「伊森，你心地真好，」我是認真的，「過沒多久之後你就會講西班牙文了！」

「謝謝你，喬伊！我應該用西班牙文向你道謝才對！記得特價是禮拜二！」

「我知道，」我回道，「所有清倉商品再下六折。」

對，我知道，我迫不及待要買新品，我喜歡老東西，但我知道妳喜歡全新的物件，也許新的事物也有好處，妳想念我，這是新發現，好極了。

30

貝可，我回到書店的時候，整個人已經煥然一新，讓我好興奮，也許我跟妳很像，只是自己不知道罷了。新繃帶——乾乾淨淨！——新帽子——羊毛！——新髮型——俐落！——還有全新的態度——興奮莫名！我放伊森提早回家，他說，看到我心情這麼好，他也開心。妳找我只是遲早的事——妳想念我——我再次偷看妳的電郵，謝娜正在砲轟妳的小科「LC」推特：

謝娜：「LC」？貝可，妳可以再更低級一點，乾脆說勞倫．康拉德（Lauren Conrad）是「LC」好了。妳要是從來沒有去小科普頓，就不能把它稱之爲小科「LC」，妳還沒去過，對吧？

妳：好吧，妳說得對，「小科」這推特很鳥。我只是覺得離開喬伊之後，整個人變得有點渙散。

謝娜：如果妳心情這麼低落，那麼就好好當個大人，打電話給他，約他見面。和佩姬公主一起出去散心眞的是下下策。

妳：我知道，這就像是《慾望城市》的凱莉與那個俄羅斯人待在巴黎的時候，她忍不住心想，要是身旁的人是「大人物」、又會是什麼光景。

謝娜：不過那是白痴電視節目，他們當然得拖延劇情，我們現在討論的是眞實人生。不要再演小劇場了，趕快打電話找他，誰知道會怎樣？搞不好他也可以去羅德島待一個晚上。

哦，貝可，我每天晚上都會待在那裡，就這樣說定了，這是我們全新的開始，妳又回訊：

妳：嗯，這聽起來還不錯。

謝娜：那就去做啊，開口邀請他。佩姬去死吧，妳可以假裝是他偷偷跟蹤妳過去的，上演浪漫劇碼。

妳：也許可以哦，要是我直接把地址傳給他，叫他過來，不知道會怎樣，哈哈。

我開始盯我的手機，注意是否有妳傳來的簡訊，沒有。不過千眞萬確，妳想要我，這一點千眞萬確。我要妳，我不能坐在這裡空等下去。我必須要像個男子漢全面出擊，我說到做到。首先，我以《建築文摘》的某篇舊文配合谷歌地圖、找到了佩姬家別墅的地址，然後，我打電話給穆尼先生，問他是否能讓我開車出去旅行個幾天，書店也得暫時關門。

「喬伊，你現在是那裡的老闆，你也知道我對一月沒什麼好感，開店就是浪費時間，去度假吧，你早該休息一下了。」

那我就準備出發了。

値此同時，妳一直忙著和謝娜、琳恩傳電郵，琳恩也是喬伊的啦啦隊，這當然囉：

琳恩：所以妳爲什麼不和他出去玩？爲什麼要跟佩姬在一起？

妳：別這麼討厭佩姬嘛，她現在很低潮。

謝娜：她一生都在低潮啦，呸，別提了！

琳恩：貝可，妳知道羅德島全都封閉了。

妳：妳們也幫幫忙好嗎，只是一個週末而已，有什麼大不了的。

謝娜：幫我謝謝她也邀了我與琳恩，隨便看妳怎麼說都好啦。

妳：謝娜，她眞的有邀請妳，她有問我。

琳恩：這與親自邀請畢竟不一樣……

妳：大家別這樣，她心情很低落，妳們知道有人跟蹤她吧？

琳恩：哈哈哈哈哈

謝娜：她付了那傢伙多少錢？

琳恩：哈哈哈哈哈

妳：妳們幹嘛這樣……她也是好心人。

謝娜：當然啊，也是好野人。

琳恩：#謝娜幹得好

妳：☹

妳的朋友都站在我這邊，我愛死她們了。這對我來說意義重大，等到我們舉行婚禮的那一天，我一定要好好謝謝她們仗義執言。我也想要向佩姬致謝，但她並不屬於喬伊隊，她是貝可隊的成員，而她並不了解喬伊隊與貝可隊其實是同一組隊伍，妳也一直和她在東聊西扯：

佩姬：差點忘了，妳看到我們的圖書室的時候，一定會**高興死了**，貝可，有好多的首刷版珍

⓰ 美國劇作家、獨白表演藝術家，出生於羅德島。

品。斯伯丁．葛瑞⑯是我們家族的好友，我們有數不盡的作者簽名珍品，外頭絕對找不到的。我是要告訴妳，我有一本維吉妮亞．吳爾芙親簽名的《燈塔行》，哦，這說來話長了，還是等到我們週末喝黑皮諾的時候再慢慢告訴妳吧。

妳：☹妳知道誰會愛不釋手嗎？哎，妳當然知道答案了。

佩姬：我知道，親愛的，我也答應妳了，要帶妳離開紐約去散心，這是讓妳轉移注意力的最好方法。

妳：☹嗯，希望如此囉。

我把妳的手機扔進Gap的塑膠購物袋裡面，不該再看妳的電郵了，要準備出發才是，我好希望妳的防線崩潰，立刻寫信給我，而且我知道妳一定會的。妳會一個人待在海邊別墅的臥房裡，心想要是能跟我在一起有多好，妳會發簡訊給我，我會立刻過去，妳會開門讓我進去，我們悄悄溜上樓，在海邊別墅歡愛。我已經知道我們未來會發生什麼事，所以我現在心情平靜，我現在只需要趕去小科普頓，等待妳的電話。

我鎖好地下室的門，關了燈，努力回想自己到底把穆尼先生的車子停在哪裡，同時思忖是否全程都走95號公路。莫非定律之所以存在，必定有其原因，所以，此刻有人打開書店大門，拖著腳步走進來。

我以最友善禮貌的聲調大吼：「這樣眞的讓我很爲難，但我們正準備要打烊！」

當我聽到書店裡有動靜的時候，心中就出現一股不祥的預感，我知道那是鎖上大門、還有「營業中」標誌被轉翻成「休息中」的聲響。我的砍刀放在地下室，而我現在已經到了樓上，我不知道他們是誰，但他們在打我，一共有三個人，全都是戴著歐巴馬面具的無臉人，兩個大塊頭，一個身材比較瘦小。小個子揮舞著鐵撬，我現在已經沒有時間躲在通廊或地下室。當你贏不了的時候，就是全盤皆輸，他們一起撲上來。

全力攻擊。

我像個男子漢一樣默默挨揍，他們出拳眞是幹他媽的狠毒，彷彿我眞的幹過他們的媽媽一樣。我的臉滿是鮮血與口水，右眼很可能再也無法恢復正常。終於，他們停手，此時的我已經不成人形，只是不斷冒著鮮血的一團爛肉而已，我睜開視線正常的那一眼，最小號的那個歐巴馬大手一揮、把我放在櫃檯的全新Gap毛帽掃下去，重拳落下，然後，然後呢？

靠，我認得那雙球鞋，因爲我曾經喝令寇提斯超過一百次了，他的髒腳不准靠近櫃檯。所以是他，他的逆襲。寇提斯與其他兩個歐巴馬爭相衝出門外，我依然躺在地上，全身不斷抽痛。我覺得自己也沒什麼好可憐的，這是自作自受，我的確曾經魯莽行事，我想起了班吉的紅色英勇勳章。當然，總有一天，我自己也會遭殃。妳想念我，終於，我馬上就能夠擁有妳了，這是我生命中的轉捩點，當然必須在這個時間點贖罪。我流血，傷口腫脹，左眼一直在亂跳，我已經完成贖罪，那塊「休息中」招牌精確點出了我的處境，因爲一切到此終結，終於，我自由了。

31

開車到小科普頓，是一段漫長又寒冷的旅程。穆尼先生的別克轎車裡的暖氣依然不能用。我的毛帽不見了，所以戴的是班吉的——或者，正確一點的說法，是班吉從史賓塞．休威那裡偷來的帽子——但那是帆布材質，不是羊毛。每每遇到這種狀況，就覺得有錢眞好，買新的羊毛帽，開嶄新的休旅車，我眞不知道自己當初在想些什麼，怎麼會把班吉贓物的鎖卡留在置物櫃裡。那些東西就只能任其腐爛了，等到哪個拾荒者買下這個置物櫃、上電視實境秀的時候才會重見天日。我生性消沉，所以我需要音樂，但我卻忘了帶自己愛聽的音樂出門，因爲我一直在擔心其他的事情，比方說，我可能因爲被寇提斯這種普通人害到瞎眼，與其這樣，還不如讓我把自己的左睪丸剁下來、獻給偉大的驚嘆號伊森。

我找不到可以聽的廣播電台，他媽的每個頻道都在播泰勒絲的歌。貝可，她就像是明星版的妳（拚命約會、愛得熱切、急著幹砲、逃之夭夭），我一直亂轉頻道，但顯然泰勒絲有一棟距離小科普頓不遠的豪宅（在一個這麼小的州，隨便哪裡到哪裡都不遠吧），她乾脆來當羅德島的皇后、市長加公主好了，因爲大家在搖滾電台放她的歌（妳知道，我比較想聽〈幽浮一族〉，也不要聽泰勒絲小姐的早期芭樂歌，不然〈拱廊之火〉也好！）就連鄉村電台放的也是她的歌（讓我們來聽羅德島新寶貝剛發表的單曲，大家都知道是誰吧？），還有大家在流行樂電台放她的歌（無論多老都可以當永遠的二十二歲，羅德島萬歲！）。靠，泰勒絲，我一直就是青春心態好嗎，還有爲什麼沒有人發明能讓公路不要結冰的溶劑啊？我在這鬼地方一直打滑。

我停車加油，偷看妳的推特，妳剛從康乃狄克州的米斯提克發了條推特。妳畢竟是女孩，還在推特裡加了張米斯提克披薩店的照片。

開著房車前往小科普頓的冬日度假別墅的途中，在米斯提克吃米斯提克披薩？#一言爲定#青椒#比性愛還好#海灘別墅

我與康州米斯提克之間的恩怨情仇，與茱莉亞．羅勃茲的電影《現代灰姑娘》⑰（米斯提克披薩）完全扯不上關係，這地方對我來說糟糕透頂，我去過一次，與國二同學同行的校外教學。那時候，我喜歡一個粗魯古怪又孤僻的女孩莫琳．葛拉蒂，簡稱就是「莫」（Mo），大部分的小孩都很壞，就和大人一樣，對，所以大多數的人都喊她「吼，莫」（Ho Mo，意爲同性戀）。我們隨著同學一起參觀某艘大船的甲板，超無聊，所以莫與我偷偷溜走，闖進了船艙禁區。

那裡一片漆黑，她說她要奪走我的童貞，我想要逃跑，她卻把我壓在地上，我出拳扁她，趁隙溜走，向老師告狀。莫也有自己的一套說法，而且她是假哭高手。妳覺得最後是誰被送去看心理醫生、進入校長室、被「心理輔導師」拿著「告訴我那個人摸了你哪裡」的娃娃殷殷詢問的是誰？當然不是莫琳．葛拉蒂！但我不是會掛記過往的人，莫現在過得很慘（離過兩次婚，現職是律師助理，在交友網站註冊，還取了個像博美狗一樣的名字，高絲琳——她當然會單身一輩

⑰原名Mystic Pizza，一九八八年上映。

子）。我喜歡關注的是當下，所以我把莫的事全拋諸腦後，登入班吉的推特帳號發文：

有什麼比得上小鎮女孩的甜美——耶#冬天在南塔克特

妳已經不再追蹤班吉，所以妳直接發私訊給他：

對我來說，你已經死了，死人一個。

我面露微笑，覺得自己超厲害，因為班吉現在已經在天堂逍遙了，我卻必須與鳥不拉嘰的汽車除霜器與濕答答的冰雪奮戰，貝可，活著比死掉還辛苦，我甘願不惜付出一切代價、只求能和妳一起吃披薩。我在加油站的廁所洗手，這張臉現在簡直是不忍卒睹，靠，都是寇提斯還有他找來的打手把我打得鼻青臉腫，我的額頭與臉頰各有一大塊萬聖節鬼妝式的傷口，我潑冷水洗臉，繼續前進，耳畔又響起了在橋港時席琳．狄翁的心碎歌聲。

雪勢這麼大，再加上我的臉傷，我在小科普頓的車行狀況可算是相當不錯了。我視線模糊，只能用左眼觀察路況。當我快要進入市中心的時候，依然在下雪，我好緊張，有冰淇淋小店與遊艇觀光客的度假海灘讓我渾身不自在，我必須減速，胎紋已經被磨光的車輪無法應付現在的雪況，這台別克的聲音簡直像是電影《七寶奇謀》裡的怪胎史洛斯。

這條馬路好艱險，別克毫無招架之力，所有的店都關門了，淡季的無燈景象，彷彿小科普頓的所有居民都躲進了泰勒絲的豪宅裡，不過野生動物依然四處橫行。就在這時候，我發現有頭鹿衝過馬路，立刻急踩煞車，但來不及了，別克嗚咽一聲，撞到了鹿，然後呢，鈑金加上屍肉，宛若龍捲風的車體殘骸在路上打轉，衝進樹林，在林間亂竄。我失去了時間感，也失去了平衡感，我閉上眼睛，空氣中瀰漫著燒焦的橡膠肉味，一切亂七八糟，嗯，然後呢？

我什麼都不知道了。

我醒來的那一刻，萬物俱靜。疼痛，然後是橫陳在大腿上的樹枝阻斷了視線。不過，這台別克裡處處是奇蹟：我還活著，費加威航海賽的帽子還在我頭上，而且我的手機依然完好，我只昏迷了二十分鐘而已。

「哇！」我發出驚嘆，因爲這是一定要的。

放眼所及，都是碎玻璃樹皮與落葉，彷彿這台車被樹吃掉一樣，刹那間我好擔心自己出不去。我的溫暖衣褲裡有血，但都是舊傷，我必須再說一次，老天保佑，因爲這台車子裡完全沒有電子式零件。我還可以打開凹陷的車門、從這台美國製的龐然巨獸裡逃出去，我跌坐在紅色的雪地裡，鹿血，我的血，對，我還活著。

我看了一下自己的電郵，妳還沒寫信給我，但我遲早會收到妳的訊息。我查了谷歌地圖，貝可，我們眞的是命中註定在一起，因爲我的手機確定我只要再往西走兩百三十四英尺，就可以到達佩姬．沙林傑位於普洛威大道四十三號的家。

不過，爬回街上太難了。剛才撞到鹿的時候，我的五臟六腑一定出了狀況。我抬起右腳，左腳有怪聲，我一動右腳，右側肋骨就疼得要命。我摔在雪地裡，任由冰寒滲入衣內，「慢慢來，喬伊，」我提醒自己，「慢慢來。」

我爬行了好幾英尺，看到了兩個標誌，有點模模糊糊的。其中一個是單純的禁制標誌，全世界都看得懂，另外一個就比較咬文嚼字，白色塑膠板上寫的是：赫金海灘俱樂部公司所有地。不得擅越，僅供會員使用。勿近岩礁，不可跳水或潛水，無救生員，游泳安全自負。

我佔了天時之便，因爲現在是冬天，這些規則當然不適用。告示牌旁邊有個小小的警衛亭，顯然是因爲冬季到來而關閉。

「很好。」我自言自語，繼續前行，我比席琳．狄翁的心堅強多了。

我像是剛從散兵坑裡悄悄溜出來的士兵，依然以趴姿前進，我的手並不像雙腳與身軀一樣沒力，我緊咬著牙，全身冒汗，右眼是一小坨沒用的肉，但左眼依然完好，視力正常。我一定要到達那裡，我重新以手機估算距離：還有兩百二十四英尺。

「搞屁啊？」我大聲抱怨，「才他媽的十英尺？」

我口乾舌燥，而且被困在雪地裡。如果以這種速度前進，我得走到明年夏天才能看到妳。我閉上眼睛，什麼都難不了我，我什麼都沒問題的。妳想念我，而最困難的部分莫過於這段步行的路程，妳可能隨時打電話給我，沒錯。我的雙手插入雪泥地裡，增加些許摩擦力，然後必須靠膝蓋的力量做假伏地挺身，我整個人都在抽搐，而且刺痛難耐，但我做到了，貝可，我起來了。我找到了一種能讓自己前進的跛行法，殭屍側跨步，我簡直就像個少了另外一半的連體嬰。

我看了一下手機，藍點已經與紅點重疊。

我。

已經。

到了。

再走個三步，我就走到了車道，哇。貝可，這才不是什麼小木屋，這是邪惡海灘女王搜刮全鎖財物的故事書裡才會出現的豪宅，浪費的超長車道，隱身在扶疏的灌木叢之間，宛若河流般匯入靠他媽的可停下四台車的車庫。這房子一共有兩層樓，如果連瞭望台也算進去的話，是三層樓，前院是一片閃亮淨白、宛若鋪毯的新降白雪，屋裡燈光隱隱閃動，而高空星辰卻殷殷期盼能夠入內，眼前的景象，宛若光影畫家大師湯瑪斯．金凱德與畫家愛德華．霍普的混合筆觸。

而且好安靜！我本來以爲會聽到潮浪聲響，但連大海也在沉睡，但我聽得見雪花消融與樹枝窸窣的聲響。我一直這麼吵嗎？呼吸聲好刺耳，萬一妳在那間小屋裡聽得到怎麼辦？我出於本能反應，立刻往後退，我聽到自己的鮮血噗一聲打落在柔弱新雪的聲音。我不能留下任何痕跡，因爲佩姬會以爲她的跟蹤者又來了，一定會打電話到國民警衛隊。我不想嚇妳，所以我往東側移動，從隔壁觀察這間房子。貝可，我們好幸運，這些鄰居並不像沙林傑家族一樣、對造景充滿了熱情，這間屋舍的樹木茂密蔓生，落雪也不是很乾淨，我踩踏上去完全不需擔心，這地方超隱靜，大多數的人終其一生都不會知道的地方。

然後，突然傳出一聲尖叫，佩姬大喊，「貝可！」

我躲起來了，但我知道妳聽聞她的尖叫聲之後、立刻衝去這間小屋的西廂，我機會來了，我奔向面東的牆，趁機偷瞄了一眼主間（有錢人都是這麼稱呼客廳的），好大。海軍藍的巨型組合式沙發圓彎狀擺設，宛若肥嘟嘟的蛇，咖啡桌是由龍蝦網焊接改造而成，上頭擺放了玻璃，火爐裡劈啪作響的熱焰讓它映射著紅光。

等到我聽到妳哈哈大笑，我終於，確定自己沒死。白煙從煙囪緩緩飄出，難怪泰勒絲會在這裡買房子。我聽到了艾爾頓．強的歌聲——佩姬真的在度假，原來慢跑時聽的那種略帶自殺傾向的陰鬱民謠已經不見了，取而代之的是稍微開心一點、自溺的〈再見黃磚路〉。哦，我還聞到了大麻味，妳迅速進入客廳，我也趕緊蹲了下來。

妳在海濱度假區看起來舒服自在，天我想死妳了。妳站在火爐前，雙腿張開，彷彿在等人給妳搜身一樣——妳與火光一樣明亮，生氣勃勃——妳穿著黑色緊身褲，還有我們做愛那天、妳上班時穿的那件灰毛衣。妳微微欠身，伸手在火爐前取暖的時候，瞬間讓我產生一股難以壓抑的衝動，我想從窗戶衝進去、進入妳的身體。

不過佩姬卻拖著沉重的步伐走了進來，破壞了這幅美景，她拿酒給妳——老套——妳淺嚐了一小口，她又進了廚房，要說她在裡面加了羅眠樂，我也不意外。

妳想念我，我也想妳。看到火爐前的妳伸手取暖，又想到我把手貼近燭火的模樣，天差地遠，讓我覺得好心痛。我腦袋中出現了想像的畫面，我把妳推入那紅色的煉獄，然後自己也撲向妳背後，所以我們就可以一起燃燒，生生世世，我們成為了永生樹，享受光熱與性愛。

接下來，想也知道，佩姬又拖著沉重的步伐進入客廳，告訴妳再過一個小時晚餐就好了。她想要玩撲克牌遊戲「金拉米」⑱——她是八十五歲的老太太嗎？——妳聽從主人的提議，與她一起坐在巨大的組合式沙發上頭。

我的手凍僵了，而且好痛，一直窩在這裡好冷，因為我又不是野生動物，我的計畫呢？我這才驚覺我開車到這裡來是為了實現夢想，不是為了完成計畫。我的夢想：就是等妳傳簡訊給我。我會假裝我人還在紐約，等三個小時之後再開車進入佩姬家的車道，我車子還沒停好，妳就衝了出來，蹦蹦跳跳——超開心！——妳為我準備了晚餐——牛排與馬鈴薯——之後我們就窩在未進行裝修的房間裡、親親摸摸一整個晚上。

我沒有計畫，也沒有備案構想，我根本什麼都沒想清楚。妳是體貼的好朋友，有禮貌又可愛，妳當然會想要花時間陪佩姬。我現在糟糕到不行，全身疼痛又流血。我的車卡在樹林裡，我也沒氣力走回鎮上去找民宿。我蹲在地上，努力爬回隔壁鄰居的庭院裡。

大門鎖住了（怎麼會這樣），只有月光映照在雪地上（老天保佑），所以我繞到後頭，這次沒有摔倒，沒有引發任何騷動。那裡有間船庫——怎麼會這樣——門沒鎖——老天保佑。我潛入裡頭，把自己裹在防水布裡面，暖意讓傷口又疼痛了起來，彷彿有隻隱形狗在咬我，猛力啃我，我好痛，但我復活了，妳想念我，我一想到這個疼痛就不見了。我窩在最左方，強風無法逞威摧殘的角落。

有個警察拿手電筒對著我的臉，我看到他的槍，我不需要鏡子也知道自己的模樣與氣味就和殭屍一樣。這條子身材魁梧，聲音是宏亮的男中音，「報上名字。」

我還沒來得及報上名字，倒是先咳出一坨鮮血。警察把東西收進口袋，好現象，我坐起來，這也是好現象。他是美國這塊土地上孕育出的超級美國男人，白雪皚皚的白人小鎮裡，一身黝黑的皮膚好搶眼。他雙手握住我的費加威帽子，仔細端詳，彷彿上頭的奇峰蘭姆酒商標有條碼一樣，想必是在我睡著的時候掉了帽子。他露出微笑，「史賓塞，你參加過費加威航海賽？」

---

⑱一九〇九年傳入紐約，四〇年代風行一時，玩法類似中國的麻將。

「參加過兩三次。」現在我終於知道爲什麼史蒂芬．金愛寫英格蘭寫得欲罷不能。我在流血，有頭鹿死了，我強佔民宅，我的車子還在樹林裡冒煙，這個廢男居然想要聊航海的事。

他把帽子還給我，「你是沙林傑那一家人的朋友嗎？我發現他們屋內有人在活動，你是不是迷路了？」

要是他再講一次沙林傑，我一定當場死掉，我趕緊搖頭，「不認識，我迷路了。」

「你本來要去哪裡？」

這個問題讓我緊張萬分，壓力讓疼痛變得更加劇烈，大勢不妙，而且我的肋骨傳來陣陣劇痛，讓我忍不住抽搐了好幾下。這條子關心我（很好），而且伸手扶我站起來（謝謝你，降魔戰警），我接受他的好意，努力站了起來。「警官，老實說，我連自己在哪裡都不知道，剛才我的衛星導航壞了，不但迷路，而且車子也壞了。」

「所以樹林裡的那台別克是你的車。」

「對。」我心裡暗罵一聲幹。

「史賓塞，你今晚是不是有喝酒？」

我正想問他爲什麼要叫我史賓塞的時候，正好想起我那頂帽子上繡的名字：史賓塞．休威，我鬆了一口氣，「長官，沒有。」

「有沒有吸食毒品？」

「沒有，」我回道，「但那裡有頭不知道從哪裡衝出來撞我的鹿，你可以問牠一下。」

他笑了，我又開始抽搐。他拿出無線電詢問醫院急診室的等待時間，我們現在必須要離開這裡。妳距離我好近，不過只隔了幾英尺而已。我猜這時候妳已經醒來了，揉著惺忪的雙眼，安慰偏執狂的佩姬。要是她看到警車會有什麼反應？萬一警察開了大燈呢？他呼叫其他警察前來支援怎麼辦？妳會不會正站在外頭向警方提供證詞？我嘔吐出一大坨東西，防水布上全是穢物。

「史賓塞，想吐就吐乾淨吧，」他的聲音好療癒，「我們等一下馬上爲你安排救護車。」但救護車閃燈又亮又吵，我爲了妳必須要堅強，我勉力挺直身體，「警官，不需要。」

「好，」他回道，「但我必須送你去醫院。」只要能躲妳，去哪裡都行，他扶著我，我一跛一跛出了船庫、走向他的車。樹木阻擋了佩姬家的外望視線，所以就算妳站在客廳窗前，妳也看不到我。尼可警官——他名字很酷——沒有開車燈——這傢伙酷斃了——而且他的警車是油電混合車——只有在小科普頓才這樣——我們上車離開，我鬆了一口氣。

尼可是好人，態度友善，還講了自己在羅德島大學念書時打橄欖球的故事，想要分散我對疼痛的注意力。他原本住在哈特福，他講故事講得生動有趣，讓我好開心，有些瘋子會專程來到這裡、只求能看到泰勒絲一眼就好。「他們是以爲她會與跟蹤者一起出去約會啊？你說是不是？」

「沒錯。」

「試著閉上眼睛打個盹，」他說道，「我們還得開好一會兒。」

我必須承認，有人照顧我、希望我好好睡覺的那種感覺很不錯。我可以在這裡好好放鬆一下，車門已鎖，還有暖氣，椅背堅實。不久之後，我進入夢鄉，在冷冽的天氣裡，看到妳穿著狄更斯時代的大蓬裙，哦，我夢到了妳。

查爾頓紀念醫院位於麻州的福爾里弗，其實也不過開了二十英里而已。但這二十英里其實等於是二十光年的距離了，因爲這地方破落吵雜，充滿了怪味，完全不是小科普頓風格。當尼可打開車門的那一刹那，強烈的菸味差點把我熏死，有十多個人渣毒蟲在這裡東晃西晃，就是拚命想要在這裡打可待因。我很想問尼可警官爲什麼不帶我到那些夏日遊客會去的醫院，但問這個幹什麼呢？我們來都來了。排我們前面的那個傢伙的屁股口袋露出了血刀，他一直告訴護士自己因爲車門而意外受傷，就連十歲小孩也知道他在唬爛，不過他依然在苦苦哀求，「蘇，只要打一針可待因就好了。」

但蘇態度強悍，「去買咖啡啊，再去戒毒中心啦，滾蛋。」

我不是廢渣毒蟲，而且尼可動用了自己的關係，所以我們立刻被送進某個房間。原來尼可以前在這座城鎮工作，但最後卻選擇離開，因爲這裡被海洛因與可待因「嚼爛生吞最後又吐得一乾二淨」，他說完之後搖搖頭，我想候診室的那些混混一定在惡狠狠瞪我，因爲蘇對著我開心問道：「小朋友，出了什麼事啊？」她繼續嘲弄，「你的妝也化得太濃了吧？」

她哈哈大笑，她口音好重，聽到那些話從她嘴裡講出來，讓我覺得好難受。尼可也笑了，「這小孩不是本地人。」

她收起笑容，「謝洛克，別鬧了。小朋友，有沒有駕照可以給我？讓我交給前面櫃檯的女孩？」

「沒有，」我撒謊，「我被搶了。」

「在停車場被搶的啊？」

「在曼哈頓。」我的語氣充滿了惠特・史迪曼[19]的情調。

她翻白眼，所幸現在醫生拉開隔簾，又把它闔了起來，護士蘇已經離開，我的醫生向我握手問好，「我是卡吉卡爾那斯基醫師，」他說道，「叫我K醫師就好。」

我點點頭，學費加威航海賽選手一樣猛點個不停，「幸會，」我回道，「我是史賓塞。」

K醫師戳了一下我的傷口，詢問到底是誰對我做出這種事。

「嗯，」我開始解釋，「這二十四小時實在是莫名其妙，我在曼哈頓被打。我離開林肯中心，走著走著，接下來就出事了。」

我忘了尼可在這裡，他開口問道：「誰在林肯中心表演？」

我聳肩，「只是經過那裡而已。」我面色抽搐，提醒大家我是個病人，「反正，之後我離開紐約，遇到大風雪，又出了車禍，與鹿相撞，然後，嗯，就到這裡來了。」

「你有一台老別克，」尼可問道，「是哪一年生產的車？」

我又開始抽搐，示意我需要休息一會兒才能繼續說話。所幸尼可與K醫生開始聊起老車，還有即將逼近的暖鋒——根據蘇的說法，天氣會變得像是印度夏天一樣炎熱——他們聊這個聊得好起勁，完全沒有問像我這麼跩的航海選手爲什麼會開一台褐色的巨獸老車。K醫師脫了手套、丟入垃圾桶裡面。他說我肋骨沒斷，身上的傷口都會痊癒，但臉上的傷就沒那麼簡單了。

「縫過了嗎？」他想知道治療的情況。

[19] 電影《大都會》的導演。

我搖搖頭，沒有。

某個眼妝超濃的懷孕護士慢慢走進來，手裡拿著兩杯咖啡與兩片丹麥酥皮麵包，我眞不敢相信自己運氣這麼好，我餓死了。

「海倫，何必這麼客氣……」尼可警官嘴裡雖然這麼說，已經伸手過去一把搶下。

「別客氣，」她回道，「我知道你家沒人煮東西給你吃，像你這種個頭的男人應該要多吃點才是。」

我也需要，但尼可已大口吞下我的丹麥酥皮麵包，此時醫生準備好了針筒，告訴我要閉上眼睛，「很痛的。」在電影《偷情》中，裘．德洛對娜塔莉．波曼也說過這句話，他不是開玩笑的，但妳卻不在這裡，無法握住我的手。

我額頭的那一針不只是痛，簡直要人命。尼可安慰我，「史賓塞，深呼吸，忍一下就過去了。」

醫生又拿起另外一支針筒，這次注射的是臉頰，他們告訴我不要亂動，靜候麻醉劑發揮作用。那個懷孕護士還在這裡東摸西摸，不肯離開，她很哈尼可，「嗯，尼可啊，所以你去了那個大家都踐不拉嘰的地方，混得怎麼樣？」

「好得不得了，」他哈哈大笑，「妳呢？」

「要是能有個高大英俊的熱情巧克力杯[20]，讓我整晚暖呼呼的就好了，你說是不是？尼可？」

尼可被逗得好樂，懷孕護士離開的時候，還邊走邊晃屁股，「帥哥，有需要就叫我一聲。」

突然之間，我喜歡上這個地方，這裡的人對於自己的需求都是有話直說——可待因、尼可的大老二、咖啡——我也想融入其中——所以我低聲問尼可：「你覺得他們還有沒有丹麥酥皮麵包啊？」

他沒有回答我，反而拉起隔簾，築起了隱私空間。他拿出筆記本，我眞希望剛才的藥效能夠順便麻痺我的腦袋，我不喜歡他的筆記本或是原子筆，他開始問案了，「我知道你沒有帶身分證明，但你要不要把地址給我？」

我胡謅了一個地址給他，希望話題就此打住，但我們才剛開始而已。尼可想要了解我這個人的底細。他看到了車子，看到我在街頭滴下的血跡，所以他才能找到我窩藏的地方，我暗自祈禱，希望雪會融化，妳與佩姬會待在屋裡，我不希望妳看到我的血。

「你到底在找什麼？」尼可問道，「你判斷那些住戶在家嗎？」

「我昏頭了，我不知道。」

「史賓塞，你是直接走向那間屋宅，你爲什麼不去街上的加油站？」

「我沒看到。」他爲什麼要一直對我發動攻擊？

「但依據你當時的判斷，你是否眞的覺得有人在家？」

「我不知道。」我眞的不想回答，我只想吃丹麥酥皮麵包。

「史賓塞，你有沒有認識哪個人剛好住在小科普頓？」

---

⑳ 杯（cup）的發音接近條子（cop）。

「我連我在小科普頓都不知道。」使出殺手鐧的時候到了，我知道要怎麼對付條子，當年我還是小混混偷糖果被抓到的時候，曾經搬出了一套說法，現在我打算如法炮製。我嚥了嚥口水，下唇在顫抖，我很會演戲，講話開始結結巴巴，「好——是這樣，我不想提這件事，而且它也與這一切無關，可是我媽死了，她才剛過世。」

他收起自己的筆，闔上筆記本，「史賓塞，很抱歉，我不知道你出了這種事。」

要哭出來很容易，因爲我好想妳，而且我依然不知道該怎麼回去找妳，妳依然沒有打電話給我，對我說出妳想念我。尼可給了我一塊丹麥酥皮麵包，我狼吞虎嚥吃完了。醫生回來爲我縫針，我什麼都沒感覺。

三十分鐘之後，尼可與我回到了停車場，他想要載我回去火車站。停車場好熱鬧，簡直像是毒蟲在開車尾派對，大家在討論哪一間急診機構注射可待因的規則比較寬鬆。有個穿著破爛「北臉」[21]外套的傢伙想拿鐵撬打破某台馬自達，尼可破口大罵，「喂，泰迪，放尊重一點！」

泰迪向尼可警官敬禮，再來我也只能接受命運的安排。「確定不麻煩嗎？」

「不礙事，」他回道，「不過你哪來的錢買火車票？」

警官，好問題。我拍了拍自己的大腿下方，「我有預藏緊急信用卡。」

「史賓塞，這種思考方式很好，永遠要有萬全準備。」

我猛點頭，「永遠。」

尼可向我保證「里洛伊」會把我的車拖回去，而且保證修好，可以繼續上路，「而且絕對不會亂坑你的錢。」

「尼可警官，你人超好。」我緊緊握住他的手，向他致謝。

他讓我在火車站下車，這裡的狀況幾乎和醫院一樣糟糕。他扶我下車，那群無所事事的毒蟲立刻像蟑螂一樣四竄。我進入車站，坐著不動，等到他離開之後，我才走到外頭，打開外套內側的口袋、取出錢包。眞不敢相信我編出自己被搶偷的鬼話，他們居然全都信了。不過，我又看了一眼那些可憐的失落靈魂，難怪他們會相信我，看看他們平常對付的是哪些貨色。我叫了台計程車，「請到小科。」

司機悶哼一聲，冷笑看著我的費加威帽子：「你指的是小科普頓？」

新英格蘭：悲苦無所不在，航海是生活基調，千眞萬確。

㉑ The North Face，美國知名羽絨外套品牌。

32

我是在另外一間船庫醒來，這裡距離佩姬家足足有半英里之遠。先前尼可、蘇，還有醫生提到會有暖鋒出現，果然一點都沒錯，因爲我們現在已經身處在一個完全不同的世界，那場暴風雪想必覺得眼前是一場錯亂的幻象，現在眞的跟夏天一樣。曾經在攝氏零下十一度的低溫加上不管你死活的寒風的雙重夾擊下不斷流血，如今卻看到了攝氏十度的晴天出現，感覺何其美好，而且，更重要的是，這次沒人發現我的行蹤。我覺得大自然是在爲我出的那場車禍贖罪，我離開船庫，鬆了一口氣，並沒有冰冷刺骨的強風迎面而來。我蹲在沙丘的高大野草叢裡面，妳與佩姬只是地平線上的兩個小點而已。妳們都在做伸展動作，妳是個好客人，所以才會一起跟著跑步。我的手機沒電了，這不太妙，因爲要是妳半夜寫信給我、懇求我過來，我根本不會知道。我看到妳們開始在沙灘上奔跑，我也在沙丘間飛步前進，萬一遇到狀況的話，我可以馬上躲起來。我到達佩姬家的時候，臉上的傷口又在隱隱作痛（靠，都是寇提斯），不過後門卻大敞，一如我預期的一樣。妳們待在這裡，什麼也不怕，對我來說，很好。

沙林傑家裡的一切都是好東西，而我兒時老家裡的物品全都破破爛爛，而且這還不是他們平常居住的房子，這是另外買的別墅！有個抽屜裡全是蘋果手機的充電器，我立刻爲自己手機充電。我操作Keurig咖啡機，給自己弄了杯咖啡，一喝下去就燙到舌頭，而且地板上到處都是我留下的濕泥印，一定要逼我就是了？彷彿這間房子知道我是勞動階級，靠，就是要看我擦地板。我拿擦碗巾抹地，因爲他們當然沒有紙巾（我確定他們是爲了要拯救地球）。我趴在地上擦個不停，我好討厭佩姬。她頤指氣使，又愛黏人，而且個性粗魯，居然沒邀琳恩與謝娜過來。我拔掉充電器——充了百分之十——還是沒看到妳的簡訊，我把充電器放入口袋，上樓，發現總共有六間臥房，全都嶄新潔淨，可以隨時讓客人入住。佩姬眞是大變態，我和她根本不一樣，我總是給妳足夠的空間。由於這裡安裝了頂級喇叭，所以每個地方都可以聽到艾爾頓．強的歌聲在低迴，我腦中浮現一幅畫面，佩姬站在粉絲法庭裡、在他面前不斷懇求，她想要當艾爾頓爵士的頭號粉絲，但他卻重重敲了一下小槌，派出討債專員、把那神經質臭婊子的音樂全部拿走，她必須去沃爾瑪當接待員。

不過，我眞的要說，這個床眞是超酷的。妳昨晚睡在這裡，床單上彷彿還聞得到妳的氣息，我拿起妳扔在地板上的內搭褲，猛力聞妳的味道。感謝上帝，在這樣溫暖的環境中，我的臉也不再抽痛，我把妳的內搭褲繞住我的脖子，纏得緊緊的，一想到妳我就硬了，妳的氣息緊緊纏繞，我立刻就打完了手槍。

這間房子裡只有七萬條拉爾夫．勞倫的毛巾吧，所以我隨便抽一條拿來清理善後，對沙林傑這一家人來說也沒差。咖啡還是好燙，我乾脆整個人放鬆下來，因爲這裡眞舒服，我應該要好好享受一下。我翻找妳的行李袋，把妳的內褲胸罩一字排開，我沉醉在妳的世界裡，這下我麻煩大了。

妳和佩姬已經回到屋內，待在樓下廚房，脫掉了球鞋，到底是在大笑還是大哭，我分不出來。我沒辦法從後面的樓梯逃走，因爲我的腳一踩到地板就會發出吱嘎噪音。我聽到妳的聲音，我痛恨老房子，它們跟老大哥一樣盯著你不放，只要稍微動一下就會立刻被發現。我一口氣跨出四大步，進入走廊——而且我手裡依然拿著咖啡——然後踮起腳尖，動作極其輕柔，進入幾乎就在廚房正上方的主臥室。爲了以防萬一，我躲在雪松衣櫃裡，又來了，我動彈不得，但妳與佩姬卻可以行動自如。我確定妳在哭，不是在笑，現在我好想撇尿，我別無選擇，只能尿在馬克杯裡。

佩姬一定是在抱妳，因爲我聽到她在踢玄關衣物間的牆壁，這種空間是超級有錢白人的建築重點，因爲他們認爲脫鞋必須要有一塊專屬的區域才是。她邊踢邊抱怨，「無論我怎麼弄，鞋子就是這麼髒，看來這個冬天想染指我就是了！」

她說她想要逗妳開心，但妳不覺得她的梗有什麼好笑（有誰會這麼覺得啊？），而且她叫妳不要再哭了，妳開始啜泣，我想要把尿慢慢射入咖啡杯，盡量不要發出任何聲響，貝可，佩姬實在不會安慰妳，我就厲害多了，一定的。我想要知道現在到底是什麼狀況，要是妳順從自己的渴望、想要找到我的話，我將會是那個擁抱妳的人。妳哭得好慘，我覺得打開衣櫃走到門邊應該不會有事。

「再唸一次。」妳哀求佩姬。

佩姬嘆氣，唸了出來，「諸位班吉的好友……」

「他媽媽好可憐。」妳在嗚咽。

佩姬繼續唸下去，「我們心情沉痛，必須告知大家，警方認定我們的兒子班吉已經死亡——」

妳打斷她，「他們不是應該要找人嗎？」

佩姬覺得不爽，刻意提高音量壓過妳，「他的愛船『瓢蟲貓』勇氣號的殘骸，已經在布蘭特角被人發現。妳應該多少也知道，班吉曾經與毒品奮戰了好一段時間，他最近曾經告訴朋友他要去南塔克特。」

「就是那條推特。」妳回道。

「我有看到，」佩姬說，「我痛恨毒品。」

感謝上帝賜予我們現代科技，因為，老實說我開始擔心了。我找到《南塔克特詢問報》與《鏡報》的網站，果然，出現了班吉以前的照片，西裝筆挺，神智清醒，旁邊還附了張船屍的照片。南塔克特沒有人看到班吉出現，但他的父母確認他曾經在紐黑文領了錢，這也不是「我們的兒子第一次被他的惡魔苦纏折磨」，港監確認他的船失蹤已多時，我也確認了我與此事毫無瓜葛。當然，南塔克特的冬季氣候本來就很惡劣，班吉的母親接受《鏡報》訪問時表示：「至少他是死於所愛。」我不知道她指的是海洛因還是航海，我運氣這麼好，眞是有史以來破天荒第一遭。

佩姬擤鼻子，妳還在哭，她說現在妳們兩人應該要去土克凱可群島，妳哈哈大笑，但她態度很認眞，「妳知道嗎，我以前也做過這樣的事，所以我們去那裡又有什麼關係呢？打包，上路，還有更絕的，不打包，直接走人。我保證妳一定會愛上那裡。」

「我還有學校的課。」我聽到叮叮聲，她一定是在幫妳倒飲料。

「去他媽的學校啦。」她想要裝俏皮，但一點也不可愛。此時傳出拉鍊被拉開的聲響，她開始哀嘆，「哦我的天，還有比脫掉汗濕Gore-Tex外套更幸福的事嗎？」

「哈。」妳的回應言不由衷，我好想抱妳一下。

我聽到了更多的踢腳聲，因爲恐怖的脫衣秀正在繼續上演，佩姬終於講出眞心話：「一定是因爲我的萊卡褲子緊貼著大腿，癢死了，要是再不脫下來我會抓狂。」

我搞不好會吐出來，而妳沉默不語。

「我在這裡換衣服沒關係吧？」佩姬問道，「有時候我眞的很討厭爲了這種小事特地上樓一趟，呃，這不算賣弄性感吧？」

妳說沒關係，我聽到她把萊卡緊身褲從骨瘦如柴身軀脫下的聲響，她離開了一會兒，回來的時候，妳甚是歡喜，因爲妳喊了一聲「哇！」。

「我爸爸超愛買浴袍，」感謝老天，原來妳讚嘆的是浴袍，「麗池飯店的最好，我們在每個住所都放了幾百萬件，妳要不要也來一件？」

「好棒哦。」妳回道，妳才不是那種對一切都會驚呼好棒的女孩。

佩姬說她要準備甘藍蔬果泥，如果她想使壞的話，其實可以把妳鎖在這裡，然後把鑰匙丟掉，而妳也根本不會知道，是吧？吵得要死的果汁機是我的救星，我像忍者一樣奔到樓下、到達廚房與客廳之間走道的後梯（僕人專用）。我運氣不錯，階梯口裝有對門，畢竟沒有人想要看到僕人，是不是？我在這裡可以看到客廳的動靜，妳們兩個都穿了同一式樣的寬鬆浴袍，妳一屁股坐在沙發裡，把威士忌與蔬果泥放在龍蝦網咖啡桌上，她伸出大腳丫，輕推妳的秀氣小腳心，「別難過了。」

「我不該傷心才是，」妳回道，「他一直把我當垃圾。」

「哦，可愛的貝可，這不是妳的錯，這是男生的天性，他們就是怕我們這樣的女孩。」

妳回答佩姬：「我倒是不覺得他怕過誰。」她的雙腳現在已經從咖啡桌移到了地板上，她忙著摩擦雙手生熱，「喂，我的小可愛，妳需要按摩一下。」

妳哈哈大笑，但她是認真的，她坐在地板上，以跪姿摩擦妳的可愛小腳，妳開始呻吟——妳好喜歡——妳告訴她，她按摩功夫一流，她笑了。她說只要妳喜歡，她自己也開心，她的雙手繼續向上遊走摸妳的大腿，然後又是小腿，我不知道究竟是她打開了妳的雙腿抑或是妳自己張腿，但我知道妳雙腿開開的，她不斷搓揉妳的大腿下方，妳好放鬆，頭往後仰，大聲吐氣，發出輕嘆，而且妳雙臂張攤，她要到了，不斷往上，潛入妳的大腿之間，妳在呻吟，沒錯。

她坐起來，不知怎麼的爬到了妳雙腿之間，她扒開妳的浴袍，妳露出光溜溜的身體，乳頭鼓凸，她開始搓揉妳的屁股，妳說不要，但她叫妳安靜，妳真的不吭氣，她開始吻妳的左乳，而且狠狠捏住妳另外一側的乳房。妳雖然出聲抗議，但她卻讓妳安靜下來，妳乖乖讓她擺佈，她開始吻妳的脖子，又把其中一隻手伸到妳下面，妳沒有反抗，妳沒有任何動作，看來妳坦然接受，其實她錯了。

妳醉了——不知道她剛才在跑步之後給妳喝了什麼，再加上對我的殷殷思念與知道班吉消息的震驚心情，削弱了妳在大白天的防備能力——她應該是妳的好友吧，不過就在幾分鐘之前，妳崩潰了，淚如雨下，哪門子的朋友會在好友心情低落的時候趁人之危？還猛吸對方的耳垂？妳是還沒有摸她，但妳的身體已經在她面前全面繳械，我覺得妳的心思根本不知道到哪裡去了，已經沒入了妳靈魂深處的某個地方，終於，妳回神過來，整個身子縮起來，雙腿啪一聲合起，佩姬也趕緊收手，妳站起來，拉緊浴袍，「抱歉。」

「算了，」佩姬回道，她從水瓶裡倒出剩下的蔬果泥，喝了好幾口，「我要去洗澡。」

「佩姬，等等，我們得把話講清楚。」

「拜託，」她不爽回嗆，「難道妳就沒想過這是男生沒辦法和妳在一起的原因嗎？我只是想要告訴妳，妳就順性而為吧，我們不需要把所有無聊的事都拿來分析。」

她拿著自己的蔬果泥，邁步離開客廳，我看得出來，妳深覺自己理應負起責任，妳不需要這樣。妳大聲叫她，但她卻把艾爾頓·強的音樂調得更大聲。我聽到甩門的聲音，妳在嚶嚶哭泣，她怎麼敢就這麼把爛攤子丟給妳？妳進入廚房——幸好妳並沒有選擇傭人階梯的這條路徑——然後，妳回來的時候，手裡已經拿著手機。我在發抖，沒錯，時候到了，打電話給我，貝可，打給我。但妳撥了電話號碼之後，我的手機並沒有發出震動聲響。

「謝娜，我知道妳在生我的氣，但我需要妳幫忙。班吉死了，佩姬在樓上大哭，我根本不應該來這個地方，我不知道該怎麼辦，拜託，回電話給我。」

妳上樓，一直拍打房門，請她趕快出來，妳拚命道歉，聲音都啞了。她對妳置之不理，這女人心腸真壞，她把妳踩在腳底下，妳渾然不知。我推開對門，離開了這裡。

33

這樣的海灘被佩姬這種人給糟蹋，眞是太可惜了。雖然現在是完全不符合節令的溫暖好天氣（希望能持續下去），但所有面海的豪宅都空無一人。海灘無比潔淨，但這些在這裡坐擁別墅的屋主卻無人開車前來小科普頓、向這幅美景致意。他們眞是有夠白痴，不過，我呢，卻是內心滿懷感激的海岸浪人。

昨天，我追隨妳與佩姬留下的足印，一路跟到了通往海灣的防波堤，這是躲藏與等待的絕妙地點。四處都是石頭——勿近岩礁——還有連通沙岸的風蝕棧道。我在步道底下挖了洞，心想這裡應該會比那些船庫溫暖才是。不過，我出車禍那晚的天氣如此嚴寒，自然是不能相提並論。

反正，太陽已經升起，過沒多久之後，佩姬就會出現在這裡，單獨一人。

甘蒂絲一定會喜歡這地方。上次我在海邊看到旭日東升的時候，就是與她在一起，現在沒有時間想甘蒂絲了，但教我怎麼不想她？我們一起待在布萊頓海灘，欣賞日出，天光越來越亮，她想要與我分手的態度也越來越強硬。我叫她一起與我走入水中，她答應了，就這方面來說，她很冷酷，因爲個性比較善良的女孩會說不要，留我一個人在那裡獨自哭泣，但她想要看到我醜態盡出的模樣，所以她決定繼續待下來。

她說：「我要和你分手。」

那就隨妳便啊，賤女人，滾。

甘蒂絲自己跟著我到了岸邊，不是我的錯，我一把抓住她，將她拖入水中，看著她漂向遠方，也不是我的錯。她自己本來就想要過來，不然她也不會跟著我進入海中。她明明心裡有數，她在折磨我，而且她也知道我不是默默接受、絲毫不做任何反抗的那種人。

佩姬這麼討人厭，我不怪她，就像是我也不能怪甘蒂絲想要逃離原生家庭一樣。對於自己得不到的東西憤恨不平，但其實明明是因爲自己把唾手可得的東西當成了屁，這種心態眞是太讓人惋惜了。佩姬在最可怕的威脅充其量也不過是泰勒絲的這種地方、擁有一間別墅，卻完全不知感恩，可說與甘蒂絲的個性很相似，因爲她也毫不珍惜自己的聲音與天賦。

我還有一點時間，所以在海岸邊走了一會兒，我喜歡海水沖上來、將足印清刷得乾乾淨淨的感覺。我想到了中學時念的那首詩，有個傢伙在海邊散步，但他並不孤單，因爲耶穌把他扛在自己的肩上，我笑了。多年來，我一直認爲事實剛好相反，其實是詩裡的主角扛著耶穌，嗯，就像是黑天神教徒帶著鈴鼓，猶太小男孩在自己的成年禮時帶著摩西五經一樣。我不覺得耶穌基督會把蠢蛋扛上肩，我也不會在這裡留下自己的腳印，所以，那首中學的詩聽過就算了。我承認，我現在有點火氣。畢竟我吃丹麥酥皮麵包之後就再也沒進食過。我跨過了某個不願腳沾白沙的家庭所修築的棧道，回到了我自己的洞穴，靜靜等待。

終於，我看到佩姬出現在庭院，遠方的一個火紅色小斑點。她完成伸展動作之後，開始在棧道上小跑，來吧。一秒一秒過去，她的聲音也越來越清晰，她的呼吸、腳步落地，還有手機傳出的艾爾頓．強的震天價響的音樂。她從我面前跑過去，嗖嗖有聲，我宛若蹦蹦盒的小丑，立刻從洞裡跳出來，在她後面跟著跑，她沒有聽到我的聲音，她在這個沙灘上什麼都不怕。我抓住她的馬尾，她還來不及尖叫，我已經把她推入沙裡，跨坐在她的背上，她拚命掙扎，不斷亂踢，不過她的嘴被埋在沙堆裡，艾爾頓．強的歌聲一直停不下來——靠他媽的電椅裡的公主，聽得有夠煩，我受夠了——拿出口袋裡預藏的石頭。

她奮力把頭扭向側邊，原來她的雙眼比我想像中的還要美麗，她認出了我，惡狠狠丟了一句，「是你啊。」

她可能是我遇過最強壯的女子，雖然她已經再也無法講話了，但依然在掙扎，不斷發出咯咯聲響。她皮膚漲紅，所謂的南塔克特淡紅色，她平日鍛鍊出的力氣與肺活量超越常人，讓我好驚惑。她拚命抵抗，我不怪她，因為她被心胸狹窄、充滿仇恨的禽獸撫養長大，她從來不曾讚頌生命的美好，應該就是這原因才讓她使出全力——她的腿還在顫抖——希望能夠苟延殘喘到最後一刻。她的指尖碰到了我的手臂，太遲了，佩姬。她眼球往上吊，我們大家可以都從早逝悲劇中得到教訓，明明自己有問題卻怪罪他人，是多麼危險的事。如果她願意與她的雞掰家人斷絕關係，搬到她中意的某個陽光普照的國外天堂，當個酒保或是彼拉提斯老師什麼的話，做什麼不重要，她就可以與某個聲氣相投的好女孩安定下來，尊重她自己的優點——健康、才智、肌肉——對自己誠實。不過，還是得靠天一下她的爸媽，要是無法付出無條件的愛，那就別生小孩。

她的氣息越來越微弱，也就是說，此刻的音樂只剩下我一個聽眾。海潮平靜，她喜歡這首歌，是因為它能夠舒緩她的寂寞，她寧可相信我們每個人都在受苦，我懂她的心情。我拿石頭砸她的頭，終於，她安靜了下來，我把她翻過來，我全身顫抖，她走了，就此安息，而我呢？我一個人與艾爾頓．強在一起，他的歌聲依然從佩姬的手機裡不斷大聲播放，耀武揚威。死去的佩姬，重得要命的佩姬，樂聲似乎越來越大，或者只是因爲佩姬安靜多了？我想要專心把她移走，但就在這時候，我聽到了歌詞裡的那個字——活結套索——我瞬間亂了手腳，我停下動作，陷入恐慌，萬一妳也過來慢跑呢？萬一尼可也來這個海灘跑步怎麼辦？我必須加快腳步。我在她口袋裡裝滿石頭，以免讓她的失蹤事件破功，還是有可能被別人發現這具屍體，我又在她的口袋裡多塞了一點石頭，我聽到了艾爾頓．強的歌聲，關於河流最深處的那個段落，現在的潮汐夠力嗎？

我必須要冷靜。我閉上雙眼，看到甘蒂絲在布萊頓海灘污泥裡睜得大大的眼睛。我張開雙眼，把佩姬的手機從手臂護套裡拿出來。現在這是我的手機了，我關掉艾爾頓．強的音樂，他正在吟唱期待歸鄉。現在該輪到佩姬上場了，我開始移動她的屍體。佩姬穿了這麼多衣服，而當初甘蒂絲幾乎全裸，只有比基尼加黑色小洋裝。當時是夏天，喝醉的女孩淹死了，這種事經常發生，她家人接受了她永遠無法回家的事實——我開始往海邊走去。現在是冬天，悲傷女孩投海自殺，這種事也是經常發生。

現在我就不管什麼勿近岩礁了，我扛著佩姬．沙林傑到了防波堤，這裡的石頭平整乾燥，我的步履穩健。佩姬好重，因爲她口袋裡的石塊，還有她的沉重苦難。我數到三，把她沉入海中，此地的潮浪喜迎她的姿態，一如當初布萊頓的海水擁抱甘蒂絲一樣。我從佩姬的手機發了一封電郵給妳，現在該寫下什麼台詞，當然很簡單：

貝可，我得離開了。最近，當我在跑步的時候，彷彿維吉妮亞．吳爾芙也在我體內奔竄，她說：「我以爲被鎖在門外是多麼令人傷感的事，然而，也許被鎖在裡面卻更令人傷感。」她說得對，被鎖在裡面、等待一個永遠不會到來的人，其實更可悲，悲慘多了。

好好享受小屋，我愛妳，可愛的貝可。再見了。

佩姬・絲

我全身濕滑，方才拚命施力的結果造成了肌肉痠痛，我面露微笑，因爲我懂得佩姬先前講過的那段話是什麼意思，我現在好想脫光衣服，眞的好癢。

我離開之前，又去看了一下妳的狀況。我從佩姬的信箱發電郵給妳還不到一個小時，而妳看起來已經泰然自若。妳大聲播放自己的大衛・鮑伊音樂，在客廳裡一邊跳舞，一邊試穿佩姬的衣服，妳打電話給琳恩、謝娜，還有妳媽媽，然後又大吃大喝。貝可，妳好開心，妳把自己與母親、與謝娜的對話轉述給琳恩，「這不是我的錯，佩姬念大學的時候每隔一個月就會閃人不見。拜託，如果那麼有錢的話，誰都會這樣吧？還有，我覺得這樣最好，班吉的死訊似乎讓她差點笑出來了，對，我知道這聽起來眞的很變態。」

「忘了班吉吧，」琳恩回道，「這個消息固然令人難過，但死了也不會讓他就此變成好人。妳和喬伊聊過沒？」琳恩妳好樣的！

「沒有，」妳回道，「但我很想找他。」

聽到這句就夠了，我立刻閃人。

我在荒涼的街道前行，進入了市中心。尼可的修車廠朋友超友善，需要修理的部分並不多（眞的），而且他們好愛這令人意外的夏日好天氣，所以我那台褐色巨獸已經可以上路了。修車費一共是四百美金，我很慶幸自己有預做準備。

貝可，新英格蘭不是我的幸運之地，所以我在出發前已經先預支了我的薪水。現在路面潔淨無雪，佩姬的手機裡有一堆好聽的音樂，也許我在新英格蘭已經開始轉運了吧。

快要到家的時候，我才想起自己留在小屋的馬克杯上有我的DNA，我猛踩煞車，但沒什麼好擔心的。有別墅的人都會把鑰匙交給傭人木匠與室內設計師。我這一場幹得漂亮，尿液揮發得一乾二淨的馬克杯不須掛心，完全不需要。

除此之外，還有妳的消息，妳的推特已經證實妳已經上路，準備返回銀行街的住所。我知道等妳打開心房需要時間，因爲妳是由一片片花瓣所組成的花朵，但妳終將綻放，佩姬再也沒辦法牽絆妳，你自由了。她以前總是緊緊抓住妳不放，唯有脫離這種壓力，才能讓妳成爲一個完整的、煥然一新的人。她終能安息，妳也樂得輕鬆。等到第一次春風吹拂大地的時候，妳走過書店或是馬車前面，妳會發現自己羞紅了臉，妳充滿慾望，已經準備就緒，然後，妳決定要見我，喬伊。

34

我的手機沒壞。過去這幾天，書店每天都打好幾通電話給我。妳也有網路可以用，妳在紐約，生活，寫作，發推特：

有什麼比午夜新雪更浪漫的事？#寂靜#愛情

佩姬滾蛋已經二十三分鐘又十三天了，妳卻沒有打電話給我，也沒發電郵，這毫無邏輯或科技或浪漫的理由可言。我臉上的傷口依然很頑強，但日漸好轉，我也沒那麼像怪獸了，但這等於又在提醒我寶貴的時間正在逐漸流逝。貝可，我搞不懂妳，妳沒有寫電郵給什麼新認識的男人，也沒有寫電郵向朋友討論浪漫，但是妳卻忙著在寫關於男人的故事。妳上次寫的是關於某個女孩（妳，哎，總是寫妳自己）的故事，女主角去看醫生，最後發現自己體內有根陰莖，她打給每個曾經與她上過床的男人，詢問對方的陰莖是不是還在身上，這份名單長得不得了（很誇張，不過小說就是這樣），大家的陰莖都沒事。最後，她承認自己刻意漏了一個人，因爲他已婚有小孩。她不想把他的陰莖還給他，因爲她希望他能夠離開妻子，回頭找她，取回他的陰莖。誠如貝萊絲在她的書評電郵中所說的一樣，「沒有眞正的結尾，沒有高潮，沒有重點。我不會預設立場，認定這就是妳依據自己生活中眞實素材所寫出的作品，但如果眞是如此的話，也許妳該考慮先把它放在抽屜裡，等到妳可以稍微抽離自己的情緒之後、再重新審視這部小說。」

我當然很緊張，自從妳回來之後，妳去看尼基博士的頻率變成每週兩次，然後妳又寫了這部昭然若揭的已婚男子小說，所以我打電話約診、準備拜訪一下這個醫生，也是順理成章。如果我想要確定他沒有佔妳便宜，難道還有其他方法嗎？而且擔心的似乎不是只有我一個人而已。

謝娜：妳跑去看心理醫生？搞屁啊？妳哪來的錢？

妳：這是我的全新生活重心。我不再喝得醉醺醺，也不亂買東西，只要創作，寫日誌，成長。

謝娜：好吧，貝可。不過千萬記得尼基博士……就是尼基博士。

不過，今天我很開心，因爲電梯剛到了十二樓，我步入走廊，進去已經開放的候診間，博士事先已經告訴我他會先開門。我比預定的時間早到了一點，這是好事，因爲我還有時間可以複習一下自己的新身分。

姓名：丹．福克斯（寶拉．福克斯與丹．布朗的兒子！）

職業：咖啡店經理

我的心情已經好多了，而且我很喜歡這裡的候診室，粉藍的牆面與沙發。而且這棟建築剛好位於我最喜歡的區域，上西城。艾略特在電影《漢娜姐妹》中也去看心理醫生，誰知道呢？也許妳與尼基博士之間根本沒有什麼，也許他剛好專業表現就是那麼傑出，這也是有可能的事。只不過短短兩週的時間，妳已經對自己的了解更加透徹。

我之所以這麼清楚，是因爲尼基丟了回家作業給妳，妳必須每天寫一封信給自己，妳也乖乖照做：

親愛的貝可，遇到男人的時候，妳只知道要如何狂抽猛送而已。招了吧，承認吧，要解決問

題才行。愛妳的貝可

親愛的貝可，妳依賴男人，跟他們在一起之後，妳又失去了興趣。妳不穿胸罩，所以那些男人總是盯著妳的乳尖。要穿胸罩，尼基看到了妳的改變，這樣很好，要做給別人看。愛妳的貝可

親愛的貝可，親密關係讓妳裹足不前，妳爲什麼這麼害怕？妳只有在玩角色扮演的時候才能放下情緒，妳爲什麼不能當妳自己？尼基知道妳是什麼樣的人，也接受了妳，其他人也會的。愛妳的貝可

親愛的貝可，妳覺得除非等到自己心智夠成熟、克服了與父親之間的問題之後，才有辦法談戀愛，但妳墜入情網的時候也許根本還無法克服與父親之間的問題。

尼基說得沒錯，妳要靠戀愛成長，不需要拖到自己完全成熟之後才碰觸愛情。愛妳的貝可

親愛的貝可，妳出生在島上並非是妳的錯，妳的認同當然是一座島嶼。但，可愛的女孩，妳不是荒島，讓別人墾居吧，歡迎愛的降臨。愛妳的貝可。

親愛的貝可，討厭妳媽媽也沒什麼大不了，她眞的嫉妒妳。愛妳的貝可。

親愛的貝可，不要當自己的惡敵，苦追那些不想要妳的男人。當自己最好的朋友，學習要如何去愛那些眞正渴望妳的男人。還有，一定要記得，沒有人完美無缺。

這些電郵的確幫助我熬過了這段艱苦的時光。現在我知道妳甩了我並不是因爲性事，而是因爲妳自己有狀況。所以差不多再過一個月吧，我積極配合心理治療、也給我自己寫了信之後，或許在某個星期天十點、十一點的時候，我們會一起待在床上，也許到了那個時候，我也會更了解我自己，我們可以在床上一起分享寫給自己的心理治療悄悄話。

診療室的大門突然打開，一股黃瓜的氣息撲面而來，尼基博士與我想像的完全不一樣。

「丹・福克斯？」

我勉強打了聲招呼，與他握手，然後跟隨他進入米褐色的診療室，坐在沙發上，不過，靠，貝可，尼基・安傑文好年輕，我本來以爲他應該五十多歲了，但他頂多只有四十出頭而已。牆壁上掛滿了經典搖滾專輯封面的圖框——「滾石」、「麵包」、「齊柏林飛船」，還有范・莫里森[22]。他在電腦前摸摸弄弄，向我道歉，希望我可以再給他一點時間，我說沒關係。他穿的是Vans休閒服飾，與他的年輕模樣非常合襯。他整個人看起來很壓抑，因爲那一頭濃密的捲髮塗滿了髮膠、變得服服貼貼，還有那雙目光炯炯卻狀似盈淚的藍色眼眸。我看不出他到底是猶太人或義大利人，他打完電腦之後，坐在皮椅裡面，拿起一大壺水，裡面有小黃瓜，難怪剛才出現了那股氣味。

「要不要來一杯？」他開口問我，這也同樣出乎我意料之外。

「好啊。」我接過那杯水，靠，貝可，宛若天堂。

「我必須一開始就把話講清楚，」他說道，「我會做筆記，但不會寫一大堆東西，我喜歡把一切留在這裡。」

他指了指自己的頭，咧嘴大笑，他可能是連續殺人魔，也可能是全世界心地最善良的人，但這傢伙絕對不可能走中庸之道。難怪他會鑽研心理學，他必須想辦法阻止自己扭曲變態的想法在

[22] 出生於北愛爾蘭的音樂全才，一九六九年以一曲〈Moondance〉成名。

腦袋裡不斷滋長。當他粲然一笑的時候，靠化學藥劑美白的牙齒頓時露了出來，與他消沉憂傷的臉龐完全不搭調。

「好，丹．福克斯，」他開口說道，「我們來看看你到底哪裡有問題吧？」

我必須承認，他真的是很好的傾訴對象。我原本以為這應該是標準的醫生辦公室，但這裡卻像是中年男子的大學宿舍。如果我們真的在念大學，等到他離開宿舍去上課的時候，我就可以破解他的電腦，找出所有與妳有關的檔案。但這是不可能的事，因為我們都是成年人，他也有自己的工作要做。他想知道是誰把我打成這樣，我告訴他我去滑雪的時候出的那場意外（就是在小科普頓的那次撞車），我還告訴他自己在咖啡店打烊時被人襲擊的事（寇提斯與他的同夥），然後，他覺得現在我們兩個比較熟一點了，又問了我這問題，「丹，你有沒有女朋友？」

「有啊。」我交女友不是難事，所以這個答案不會有問題。我告訴他，我不是因為女友的問題而來，她是個很棒的對象，我告訴他，我是因為強迫症而特地前來求助。

「你的症狀是？」

貝可，我非常了解鏡像原理。取得對方信任的最好方法之一，就是專找彼此的共通點下手。「其實說起來有點好笑，」我說道，「你看你這裡有這麼多專輯，我也不知道怎麼搞的，也不明白為什麼，但意外看到了「滴蜜者」合唱團的某支音樂錄影帶，一看再看，無法自拔。」

「我好愛『滴蜜者』，」他回道，「不會是〈愛之海〉吧。」

「你知道啊。」他成了我剛認識的至交，我覺得自己唬爛很有一套。我告訴他，我拚命看這段影片（其實是妳），心裡想的也全是影片內容（是妳），眞希望我能夠活在影帶（是妳）的世界裡面。我說我對一切都喪失了興趣，就是因爲這段影片（是妳），我需要找回一點自制力。

「你的女友是不是漸漸對你失去耐心？」

「沒有，」我回道，因爲要是我眞有女友的話，她會因爲能和我在一起而開心得不得了，才不會對我失去耐心。「博士，失去耐心的人是我。」

「小朋友，哪來的博士啊，」他搖頭，「我不是博士，我只有碩士學位。」

我很想問他，爲什麼他雖然不是眞正的博士，但妳卻喊他尼基博士，但我問不出口，他說，他也必須向我分享一點他自己的事，這樣才公平，他告訴我，「我喜歡搖滾樂，一開始是走這一行，因爲我是天生的三流藝術家。不過，後來我發現我其實喜歡幫助別人，所以我們今天才會在這裡相遇。」

「尼基，你好酷。」我第一次脫口講出他的名字，聽起來好好笑，這是我字典裡的新詞語，尼基。

我說這段轉折很有趣，我們也交換了彼此的成長過程——他自小在皇后區長大，我出身貝德斯圖。結果心理治療變成了閒聊，也許妳眞的只是想要成長而已，也許哪天我也可以變成心理醫生，我可以的，把我最愛的書裱框、掛在米色房間的牆上，與妳，與我這樣的人暢談心事。

尼基說我們今天的諮商告一段落，應該來擬定一下計畫了，如果說我很期待他交代的回家作業，這樣是不是很遜啊？

「丹尼，我們可有得忙了。你剛來，必須要學習如何住在獨棟房屋裡。」

我從來沒有住過獨棟房屋，只有公寓而已，但我還是點點頭。

「你家有隻老鼠，」他說道，「也就是這支音樂錄影帶，所幸它只是隻老鼠。」貝可，妳現在變成了老鼠。

「丹尼，它不像你那麼高大強壯，」他現在的態度變得十分嚴肅，「這老鼠很小隻，你有手臂手掌，而且動作敏捷。」

妳充其量也只有小雞掰而已，他這種說法，我欣然同意。

「你可以抓住門把，丹尼，而且還可以設陷阱。」

陷阱。

「丹尼，你知道嗎，我們的生活亂七八糟，有時候會讓你的屋子變得漆黑一片。」

他指了指自己的頭，我點點頭，我的腦袋的確變得越來越晦暗。

「所以才會引老鼠跑進來。」

都是妳當初跑來我的書店，搞出了這種事，擦出我們之間的火花。

「有時候光線實在太暗了，你只能聽到那該死的老鼠四處亂爬，偷吃你的食物，在你家地板上大便，眞的是一片漆黑，所以你看不到門把，」他滔滔不絕，「你忘了其實有門把，我們這時候就應該要開燈了，丹尼。」

「好。」

「丹尼，我們要設陷阱。」

「好！」我的聲音比剛才更宏亮。

「然後，我們打開門，拿出掃把，把那隻老鼠趕出去，」他振臂一揮，「有時候，我們不需要這麼麻煩，因爲，我們可以直接殺死老鼠。」

這次不行。

「而且它一下就斷氣了，丹尼，我不騙你，但這的確可行。」

「你有沒有在工地打過工？」我開口問道。住在我們社區的大多數男人，都曾經在不同階段做過這種工，要是尼基與我有相通點，平起平坐，這感覺還不錯。

「年少時有幾個暑假吧，」他回我，我猜對了，「你呢？」

「年少時有幾個暑假吧。」我回答得太急切了一點，好遜，只會學別人講話，但尼基卻微笑以對，我想到了過去這幾個禮拜的生活，還有那些夜晚，我靠牆坐在地板上、手裡拿著妳的內褲，盯著那個因妳而生也因妳而掩蓋的牆洞。

「嗯，博士……」

他聽到這稱號就搖頭，我哈哈大笑，「尼基，我的意思是，我得先找到門把才行。」

「你一定會找到的。要是這個老鼠／房屋的概念無法發揮作用，你也可以把那支音樂錄影帶當成青春痘，擠一下就不見了，要是你仔細呵護皮膚的話，它會永遠消失，不留疤痕。」

妳不是青春痘，妳是老鼠，我開口說道：「可大家都說不該擠痘痘。」

「胡說八道，」他瞄了一眼時鐘，「好，所以你固定週四來看診嗎？」

之後，我走在街上，覺得自己整個人煥然一新，貝可，與尼基相處了五十分鐘，我彷彿換了一雙眼睛。這世界看起來不一樣了，彷彿我戴上了3D立體眼鏡或呼大麻或與妳大幹了一場一樣。我情緒高昂但腦袋清醒，我走向公園，待在那裡欣賞我從來沒看過的〈愛之海〉音樂錄影帶。在音樂錄影帶裡面，與大衛．鮑伊有同樣金髮的那個女孩長得還滿可愛的，而且心理治療已經發揮了作用。我的意思是，看完這部奇異迷幻的影片，我心情大好，我已經很久沒這麼開心了。最棒的是，我再也不怕了，妳並沒有和尼基上床，妳只是正處於移情階段，我在電影《潮浪王子》中看過，這種事在所難免。尼基有碩士學位，而且他是真男人，絕對不會打破醫生與病人之間的互動關係，雖然他不算真的醫生，但這條規則依然適用。

我進入地鐵站，有下樓梯。貝可，我熱愛生活，我好喜歡自己從所未有的耐性，我可以等妳打電話給我，我很堅強，再給妳一點時間也沒關係，我忘了偷看妳的電郵，現在，我覺得妳的手機彷彿比早上更沉重了一點。雖然尼基沒有交代，但我還是給自己寫了封信：

親愛的喬伊，你的房子裡有老鼠，等到她準備好的時候，你親吻她，她又會變回你的夢幻女神。保持耐心與開闊的心胸，祝你一切安好。丹．福克斯

這是我這兩週以來、第一次覺得與妳這麼親近，我好愛心理治療，真的。

35

在進行第二次療程的時候，我告訴尼基，上次我離開他這間米褐色辦公室的時候，心情好雀躍。他說我的反應很正常——我是正常人！——這都是因爲開始以全新的觀點看待這個世界。

「我在上州有個房子，」他說道，「每隔兩三個禮拜，我就會待在那裡的森林裡，我爲的不是新鮮空氣，而是全新的視野。」

第三次療程，我們聊到了那部音樂錄影帶（其實是妳），尼基告訴我他的另一個方法，他稱之爲貓咪策略。「我以前有個鄰居，經常會出借她的愛貓，你知道爲什麼嗎？」

「幫助心情不好的人？」我猜錯了。

「要是哪個街坊鄰居遇到老鼠的問題，羅賓森太太就會出借愛貓一兩天，」他說道，「好，丹尼，關於老鼠呢，要是牠們聞到了貓的氣味，就會自己溜出去了。」

「所以我要是開始看其他東西，我就會對這段影片徹底斷念。」

他點點頭，我們陷入沉默，偶爾會出現這種狀況，突然兩人都不講話。尼基說這很正常，因爲你的腦袋得思考運作。我也開始思考沒有妳的生活會變成什麼模樣，我會與其他女孩約會（難以想像），開始散步閒晃，也許可以找到打籃球的球友，或是坐在黑漆漆的酒吧裡看新聞，躺在自己的床上入睡，手裡已經沒有妳的手機，醒來的時候也看不到妳手機在我身上留下的壓痕。我因爲頻頻偷看妳的電郵而雙手犯疼，也許手指不再刺痛也是好事。貝可，我不知道我內心裡少了妳之後會是什麼感覺，我只知道妳很難搞，我累了。

尼基知道我的思考已經告一段落，他重新調整自己坐姿，「這禮拜找時間喝杯酒，」他說道，「順便寫一下日記，讓我知道你的感覺。」

我喜歡回家作業，我一離開他的診間，就立刻發現原來這世界上女人無所不在，所以搞不好我眞的想過著沒有妳的日子。貝可，我差點忘了其他女孩，到處都看得到她們的蹤影，地鐵月台上有穿著緊身褲、埋首Kindle的女大學生，提著裝滿蔬菜環保袋的胖嘟嘟老太太，拿著梅西百貨與FOREVER 21的破爛購物袋的中年大嬸，有個身材超嬌小的金髮辣妹，和她相比，我簡直就像罐頭上的綠巨人一樣，她穿的是醫院制服，整個人看起來也神清氣爽，我死盯著她看，她報以微笑，遊戲開始了。

「我認識你嗎？」她開口問我，她有一點點腔調，我猜應該是長島市那裡的人。

「不認識。」她朝我走過來，與我之間的距離並不遠，她身上有火腿三明治與消毒酒精的氣味，我喜歡她的乳尖。

「眞的不認識我？」

「抱歉，不認識。」

「那你盯著我看幹什麼？」

「我不知道。」我心想，要是尼基知道這件事的話不知道會說什麼。「我覺得一定是因爲我喜歡盯著妳。」

列車急煞靠站，她的那雙綠色小電眼也回瞪著我，陸續有女人進進出出地鐵站，而我們兩個死盯著彼此，宛若打得火熱的野獸。她有一雙細眉，彩繪長指甲，和妳是完全不同的類型，這樣很好。我永遠不會愛上這女孩，但我一定可以靠她好好練習當男友。

她先開口，「誰把你扁成這樣？」

「我出了意外。」

「出意外啊，」她冷笑，「一定是好嚴重的意外。」

「我被人圍毆。」

「靠，你還不知道我是誰就對我說謊？」

「我覺得我這個人就是喜歡說謊。」而且我說謊技巧一流，尼基要是知道我這麼厲害一定會嚇一跳。

「嗯，要是我不跟騙子約會呢？」

「妳這樣就遜了。」

「現在是怎樣？」

「誰管這麼多啊？」我一定會把到她，「如果我們此刻是待在黑漆漆的酒吧裡，再加上兩個人都喝得爛醉，那麼這段對話也沒什麼啊。」

她叫做凱倫．明蒂，她咬著自己塗滿唇蜜的下唇，一臉挑釁，「既然我們又不是在酒吧，講這個有屁用啊。」

凱倫．明蒂就是在那裡決定要和我上床，我知道。她的心思很簡單，不像妳那麼難猜，到哪去找比這更好的貓咪呢？剛開始總是得喝一杯的，我們去了某間鳥不拉嘰的酒吧，裡面擠滿了貪喝便宜美國啤酒的紐約市立大學學生，妳一定很討厭這裡，但她愛死這地方了。這是她挑的地方，現在也該我出手了，我帶她去休士頓的某間爛酒吧，我知道她一定會大為驚豔——我猜得沒錯，她的確在長島市長大——而且她的確很喜歡這間「植物園酒吧」，她喝的是灰狗雞尾酒，而且還講了些妳永遠不會說出口的鳥話：

「你知道我怎麼發現這種雞尾酒的嗎？李奧納多．狄卡皮歐都喝這個，真的。

「你知道為什麼醫院的食物這麼令人倒胃口嗎？因為他們就是希望你死。真的，喬伊，真的，爛食物便宜多了，而且只要有更多病床空出來，他們就不需要那麼多人上班付加班費。

「你知道嗎？我的直覺告訴我，今晚我會遇見某個人？靠，我根本不該說出來，去你媽的灰狗，不過，喬伊，我真的有這個直覺，然後就看到你盯著我不放，」她突然冒出一句話，「喬伊，那東西不需要留在那裡了吧？」

「我的襯衫？」

「你手上的繃帶。」

我忘了那東西還在那裡，妳看看都是妳害的。一開始是因為我伸手去碰燭火，然後又因為妳對我那樣，我一直摳疤，不想看到傷口癒合。接下來，當我急忙要去找妳的時候，寇提斯又把我痛扁一頓。我看到了固定模式不斷在上演，尼基說，生活就是與固定模式息息相關，現在凱倫．明蒂抓住了我的手，彷彿把它當成了她自己的手一樣。她真是超級強壯，她在我耳邊低語：「喬伊，好好保存精力，等一下就會派上用場。」

她火速把我手上的繃帶硬扯下來，然後又吻了我，我根本來不及躲。原來凱倫．明蒂的嘴唇很厚實，還有，我的手一點也不痛了。

等到我們跳上捷運的時候，我覺得我們兩個都不知道這台車到底要往哪一個方向。眞的很神奇，車廂裡空無一人，流浪漢小混混或是妓女都沒有。眞的很神奇，凱倫．明蒂剛好舔的是我被寇提斯痛扁的地方，她的舌頭比妳的靈巧多了——我撕開了她的醫院制服——她穿的是丁字褲——她抓住我，我們繼續在凌晨四點的地鐵列車裡親熱，凱倫．明蒂高潮到來，她放聲尖叫——*哦喬伊哦我現在是你的了就是現在*——她的指甲陷入我的背裡，眼珠子骨碌碌亂轉，等到她高潮退去之後，雙腿依然緊夾著我，不斷顫抖。我抱住她的大腿，多麼希望眼前的人是妳。她伸出舌尖，舔遍我的喉嚨，她停下來之後，盯著我不放。「我愛你。」她說了這句話，我是到底做了什麼啊，她突然大笑，從我身上跳下來，拿了我的外套裹住身體。「你的臉，喬伊，天哪，你眞應該趁現在看一下自己的臉，我剛才跟你打砲耶。」

「我知道。」我沒什麼好擔心的，大多數的女孩在幹砲完之後的那幾分鐘都瘋瘋癲癲的，她們就是這樣。

她突然變得小心翼翼，「我根本不認識你。」

「我知道。」她依偎在我懷裡，我望著我們在車窗裡的映影，隨著隧道裡的燈光閃滅而忽隱忽現，這麼久以來，我終將能在今晚睡個好覺，凱倫．明蒂一早起來將會爲我做煎蛋三明治，還會幫我吹喇叭。從她喝的那些灰狗雞尾酒，還有她的嘴唇，我就是看得出來，她的確愛我。

我是有史以來最厲害的精神科病人，因爲，我已經找到了野貓。

第二天，我到了書店，依然宿醉得好厲害，而且身上還有煎蛋三明治的味道，眞是糟糕。凱倫·明蒂是出於好意，不過她應該是喝多了，沒辦法好好煮東西。我告訴她，與她共度的這一段時光很愉快，她說她會來書店找我，貝可，我可沒有開口慫恿她。現在，伊森一直追在我屁股後面——他又早到了——他想知道我是不是病了。

「喬伊，你是不是感冒了？還是喝多了？」

我打開書店大門，如果我是個像尼基一樣的心理治療師的話，根本不需要拿出特別的法寶對付他，我直接派他去小說區、找出適合店員推薦的書，然後，我自己去準備音樂。業力太可怕了，第一首播放的歌居然是《漢娜姐妹》原聲帶裡的〈妳如許美麗〉，我啪一聲把它關了，我背叛了妳，也背叛了我們的關係。

我的頭在炸痛，大門鈴響加上各式各樣的噪音讓我受不了，尤其是現在進來的這一個，才剛和我打過砲的女孩，靠他媽的凱倫·明蒂，我眞想割腕自殺啊。

不過，就在這個時候，我超想喝咖啡，她也正好拿了兩杯熱咖啡進來——令人驚喜的星巴克——她聳肩，「不知道你們喜歡什麼樣的咖啡，所以我什麼都拿過來了。」

她把某個沉重的紙袋擱在櫃檯，伊森蹦蹦跳跳，跑到了書店前頭，她立刻就展現嚇死人的友善態度，「你一定就是伊森吧？喬伊把你的事都告訴我了。」

我昨晚到底喝了多少啊？伊森一想到我對著某個美眉講他的事，立刻喜不自勝，他看著凱倫·明蒂，口水都要滴下來了。這女人不浪費一分一秒，已經把這裡當成了她自己的地盤，她看著我，「好，喬伊，你的咖啡要加什麼？」

我說隨便，她翻白眼，對我眨眼，然後又大叫，「嘿，伊森你呢？」

原本跑回去的伊森又衝回來，差點摔倒，只有伊森會幹這種事。他告訴她我喝黑咖啡加兩包糖，他自己是「奶精加甜菊糖，不然天然甜味劑或善品糖㉓也可以，要是店裡都沒有這些的話，就拿褐色包裝的眞糖，但絕對不要代糖！」

就在這個時候，凱倫深情款款凝視著我的雙眼，她一定在想這一輩子都會幫我帶咖啡了吧。我愛的是妳，不是她，靠，這麼平凡的女孩。她對我笑得好燦爛，又眨眨眼，「謝了，伊森。」

我回不去了，我不只是逗弄了這隻貓，而且還收養了牠。

㉓ Splenda，三氯蔗糖，俗稱蔗糖素，一種新型人工甜味劑。

36

與凱倫在一起的效果眞是驚人，因爲呢，至少妳距離我的生活越來越遠：我努力往好處想：我趁機努力練習當男友，這對我們兩人來說是好事。不過，當我在床上撫摸她屁股，在洗衣店摺她的丁字褲，以及在週日與她母親共進晚餐之後、親手寫卡片致謝的時候，我的心情好低落，我背叛妳是我的不對，不過，貝可，妳要知道：我每天都想辦法在自己的手機裡瀏覽妳的照片，我很忠誠。我與凱倫·明蒂在一起就要七個禮拜了，接受心理治療也要邁入第十三個禮拜，尼基認爲我進步神速，再也不沮喪了。我偷看妳的電郵，知道妳依然如常——不再喝得醉醺醺，也不亂買東西，我既然開始接受尼基博士的心理治療，所以我也完全懂得他爲什麼希望妳能保持專注。

「丹尼，你看起來比第一天到診所來的時候開心多了。」

「謝謝，」我回道，「我的確覺得更快樂了。」

「和凱倫還好嗎？」

「很好啊。」我回道，就表面上看來，的確如此。當我第一次對尼基說出妳的事的時候，他哈哈大笑，他說，與其去找另外一支水管影片，還不如去找個女朋友，她們是效果更好的貓咪，他說得沒錯。

「丹尼，你的那種神情我懂，」他朗笑說道，「我認識我太太之後的頭兩年，我的臉上一直掛著笑容，從來沒停過。」

我脫口而出：「哦，尼基，我們沒打算結婚。」

他繼續追問：「現在你看起來沒那麼開心了，是不是害怕結婚？」

「沒有啊。」這是眞話，我一定會馬上娶妳。

「丹尼，所以凱倫有什麼問題？」

她不是妳。「她只是……沒什麼。」

「你是說她一無是處啊，」他挑眉看著我，「完蛋了。」

我發出哀號，「我的意思是，她沒什麼可挑剔的地方。」

「反正……」他一開口，我就知道我們時間到了，「我得讓你做一點回家功課。我要你列出自己喜歡凱倫的十大原因。貓可以幫你趕走老鼠。還有，你要記得，心裡惦記著貓總比掛念老鼠來得好。」

「是的，博士。」這個「博士」的稱號是我們的老梗，妳也知道，他其實不是博士。我本想在回家的路上做功課，但我卻一直在想妳。

幾天之後，當我坐在沙發上、陪凱倫．明蒂看她最愛的喜劇影集《皇后區之王》的時候，我依然在拚命擠出作業的答案。她看到某個橋段哈哈大笑，妳絕對不會因爲那樣的情節而笑出來，我愛妳，因爲妳不是笑點低的女孩。她脫下了自己的丁字褲，但我喜歡妳的健康純棉內褲。

她發出呻吟讚嘆，「靠，我眞是愛死凱文．詹姆斯了。」

「他不錯啊。」我撒謊。我愛妳，因爲妳才不會愛凱文．詹姆斯，而且就算妳聽到他的梗而哈哈大笑，妳依然不會愛上他。

此時出現漢堡王的廣告——凱倫・明蒂超愛看廣告——她對電視比中指——「拜託，BK。BK的薯條難吃死了，你說對不對？喬伊？」

我跟著打哈哈陪笑，但我愛的是妳，因爲我們一定可以百年好合，妳永遠不會問我覺得漢堡王薯條怎麼樣，因爲妳從來不會把漢堡王叫成BK，就算妳眞的要講薯條好了，一定還有別的含意。妳是洋蔥，凱倫是馬斯拉奇諾甜櫻桃，我愛妳因爲洋蔥比櫻桃複雜多了，我完蛋了。

我差點忘了凱倫・明蒂的頭還躺在我大腿上，她抬起眼睛偷瞄我，「親愛的，你還好吧？」

「嗯，」我伸手，以她喜歡的方式梳撫她的頭髮，「我只是在想回家作業的事。」

凱倫不以爲然，「喬伊，我說眞的，我覺得那只是浪費錢而已。」

「我知道妳的意思。」

「醫院裡的爛咖全都是心理醫生，每一個都一樣德性，全都是愛情騙子，說謊成性，瘋瘋癲癲的程度比他們的病人還嚴重。」

「尼基不是那樣的人。」我回道。

她火大了。「最好他不是啦，他們騙人又撒謊，喬伊，他們騙人又撒謊。」

妳從來不會重複自己講過的話，因爲妳創意十足，凱倫不是這樣的人，她掐住我的乳頭，「喬伊，看我。」

我看著她，「小姐，遵命。」

「你到底爲什麼要去那裡找他講話？喬伊，你明明很完美。」

「沒有人完美無缺，」我的語氣跟老師一樣，「而且我有輕微強迫症。」

「是啦，」凱倫．明蒂大笑，「你對我的雞掰有強迫症。」

妳才不會說這麼粗魯的話，我輕撫凱倫．明蒂，看著電視裡的凱文．詹姆斯，我好想妳，想得快吐了。我突然覺得一定得離開這裡，我立刻起身。

「哇，什麼事這麼急？」她抱著我的靠墊，好可憐。

「我得去書店。」我已經拿起鑰匙。

「要不要我陪你去？」她的心思一點都不難懂。

「不要。」我已經抓了外套。

「需不需要現金？」她挺直身子，可悲的女人。

「不需要，」我回道，「待在這裡就好，我馬上回來。」

我衝下樓之後才停下腳步。無論我對凱倫．明蒂做什麼，她都會乖乖待在那裡。貝可，她的爪子已經抓住了我，她媽媽正在幫我織毛衣，而且她爸爸打算找個星期天讓我搭他的船出海。我坐在門階梯台，也許現在凱倫．明蒂不在我身邊，我可以列出我到底喜歡她什麼地方。

#1凱倫．明蒂自小與三兄弟一起長大，所以她個性溫婉。

這是真的，她真的很溫婉。聯邦快遞搞飛機，諾拉．羅柏特[24]的新書沒進書店，我可以叫凱倫去搭地鐵，吩咐她去上城，她真的趕過去，拖著一箱書進地鐵，爬樓梯，最後拿回了書店。要是我開口，凱倫也會打開書箱，貼好標籤，把書本一一排好上架。貝可，她不會抱怨。她渴望有

[24] 美國暢銷言情小說作家，第一位入選美國浪漫小說名人堂作家。

人找她幫忙，宛若小男孩在聖誕節前夕擔心聖誕老公公在偷偷監視、所以拚命想要做好事。我甚至還可以命令她拿出拖把，叫她清理剛才把書上架時她所發現的灰塵。

#2凱倫．明蒂喜歡打掃。

「我自小在豬窩長大，」她老是喜歡這麼說，「唯一能清除垃圾的方法就是我自己動手，我也喜歡打掃，所以這種事就交給我吧。」

#3凱倫．明蒂喜歡做菜。

她廚藝不錯，我不記得自己到底有多久沒吃過這種眞正的家常料理（放了五天之後的冰冷千層麵依然好好吃），當初我跟蹤佩姬．沙林傑（她如果看到凱倫一定會嚇死）時所鍛鍊出的跑者身材，正在慢慢走樣，嗯，但基本體態還在，因爲凱倫喜歡做菜、吃東西、打掃，也喜歡打砲，她的確想這樣和我一輩子過下去。我發現了一個專放她母親食譜的小塑膠檔案盒子，我傳簡訊問她這個食譜的事，她回訊給我：

我幾乎都在你家做菜，我自己在家裡很少下廚。

我不管要什麼，不管在任何時候，一定都有求必應，她什麼都變得出來，因爲她媽媽無所不能。我把吃不完的千層麵帶給伊森吃，他覺得她媽媽應該要出食譜才是，她就是這麼厲害。

#4凱倫．明蒂是不錯的砲友。

我想到了妳批評貝萊絲的模樣，還有妳挑逗的方式——第一天妳來書店時的激凸乳頭——但凱倫．明蒂就是喜歡夾大老二，所有人的大老二，因爲我看得出來她被幹砲的經驗很豐富，但我沒差，我是她遇過最厲害的男人，這是她說的，不是我。

＃5凱倫．明蒂知道伊森是好人。

我們曾經與貝萊絲、伊森一起出去過那麼一次，糟透了。貝萊絲看到凱倫的灰狗雞尾酒立刻嗤之以鼻，她還說李奧納多．狄卡皮歐喝的酒飲種類可多了，凱倫，妳眞的那麼呆啊？哦哦。第二天，伊森在書店向我道歉——「貝萊絲沒什麼女性朋友！我希望凱倫不要因爲昨天的事而難過！」——就在這個時候，凱倫正好出現，她告訴伊森，貝萊絲「超聰明」，而且「美麗動人」。等到伊森去撇大條的時候，凱倫才告訴我，她覺得貝萊絲超賤，「伊森應該跟好女孩在一起才是，」她說道，「但好男人總是和賤貨在一起，如果你直接講出來，他們才不會分手，給他時間就是了，他最後一定會甩掉她。」凱倫．明蒂果然是白衣天使。

幾天前，他一臉嚴肅，正色問我是不是會向凱倫求婚。

「伊森，我們才交往兩個月而已。」

他聳肩以對，告訴我他與前妻雪莉在一起才六週、他就立刻開口求婚，我聽他講過不下五十遍了。

我直接嗆他，「你看看現在是什麼結局。」

「你知道時候到了，一定會有感覺。」

「好吧，伊森，我不知道。」

「嗯，你最好想一想那是什麼感覺，」我第一次發現他也會有剛冒出來的鬍碴——又是另外一個奇蹟，「因爲她絕對已經心裡有數了。」

＃6……

沒有用。也許丹・福克斯愛凱倫・明蒂，但我不愛凱倫・明蒂，我愛的是妳。

我喜歡妳的涵養，還有妳寫給自己的信，我讓她進入我自己的生活，眞是大錯特錯。但老實說，她也未免太積極了，不然爲什麼我們在一起還不到兩個月、伊森與尼基卻都會提到結婚的事？她又出現了，蹦蹦跳跳，從我家公寓樓梯跑下來想找我。

「哇！」她突然尖叫。

我明明知道是她，還是嚇了一跳。

「哦天哪，你怎麼這麼容易被嚇到？」她哈哈大笑，她坐在我旁邊，把頭靠在我肩上，嘆了一口氣。「我什麼都不怕。小時候我哥哥總是想盡辦法嚇我，我也不懂，可能因爲這樣就喪失了恐懼什麼的吧。」

美好的夜晚，小孩在外頭嬉戲，春天即將在大家不知不覺的狀況下悄悄來臨，凱特・明蒂開始打哈欠，「眞是美好的夜晚，對吧？」

「是啊。」我回道。

她聽到烤箱的計時器響聲，把我拉過去，一如往常，對我狠狠啄了霸氣的一吻，「要不要吃辣醬玉米捲餅？」

「我哪時候說過我不吃的？」這句話又引來她一個吻。

「好，那來吧，」她說道，「先吃辣醬玉米捲餅，然後，你得答應我一件事，幫忙我練習閃卡作業。」

我把書店鑰匙放回口袋，又跟著她上樓，回到我家。

#7凱倫．明蒂屁股很漂亮。

#8凱倫．明蒂做的辣醬玉米捲餅很好吃。

#9凱倫．明蒂會把情趣卡與護理學校的閃卡亂混在一起，我隨便抽出一張，上頭寫的是「脫掉我的胸罩」。

#10凱倫．明蒂喜歡幹砲。

等到我們打砲完之後，我看了一下自己列出的清單，發現我漏了第六項。

#6凱倫．明蒂很清楚自己的目標，她想當醫檢師。

她從來不抱怨自己的回家作業，因爲她知道自己的目標，她想要抽血，當醫檢師。

「我是打針超厲害的護士，當你因爲某個又笨又賤的女人弄錯了你的藥，躺在床上整整八天，靜脈打不進去、點滴阻塞的時候，對你來說，最重要的就是要有一個打針超厲害的護士，不是什麼大醫生，只要厲害的一針就好，我就是想當『全世界鼎鼎大名』的打針護士。」

貝可，妳懂嗎？她倒沒有想以護士的身分發推特——某天她就講過這樣的話，「去死啦什麼鬼推特，我想過眞實的生活。」她就是這麼簡單的人，對我而言的確是好事，因爲我臉頰紅潤，肚子飽脹，我有『全世界鼎鼎大名』的大老二——問凱倫就知道了——我醒來之後，想要下床好好過自己的生活，但我醒來的那一刻也想到了妳。

我向尼基博士逐一唸出我列出的優點，起初，他不發一語。

我很不耐煩，「博士，現在是怎樣？」

「丹尼，你自己說呢？」

「我功課都做了，現在也該輪到你講話了。」

尼基博士只是盯著我，我也回瞪他，他也會對妳做一樣的事嗎？

「好，丹尼，我要問你幾個問題，」他前傾身體，「凱倫知道你不愛她嗎？」

我沒有辦法在他面前撒這個謊，除非我說實話，不然他也無法幫我，「不知道，」我老實回道，「她根本不知情。」

「說謊無法走向幸福之路，」有時候他的樣子會讓我想到猶太教的拉比，眞不知道我以前爲什麼會以爲妳和他上床，「還有，如果說我活在世間、將近五十年的這段時間當中，有什麼眞正的體悟的話，那就是：要是你一開始無法愛得瘋狂，就像是范．莫里森大聲唱出的那種愛情，那麼你根本沒有機會走下去。丹尼，愛情是一場馬拉松，不是短跑衝刺。」

我脫口而出，「那你呢？你愛你老婆嗎？」

「不，」他回答的速度超級快速，「但我曾經愛過她。」

在做完心理治療、回家的途中，我心情沮喪，我偷看妳的電郵。妳答應出席某場生日派對，地點在某間高檔保齡球館，我知道妳不會去，妳現在哪裡都不去了，妳只會去找尼基博士，因爲他……他是尼基博士。但我知道凱倫．明蒂會和我一起去那間保齡球館呆坐，等到我開口說該回家的時候才會離開。

她與我坐在球道附近的時髦吧檯，我們很疏離，是唯一與現場派對無關的兩個人，大家在我們身邊討論莉娜．丹恩的衣櫥——誰是莉娜．東寧？凱倫．明蒂想知道——他們還聊到了白馬王子的復古吊帶——凱倫·明蒂咬吸管，聳肩——他們又聊起布朗大學的校園舞會——凱倫·明蒂在玩她手機裡的寶石方塊遊戲，妳沒有參加這場派對。凱倫·明蒂愛我，但我不愛她，我沒辦法。我好久沒看到妳了，要是我能變成《皇后區之王》影集的粉絲，生活就簡單多了，但我沒辦法，貝可，大家都懂得這個道理，就像是妳今天寫給自己的信一樣：

親愛的貝可，露易莎·奧爾科特㉕說得對。獨特的女孩無法過著平庸的日子，不要批判妳自己，要愛妳自己。愛妳的貝可

㉕十九世紀美國小說家，成名作為《小婦人》，以其童年經歷創作。

37

我看過許多的書與電影，所以當尼基在我面前講出他與妻子的狀況時，我知道他婚姻早就完蛋了。當他講出我們需要好好談一談的時候，我早有心理準備，我們踰越了彼此之間的醫病界線，他一肩扛起責任。我從來沒看過這男人如此沮喪，貝可，他眞的是個大好人，就和以前的穆尼先生一樣，那時候的他還不會對我不爽，對人生不爽。他說想自殘，我實在聽不下去了。

我哀求他，「喂，博士，拜託別這樣，不要再折磨自己了好嗎？」

我看不出來他到底是在哭還在笑，全世界唯一能夠同時哭笑的人應該只有他吧，超厲害的，他運氣眞好，因爲我絕對再也不會因爲對某人講了自己人生的某件事而向對方道歉。

「丹尼，」他開口說道，「我現在只能幫你安排轉診而已，要不要去看其他醫生？」

他的胳肢窩下方有汗漬，而且衣服皺巴巴的，彷彿太久沒換衣服一樣。我知道要怎麼讓他開心，我告訴他，我不需要轉診，因爲我覺得好多了，他露出微笑，我繼續說下去，我告訴他，我家沒有老鼠，因爲他是最好的心理醫生。

「最近和凱倫的狀況怎麼樣？」

「很好，」我希望讓他覺得一切圓滿成功，「眞的，那隻老鼠已經死了。」

「哇！」不知道爲什麼，他的語氣聽起來有點妒意，或者他可能只是悲傷罷了。

我告訴他，他的老鼠—貓咪理論眞天才，他喜歡我挑選的那個詞彙，天才。當然，我沒有告訴他我想要拿起司與花生醬塗抹全身，企圖誘騙老鼠回來，他需要聽到能讓他稍微寬心的答案。

「丹尼，我眞是爲你感到高興，」他說道，「你很努力，也做了作業，小朋友，這是你應得的成果，找出自己快樂的源頭是一條漫長的路。」

你的確讓我很開心，我點點頭，「有道理。」

「偏執不會讓你得到幸福，」尼基滔滔不絕，「丹尼，你是聰明人，你知道嗎，更重要的是要依循這個道理行事，一定要超越偏執。」

「博士，我感激不盡。」

「我希望我們都能像你一樣聰明，」當他開始講述把老鼠趕走有多麼不容易的時候，那泛著淚光的憂傷面容又出現了。我坐在那裡，想到了妳，我摯愛的老鼠。尼基說得沒錯，妳可能再也不會出現——可能遠走他方——我知道妳也許會跳脫過往——甚至開始與別人約會。但對我來說，最重要的是我知道我寧可選擇充滿不確定性的妳，也不想要那個就在我身邊的凱倫·明蒂。

「丹尼，我該怎麼說呢？我也很高興你的貓咪發揮了效果，」他說道，「你第一次來到這裡的時候，我好擔心，你氣色不好，看起來像是個犯人。」

「那時候的確有這種感覺。」當時我的確是囚犯，現在也是。

「不過，後來你爲自己抓了一隻貓。」

「阿門。」我腦中浮現凱倫·明蒂四肢著地、妳的小小身軀被她含在嘴裡懸晃的畫面。

「對了，在你今天過來之前，我上網看了『滴蜜者』的那支音樂錄影帶，」他雙眼鼓凸，「我懂你爲什麼會這麼著迷，整部片子好迷幻，穿著速比濤[26]的男主角，還有那件外套，掛在衣架上的那件外套是怎麼回事？」

我們哈哈大笑，但他的憂傷宛若高燒一樣，已經氾濫到了他的雙眼與嘴裡，我覺得自己很差勁，一直在他面前撒謊，他手機在這時候響了，「抱歉，」他說道，「不過我得接一下電話。」他說他得離開診間——「家裡出了大麻煩。」既然他早就打破了醫病之間的平衡關係，那麼他當然現在可以再度自爆秘密——他說他五分鐘之內就回來。他關上了門，我盯著他的電腦，當初我第一次進來的時候就好想偷看。妳住在裡面的某個地方，而找尋〈愛之海〉的魅惑力令我難以招架。我眞心覺得妳在硬碟裡呼喚我，引誘我進入妳的海域，我忍不住了，我眞的就像是音樂錄影帶裡的男主角一樣，對，這是我的大好機會，靠，我從來不曾一個人待在這裡。我衝到書桌前，按下空白鍵，進去了。

看到尼基與妻女的家居照螢幕保護程式，不禁讓我充滿了罪惡感，我背叛了我們之間的信任，尼基的家人看起來如此無辜，在紐約州切斯特鎮的「尼基披薩店」前面排排站，某名成年男子逼迫妻女冒雨站在某間披薩店前面擺姿勢拍照，只是因爲店名剛好是他的名字，實在有點可悲。我很同情這傢伙，但我想要妳，我先縮小了「滴蜜者」音樂錄影帶的視窗——他是個好人，他剛才眞的在看——我開始搜尋硬碟。哇，尼基博士從來沒有把我的療程記錄下來，妳的也沒有，其他人也一樣。他只是把自己的想法對著自己的哀鳳手機錄音口述，最後再把MP3檔案下載在電腦裡面。有個名叫桂．貝可的檔案夾，裡面有好幾個錄音檔，我瞬時之間產生了尼基剛才所提到的那股范·莫里森式的感覺，我把那個檔案夾寄給自己，然後刪除了寄件備份，最後把它從垃圾桶中清除乾淨，搞定。

但其實沒有，完蛋了，我搞砸了。

尼基回來了，滿臉失望的笑容，大嘆一口氣，「丹尼，真的非常抱歉，這都是我的錯，我剛才和你在聊音樂錄影帶的事，突然就離開了，現在我已經完全沒心情了。」

我深呼吸，終究是搞定了。「博士，千萬不要這麼說，沒關係。」這的確是我的肺腑之言。

他氣色虛弱，而且聲音在顫抖，「那就轉診給這個醫生吧？」

我接受了他的建議，與他握手道別。我替尼基感到悲傷，但現在沒有任何事情能夠動搖我對那些檔案的興奮感，**桂·貝可**。進入電梯之後，我做出從來沒有做過的事，我向上蒼祈禱，希望尼基能夠找到某人，能讓他產生范·莫里森的感受，那口美白的牙齒才不會與消沉悲傷的臉龐如此格格不入，簡直令人啞然失笑。

電梯把我丟在大廳，丹尼·福克斯死了。當我步出電梯的時候，步履踉蹌，人行道上有道大裂縫。我心裡也有黑洞：我是不是瘋了？我只要吃凱倫的炒蛋與她的雞掰就好，尼基的轉診醫生可以讓我從頭開始，嘗試過著沒有妳的生活。

我可以的。

㉖ Speedo，來自澳洲世界著名泳裝品牌。

不過，其實我覺得貓很無聊。我寧可聽尼基評論妳的錄音檔，也不想和凱倫・明蒂性交，如果范・莫里森不是瘋子，那我也不是。

親愛的喬伊，你不是愛貓之人，你渴望的是老鼠。

38

我必須在某間他媽的雜貨店趕快買耳機，因為我得知道尼基究竟講了妳什麼，但櫃檯那傢伙東摸西摸個沒完沒了，而且為什麼同時會有這麼多白痴要買東西啊？我付完帳，抓了耳機，碎碎唸了兩句，謝謝你，豬頭。我走出去，立刻準備撕開包裝紙，可是封得實在太緊了，我氣得大叫，街上有好幾個人聞聲立刻閃避，彷彿把我當成了準備要綳開衣服變身的綠巨人浩克一樣。我閃到旁邊的小巷，撕開塑膠包裝紙，把耳機拿出來，丟掉了說明書，衝下地鐵站的階梯、刷卡進站的同時，趕忙把耳機塞進手機裡，我進入列車坐下來的時候，已經按下了播放鍵，對面是某個不知道在傻笑什麼的黑人瞎子。

好，第一天，貝可，女性，二十出頭。對性特別有興趣。有人際關係分際的問題，還有與父親的問題。她宣稱來此的目的是為了要解決自己與男性相處的問題，但她似乎沒有注意到我手上有婚戒，唯一的溝通模式就是引誘。她不斷交疊雙腿，而且穿著薄衫，裡面沒穿胸罩。渴望得到別人的注目，一開口就問我移情的問題，嚴重自戀的失調問題。雖然我不斷告訴她我不是博士，但她一直堅持叫我尼基博士。她不斷問我是否結婚了，還有我與妻子的性生活是否美滿，但就是對她自己的生活閉口不談。她告訴我她大學時總是與自己的心理治療師上床，一而再，再而三。我問她，為什麼不找女醫生，她說她有一個媽媽就夠了。可能具有邊緣人格異常、掠奪、被虐狂的傾向。

那個盲眼黑人一直盯著我，但他其實是瞎子，我也不能對他發火。我直接跳到另外一段，也許下一段會比較精采，當然。

今天早上，瑪西亞是我的可怕夢魘，瑪肯又再次睡過頭，艾咪得了流感，瑪西亞根本就是個不適任的母親。我差點就取消了今天的諮商，但一發現我今天會見到貝可，心情就立刻舒緩多了，我越來越期待與這名年輕女子的會面時間，我發現自己會開始倒數計時、期待見面的那一刻，還會琢磨當天該穿什麼衣服。媽的，都是因爲有她，我才能忍受現在的生活。現在該詢問移情作用的人是誰？今天，她穿著運動褲與軟塌的上衣來找我，頭髮亂蓬蓬的，肌膚光彩煥發。我忍不住心想，她這身打扮是特地爲了我，因爲這比爲我盛裝打扮的感覺還要來得親密。我們設定了諮商的目標：她希望能得到性自信，我覺得很好笑，因爲她就是性感尤物。

我按下暫停鍵，希望那個黑人不要再笑了，這個世界也不要再笑了。我快轉錄音檔，繼續播放下去。

根據她的說法，我打開了她的心房，她終於了解了與她父親還有她自己戀愛生活的諸多問題，她眞的需要暫時遠離男人，現在她也做到了，這一切只不過是幾次諮商課程之後的變化，因爲我是她見過最有趣的博士。我再次告訴她，我不是博士，如果我說聽到她喊我尼基博士的時候、我心情很爽快，是不是很糟糕？我不想聽答案（嘆氣聲）。反正，我告訴她這世界上沒有神奇治療法，她不甩我，她說我燃起了她內心的某種能量，還說自己從來沒有產生過這麼寧和的感覺，她說與我談話是她一生中最重要的時光，她的打扮越來越性感，開始穿及膝襪與短裙。我覺得她發現我愛上她了，而且，我的天哪，我覺得她愛上我了。我覺得自己太想念她了，有時候不免擔心會被她發現。我應該要中斷心理治療才是，但我沒辦法，我已經受不了瑪西亞了，也受不了壞掉的洗衣機，不過，貝可卻是我……臨時的避風港。

我按下暫停鍵，四下張望，眞希望能扁一下哪個人的臉，我不能打瞎子，我又按下播放鍵。

我知道我應該安排轉診，讓她離開才是。

我又按下暫停鍵，我會氣到耳朵聽不見。他給我安排轉診完全沒有掙扎，把丹尼·福克斯踢到路邊沒關係，但妳就得留下來，我按下播放鍵：

她寫日誌的成果相當不錯。我建議她必須要找人談戀愛、才能解決自己的問題，她也欣然接受。她一直在我面前嚷嚷我們之間有某種連結，我並沒有慫恿她，但這種連結的確就是我的想望。爲什麼我這麼容易就認定自己工作失敗，但有個慧黠的病人稱我爲天才，卻不會讓我難以接受？也許我在這幾個禮拜的時間當中，的確治好了她的心理問題，我的自尊是不是已經岌岌可危，再也不相信自己具有這樣的能力？難道這一切只是因爲我買錯了洗衣機？

他愛妳，而且他在追妳，那個瞎子在微笑，現在站了起來，拿著拐杖四處亂戳。我們都是獵人，沒錯，我開始快轉，聽後面的段落。

我告訴黛安，我開始對貝可存有幻想，當然，黛安告訴我必須要立刻停止心理諮商，優秀的治療師一定會這麼說，黛安也的確很優秀，但我沒辦法，貝可對我完全不設防，而且非常信任我，連她拿綠色小枕手淫的事都告訴我了，手淫！背後的故事揭露出她的情結。她父親離家之後，請她母親把他的綠色頸枕寄給他，她百依百順的母親答應了，但貝可卻早已偷走了那個枕頭。根據我的性幻想情節，我們待在我的辦公室裡，她主動走到我面前，開口央求要坐在我大腿上。我說不行，但她不肯罷休，直接就跨坐在我的身上。我的心中分分秒秒都充滿了對她的性幻想，現在家裡有台壞掉的洗衣機其實很不錯，因爲洗衣間有門鎖，所以我可以待在裡面一邊思念貝可一邊手淫，不會被任何人抓到。在我的想像畫面中，一等到我進入她的身體，就會聽到她呼喊我是搖滾巨星，大老二也一樣令人崇拜，我已經多年不曾有過這種生氣勃勃的感覺了。雖然我與貝可之間什麼事都沒有，但現在與瑪西亞同住一個屋簷下的感覺還比較像是背叛，彷彿我欺騙了貝可。日子一天天過去，我與家人越來越疏離，眞相很難堪：我寧可與貝可在一起。

就在這一段錄音檔播放的不知哪個時候，對面的瞎子下了車。我錯過了自己本來要下車的站，耳機塞得我耳朵好痛，廉價商店的爛貨，我猛力把它扯下來，朝對面的窗戶扔過去，大家都在看我，都去死吧。列車急停，我是第一個衝出車門的人，我從來不曾這麼暴怒，我覺得自己蠢斃了，希望自己的頭裂成碎片，我眞不敢相信我會被他的鬼話打動，我居然把從來沒有告訴過別人的事在他面前講出來。我轉過街角，靠，他媽的看到凱倫·明蒂坐在我家公寓的門階梯台，旁邊放了野餐盒，貓咪的表現應該要更聰明更酷才是。

「大驚喜！」她說道，「我準備了野餐！」

凱倫這個人還依然存在，想不到吧？我想進去屋裡，拿起打字機往牆上扔過去，整個砸爛，老鼠們也受到波及，不是死了就是在尖叫，但凱倫·明蒂——我的女友——非得要在此刻出現就是了，還帶了眞正的野餐盒。我從來沒有看過眞正的野餐盒，只有在卡通裡、書本裡見識過而已，而我眞的不想去野餐。我聞到大蒜與迷迭香的氣味，還有凱倫從小到大就習慣抹在她瘦骨嶙峋臉龐的Noxzema洗面霜。完蛋了，要是她知道我這個人有多鳥，要是她知道我付錢給某個想要與我一生摯愛女子打砲的已婚男子，她絕對不會想要帶我去野餐。我必須讓她離開，這件事與她無關，這都是尼基的錯，我告訴她，我不餓。

她倒是餓了，她把手伸過來，我一把推開，「喬伊，靠，你到底怎麼了？」

我不是喬伊，我是丹．福克斯，我大聲嗆她，「我的天哪，凱倫，妳是眞的搞不懂嗎？」

終於有反應了，她站起來，全身發抖，「你去死啦！」

「這才聰明。」

「去你的鬼聰明啦！」她在咆哮，「你把我當成你可以隨便亂幹的賤美眉？靠，你覺得我是砲友？」

「對，」我一氣呵成，「妳就是這樣。」

這是事實，每一個人都讓我看走了眼，其實妳生性淫蕩，尼基是大騙子，而體貼的凱倫是犯賤的垃圾，她憤恨不平，充滿了壓抑的怒火，或者其實是哀傷？她在發抖，而且手裡的籃子害她前臂顫晃個不停，我眞糟糕，她是愛我，眞心愛我的抽血師，都是因爲尼基煞到妳，才會發生這一切，他眞的很想和妳在一起，雞肉好香，我是大白痴。

「坐下來。」凱倫．明蒂說道，還扶我坐在門階梯台上面。尼基怎麼可以對凱倫做出這種事？她好認眞，籃子裡裝滿了食物。她眞的很有心，因爲，就在上個月，她從她家特地搬了吸塵器過來，穿著超辣小短褲與半截襯衫，清理了沙發下方的地板，找到了我壓根兒不知道的骯髒角落。

「你不會希望家裡引來老鼠吧，」她曾經這麼說，「如果真的出現，我就再也不來你家了。」

這世界上從來沒有人能把拿吸塵器變成一束玫瑰，變成活跳跳的心臟。所有的問題都得算在尼基頭上，凱倫的事也不例外，都是他叫我去弄隻貓。凱倫本來會永遠和我在一起，只要我想生小孩，她就會生一堆給我，而且她還會拚命加班，讓我們每年都可以去佛羅里達州度假，而且我現在還有一堆好吃的食物放在野餐籃裡面，迷迭香的氣味宛若天堂。不過呢，她從來沒有聽過寶拉．福克斯或是《心靈角落》，也不會想要與她的已婚心理醫生打砲。她跟我們不一樣，並非是與眾不同、性感的那種人。她遵守規則，不敢碰觸我心裡的黑洞，因為只有超人才能修補。她尊重分際，靠，都是尼基浪費了她的時間，害她心碎。

「你為什麼要對我發飆？」她的聲音在發抖，「我以為你會覺得野餐很酷，出去玩會開心得要死。」

「凱倫……」

「幹！」她爆粗口，她知道我要甩掉她了。她跳起來，邊跑邊哭，不見了。我再也不會看到她，我把野餐籃拿上樓，把裡面的東西在我的明蒂式清爽公寓裡一字攤開。我大啖雞胸肉、烤馬鈴薯、奶油醬花椰菜，也開了紅酒。我的吃法宛若把它當成了最後的晚餐，因為的確是如此。今天我埋葬了丹．福克斯，現在我必須小心尼基這個人，貝可，現在也別無他法，我聽了一整夜的錄音檔，他在全世界最安全的角落欺負妳，他在妳的心裡面，是妳家裡的老鼠，而且他一直在愚弄妳，希望妳誤會自己愛上了他。如果讓他繼續控制妳的思想，我們也沒辦法走下去。尼基博士……就是尼基博士：貪心的已婚豬頭男子。他對我的診斷也大錯特錯，我家裡沒有老鼠，我的問題是他媽的遇到了豬。

39

上次在學校附近徘徊是什麼時候的事？我已經不記得了。變化好大，位於七十八街的公立87小學有個口號，幫幫忙好嗎：「陽光之下，我們都是一家人。」我在凌晨時分待在美國自然歷史博物館外頭的階梯啜飲咖啡，了解尼基的背景資料，等待他們一家人起床、走入陽光之下。找到這間學校的過程超簡單，泰半得歸功於尼基的小姨子，潔姬。我在Yelp網站上的「尼基披薩」頁面上找到了她所貢獻的「我們大家族大啖最愛披薩」的無數照片，潔姬的Yelp帳號讓我追蹤到了她多采多姿的臉書頁面，有許多的打卡紀錄，比方說「上州小木屋！」、「尼基披薩」（哎），還有，最重要的是，「公立87小學！全紐約最好的學校！」這是全世界最棒的臉書頁面！

眞的，我應該要登入Yelp的帳號、附和她口沫橫飛又激動的餐廳評論，我欠她欠大了，現在我已經知道了尼基的一切。

好，我今天的打扮像是個專業跑者，因爲這世界上有個地方讓你永遠無法在不被人干擾的狀況下沉靜下來，沒錯，就是學校。我現在的身材已經完全走樣，自從結束跟蹤佩姬之後，我再也沒有跑步。我一直繞圈圈跑步，其實是慢跑——打從四點半就開始了，聆聽靠他媽的尼基變態日記得以讓我精神專注。我順著哥倫布大道往南跑，在七十七街右轉，經過空蕩蕩的操場，右轉阿姆斯特丹街，然後再右轉進入七十八街，經過公立87小學，不斷循環下去。跑了不知道多少圈之後，終於得到了應有的代價，因爲我看到街頭出現了尼基。他在我眼中的模樣已經變得很不一樣，以前看到他彎腰駝背、雙眼低垂盯著地板，總是讓我覺得他好可憐，但他現在看起來就是個邪魔，駝背是他犯下罪行（妳）的懲罰，身為人父，應該要好好看顧女兒，但尼基卻做出了可恥的事。

他的女兒現在看起來又大了不少，他電腦裡的那張照片一定是很久以前拍的。他牽著艾咪的手（艾咪是不希望他們離婚的那一個），大聲呼喊瑪肯要放慢腳步。瑪肯是認為他們必須要辦離婚的那一個——年紀較長，客觀超然。我在這裡跑步很安全，因為我戴著太陽眼鏡與耳機，在上西城這種地方，要是有哪種人能夠讓大家張臂歡迎，非慢跑者莫屬了。

尼基陪小孩走進學校（這座城市是怎麼了？家長居然與小孩一起進入學校？以前從來沒有人牽我的手，我也沒看過其他人這麼做），有個媽媽不懷好意盯著我，我對她揮揮手加上微笑（我嘴角上揚很迷人！），她也對我揮揮手，以為自己忘了我的名字，先前一定是在家長會或健身房之類的地方見過我，好，*尼基你也幫幫忙好嗎*，趕快出來吧，因為兜圈慢跑又不像是在跑步機上慢跑，我們還有正事要忙，我與尼基，我們時間不多了，因為妳明天下午一點鐘要與尼基會面，我已經下定決心，絕對不會讓他得逞。

尼基的生活作息證明了遊手好閒是孕育劈腿色魔的溫床，貝可，這傢伙真的很悠閒。他把女兒送到學校之後，慢慢走回家，講電話——是打電話給妳嗎？——然後我就看不見他了。這段期間並沒有人按電鈴，所以應該不是在看病。三個小時之後，他與妻子走出來，因為洗衣機的事而大聲爭吵——這就是我覺得婚姻可怕的地方，他們講那台有問題的洗衣機已經講了好幾個月了——趁他們在走路的時候，我一直跟在後頭。要是尼基有膽的話，早就離開她了，但他沒有。妳對他有情愫，我不會生妳的氣，我不怪妳，我聽錄音檔聽的次數越來越多，也更清楚尼基是什麼樣的人：天賦異稟的超級變態，擅長操弄人心。我一開始也沒看穿他鬼話連篇，所以我眞的不能怪妳被他的魔咒所迷惑。而且，如果妳仔細想想，我們兩個都被騙了，也算是趣事一樁吧，我們個性好像，我不禁笑了。

尼基的太太瑪西亞，跟妳根本天差地遠。她動作粗魯，又是個大嗓門，她在本地社區大學與線上學院教心理學，一雙無可救藥的肥腿，肩上揹了瑜伽墊，戴著防治乳癌的帽子——妳知道這女人總是找得到事情發牢騷——她把頭髮紮起來，綁了個不忍卒睹的低馬尾。貝可，她不是幸福女子，她一直板著臉。他們經過流浪漢面前的時候，她還把雙手交疊胸前，彷彿流浪漢想要把她一樣。我很同情尼基，但事實畢竟是事實：他曾經向瑪西亞求過婚。

看著他與瑪西亞並肩急行，實在令人沮喪。她一直在講生日派對、小兒科醫生，還有孩童瑜伽的事——彷彿小孩自己不會伸展身體似的。此外，還得要買維他命，得要趕快開除保姆，每走過一個街區，可憐尼基就駝背駝得越來越嚴重。等到最後我出手殺他的時候，就可以終結他的悲慘命運。貝可，妳不會想和他在一起的，生命的本質不適合他。只要他一離開自己的遊戲間，在那掛有唱片封面的米褐色房間裡所擁有的權力也隨之消失。就在這個時候，他想要過馬路，卻被他太太硬是拉住手臂，厲聲斥責，「等到綠燈再過去！」

等到安全無虞之後，他們才穿越馬路——哈哈哈——兩人進入了某間毫不起眼的聯排屋，我在谷歌輸入地址，想也知道，他們是來這裡做婚姻諮商。五十二分鐘之後，兩人出現了，無精打采，不發一語，走到了某間健身房門口，兩人以親人式的姿態擁抱道別，她隨即閃人，躲進自己的瑜伽避難所，與聲氣相投的其他女子在一起。我繼續跟蹤尼基，每走過一個街區，他的腰桿也越來越直，他終於到達了自己的目的地，西城人書店，一個小時之後，直挺挺出現在門口，拿著剛入手的三張二手唱片（嘖嘖，沒買書）。我又跟在他後頭，到了Urban Outfitter服飾店門口，他提著剛才的購物袋進去開始挑衣服，試了T恤，嗯，店裡的歌一首接著一首，他終於離開了，什麼都沒買。現在，該去學校接女兒，他帶著她們走回家，小的那個很開心，嘰嘰喳喳講個不停，但大女兒就鬱鬱寡歡不說話，大家都必須小心翼翼，不然就會被迫過著情非得已的生活。我們兩個很幸運，我們是在你情我願的狀況下找到了彼此。我在他家附近徘徊，假裝在等跑步的同伴，瑪西亞在此出現了，身旁還有個朋友，衣著品味也同樣糟糕。

瑪西亞嘆氣，我覺得她嘆氣的次數也未免太多了一點。「他說他寧可自殺，也不願意離開小孩。」

「妳怎麼說？」

「我說，我認爲小孩能過得比較開心，一定是因爲有幸福的父母，而不是貌合神離的父母，而且我還告訴他，這種時代離婚，已經不是什麼丟臉的事了。」

朋友點點頭，她的戒指閃閃發亮。

瑪西亞滔滔不絕，「然後，他說對我而言離婚當然很輕鬆，因爲我父母的婚姻生活幸福美滿，但妳也知道尼基深受父母離婚所苦，他絕對不會讓小孩面對這樣的處境。」

朋友嘆氣，女人愛嘆氣，不停唉聲嘆氣。她開始搞笑，「也許妳應該幫他在交友網站上開個檔案才是。」

這兩位太太哈哈大笑，她朋友說剛才講的話只是在開玩笑。

解決問題的答案沒有那麼簡單，他們擬定計畫，希望能讓一家人繼續走下去——因爲那過程似乎很好玩似的——瑪西亞拖著沉重的步伐回到了不符期待的家，還有她不愛的男人的身邊。現在我知道尼基爲什麼會當心理醫生，他需要找人聊天，因爲他娶錯了人。他知道自己放棄了音樂，但對於自己也放棄了愛情卻渾然不覺。我又開始覺得他好可憐，因爲我很容易就心軟。我進入地鐵站，看到兩個護士在幹譙工作，我不禁想到了自己的護士，凱倫，想必她現在一定超慘。

回到自家附近的區域，心情是難以言喻的輕鬆暢快。殺死尼基是艱難任務，但一定得執行。妳對他好痴戀，他是妳家的老鼠，我心裡正在想這些事情，所以一看到警察出現在我家門階梯台的時候，簡直快嚇死了。他擋住大門，個頭巨大，我腦袋停止運作，只浮現了幾個關鍵字——班吉佩姬甘蒂絲尿尿的馬克杯——而且他要找的人就是我。就跟伊森講的一樣，你知道時候到了，一定會有感覺。這個大塊頭警察拿出警棍，完全不拐彎抹角，「你就是喬伊？」

我現在一心只想要逃跑，我鼓足殘存的勇氣，好不容易才朝他走去。

「過來。」他對我說道。在附近鬼混的幾個小孩根本沒反應，因爲這早已是家常便飯，這是住在貧窮街區的悲情。

「有什麼需要我效勞的地方嗎？」我講出這句話，是因爲我是清白的，沒錯。我眞希望自己是丹．福克斯，但他也不是好人，再也不是了。

「對，我有事要找你，」我步上階梯，現在就站在他的正前方。他毛孔粗大，前臂比我的更厚實，脖子青筋暴凸，我猜他爸爸也是警察，祖父也是。「他媽的你以爲你是誰啊？快跟我說啊！」

「嗯……」我開了口，現在可能尿失禁了吧，「這個，嗯，問這句話是什麼意思？」

他嘲諷我，「這句話是什麼意思？」

事情發生得太快，他揪住我的衣領，硬把我拉到他的面前。他吐出的氣息充滿了洋蔥味，生洋蔥的味道。他突然激動難平，「你這個小王八蛋！」

我要死了嗎？我閉上眼睛，他抓住我襯衫的力道更加猛烈，我是清白的，被證明有罪之前都是清白之人，他對我吐口水之後才放手。

我退後一步，沒有伸手擦臉，他拿警棍猛敲水泥地。

「臭小孩，你最好對我的這身制服放尊重一點，因爲我要是沒穿這身制服，一定把你打得半死，把你的骨頭扔進那裡的垃圾桶，絕對不會有人找得到你的屍體。」

「我，很抱……抱歉。」我結結巴巴，他可能是因爲看到我這身雅痞的慢跑打扮就更加討厭我，他搖搖頭。

「你知道，我妹妹……」他開始哽咽，泣不成聲，我現在認出了他講話的語韻，是明蒂的家人。「我妹妹凱倫是心地超好的天使，你這個人渣！她內外皆美，你爛透了，你憑什麼這麼做！」

妹妹啊，我又恢復了呼吸，懇求他原諒我，我告訴他，她太好了我配不上她，他不信，我趕緊閉嘴。

「你怎麼可以欺負凱倫·愛麗絲·明蒂！」他拿起警棍，我趕緊縮蹲下去，我可不想死，不能就這麼離開妳。他猛敲我雙腳旁邊的水泥地，「他媽的你這個膽小鬼，快給我站起來！」

他抓住我的喉嚨，這筆帳也得算在尼基頭上，都是他逼我勾搭了凱倫，然後又逼我甩掉她。這位明蒂哥哥壯警死掐住我喉嚨，最後還是放開了，然後，他拿警棍最後一次猛敲水泥地，隨即離去。難怪凱倫·明蒂想要當抽血師，她哥哥手裡的武器這麼厲害，她效法一下也不爲過吧？

40

對尼基下手比我想像中的容易多了。貝可，這都是他自找的，他固定每週一次搭電車、前往皇后區某個依然充滿毒品與犯罪的區域，輔導那些努力想要過清醒生活的毒蟲。不過，今晚他將變成日後的維安教材，讓那些自以爲一週當四小時義工就可以贖罪的上西城混蛋知所警惕。今天晚上，只有在妳眼中才是博士的尼基將會被毒蟲劫奪而亡。

我喝了一大口傑克丹尼威士忌，打開了某本勵志書的第一頁，《當好人遇衰》，等到大家發現尼基・安傑文死在皇后區之後，他的朋友將會把這本書送給他太太。尼基的死亡事件將會看起來像是一場悲劇，他的女兒將在失怙的狀況下長大（等到他老婆搞上別人之後狀況就會改觀，她應該幾個禮拜內就會有新對象）。而且他的案情也是出奇單純，沒有嫌疑犯，沒有疑點，警方沒有瀆職，純粹的搶案，皮夾不見了，這傢伙不該在那時候出現在那裡。瑪西亞・安傑文的朋友會帶著咖啡蛋糕紅酒與自己的小孩、圍繞在她的身邊，對於她的不幸感到無比遺憾，但我知道她會暗自感謝上蒼，因爲她賺到了。

貝可，是時候了，尼基從戒毒中心出來，像是個乖巧的白人小男孩一樣張望兩側。他低著頭，望著街道，他妻子一定剛幫他洗過衣服，因爲今晚他身上那件VANS運動衫特別潔白明亮。他是妳屋裡的老鼠，我希望妳對他沒興趣，但妳當然喜歡他，貝可，他就像是妳從來不可得的父親，妳期盼他與他的家人就此斷了關係。很正常的反應，這是惡性循環，而尼基的職責就是要幫助妳克服那樣的慾念。

但尼基卻失職了，他是大豬頭，這樣亂搞下去不會有好結果。要是我讓他繼續活下去，妳一定會得到妳自以爲想要的一切。他會在那間米褐色的房間裡與妳打砲，然後他會哭求妻子趕緊離婚，奔向妳的懷抱——因爲他是對的，妳是性感尤物——其實，等到他恢復自由之身、手上沒了婚戒、再也看不到閃白牙齒的時候，妳就對他沒興趣了。

他正帶引妳走向地獄，他本來應該要與妳保持距離才是，但他沒有。妳應該要打電話給我——妳想念我——但妳就是沒打。貝可，我太了解妳了，妳有魅力，而且也夠病態，不知道爲什麼，對於佩姬、班吉、尼基這類的無脊椎軟弱動物來說，妳散發著強大的磁吸力。我加快步伐，抓緊手中新買的警棍（明蒂警官找我麻煩之後，我跑去軍用品店想要平靜心緒，條子們認爲自己凌駕法律之上，我們每一個人都必須準備武器對抗他們才公平啊）。我緊咬牙關，我快要追上他了，沒問題，只要飛撲敲下去就是了。但就在這時候，我感覺到口袋裡一陣震動，我別無選擇，只能躲進小巷，要是尼基聽到手機聲的話一定會轉頭，我沒辦法關機，我屏住呼吸，雙手顫抖，望著自己的手機。

是妳。

妳打電話給我。

妳，終於，下定決心要展現自己的感情。

手機裡出現妳的名字，好美，在妳穿著白色比基尼照片上方的暗色區塊閃閃發亮。我望著妳，發著光的妳，我笑了，因爲我也散發著光芒。妳給我驚喜，讓我雀躍不已，而且妳想念我。

我努力讓自己心跳恢復正常，尼基博士已經走遠了，我把手機湊到耳邊，開口，「嗯，喂，貝可？」

「喬伊？」妳的聲音與肌膚一樣柔軟，「聽得到我說話嗎？」

我講不出話，只能咳嗽，我現在六神無主，因爲我正準備要拿警棍殺了尼基，因爲他想要找妳打砲。我頭昏腦脹，妳再次開口，聽起來是喝醉了，「喬伊？聽得到我說話嗎？」

「訊號不好，」我回道，「我在等捷運。」

妳宛若獨裁者一樣我行我素，對我下達命令，「我需要你過來一趟，可以嗎？現在過來好嗎？」

我從來沒有這麼篤定過，我聲音宏亮，回了妳一句，「好。」

我按下結束鍵，無法相信妳正好挑這個時間打電話給我，我需要一分鐘好好釐清思緒。*妳打電話給我*，我把警棍扔進垃圾堆裡，剛才握得太緊，手依然痠痛不已，而且剛才這突如其來的折騰讓我心口好痛。*妳打電話給我*，妳回來了！我現在冷靜多了，一邊走路，一邊心想離開這裡、投奔妳的懷抱眞好。*妳打電話給我*，我忍不住心想，雖然尼基要白痴，但他應該還算是稱職吧。顯然妳現在狀況好多了，因爲妳打電話給我，而不是打給他。我跳上計程車，因爲我好開心，搭捷運就免了。不知道妳會穿什麼衣服，我等不及想要飛奔到妳的身邊，我把那本《當好人遇衰》留在計程車後座，我不需要了，因爲我有了妳。

41

我們的宜家家居抱枕的標籤還沒撕掉，正躺在妳桌子下方的地板。我抱住妳，妳開始掉淚，妳喝醉了，我一句話都沒問。我不會讓妳和妳的抱枕失望的，而且，妳現在的感覺與我記憶中的一樣美好，甚至更好。妳家亂七八糟，這也讓我相信妳的確有了成長，而且還多了窗簾——有進步——妳哭得唏哩嘩啦，我輕撫妳的頭，盯著我們的抱枕，猛力嗅聞妳的氣息，妳放在流理台上的蘋果已經爛掉了，我藏不住臉上的笑意，妳哭得越來越悽慘，我卻笑得越來越開心，終於，妳發洩完了，不再哭哭啼啼，妳低聲說道：「抱歉。」

「哦，沒關係，」我回道，「我會把乾洗帳單寄給妳。」

如果妳是凱倫·明蒂，妳會誇張大笑，但妳畢竟是妳，妳只是露出淺笑，「我根本不記得自己上次哈哈大笑是什麼時候的事了。」

「貝可，就在兩秒鐘之前而已。」

妳雙手高舉過頭，扭身，左邊，右邊，然後雙手癱垂，凝望著我，「你一定覺得我瘋了。」

「沒有。」我說的是實話。

「哦拜託，喬伊，我們約會，在一起，然後我就從雷達上消失了。」

我對妳開玩笑：「其實我也剛好在南法，執行聯邦調查局的最高機密任務。」

妳笑不出來，也沒心情聽蠢笑話，我就是愛妳個性這麼直白，所有的辛苦都值得了，為的就是要成就這一刻。

妳開口說道：「我還滿希望你眞的在聯邦調查局工作。」

「是嗎？」我不喜歡這樣的開場。

妳在發抖，我沒有。

「佩姬死了，喬伊。」妳的聲音痛苦難耐，不該是這樣的結果，佩姬現在明明應該在土克凱可群島，幹。

「眞的嗎？」

「他們在羅德島發現她的屍體。」

「不會吧。」

「眞的。」

不，不可能。我在她口袋裡放了一大堆石頭。我把她拖到防波堤的時候，她一定有一百五十磅（六十八公斤）重，太扯了，我明明處理好了，我有沒有拉上她口袋的拉鍊？幹，當然有啊，我已經做到完美無缺，拉鍊是塑膠的，我現在想起來了，也許分解了吧，去你媽的臭拉鍊。

「眞的難以置信。」妳說道，現在不知道妳還會說出什麼可怕的事，萬一妳是假意找我來套話呢？萬一這裡眞的有聯邦調查局的人在偷偷監看？

「羅德島？」

「對，」妳回道，「羅德島。」

我在羅德島州和太多人講過話了，我粗心大意，態度友善，看過我的人有尼可警官與K醫師，還有那些毒蟲與修車廠的人。萬一他們把這些細節拼湊在一起怎麼辦？萬一他們知道了呢？那個裝了尿液的馬克杯在我心裡閃逝而過，我那時候到底在幹嘛？

「她家裡有棟房子在羅德島，」妳繼續說道，「我們一起去那裡，我以爲她倉促離開，她寄了一封哀傷的電郵給我，但這就是佩姬的作風，我沒想到她，哎，是認眞的。」

「天哪。」我回道，妳會去監獄裡看我嗎？或者妳會害怕？

「我以爲她不告而別，因爲她經常這樣！」妳拿起健怡A&W麥根沙士，灌了一大口，我希望妳繼續喝酒就好，「過去這幾個月，我都沒有聽到她的消息，但你也知道老朋友可以好一陣子不講話，然後又恢復聯絡，一切還是好好的？等一下。」

妳的臉埋在手機裡，我不知道妳剛才那段話是什麼意思，因爲要是我超過一個月沒看到穆尼先生，感覺超怪的，但我現在想到穆尼先生幹什麼？貝可，妳是不是在對我偷錄音？妳是不是想要讓我自己認罪？妳是不是因爲這樣才裝了窗簾？我看了一下手錶，現在是十點四十三分。

「抱歉，」妳說道，「只是學校的事，好，我說到哪裡？」

「她失蹤了。」

「她不是失蹤，她是自殺。」

「哦天哪。」感謝老天！

「我知道，」妳喝完了麥根沙士，「當初我怎麼沒發現？」

妳進了廚房，從冰箱裡取出伏特加，又從水槽裡拿出玻璃杯——凱倫·明蒂絕對不會把玻璃杯留在水槽裡不管，但凱倫·明蒂的哭功遠不如妳——妳等一下就會開始對我講故事，而凱倫·

明蒂根本不會講故事。「我不知道從哪裡開始。」

「就從頭開始講啊。」

妳坐在我旁邊，我們好久沒接吻了，但天哪我好想念依偎在妳身邊的感覺，期盼聽到妳的話語、妳的聲音的心情。「好，我們去了小科普頓，羅德島的海濱社區。她非常沮喪，但我也一樣，你記得班吉嗎？我的毒蟲前男友？」

「嗯。」

「哎，他死了，我覺得他的確可能出事，因為他瘋瘋癲癲的，不過，我還是……」妳咬著下唇，妳好漂亮，「他死了，然後她也死了，我是『死煞女孩』。」

我好愛妳把一切都跟自己扯在一起，還為自己下了個封號。妳果真就是百分百的妳，我講出妳想聽的話：「貝可，妳不是『死煞女孩』，看來只是妳剛好認識了一些有問題的人。」

妳打斷我，「不過是短短幾個月的時間，我就有兩個朋友死了，喬伊，你知道我有什麼感想嗎？我覺得這是宇宙給我的懲罰，因為我愛說謊。我謊稱我父親死了，現在我的朋友一一死去，我覺得顯然都是我的錯。」

「想說什麼就說出來吧，」我這麼說是因為我知道當妳喝醉的時候，與妳討論少了佩姬與班吉的生活有多麼美好也毫無意義，「但無論如何都不是妳的錯。」

妳氣呼呼的，「最好不是啦！」

「那就告訴我吧，」我說道，「我在這裡陪妳。」

看妳想講出與佩姬的按摩過程、卻又不知道該講出哪一段才好的掙扎模樣還眞有趣，最後妳決定隱藏那一段，「佩姬出門去跑步，這是她每天早上的例行活動。但顯然這一次她刻意在口袋裡裝滿了石頭，喬伊，這都是我的錯，我是最後一個看到她的人，我應該要注意到她不太對勁才是。」

我才是最後一個看到她的人，但這也不重要。「貝可，」我說道，「妳千萬不要因爲她的行爲而自責，她心情低落，妳也知道，妳是超體貼的朋友，發生這種事與妳沒有關係。」

妳向我示意不要再講下去了，我把伏特加倒進髒兮兮的玻璃杯裡，妳開始四處找手機，原來掉在沙發上，夾雜在一堆垃圾裡面，妳不斷動手指，找到了佩姬寫給妳的那封電郵，其實是我寫的。我知道我已經沒有任何嫌疑，我忍不住心想，聽到自己的詞句從妳口中唸出來，也還滿性感撩人的。妳唸完之後，看著我，「維吉妮亞．吳爾芙。我早該發現有問題，但我居然什麼都沒做。」

「如果有人不想被別人拯救，妳也無可奈何啊。」

「但她的確還有求生的意願，」妳把頭髮攏高，弄了個高髮髻，「可我就是沒辦法。」

「沒辦法怎樣？」

妳猛吸氣，我還記得妳當時赤裸的模樣，也該輪到我上陣了吧，我喝了一小口嗆烈的酒。

「我沒辦法講出口當然是有苦衷，但必須要讓你知道，喬伊，她想幹我。」

「啊天哪。」耶！妳終於敞開心房，一片片花瓣，慢慢綻放。

「當然，我把她推開，而且是立刻。」妳忍不住又說謊了，妳小時候在玩大富翁的時候一定會趁其他人離開的時候偷拿他們的籌碼。妳是徹頭徹尾的騙子，不斷編出新的謊言，貝可，我覺得妳眞是了不起，對生活不斷追求精益求精，妳有魅力，也有眼光，將來，可能是等到我們買下某棟破爛農舍的那一天，妳油漆牆壁，試了許久，終於找到適當的黃色，我會取笑妳，但我還是好愛妳臉上沾了油漆的模樣。現在這才是妳發揮自己眞正的藝術天分、實現魔法的場域，妳需要一個聽衆，活生生的人——也就是我——而不是心理醫生、電腦。

「她的反應呢？」

「不是很舒服。」

「幹。」

「最糟糕的還在後頭，其實這也不是第一次發生了。」

「幹。」

妳喝了一小口酒，覺得好丟臉，不敢正視我，或者，妳可能只是喝多了。「我講這些是不是嚇到你了？」

「貝可，」我把手放在妳的膝頭，「妳的好友愛上妳，有什麼好怕的呢，我不會怪她的。」

妳猛力撲上來，全身軟綿綿，開始摸索我的身體。妳脫掉自己的上衣，熱呼呼的小手伸入我的襯衫裡面——上面有妳的淚痕——妳的吻大膽貪婪，妳咬我的唇，有血，有甜味也有鹹味，還有感動。妳立刻解開我的皮帶，雖然妳喝醉了但表現依然專業。這一次我幹妳，我成了妳屋裡的老鼠，這次妳無法把我攆走，妳先前一直想把我趕走，只是因爲妳痛恨自己如此飢渴、拚命想要上我，痛恨我進入妳、擁有妳的感覺、痛恨除了我之外誰也不要的慾望——尼基是誰啊？——突然，妳的情緒混雜在一起，爲佩姬流的淚水，爲我而搏動的陰部肌肉，因爲我而不斷晃動的乳房，妳之所以存在都是為了我，我大力抽送，要把妳體內的佩姬幽魂逼出來，還有班吉、尼基，我是這世界上唯一的男人，這一次，先醒來的人是我。我進入妳的浴室與浴缸，在淋浴間的地板上撒尿做記號，這是我的地盤，我家，妳是我的。我從桌子底下拾起那個宜家家居的抱枕，撕掉標籤，把它放回床上，我把抱枕偷偷放到妳下巴的時候，妳半睡半醒，撒嬌喊我，「嗯……喬伊……」

我們下床的時候，已經知道這算是在一起了，現在要考慮的不是該不該一起吃早餐，而只是挑選地點的問題而已。我們找了間簡餐店對坐在一起，長達六小時之久，因為我們貪戀彼此。最後，我終於勉力站起來離開去撇尿，妳趁我離開的時候，寫電郵給琳恩與謝娜：

天，幹得好爽，喬伊，哦喬伊。

我回到餐桌前，又開始相看兩不厭。

42

我們在一起的一開始那八天，是我生命中最美好的時光。妳有麗池卡登的豪華大浴袍，妳在我面前編了個好可愛的故事，這是某個春假與琳恩、謝娜出去玩的時候偷偷從飯店幹走的戰利品。妳這麼愛亂編故事，我好愛妳，妳絕對不可能發現我知道妳其實是從佩姬家偷的，我絕對不會說出來！我們一直穿著浴袍，妳喜歡逗我開心，妳眞的好愛。

我們在一起的第二天，依然穿著浴袍晃來晃去，妳宣布了「浴袍守則」，「只要你進了我家，如果不是全裸，就得穿浴袍。」

「要是我不遵守『浴袍守則』呢？」

妳在我面前來回踱步，對我大聲咆哮，「混蛋，你不會想知道啦！」

我答應妳一定會守規矩，我喜歡妳精神奕奕的樣子，像個大人。妳的心理治療果然有效果，因爲妳的父親情結消失了，現在妳和我在一起，已經是個女人，不再是小女孩。妳再也不發電郵給自己了，還有必要嗎？妳有我可以談心，哦，我們聊得好開心。范．莫里森哪懂得愛，因爲我們兩個穿著麗池卡登的浴袍、不斷創造愛情的眞諦，我們徹夜閒聊，就連我們沉默的時刻，也如妳所說的一樣，「一點也不尷尬彆扭」。

我們依賴彼此，我們不需要睡眠，到了第五天的時候，我們之間私密笑話的數量已經超越了伊森與貝萊絲。我們一起看Netflix上頭的《歌喉讚》——妳說這是妳最愛的電影，但妳卻沒有

DVD，妳好迷人——妳按下暫停鍵，依偎在我懷裡，妳說我是全世界最棒的人，我取笑妳怎麼會喜歡這部片子，妳咯咯笑個不停，還悶哼了好久，我們打打鬧鬧，等到她們拿到冠軍還是什麼的時候，我們已經在床上，打砲。妳愛我勝過一切，妳說我比妳研究所同學與妳在大學認識的那些人都聰明多了，我們一起看了貝萊絲的某部小說，我說這是「唯我論」的作品，妳欣然同意。

第二天早上，我先醒來——有妳在身邊，又有誰能睡得安穩？——我發現妳比平常早起，妳簡直像個小孩一樣，走過的地方都看得到妳的麵包屑，沿著妳的路徑往前走，我進入了廚房，字典是打開的，「唯我論」那個字沾到了巧克力糖霜，而流理台上正好就放了吃了一半的巧克力蛋糕。我好愛妳聽不懂還裝懂，完全不害臊。

妳不希望我離開，但我必須去上班。

「可是我希望你留下來，」妳開始拗我，但就連妳咄咄逼人的模樣也好可愛。「難道伊森不能自己一個人顧店嗎？」

「貝可，我也不想坦白講出口，不過當初妳撮合他與貝萊絲的時候，就應該想到會出現這種狀況。」

妳發出呻吟，擋住大門，任由浴袍落在地上，「喬伊，你沒遵守『浴袍守則』。」

「靠。」我低吼一聲，妳衝上來，對我亂抓一通，最後我還是離開了，那天的時光過得好緩慢，我們拚命傳簡訊，大拇指都快要掉下來了。我想要把全世界的書都送給妳，不過我決定先鎖定我最愛的其中一本，妳還沒看過的作品，提姆．歐布萊恩的《森林中的湖》。

妳伸出嬌嫩雙手，引領我進入妳家，以妳甜美柔潤的桂妮薇爾雙唇向我獻吻，「我就知道我一直在等待、遲遲未讀這本書一定有原因，」妳說道，「彷彿我早有預感，知道將來會有某人把它送給我一樣。」

「嗯，知道妳在等待這本書，我真的很開心。」

到了第七天，我們發明了一個遊戲：拼假字。規則是不能拼出真正的字，妳想出了calibrat，我則是punklassical，妳贏了，一臉得意，我好愛看到妳因為獲勝而雀躍萬分的模樣。妳喜歡勝利的感覺，我也不會輸了就不爽，接下來的四十年，我們都會像現在一樣相親相愛。

第九天，我抓到妳用我的牙刷，妳的臉頰瞬間緋紅。起初妳拚命漱口，宣稱是自己搞錯了，但我早就看破妳了，從妳的雙眼我就知道妳在玩什麼把戲，妳咬唇搗眼，「我正打算要跟你講這件事，但我看著你就講不出口。我喜歡用你的牙刷，因為我覺得這彷彿像是你進入我的身體，很抱歉，我知道這是我的噁心怪癖。」

我什麼都沒說，拍了一下妳的手，脫去妳的內褲，現場幹砲，就在我的浴室裡。

第十天，妳告訴我妳從來不曾體會過這種有人相伴的飽滿感受。

第十一天，我告訴妳我發現自己會在書店裡哼唱《歌喉讚》裡的某首歌曲，就連大家對著我哈哈大笑的時候，我也停不下來，「妳進入了我的身體。」我說完之後，妳跪在我面前，飢渴萬分。

第十四天，我覺得自己失去了時間感，因為我不確定這是第十四天還是第十五天，我們走在街頭，妳捏了捏我的手，告訴我，「那是因爲每天都美好極了，」妳說道，「我從來沒有經歷過如此篤實的生活。」

我親了一下妳的頭頂，現在妳是我的能言善道小兔兔，「貝可，我從來沒有失去時間感，我覺得我只是對妳太痴迷了。」

第十七天，下雨下個不停，我們穿著浴袍，窩在妳的床上，妳拿著《森林中的湖》、標出妳最愛的段落，唸給我聽。等到我去上班的時候，我幾乎沒有辦法做任何事情，因爲妳不肯放下我，每隔五分鐘就傳簡訊給我，有時候妳只是想閒聊：

你有沒有注意到我右手手指有點彎曲？對，應該看得出來我常用右手，對了……工作還好嗎？

有時候，沒有詞句，只有圖片，拍的都是超級特寫，讓我愛戀不已的妳的身體部位，有好多地方。妳從來不會丟出隱晦的話讓我費疑猜，我還在回訊給妳，妳也回訊給我了，我們有講不完的話題。從來沒有人這麼了解我，沒有人在乎我，當我告訴妳某個故事的時候，妳有一大堆問題，妳聽得好痴迷。

你那時候幾歲？哦拜託，如果你講出自己的第一次，我絕對不會吃醋的。喬伊，拜託，告訴我啦告訴我嘛！

我眞的一直講，一直講，對妳講個不停！伊森說戀愛剛開始的前幾天都黏得要命，但伊森不懂，這不是戀愛，妳說我們之間是「全面關係」。妳想出這麼可愛的詞語，我又怎麼回應？我買了蛋糕粉、錫箔紙盤、鮮奶油、三管糖霜，烤了一個蛋糕給妳，上頭寫了這句話：

全面關係（名詞）：心靈、身體與靈魂的相遇。

我帶著這塊蛋糕走到街上，下樓梯進入地鐵，搭車，又爬上階梯進入街區，送到妳家門口，妳尖叫，對著蛋糕拍了一百萬張照片，然後我們上床吃蛋糕做愛，觀賞妳在南塔克特童年時代的家拍錄影帶，我們吃了更多的蛋糕，又歡愛了好幾次，這是我一生中從所未有的「全面關係」體驗。

我站在梯子上幹活，伊森幫我把冷門書遞上來、藏在上方的書櫃，他叫我千萬不要以爲能夠一直這麼美好，我的反應很快，信心十足，大膽無畏，「我知道不會一直這麼美好。」

「噗。」

「只會越來越美好。」

他現在跑去幫忙客人了，萬一如果的句型從謝爾．希爾弗斯坦的詩集裡全溜了出來，那尖銳的爪子潛入我的耳朵，我傳訊給妳：

嗨

我全身顫抖又冒汗，萬一被伊森說中了呢？要是妳沒有回我訊息？萬一妳不想念我了？我該怎麼辦？但妳立刻回覆：

我愛你。

我就算從梯子上摔下來、頭骨破裂也沒關係，如同艾略特在《漢娜姐妹》中的那句台詞一樣：「我心中自有答案。」

我的答案就是妳。

43

幸好當初我把妳寫給我的「我愛你」截圖下來，自從那晚之後，發生了微妙變化，彷彿我站在某幅畫作的前面，距離超近，但我只能看到色點，而看不到整幅畫，妳還是我的女友——沒錯，但是……

以前妳都會立刻回我電郵，現在不會了，其實我沒差，但妳編了那麼多的藉口：

抱歉，我在上課。

抱歉，我在和謝娜講電話……

抱歉，會不會恨我啊？

我絞盡腦汁，想出了各種回應：

沒關係。小貝，要不要去吃晚餐？

不准妳道歉，當然，除非妳現在沒穿浴袍……

恨妳？小貝，我愛妳。

但是，不論我怎麼回應都不對勁，因爲當我一按下發送鍵之後，漫長的等待就此開始。我心情低迷，開始胡思亂想，尼基的米褐色搖滾慾望空間又進入我的腦海。但妳並沒有與他出去約會，因爲要是眞的如此的話，妳一定會告訴某人，或是寫信給他，但什麼都沒有。我還是保留了妳的舊手機，依然會偷看妳的電郵與臉書。妳愛我，但我愛妳愛得這麼深切，實在沒辦法心甘情願就此切斷了觀察妳與其他人互動的大門。每當我擔心妳不知在哪閒晃的時候——我的確擔心——我會緊握妳的手機，企盼妳早日回頭，這招聽起來很瘋狂，但我覺得很有用。此時此刻，只要能幫得上忙的東西，我們都很需要。談戀愛就是這樣，我很清楚，但我還是可以有沮喪的權利吧，妳的代表字是抱歉，我的是千萬別這麼說，當初我們自己造的那個「全面關係」怎麼了？伊森叫我不要胡思亂想。

「喬伊，她愛你愛到瘋了！你知道嗎？貝萊絲說她的課堂作業根本就是在寫色情小說！」

伊森永遠不需要擔心自己晚餐吃什麼或是要在什麼時候吃，因爲貝萊絲永遠在他的心裡，什麼時候「談戀愛」似乎比「全面關係」來得更穩固了？

我的牙刷是乾的，妳再也不用了，我非常清楚妳到底是從什麼時候開始再也不肯多碰它一下。我想要看《歌喉讚》，妳說妳累了，不然就是說自己在捷運上已經看過了一大段。我想吃披薩的時候，妳說自己中午已經吃過了披薩——這太不尋常了，我知道妳平常午餐都吃些什麼——我想要做愛，妳說等一下下就好，但實際上卻等了好久。

「讓我寫完這一段就好。我拖太久了，眞糟糕，我知道。」

「給我五分鐘就好，剛吃了油炸鷹嘴豆餅，我知道不應該吃這個才是。」

「請等我一會兒，我把我們的浴袍丟進自助洗衣店裡的洗衣機，應該早點去拿回來比較好。」

我又帶了兩本書送給妳，《大河戀》與《士兵的重負》，因爲妳一直不知道這兩本書裡除了與書名同篇的故事之外，還包括了其他的短篇小說。我在這兩本書裡都寫了題詞，但我沒有告訴妳。四天過去了，這兩本書還依然放在流理台上面，現在已經沒有愛的巧克力污痕，沒有特別標示的段落，沒有做記號的頁面。妳不愛這兩本書，妳不知道它們的價值，有時候我覺得自己像是個入侵者。

我：我正在看妳大腿那個部位的照片。

妳：啊，等等，訊號不好。

我：妳忙妳的，我晚點再找妳。

然後妳就不回訊了，我漸漸開始抓狂，因爲

媽的

妳

在搞屁啊？

妳根本沒有與琳恩與謝娜聊起我的事，我知道，妳沒有背著我偷吃，因爲我可以偷看妳的電郵，妳要是想搞鬼一定會無所遁形。我也很清楚妳學校課業不多，而且當初撮合伊森與貝萊絲眞是大錯特錯，因爲他一來上班就告訴我他們昨晚在高爾夫球練習場玩得好開心——我沒唬爛——我發訊給妳，想要討論伊森與貝萊絲這對詭異情侶檔的事，但就連這話題也得不到妳的回應。貝可，這樣讓我好心痛。妳不在我身邊，我不知該如何是好。妳並沒有在生我的氣，我太清楚妳的個性了，妳不爽的時候我一定會知道，但妳跟我在一起也並不開心。我問妳想不想一起穿浴袍，妳吻我，說我們已經超越浴袍的階段了，妳整個人依偎在我懷裡，緊抱著我，但那又到底算什麼啊？

超越浴袍的階段。

我們依然擁有「全面關係」，因爲妳還是會做那些事，我醒來時發現妳含著我大老二的次數，至少每個禮拜有一次，也不知道爲什麼，妳想念我的時候依然會讓我知道：

唯我論的（這裡要當名詞）☺思念你和你的性感肉體

而當妳寫信給妳母親、提到我的時候，更是大力讚揚：

媽，這次不一樣，他與我旗鼓相當，但嚴格來說也不能這樣歸類，因爲我們的生活眞的很不一樣，但這段關係眞的可以走下去……走得下去，妳懂嗎？

妳母親迫不及待想見我，我閉上雙眼，看到我們一起在南塔克特，沉浸在愛情裡。某天晚上，妳因爲抽筋而只能躺在床上，我還問了妳個問題。

「所以妳覺得我們這個夏天會在南塔克特？」

妳咯咯笑個不停，引得我勃然大怒，這有什麼好笑的，妳一臉歉疚。「喬伊，親愛的，不，不，我不是在笑你那句話，我們當然可以去南塔克特啊，只是你剛才用錯了介系詞。」

我當下想不出什麼俏皮的話反擊妳，但我以前對付妳很厲害的，也許我們的未來眞的被伊森料中了吧。妳請我跑腿去幫妳買消炎藥，我就出門去了。妳沒關窗簾，我看到妳打開電腦、開始回覆電郵。我知道我們既然已經在一起了，就不該像以往一樣頻頻偷看妳的信件，但這個夜晚好清冷，而且前往商店的路途又這麼遙遠，所以我開始偷看妳的寄件匣。

沒有。

我看了草稿匣。

沒有。

不可能，因爲我親眼看到妳在寫電郵。我買了消炎藥準備回家，打算想當面問個清楚，不過，等到我進去之後——兩個禮拜前妳給了我鑰匙——妳不在公寓裡，我大叫妳的名字，但妳不見了，我陷入恐慌，不過，我隨即聽到開水龍頭的嘩嘩聲響，我走進浴室一看，妳全身濕淋淋，好性感，妳是我的人。

「哦，你自己進來了。」對，我進去了，妳像隻母獸一樣與我幹砲，我們穿上了浴袍，我不再想電郵的事，我可能搞錯了，也許妳刪除了也不一定。那天晚上我們好親暱，第二天一早醒來，妳已經不見了，我立刻傳訊給妳。

我：好棒，我一醒來就想到妳在浴室的模樣。

妳：很好啊。

我：讓我知道妳什麼時候要過來，我覺得妳想要再來一次。

然後，全世界最可怕的回應出現了，比任何字詞都還要精簡，比單純的「沒有」還更拒人於千里之外，妳一直自稱熱愛語言、也愛我愛得不得了，這更是絕對不能從妳口中說出口的話。

妳：嗯

我收到了這個可怕的「嗯」，我請伊森接下來替我代班，但他沒有辦法。時光漫漫，我失了方寸，不斷看著妳的照片，我也失去了對客人的耐心，我提早關門，打電話給妳，但卻只轉到語音信箱，我留言給妳，問妳什麼時候要來，我已經到家了之後，才終於得到妳的回應，結果，是比那個可怕的「嗯」更糟糕的答案：

妳：說來話長，可是我沒辦法赴約了，明天打電話給你。親親加抱抱

我哭了，看著《歌喉讚》，跟著美麗女聲合唱團一起唱歌，我不想知道少女電影裡虛構人聲合唱團的名稱，但這就是愛情在我身上留下的後遺症。等到片子播完之後，我就像許多愁悶的已婚男子一樣、躲在淋浴間裡打手槍，但我哭得更悽慘了，因爲我根本還沒有，娶妳。

44

能夠在別人面前講出「我眞是爲你開心」的機會並不多。最近，我倒是經常爲伊森感到開心，而且已經開始有點膩了，每天他都會有一些好消息，今天也不例外。

「喬伊，我講出這件事你一定不相信。」

「講吧。」

「貝萊絲要我搬去和她一起同居！」

他容光煥發，我也微笑以對，「小伊，太好了。」

他以後一定會想念莫里丘，全世界也只有他對靠他媽的莫里丘會有感情，我講出我的制式回應，「我眞爲你感到開心。」我是認眞的。

不過，貝可，我覺得自己已經感染到妳的好鬥性格，因爲突然之間，我覺得生活像是賽跑，我已經落在伊森與貝萊絲的後面了。我希望生活像是蛇梯棋，但願我們可以爬上梯子快速通關，而他們卻只能鑽進蛇道，遠遠落後。我開始變得有點雞掰，一張利嘴直接戳破他的美夢，「你確定你要搬去卡洛爾花園那裡？」

「貝萊絲不喜歡莫里丘，」他聳肩，「住在那裡不需要用到大腦。」

「了解，」我就是忍不住，想要變本加厲欺負他，「我也不記得我上次睡在自己的公寓是多久以前的事了，現在我們一直住在西村，每天都如此。」

向天許願其實很危險，因爲，必定天不從人願，幾分鐘之後，妳發電郵給我：

我們今晚去你公寓好嗎？我今天亂七八糟，而且我的公寓根本是災難現場。

我告訴伊森我得出去一下，我打電話給妳，妳沒接。妳再也不接我電話了，我來回踱步，陷入恐慌，這一路走來，我一直收集妳的東西，全放在家裡，都是我這趟追愛之路的紀念品。我再次打給妳，轉進語音信箱，我靠在商店的櫥窗前，心中突然有個念頭：貝可，我們的未來讓我好害怕。等到我們同居的時候，當然我們一定會的，我必須做出抉擇，是要留住妳，抑或是妳的東西，目前它們放在牆洞的盒子裡，我當初因爲妳心情不好而砸出來的那個洞。公寓裡的牆壁不堪一擊（意外，眞的讓人好意外），灰泥也出現龜裂，那個洞也越來越大，我一直記得應該要告訴公寓管理員這件事，但我不想講出來，因爲我想要把妳的東西留在我的洞裡，我瘋了。妳必須爬進牆裡才能拿到那個盒子，全世界不會有任何一個女孩做出那種事，喬伊，深呼吸啊。

手機響了，我立刻接起來，「喂？」

「喬伊，聽我說，我沒辦法講太久，因爲我眞的大遲到了。」

「妳在哪裡？」

「這裡。」我轉身，看到妳了，妳對我露出甜笑，我喜歡妳突然到書店來給我驚喜，就在我萬萬沒想到的時刻，卻能伸出雙臂抱住妳，哪有什麼比這更美好的呢？我吻妳當作獎勵，妳回吻我，但沒伸舌頭，妳現在處於上學模式。

「我沒辦法待太久。」

「確定嗎？伊森在裡面顧店，我們可以喝杯咖啡。」

妳伸出手，掌心向上，「可不可以給我鑰匙？」

這就是「全面關係」，我不應該遲疑才是，但我的確很糾結。

「喬伊，拜託你動動腦袋，我會比你先回家。」

妳把我的地方稱之爲家，我當然把鑰匙給了妳，妳吻了我，一樣，沒伸舌頭。

「妳不是有課？」

「對啊，」妳抱了我一下，這算是道別，「晚點見！」

妳走了，帶著我的鑰匙一起離開，我回到書店的時候，伊森笑個不停，「所以我們是不是得擲銅板啊？」

「你這話是什麼意思？」

「哦，貝萊絲剛才打電話給我，她說因爲有炸彈威脅，所以學校今天放假。」

「嗯。」我嘴裡是這樣回，但我根本不知道。

「所以我們是不是該抽籤呢？」

「不需要，」我回道，「貝可正好有個朋友來紐約。你就趕快閃吧，祝你玩得開心。」

他離開之後，我傳訊給妳：

嘿，有空嗎？

十分鐘過去了，依然沒有回應。我在書店窗戶貼了告示：十分鐘內就回來。我下樓進入籠子，來回踱步，妳爲什麼沒有告訴我學校的課取消了？爲什麼炸彈威脅沒有讓我們在一起？我一生中從來沒有這麼恐懼過，眞希望尼基不是壞人，因爲我現在眞的需要找人好好談一談。我拖著沉重的腳步爬上樓梯，萬念俱灰，腦袋空空，滿腹憂愁。我撕下玻璃上的告示，打開書店大門，依然沒有看到妳的回訊，我不知道該怎麼辦才好。我跌坐在櫃檯的椅子上，我的頭就像個可能隨時會爆裂的炸彈一樣，而就在這時候，她進入大門，一個女孩，顧客，一雙栗色大眼，穿著紐約州立大學帕切斯分校的運動衫，搭配短裙、及膝襪，以及球鞋，模樣好活潑。我查了一下手機，依然沒有回應。

她揮手打招呼，我也盡本分回禮，我瞄了一下手機，依然沒有回應。我開始播放羅柏．普蘭特與艾莉森．克勞斯的〈終結憂鬱〉，她立刻一起跟著哼唱，她知道歌詞，她知道用尾巴晃搖這個世界是什麼意思，我看了一下手機，依然沒有回應。我調低音量，她唱得更大聲，她的歌喉極佳，與美麗女聲合唱團的成員相比，就算不是技高一籌，至少也是旗鼓相當，我按下暫停鍵。

「我是不是唱得太大聲了？」

「剛剛好。」

「你是不是要打烊了？」

「沒有。」

她微笑回道：「謝謝。」

她消失不見，我看了一下手機，依然沒有回應。我走到櫃檯的另外一邊，我可以更容易看到她的大腿，此時傳出賈斯汀．提姆布萊克的〈小姐〉，我趕忙回到櫃檯後面，打算更換音樂。

她哈哈大笑，「就繼續放吧。」

她拿著某本布考斯基[27]的作品穿過走道，我嚥了嚥口水，又看了一下手機，沒有回應。現在，她抱著一疊書走向櫃檯，態度悠閒，宛若像是去轉角小店買牛奶一樣。我沒辦法看手機了，她是客人，我理應要全心全意對她提供服務才是。

她把自己買的小說全放在櫃檯，最上面是布考斯基的書，《船長外出用餐而水手必須掌船》。

「我不是那種會買布考斯基的典型女孩，所以，我可以買布考斯基的書，你懂我的意思嗎？」

「很奇怪，我懂，」我說道，「但妳不必緊張，我從來不會去評斷任何人。」

「那我的一番苦心都白費了。」她說出這種話，是誰先開始放電？

我把布考斯基的書掃描完之後，盯著她不放，「抱歉我講話粗魯，但這本書真的是他媽的上乘之作。」

她也同意我的說法，「某次搬家的時候，我弄丟了這本書。我知道自己的心態很好笑，但你知道嗎？我覺得除非身邊有這本書，否則我寢食難安，你懂這種感覺嗎？」

「真的很奇怪，我懂。」靠，我什麼時候開始把「很奇怪」當成了口頭禪？我把伊森的舞曲大派對的音量調低了一點，然後，又開始掃描托拜厄斯．沃爾夫[28]的《老學派》。我從來沒看過這本書，也老實告訴了她。

[27] 德裔美國作家，作品多描寫社會邊緣人的生活。

[28] 美國作家，擅寫短篇小說。

她反應超快，「哦，等我看完之後再來找你分享心得。」

「我都在店裡。」

妳還沒有碰《士兵的重負》，正當她在歡喜拍手的時候，我刷了最後一本書：《孤星血淚》。

老天，還眞有幽默感，這個我就得與她分享了，「我一定要讓妳知道有個狄更斯節，每年的十二月在傑佛遜港舉行。」

「狄更斯節有什麼活動？」她開口問道，她的眼睛就和凱倫·明蒂的雞掰一樣張得好大。

哦，不，我在對她放電，我微笑回道：「妳想得到的那些項目一應俱全，臉部彩繪、長笛表演、穿道具服，還有杯子蛋糕。」

她聽得懂我的意思，開口附和我，「難怪恐怖分子這麼討厭我們。」

我毫無保留，有話直說，「也難怪上帝創造了恐怖分子。」

「你相信有上帝嗎？」她也是與眾不同、性感的那種人，她態度堅決，「一定有上帝，只有上帝才能創造出『馬奇·馬克與放客幫』這麼絕妙的音樂團體。」

我連〈美好顫動〉都沒聽過，她伸手從錢包裡取出一張VISA卡，上面貼滿了小動物的貼紙，我以指腹撫摸上頭的浮凸字體，妳現在一定會恨我了，「所以妳的名字是……約翰·哈維連？」

她雙頰瞬時緋紅，「希望你不需要看我的證件，因爲不見了，我的意思是，我不知道放到哪裡去了。」

我刷卡，她吐了一口氣，「你帥哦。」

我不該理她才是，因為我有妳，但我忍不住想要打探，「所以妳在帕切斯念大幾？」

她搖搖頭，她不是那裡的學生。「我會在二手服飾店找大學校服，」她一臉驕傲，「這算是一種持續不斷的社會實驗，你知道嗎，我可以看到大家會根據我穿哪一所學校的衣服、決定要對我採取什麼樣的態度。」

我撕下簽單，她草草簽了名，我動作慢吞吞，把書放入袋中，我從來沒有拖拖拉拉成這樣，我突然脫口而出，「我是喬伊。」

她嚥了嚥口水，「我，嗯，我是艾咪・亞當。」

「艾咪・亞當斯。」

「沒有『斯』！」她抓住書袋，立刻離開書店，「謝了喬伊，祝你有個美好的一天！」

我好想衝到外頭，把她帶回家給妳看。我想要讓妳知道她特別找上我，還與我聊了上帝的事。我跑到門口，但她已經走了。電話響起，我接了，是她打來的嗎？不是，是銀行，他們想了解剛才那筆交易是怎麼回事，顯然她用的那張卡是偷來的。我並沒有出賣她，但這通電話卻澆滅了我的幻想，難怪她一直向我放電。我看了一下手機，妳還是沒有回應。不知道為什麼，我覺得妳遲遲不回應就等於是妳放任我使壞，我開始在網路上搜尋艾咪・亞當，這個動作就像是激將法，想要把妳逼回我身邊。

我根本沒辦法找到任何資料，因爲跳出來的都是女演員艾咪．亞當斯的資料，而伊森又傳了張他與貝萊絲在康尼島的合照，我沒回。我慢慢走回家，我不需要繼續檢查手機等待妳的回應，因爲在我那一無所獲的連續搜尋過程中，如果妳眞的回訊，手機螢幕上一定會顯示通知。

「艾咪．亞當 紐約」

「艾咪．亞當 不是女演員」

「艾咪．亞當 運動衫」

「艾咪．亞當 臉書」

「艾咪．亞當 紐約州立大學帕切斯分校」（這種事很難說的……）

我走路回家，踏著沉重的步伐走上樓梯，我看了一下手機，還是沒有回應。我聽到公寓裡有聲響，妳在裡面。我聞到南瓜的氣味飄送而來，妳在煮東西，而且我還聽到了歌聲，我笑了，妳不是艾咪．亞當，我好愛五音不全的妳。我懷疑妳都是我的不對，我敲了兩次門，沒回應，妳大聲叫喊，請我等一下。

妳開了大門，哇。這裡一定等於是妳第二個家，因爲妳把浴袍帶來了，妳穿著妳自己的浴袍（裡面一絲不掛），而且還烤派（裡面是南瓜餡）給我吃，妳告訴我，我有二十五秒可以脫光衣服穿浴袍。我把妳抱起來，讓我驚嘆不已的小頑皮，妳吻我，妳終於有了回應，妳對於自己給我的驚喜感到無比驕傲，妳還講出自己現在沒辦法回家，因爲有蟑螂，現在家裡「慘絕人寰」。妳決定要把衰運轉爲好運，來個大驚喜。我吃了妳做的派，也舔了妳的陰部，我半夜起來刷牙的時候，發現牙刷是濕的，上面有妳的口水。

「對不起。」我輕聲說道，真的，我好愧疚。

45

我不知道妳在那南瓜派裡放了什麼，妳哈哈大笑，妳說只是從罐頭裡挖出來的東西而已。但那個派與浴袍在我們身上發揮了作用，讓我們的關係更上一層樓。第二天早上，我吻醒了妳，妳摟住我，妳容光煥發，「要記得我特地爲你做派哦？」

「我記得我特地爲你做過派。」我刻意模仿妳的語氣，讓妳好樂，吻了我，我們開始慢慢摸索彼此，面對我的雙手，妳擺出了前所未有的各種姿態，妳完全不扭捏，讓我愛死了，我喜歡妳直接告訴我妳的渴慾，妳的幻想應該要被封存起來，好好讓人拜讀，我從來沒看過這樣的妳。妳好坦蕩，雙腿緊緊夾纏住我的大腿，我的天哪，多麼完美的結合與歡愛，我們無力癱躺下來，「哇！」我忍不住讚嘆。

「我也覺得好棒。」妳趴到我身上，問我想不想吃剩下的派。我問妳從哪裡學來這樣的打砲招式，妳臉紅了，妳好害羞，眞的。妳穿上T恤，正當妳準備要走出臥室的時候，妳又回來找我，妳的親吻與撫觸讓我喘不過氣來。

我是全世界最幸運的男人，當妳把派餅放進微波爐的時候，我正忙著刪除自己手機的搜尋紀錄。妳從來不會偷看我手機，妳尊重我的隱私，而且信任我。但是我不希望艾咪．亞當或艾咪．亞當斯或是其他女孩玷污了我的手機。妳在廚房裡對我說話，聲音好愉悅，「我一直忘了告訴你，我已經開始看《大河戀》那本書了。」

妳終究還是看了我送妳的書，我好喜歡妳在我家廚房裡說話的聲音，我迫不及待等妳回來。於是我下了床，全身赤裸，我走進廚房，抱起了妳，把妳放在流理台上面，打開妳的大腿，妳不斷讚嘆我舌唇的功力，無論是街上的喧鬧、微波爐的嗡嗡低鳴、樓上的吵架聲響，還有微波爐的叮咚聲都影響不了妳。等到我把妳整個含在嘴裡的時候，妳成了我的人，是我一個人的專屬特權。妳從來沒有過這麼激情的高潮，我知道，我感覺得出來。妳體內深處的某種狂放讓我最後還是進去了。妳撫摸我的耳朵，謝謝我，我把妳從流理台上抱下來，帶著我們的派與《大河戀》、挨坐在沙發上。妳爲我唸出自己喜愛的句子，但卻被我打斷。

「今晚要不要繼續住在這裡？」

妳遲疑了一會兒，但也只有一秒而已，然後，妳露出微笑，「當然好啊！」

我們在警方黃色封鎖線浴簾後面一起洗澡，我幫妳洗頭髮，妳輕吻我的胸膛，我們一起穿好衣服，未來就在當下，就在這裡。

「嗨，貝可……」

「嗨，喬伊……」

「要不要搬過來和我住在一起？」

妳對著我甜笑，妳原本在扣絲衫的鈕釦，突然停手，朝我走過來，陽光緊緊跟著妳，所有的植物都有趨光性，也想要趨迎著妳。妳仰頭看我，我吻了妳，妳輕聲細語，「喬伊，我才研一，讓我先拿到創作碩士學位吧？我需要專注學業。」

這不是我想聽到的答案，但對我來說已經夠了，我們繼續穿衣服，進了廚房，如果凱倫・明蒂在這裡，一定知道要怎麼幫我們做煎蛋三明治，但如果凱倫．明蒂在這裡的話，我也不可能同時擁有妳。妳穿上外套，我說，我能夠諒解妳還沒有準備好搬過來，但妳可以把電腦帶過來，隨時都可以寫東西。

妳大受感動，緊緊抱住我，「喬伊，你眞貼心，不過我的電腦實在太老舊了，重得要死。」

「我很想要幫妳買台新電腦，」我說道，「麥金塔的Air系列。」

「你不需要幫我買東西，」妳不貪心，對一切心滿意足，「而且麥金塔的Air系列貴得要死。還有，喬伊，我待在這裡的時候，萬萬不想碰電腦寫東西，所以我可以繼續用那台笨重的老電腦。」

我吻了妳，該讓妳去忙自己的事了，妳回頭，送飛吻給我，還啵了兩次。等到妳離開之後，我坐在沙發上，拿起電腦逛網站，我查了麥金塔Air系列還有大學課程，我們必須要面對現實，妳是作家，那是妳的志業，我熱愛書店，但生意不可能永遠這麼好。我想要買一台麥金塔Air給妳，我開心得暈頭轉向，我發電郵給妳，我覺得我們之間好親暱：

妳是不是該回來了啊？

妳沒有回應，但我再也不擔憂了，我太清楚妳了，我知道妳正忙著在手機的記事本軟體上面寫下靈感，我知道妳不是刻意忽略我，妳在忙著創作，因爲妳得到了啓發，妳滿心歡喜，因爲妳有了我。

書店的一天何其漫長，但對我來說也無妨，我有充裕的時間擬定計畫，提前播種。我加入了紐約市立大學在職學生的某個問與答的群組，我不知道自己該念什麼才好——出版？還是商管？——但我知道我要努力工作，爲了妳，也爲了我們。我打電話給貝梅爾曼斯酒吧，爲我們自己預訂下週的位子。妳應該不知道，但我們認識到現在已將近六個月，我決定要孤注一擲。我們就從這裡開始，我會先在籠子裡擺好桌子，準備燭光晚餐，然後在那裡好好打砲，然後，妳會拿到一份禮物——我在「維多莉亞秘密」網站上買的洋裝。他們總是發信通知妳購物車裡的待購物件，所以我可以找到品項編號、在網路上找到商品。超性感，妳曾經傳給謝娜與琳恩看過，妳覺得太性感了。

謝娜：看到了，哪裡不好？

琳恩：不要買紅的就好，還有，記得要穿褲襪。

謝娜：妳開什麼玩笑，賣騷洋裝的重點就是要賣騷啊。

妳：兩位小姐，冷靜一下，反正我知道我自己永遠無法克服心理障礙。

但妳可以的，妳樂意之至，而洋裝明天就要到了，我知道自己很難藏得住，我不想讓妳還得等下去，貝可，因爲我知道妳穿起來一定超正。當然，如果妳太害羞，不敢穿去貝梅爾曼斯酒吧，我也可以體諒妳的。

聯邦快遞送東西過來了，有詹姆斯．派特森[29]的新作——明天這裡可有得忙了——還有寄給我的某個小東西，我差點忘記自己訂購了《歌喉讚》的DVD，妳只看過網路版，但妳應該要擁

[29] 美國驚悚推理暢銷小說天王，曾兩度成爲全球收入最高作家。

有自己鍾愛的作品，就是這樣。我應該要等到我們的紀念日到來的時候再送給妳，但妳今晚要過來，而且昨天還爲我做了派餅，我斷無理由繼續等下去，我把DVD塞進包包裡，拆開了派特森新書的紙箱。我放了音樂——我第一次覺得伊森的音樂還眞好聽，也許這就是幸福的眞諦——我開始調整暢銷小說的區位，挪出位置給派特森，等到妳要搬進來的時候，我也會開始調整家裡的空間。貝可，我好開心，我靈機一動，又想到了另外一招來慶祝紀念日！在前往貝梅爾曼斯酒吧之前，我們可以先去中城的梅西百貨，回到我們的那間更衣室。妳一定不敢相信我會爲了妳這麼大費周章，也許在我們離開貝梅爾曼斯酒吧之後，我們可以去刺青店、在只有我們兩人看得到的地方留下刺青。要是能在妳大腿內側的重要位置看到「全面關係」的小小黑字，一定很性感，我還是得冷靜下來，不然我得要在書店門口掛牌子、衝到樓下打手槍了。

天光消退，迅速入夜，我眞不敢相信書店終於可以打烊了。我覺得自己生龍活虎，現在，妳付出的對象是我，而不是討人厭的尼基。我每天都得經過這個街區，但今天感受很不一樣，好乾淨，雖然清掃街道是在週二，而今天是週五，但我就是覺得煥然一新。四周到處都是青少年，討論週末要幹什麼，我念高中的時候很孤單，但如今卻大不相同。我忍不住，發了簡訊給妳：

馬上到家。

妳立刻回傳：

嗯

現在就連看到這個可怕的「嗯」，我也不會生氣了，我沒什麼好擔心的，我的內心從來沒有如此平靜過，此時此刻，我搭乘的地鐵在隧道裡奔馳，我要回家了，奔向妳的懷抱。我好整以暇，慢慢步上階梯，走到了街上。我希望生活節奏徐緩，因為我想要全心等候妳、全心與妳相見、全心與妳打砲、全心想念妳。

我笑出來了，因為我簡直把自己當成了人肉問候卡，但這都是我應得的，妳，還有歡樂。我終其一生，都覺得漂蕩不定，終其一生，我一直覺得奇怪，為什麼別人總是對於工作、家人、朋友能夠安之若素。每年，我父親都會帶一棵聖誕樹回家，母親總是勃然大怒，把它拖到人行道上。學校裡的每個人都知道這件事，我們是還沒過聖誕節就把樹扔到街上的怪胎家庭。我曾經計劃要過光明節，但父親一定會對母親大吼大叫，妳連個九燈燭台都沒有！妳是從哪時候變得這麼像猶太人啦？我不曾在冬天收過任何紅綠配色或銀藍配色的禮物，但還是都熬過來了。我知道沒有火雞的感恩節是什麼滋味，因為我父親偏愛牛肉。貝可，我一直在等待，我走上門階梯台，等待已經結束了。我打開公寓大門，鑰匙卡卡的，因為我把我的給了妳，而現在我所使用的備份鑰匙長滿了鏽斑。我拿了信件，一如往常，只有寄給喬伊・戈登伯格的帳單與折價券。我拾級而上，回想起與凱倫・明蒂在一起的日子，我一步一步往上走，想到了我愛妳的那些特點，雖然我不需要心理治療了，但我還是做了回家功課。

#1貝可並不在乎我的背景，她知道不需要念大學也能變成聰慧的人。

#2貝可愛我的方式很獨特，她會以牙刷與浴袍示愛。

#3貝可願意說出自己有多麼喜歡和我在一起，完全不害怕。

#4貝可在我身邊醒來的時候總是很開心。

#5貝可不會做菜，我也不行，她說這樣很好，因為我們得一起學。

#6貝可在那天晚上爲了「唯我論」這個字而去查字典，現在她的字典裡標示出從我嘴巴說出、進入了她的世界的各種單字。

#7她高潮的時候，全身都會把我夾得緊緊的，她的乳房對我的愛撫反應很明顯，反應靈敏，全身上下都是。

#8她可以眞心爲別人高興，她撮合伊森與貝萊絲之後深感驕傲，她好可愛。

#9她記得我說過的每一句話，或是什麼都不記得，無論是哪一種狀況都很好。她說有時候她實在好爲我痴迷，所以我在講話的時候，她耳朵像是聾了一樣。

我等不及了，我現在就要妳，最後幾階我是衝上去的，我猛力推開大門，我的大老二硬得要命，我手裡拿著《歌喉讚》，但不重要，什麼都不重要了。蓋住牆洞的那塊織錦畫被丟在地上，妳看到我的時候，目光變得完全不一樣。妳拿著自己的內褲，因爲恐懼而全身顫抖，宛若我像是恐怖電影，羅威納猛犬，或是拒絕入學的通知函，但我不是這些東西啊，我向前一步，竭盡所能，「貝可……」

「不要，」妳說道，「不要靠過來。」

46

明明在我家牆壁裡偷偷把東西挖出來的人是妳，但妳的反應卻彷彿我才是這間公寓裡唯一有問題的人，想也知道，妳要跟我分手，看到「貝可的盒子」妳就怕了，妳充滿了主觀意識，氣急敗壞，站在沙發後面的牆洞前面——那裡明明是我專屬的私領域——而我的盒子就放在沙發上，好些地方已經被撕爛了，都是因爲妳像水溝老鼠一樣搞破壞。但現在這狀況還是有個好處，妳忙著在偷看我的東西，把手機留在咖啡桌上了，我趁妳在翻找盒子裡的物件的時候，趕緊把它藏了起來。

「這是用過的棉條。」

「裝在塑膠袋裡啊。」

妳憤怒下令，「媽的你給我站在那裡不准動。」

許多男人聽到這句話一定會生氣，但我沒有。貝可，我知道妳現在很抓狂，拜託，妳因爲「偷了」妳懺悔節的珠珠而生氣，但在此之前妳根本不知道妳掉了這東西。妳十分火大，因爲我上禮拜翻遍妳家公寓幫妳找香奈兒墨鏡、但當時我「顯然」很清楚它明明就在這盒子裡，但老實說，妳不要戴那討人厭的眼鏡還比較美，它們是爲佩姬那種人所設計的，妳戴上去就是蠢而已，現在，妳又轉移了話題。

「還有，這是怎麼回事？」妳怒氣沖沖，「喬伊，這是我的畢業紀念冊。」

「這哪有什麼關係。」

「這是我的東西，你是大變態，你又沒去念南塔克特高中，這是我的生活我的朋友還有我的家鄉的紀念冊。」

「貝可……」我從來沒聽過妳用這麼自私的語氣講話，但我會保持耐心。

妳指著我，「不要過來。」

妳現在的行為不可理喻，妳一直盯著逃生梯的方向，彷彿以為自己可以從那裡溜走一樣。妳講話瘋瘋癲癲，彷彿想要在為我做派示愛、討論同居事宜之後卻決定要甩了我。我想抓住妳的手：「貝可，冷靜下來，不可以從窗戶爬出去，妳現在嚴重失去理智，不能就這麼衝下樓。」

我們對戰了無數回合，一會兒很害怕，一會兒又揚言要殺了我，一會兒又覺得我會殺了妳，然後馬上又覺得妳是我邪惡行為（哈哈哈）的受害者，接下來又說我是受害者，因為妳要殺了我（哈哈哈）。妳對我咆哮，還罵我是噁爛的變態。我知道妳沒有這個意思，要是妳真的害怕的話，早就拚命要「逃走」了。不過，我很了解妳，我知道妳其實發現這個秘密很開心，妳喜歡引人注目，受人寵愛，而那盒子正是我細心又愛得熱切的明證。要是盒子裡裝的是甘蒂絲的東西，妳一定會衝出我家而摔斷脖子，妳過度驚嚇，又開始尖叫。我的頭快炸了，我開始擔心鄰居的反應，開始厲聲吼妳。

「他媽的妳閉嘴行不行？妳有沒有聽到我在喊妳名字？妳有沒有想到我走進來、發現妳挖我家牆壁時的感受？妳覺得我會舒服嗎？妳認為我喜歡被人偷窺嗎？」

「你自己先收集我的那些有的沒的，裝滿了一整盒，」妳態度譏諷，「我要分手。」

「現在我們都不要做出任何決定，」我說道，「貝可，我也可以說妳怎麼這麼愛亂翻我東西，我眞的是受夠了。」

「我——我眞不敢相信你會講出這種話，」妳結結巴巴，「你瘋了，你眞的瘋了。」妳又開始鬧了，牙齒在打顫，拉扯自己的頭髮，「眞不敢相信我會遇到這種事！」妳一直這麼愛演，難道不累嗎？

「冷靜，貝可，」我哀求她，「何不先坐在沙發上呢？」

妳雙頰漲紅，顫顫巍巍踮起腳尖，對著我破口大罵——神經病大笨蛋恐怖噁男變態小人——沒關係，我知道妳其實沒那個意思。

「哦，喬伊，我覺得你就是這種人，」妳杏眼圓睜，揮舞著我的費加威航海賽帽子，「我根本不想知道你到底是怎麼把這東西弄到手。」

「說來話長。」

「我想也是，」妳嗆我，「你超變態。」

我記得約莫在一個月前，我把妳冰箱裡擺了三天、已經發臭的墨西哥捲餅拿出來扔掉，妳大發雷霆又大吼大叫。第二天，妳月經來了，親吻我的臉頰。

「很可惜，」妳說道，「我沒有瘋。」

「我知道，貝可。」

「我說眞的，」妳說道，「當我發飆成這樣的時候，其實自己彷彿置身事外，我知道自己看起來很可怕，毫無理性可言，但我也無能爲力，有時候我的經前症候群很嚴重。」

我原諒妳，我一直到現在才發現，我果然懂得要如何在「全面關係」裡自處。貝可，要是有人剛好在這時候走進來，一定會覺得妳是瘋子，大家都會想要保護我，而且在妳對我破口大罵、做出不實指控的時候，請妳要降低音量。我心理有問題，是變態跟蹤者，是噁心的收藏癖，但我完全不回應。

「喬伊，你耳朵聾了嗎？」

「妳明明知道我沒有。」

妳又在尖叫，我有沒有對妳大吼大叫過？沒有。每次我傳訊給妳，妳沒有馬上回應的時候，我總是不和妳計較。現在也輪到妳放我一馬了吧。我又不是偷走妳的必用品，誰會去翻自己的高中畢業紀念冊？妳已經走出了過往，開始了新生活，因為我從來沒有看過妳看那種東西，妳完全不想念那些人。還有，大多數的女孩如果侵犯了我的隱私都會道歉，妳現在眞是不知好歹，依然對我罵個不停，卑鄙下流，偷藏女人內褲的心理變態。

妳一定會冷靜下來，我也能熬過這次的考驗，我現在就把妳假裝當成動物園的獅子，我是負責看門的管理員，心中暗自祈禱千萬不要逼我對妳揮拳，但如有必要，妳應該也會慢慢康復。目前，我身為管理員的職責就是守在一旁等待，過沒多久之後妳就會筋疲力竭，就像是被我的大老二搞得半死一樣。

「這種事有多久了？」

「妳講話不需要這麼大聲。」

「到底有多久了？」妳果然乖乖壓低嗓門，現在是正常的室內對話音量。

「妳也知道，我一認識妳就對妳很著迷，」我開始解釋，也許還有一絲希望，「妳對我放電，我們兩人之間有了互動，妳也知道，我不想太猴急，馬上就問妳要不要在一起，所以我繼續等下去。」

「嗯哼……」妳雙手交疊胸前，腳尖不耐敲打地板。

「然後我漸漸開始了解妳，貝可，」我覺得我自己像是《電影公主》裡的男主角，妳固執的程度與巴特卡布公主不相上下。「貝可，我那時候對妳好痴戀，現在也是，盒子裡的任何東西妳都不需要害怕。」

妳看著盒子，又盯著我，我不知所措，我覺得自己身爲動物園管理員的事前準備不足，我想要讓妳完全明白，讓妳知道我對妳的熱情有多麼深厚，我對妳的掌握有多麼透徹，還有我對妳的愛又有多麼篤定。但妳又來了，經前症候群繼續爆發，應該是發現自己的東西在牆壁裡而怕得要死，而且妳開始三不五時碎碎唸好想念那個混蛋佩姬。

「妳繼續吧。」我回道，因爲現在已經不可能回頭了，妳也不能把自己的內褲放回盒子裡。這是事實，也是一種隱喻，盒子已經被抓爛了，因爲妳毀了一切。我萬萬沒想到會有這樣的結果，照理說，我應該要把妳拉開，遠離那個爛盒子才是，但身爲動物園管理員，我知道我必須與動物保持距離，這樣對彼此都好。妳開始四處亂翻我的東西，只要是妳覺得是妳自己的物品都不放過，現在，妳找到了我最重要的寶貝，「貝可之書」，多麼美麗的東西，像我這樣一個比多數人聰明的男子漢會向妳這樣示愛，妳應該要感到受寵若驚才是。

「還沒有弄完，」我說道，「我準備要拿去裝訂。」

「我的小說。」妳原來的模樣又回來了。

「全部都有。」我回道，沒事了，現在，我們好好的。

過沒多久之後，妳會從另外一頭跑過來抱住我。我錯了，妳臉色扭曲，對我大聲咆哮，「這是我的電郵帳號。」

「貝可，拜託，」我說道，「這是一種示愛的表現。」

「你侵入我電腦！」

「我沒有侵入妳的任何東西！」我不爽回嗆，因爲，妳又再次讓我失望了。妳大可以告訴妳媽取消妳的手機號碼，決定權在妳身上。

妳闔上書本，把它丟入盒內，太陽即將西沉，該是開燈的時候了，我朝妳走過去，妳往後退，渾身散發著恨意，又來了，妳現在繼續對我破口大罵，我又有了新的名號，*殺人犯*、*兇手*、*騙子*。我的態度依然堅決專注，如同動物園管理員面對野獸發狂時的必要態度。

「你是變態跟蹤狂，你聽不懂我的話。」

「妳在講氣話。」我語氣冷靜。

我開始追妳，我不能讓妳繼續出口傷人，當妳跑過來的時候，我立刻堵住了妳，緊抓妳的手腕輕而易舉，因爲妳個頭太小了，而我又這麼強壯，逼妳坐在沙發上完全不費吹灰之力。妳根本無力抵抗，等到妳答應我像平常一樣乖巧之後，我放開了妳，回到自己原本站在門邊的位置。

妳氣喘吁吁，「你到底是怎麼回事？」

「我愛妳。」

「這不是愛，這是變態。」

「這是我們的『全面關係』。」這是我們之間才懂得的語彙。

「你得去看醫生，」妳繼續說道，妳根本沒把我講的話聽進去，「你是變態。」

我很想展現更寬大的胸懷，但妳一直罵我，我想到了妳自己的罪行。

「你應該要住進療養院，喬伊，好嗎？你明白嗎？狀況眞的糟透了。」

妳總是忘記要把冰箱的門關好，我們曾經有兩次被迫把妳冰箱裡的食物全部扔掉。

「喬伊，你好變態，變態的人需要治療。」

我很健康，而妳個性淫蕩，因爲對尼基投懷送抱，而且妳就是沒辦法承認自己嫉妒貝萊絲。

「喬伊，讓我打電話給醫生，拜託，讓我幫你。」

我不需要醫生，而且妳在說謊，即便到了現在，妳依然在東張西望找武器，妳已經穿過的衣物還想拿去退貨，雖然妳是我的女友，但有時候我打電話找妳，卻必須被迫在語音信箱留言。而且妳也不是很注意自己的刮毛刀，有時候我覺得替妳刮毛的美容小姐鐵定沒有執照，因爲妳的大腿總是有一堆小紅點，讓我的光潔大腿很不舒服。

「喬伊，我要走了，放開我。」

妳不可以繼續這樣批判我，妳明明很邋遢，妳以爲自己冰清玉潔，才不是這樣。

妳把自己用過的棉條放在垃圾桶裡面，又不常把垃圾拿出去，所以妳的公寓每個月總有某個禮拜充滿著經血的氣味。妳明明已經開始享受我的大老二的榮寵，卻依然不忘手淫。還有妳穿的那件絲衫？貝可，妳看起來好淫騷，今天早上我就是這麼想的，但是在「全面關係」中必須要學習放下一切，全心專注正面思考。

「我要走了。」哈。

「現在不要離開，」我依然態度冷靜，因爲總得有人要保持冷靜。「類似在這種衝動時刻的所作所爲，事後都會後悔。」

妳也沒想要浪費多餘氣力從我旁邊衝過去，因爲妳懂得要尊重我的壯碩體格，不過，我發現妳東張西望，妳像頭野獸衝入我的臥房，我的，伸手亂翻我的書架，我的。妳拿起那本義大利文的丹·布朗作品，朝我砸過來。

「喬伊，我手機在哪裡？」

「收得好好的，」我把它從口袋裡拿出來，讓妳放心，「妳自己亂放在桌上。」

妳罵我變態噁男，妳自己才是笨蛋，笨蛋可有罪受了。

「貝可，不要再自己編些有的沒的了。」我以後一定可以當個優秀的動物園管理員，我技巧高超，在野獸躁動不安之際，慢慢圍上去。

「我會大叫，你不知道我叫起來有多麼可怕，你鄰居都會過來，到時候他們就什麼都知道了。」

我雖然無心，但還是脫口而出，「妳要是亂叫，我一定殺了妳。」

完了。妳開始大叫，而且朝我撲來，我不喜歡現在的妳，妳逼我做出可怕的舉動，像是把妳壓制在地，急忙伸手摀住妳的嘴。妳逼我反扭妳的手臂、壓制住妳，而這裡是我們的床，妳開始亂踢。

「妳要是尖叫，那就玩完了。」

妳還是拚命使勁亂踢。

「貝可，不要再反抗了。」

妳蠕動身軀，但我身材更粗壯。妳會讓自己身陷危險，這個世界也會因妳而陷入危險。妳根本不知道自己在說些什麼，在這種時候，妳更需要我在妳身旁，終於，妳的憤怒轉爲哀傷，妳被我的掌心壓住了低泣聲，我的皮膚也變得好溫熱，我依然沒有鬆手，「妳要是繼續鬼叫，就會和妳《歌喉讚》裡的朋友得到一樣的下場。」

終於，妳停了下來，我提出了求和計畫，「貝可，如果妳答應我不要再亂叫，就眨眨妳的眼睛。要是妳願意配合，我就會放手。」

妳眨眼，我是信守諾言的男人，立刻放開了摀住妳嘴巴的手。

「抱歉，」妳聲音沙啞，眼睛拚命眨呀眨的看著我，「喬伊，我們可以好好談一下。」

我忍不住大笑，哈！妳覺得在妳經前症候群發作的時候，我們能好好談一下？現在根本什麼都不能談！妳的情緒變化不定，跟神經病一樣！天，貝可，妳覺得我眞有那麼笨嗎？但妳繼續哀求我。

拜託，喬伊，拜託你。

我喜歡妳的聲音，那應該是我愛妳的第十個特點。

貝可聲音好好聽。

很不幸，妳撒謊，妳又開始踢我，想要逃跑。當動物園管理員最難受的那一刻到來了，必須要拯救野獸，讓牠不要被自己的情緒，未受馴化、毫無邏輯可言的天性繼續折磨下去。妳亂踢亂叫，還咬人，貝可，但是妳與納塔莉・波曼同樣嬌小的身軀怎麼會是我的對手？我數到三，我給妳機會閉嘴，但妳不肯，等到三之後，我把妳可愛的小頭捧在手裡——對不起——用力掄牆——對不起。等到妳冷靜下來的時候，妳也會說對不起，了解這一切都是妳逼我的。

一片寂靜，現在我好寂寞，親吻妳的額頭。顯然，妳有許多問題，而妳每次經前鬧情緒也只是冰山一角而已。怎麼會有女孩子爬進牆裡面？妳這樣瘋狂大鬧，哪能接受我的愛？妳一定得想辦法找尋專業協助才行。我必須加快動作，妳不久之後就會醒來，我收拾用品，全塞進我的肩包裡，把妳扛下樓梯，叫了計程車。

司機打量了妳一下，想要知道該去哪家醫院。貝可，但我們要去的不是醫院，而是我的書店。這是紐約，司機不會多問，動物們有自知之明，不要找動物園管理員的麻煩。

47

當妳醒來，發現只有自己一個人躺在籠子裡的時候，鐵定會不開心。但我已經盡力打點好一切。我留給妳塑膠瓶裝的麥根沙士、塑膠瓶裝的礦泉水、蝴蝶餅、在某個抽屜裡找到的幾支蠟筆，還有筆記本。妳絕對不能說我害妳餓肚子或是剝奪了妳什麼，妳很安全。我甚至還把書店裡的筆記型電腦拿到樓下，配上喇叭，全放在籠外的椅子上，為妳播放《歌喉讚》。妳對這部電影一定很熟了，知道貝卡對傑西做出某些殘忍的舉動。她斷然拒絕他的好意，嘲笑他的興趣，對他好粗魯，而且不肯讓他接近她。但到了最後，她以歌曲的形式向他公然大膽示愛，他也原諒了她先前的一切惡行，貝可，我也會原諒妳，與妳吻別之後，我鎖好地下室的門，傳簡訊給伊森：

嗨，明天不需要進來。水管爆裂，得修個好幾天！

我還是沒對妳生氣，這就是愛情的美妙，我只覺得很抱歉。暴怒成那個樣子一定很難受，我沒有那樣的火氣，妳太可怕了，我眞希望我能夠潛入妳的體內，吸光妳的怨毒。

我打開妳的家門，進入妳的住處，證明我的確原諒了妳：我把垃圾拿出去，全是香蕉與月事的氣味。也許這就是妳懲罰我犯錯的方式，我不該碰凱倫．明蒂，不該對艾咪．亞當胡思亂想。

我坐在妳客廳的沙發上，屁股戳到了某個東西，我站起來，伸手在靠墊裡東摸西摸，是我的書，《愛的故事》。我不記得妳什麼時候開口向我借這本書，上頭有咖啡牛奶的污漬、妳隨便亂抽菸留下的菸灰、口香糖包裝紙、墨漬、沙子。怎麼會搞到有沙子？居然有沙子。

我還是沒對妳生氣，我愛妳，我的可愛小豬。我把《愛的故事》在手中反覆玩弄，心想不知道妳爲什麼要偷這一本，爲什麼要爲了一個妳永遠不會買的電鍋，把某支免付費電話抄在上面、污損了這本書？我當然很願意把這本《愛的故事》送給妳，我願意把我的一切都給妳。我盯著電視的空白螢幕，不知道這是否也等於是我的錯？我是不是對妳太小氣？妳把《愛的故事》放在這裡是否在暗示我什麼？但我卻沒有注意到？我無法繼續坐在這裡，於是我進入廚房，想要把我的書弄乾淨，但想也知道妳的廚房紙巾都沒了，我想起我最珍愛的某個夜晚，當時就是在這間廚房，好幾個禮拜前的事，也是好幾世之前的遙遠記憶了。

以前雖然妳學校課業繁忙，我在書店裡也忙得不可開交，但我們卻度過了快樂時光。我曾經開過玩笑，我會在七點整到妳家，希望能看到桌上已經準備好了晚餐，這笑話的梗在於妳不會做菜。而當我蹦蹦跳跳上階梯準備要找妳的時候，妳已經從窗口看到我，我不需要按電鈴。妳衝到門口，抓住我的手，叫我閉上眼睛，我乖乖照做。

妳帶著我進入公寓，讓我坐在沙發上，我一直沒有偷看，然後，妳說可以睜開眼睛了，我看到妳身著浴袍，拿了個紙盤，上面擺了挖空的地瓜，中空部位是以模型壓出的心形。我抬頭望著妳，微笑，妳開始逗我，「親愛的，歡迎回家。」

我變成了與妳一樣的狂獸，拚命幹妳，然後妳把買地瓜的曲折故事向我娓娓道來——第一顆爛掉了，妳還得再去店裡一次！——在地瓜上戳洞，挖空，剝皮，就像初二生在生物課剝青蛙皮一樣。

我哈哈大笑，看著自己還沒吃下去的地瓜，「現在我覺得盤子裡躺的是青蛙。」

妳的語氣認眞又溫柔，「喬伊，不對，那是我的心。」

後來，我們點了中國菜外賣快餐，因爲一顆地瓜永遠不夠塡飽肚子，我好愛妳，但現在我卻獨自一人待在這裡。

我拿了一件妳的小可愛擦拭《愛的故事》，妳不久之後就會醒來，我該趕緊辦正事才行。我需要妳的電腦，所以我回到妳的臥房，拿起固定放在床邊桌的電腦，走到我幫妳組裝的床的尾端，坐下來，但又立刻站起來。皺巴巴的床被底下有個又平又硬的東西，是麥金塔Air。我把它拿出臥室，因爲那東西不該留在我爲妳組裝的床上頭。

我需要喝點東西，我打開冰箱，有我們的伏特加，但還有別的，琴酒，妳什麼時候開始喝琴酒？而且還開始用麥金塔筆記型電腦？我把伏特加拿進客廳，坐在妳的骯髒沙發上，喝了一大口酒。也許這是妳爸爸買給妳的，或許是妳母親的贈禮。也可能是謝娜把它留在這裡。

我這個人想像力豐富，心裡已經浮現出多套劇本，而當我打開電腦一看，我腦袋爆炸了：螢幕保護程式是妳與尼基博士的照片，就是大家說的靠他媽的那種自拍照。你們兩人都沒穿衣服，待在我的床上，我搭渡輪帶回來，爲妳、爲我們組裝的那張床。他就躺在我們的床上，我進入廚房，從冰箱裡拿出那瓶琴酒，朝水槽裡的那些骯髒碗盤倒進去，幹，臭電腦，幹，尼基！

當我再次進入客廳的時候，那台噁爛麥金塔依然在咖啡桌上，要是電腦能夠扮鬼臉的話，這台輕薄的噁心電腦一定早就在嘲笑我了。我必須要冷靜下來，眞相爲何又有誰知道？也許我的結論下得太快了，搞不好這台噁爛麥金塔筆記型電腦其實是許久之前的事，妳以前所犯的錯。但這台混帳電腦的首頁是某個谷歌帳號，Becklicious1027@gmail.com，妳在兩個禮拜前新設的帳號，就是我遇到艾咪．亞當之前的事，妳那時開始變得冷淡，我也疑神疑鬼。妳是爲了尼基而開了這個電郵帳號。妳有夠賤的，妳告訴他，我可能在偷看妳的電郵。破麻，對我就是在偷看。

尼基：我說得沒錯吧？妳男友不知道這個帳號，根本也沒辦法偷看。

妳：你心機好深，但你說得沒錯。

尼基：喜歡妳的新玩具嗎？

妳：光是一台電腦而已太貴了啊哈哈哈

尼基：住嘴。

妳：有本事你來咬我啊

我要看的就是這些東西。妳與尼基之間一共有四百三十七封的來往電郵，我沒抓狂。這個駝背的中年男子玷污了妳，佔妳便宜，居然讓妳付他錢讓他幹妳。先前我覺得妳對我漸行漸遠，的確沒錯，原來妳的時間都花在與尼基秘密通信，每當妳因爲遲到／疲倦／因作業而崩潰／忙碌／上課／抽不出時間而向我道歉的時候，妳就是在與尼基上床，不然就是想著要與尼基上床的事，再不就是寫信給他。我打開照片，有一張小照片特別引人注目。尼基站在我的床邊，抓住妳裸露的小腿，他哈哈大笑，他戴的是妳打算退還給梅西百貨、我那頂《麥田捕手》男主角的帽子。

貝可，我必須老實承認，這眞的很讓我傷心。但這件事不能全怪在妳頭上，出包又讓妳失望的人是我，我早就知道狀況不對勁，我明明有預感卻置之不理，現在妳卻因爲我而被鎖在籠子裡，我本來有機會攆走妳屋內的老鼠，但我沒有，難怪妳會一直對我尖叫。妳當然有權利對我生氣，因爲我無法保護妳，害妳無法逃離那個好色、喜歡穿VANS的假醫生的魔掌。我從妳的秘密電郵帳號發信給琳恩與謝娜：

我與尼基之間不太妙。很擔心會被喬伊知道，而且我寫作進度嚴重落後，我準備暫時放下這一切，離開紐約幾天好好寫作，親一下抱一下。好愛妳們的貝可

我們不能讓妳的同學擔心妳的下落，所以我打開妳平常在使用的那個電郵帳號、與貝萊絲聯絡，以免她去追查妳的下落：

貝萊絲，天哪有個大秘密，妳記得我的女傭小說？妳的評語太讚了，我把它寄到了「妳知道的那個地方」，然後……他們接受了！我現在得好好修改（他們也超會寫評語的，妳應該去那裡實習才是），祝妳的課業一切順利，等到我改完稿之後，我們大家一定要好好聚一聚，餐廳妳選，帳單我付，☺親一下抱一下。小貝

我拿出妳的手機，打開推特軟體：

#社群媒體假期正式展開，親一下抱一下。小貝

48

我想我已經把妳與尼基醫生之間的偷情信內容背得滾瓜爛熟，我一定得搞清楚，因爲我必須要準備妳的考卷。我淡然，冷靜，我暫時放下自私火氣，將我們兩人放在第一位，我在回書店的路上找了間雜貨店買了黃色拍紙本，把我的問題全寫在上面。我準備好了，帶著裝了電腦的肩包走下樓梯，努力讓妳冷靜下來，妳在發抖，妳應該要保留元氣才是。「好，貝可，鬧夠了吧。」

妳氣色好差，小可憐。妳頭髮亂七八糟，哭個不停。「喬伊，你要對我做什麼？」

妳看著我先前架好的電腦，又開始發抖，雙手摀住耳朵。我不懂妳爲什麼要這樣，《歌喉讚》明明就是妳最愛看的電影，但原來是我搞砸了，我忘記按下播放鍵，自從妳醒來之後，前導影片就不斷循環播放，看來已經有好一段時間了。

我按下靜音鍵，「好，這樣可以吧？貝可？」代號Alicious1027的貝可。

妳不斷啜泣嗚咽，整張臉哭花了，但我覺得妳應該還是點了點頭，我吩咐妳要走到滑動式抽屜的旁邊，我在裡面放了兩張閃卡。

妳東張西望，「到底要幹什麼？」

「貝可，抽屜。」

我拍了一下抽屜，那是穆尼先生給我披薩、我把蘇打水交給班吉的入口。有時候，大家都會變的，我希望妳趕快把卡片拿起來。

我開始解釋：「妳得收下這兩張卡片，我們才能開始。兩張卡片分別為『是』與『不是』。」

「喬伊……」妳根本沒有移動腳步，也沒在聽我說話。

我指了指籠子裡的抽屜，妳乖乖照做了，還開口求我，「喬伊，聽我說，是我反應過度了。」

「貝可，趕快拿卡片。」妳望著我，彷彿把我當成了瘋子。「我們早點開始，妳就可以早點吃東西。」

妳拿起卡片，妳最愛做測驗了。妳坐在長椅上，面對著我。我發現妳吃了一點蝴蝶餅，水也幾乎喝光了，乖女孩。

「這是口頭測驗，」我的開場白讓妳哈哈大笑，「只有是非題，等妳回答之後，妳還有補充說明的機會。」

「你在開玩笑吧？」

我沒理妳，妳在嚶嚶啜泣，我不能生氣。如果我得被迫收看《歌喉讚》的DVD前導影片、長達五個多小時之久，我也會發瘋的。我低頭看著黃色拍紙本，講出了第一個問題，「妳是不是和妳的心理治療師，尼基．安傑文有一腿？」

「沒有。」妳語氣超不爽。

我希望妳可以通過測驗，所以我繼續施壓，「再問妳一次，妳和妳的心理治療師，尼可拉斯．安傑文有一腿，有沒有？」

我小心翼翼避開博士那個字眼，妳低下了頭。「沒有。」

我嘆氣，「妳確定嗎？」

終於，妳對我卸下心防，一如E．E．卡明斯所言，妳一定會的。妳把頭髮攏到耳後，「一言難盡。」

「貝可，這又不是在玩臉書，哪有什麼一言難盡，到底有沒有？」

妳的雙腳不安蠕動，還亂扯自己的頭髮，咆哮，尖叫求救，妳擔心自己性命不保，妳的聲帶好可憐，眞爲妳感到惋惜。我放下拍紙本，走到籠子旁邊，「我愛妳，貝可，我眞的不想殺妳。」

「那就讓我出去。」

「馬上，」我又回到我的位置，拿起拍紙本，「妳與尼基．安傑文有一腿，有沒有？」

妳發出哀號，憤恨踢腳，咻一聲抽出「是」的那張卡片，耶！

「答對了。」我打了勾勾，準備進行下一個問題。

「喬伊……」妳再次站起來，然後又雙腿一軟跪了下去，宛若小孤兒一樣。妳開始苦苦懇求，「請不要因爲尼基博士而生氣，我就是一時昏頭好嗎？我瘋了，一切都結束了。我的意思是，對，我們睡過一次，喬伊，沒什麼，就是荒唐的一夜情。」

那不是荒唐的一夜情，現在該繼續下去了。「下一個問題。」貝可，我馬上就要唸出來了，對我來說，這問題好艱難。「喬伊．戈登伯格有許多優點，是或不是？」

妳放聲大笑，妳回答快速，態度篤定。「當然啊，你在開什麼玩笑？你有數不清的優點，我一直說你好聰明，而且比我認識的每一個人都更聰明。你好厲害又風趣，聰明，而且很實在。」

我就擔心妳會說出這樣的話。我從自己的肩包裡拿出那台噁爛麥金塔。妳看到了，開始鬼吼鬼叫，雙腿亂踢，憤恨揹拳，妳現在就像個五歲小孩一樣，我只能等妳自己結束鬧劇。我知道妳愛我，我也知道妳不是故意做出這些事，但我們要是不把話講清楚，也無法繼續走下去。闖進我的密牆的人是妳，我別無選擇，也只能對妳如法炮製。

我把妳昨天從Beckalicious1027帳戶寄給尼基的信唸了出來：

「尼基，親愛的，我想要與喬伊分手，他這個人條件不怎麼樣，能和我談戀愛，鐵定是他一生中最美好的事了，要分眞的很難。還有，尼基，有時候我半夜醒來，眞心覺得我不想當後母。哦！可不可以把《士兵的重負》還給我？謝謝！」

我闔上噁爛的麥金塔，我面無表情。身爲主考官，我必須不動聲色，堅持專業表現。現在的氣氛凝重而沉默，感覺這些珍本書正在聆聽我們的對話，它們在呼吸，等待。

「好，」妳開口了，我們之間的局勢有了新變化，「喬伊，我是個爛人，念書念多了只是讓我個性變得更差。你總是覺得我很了不起，我不知道，我不知道你爲什麼會這麼想，因爲我不是。還有，我打算要拿回你的書，眞的。」

我想要吻妳，告訴妳我愛妳，然後緊緊抱住妳，但我沒有，我繼續問道：「妳不想與尼基交往下去了，是不是？」

「對，喬伊，」妳坐在椅子上，張開雙腿，頭垂得好低，妳抬頭，「百分之百確定，千眞萬確。」

我打開嗯爛的麥金塔，深呼吸，「我們現在進入了閱讀理解測驗。我要把尼基寫的某段話唸出來給妳聽，然後，由妳來告訴我那是怎麼一回事。」

妳瞪著我，不發一語，我就把妳的沉默當成聽懂了，我咳嗽之後，向妳大聲唸出尼基的電郵：

「貝可，妳眞的有那種想法嗎？我才剛把妳的事告訴我妻子，現在說妳不想當繼母有點太晚了。貝可，這不是遊戲，這是眞實人生。我要過去妳那裡了，我現在沒有地方可去，貝可，她要我搬出去，我發生了這種事，而妳卻只是忙著向我討書。」

我闔上嗯爛麥金塔，「給妳兩分鐘，告訴我這封信對妳來說有什麼啓示。」

我好想告訴妳標準答案，但我沒辦法。我按下手機的計時器，貝可，答案已經呼之欲出了。妳應該告訴我的是妳想向主管機關舉報尼基，讓他們撤銷他的執照。妳應該告訴我，妳希望他太太把他攆出家門、希望他無家可歸橫死街頭，只能帶著一箱刮傷的唱片，找不到地方可以播放。然後，妳應該要恍然大悟，其實這並非妳眞正的期望，妳應該要知道妳要的是我，不過，給妳的時間已經過了五十五秒，妳卻什麼話都沒說，妳拍拍手，終於要講話了。

「好，喬伊，事情都曝光了，」妳的語氣也未免太歡樂了一點，「我很哈已婚男人，我眞糟糕，我不會坐在這裡怪我父母什麼的，因爲我畢竟二十四歲了，許多女孩的父親也都爛到不行，所以我沒有藉口怪我爸爸。」

妳不該給我這樣的答案，尼基果眞把妳搞得七葷八素，想要把妳從他所設下的圈套裡拉出來，眞的是耗費氣力與心神，妳這隻小豬被他吃得死死的。妳的確努力回答，我看得出來。我打開噁爛麥金塔，繼續唸下去，「下一個問題，妳與尼基最後一次對話的閱讀理解力測驗。妳寫道：眞的好抱歉。尼基，我眞的覺得我將來就算愛上別人，也無法像愛你一樣那麼痴狂。」

妳跳起來抗議，「喬伊，夠了，拜託好嗎？」

我揚手，妳夠了，我繼續唸下去，「光是想到你我就馬上濕了，這是我從所未有的體驗。」

妳大聲打斷我，「喬伊，我對每個男人都會這麼說，大家喜歡聽，你不能把那種話當眞。」

我原本的專注力瞬間消散無蹤，我回嗆妳，「是嗎，妳從來沒對我說過那句話。」

「因爲你與眾不同，」妳回我，與眾不同，性感，「你才不會相信我這種鬼話。」

妳好迷人，但這也是給主試者的考驗，而且，妳別想靠自己的美貌與性感語調熬過這一關，必須要靠自己的聰明才智。我低頭看著噁爛麥金塔，繼續唸出妳寫給尼基的內容：

「我覺得，其實你並不知道自己那麼深愛妻子。我覺得，我愛的可能是喬伊。」

妳又打斷我，「我眞的愛你，喬伊，眞的。」

我沒理妳，現在依然是我說話的時候，「接下來我要唸出尼基的回應：貝可，妳想知道我的感受嗎？我覺得妳是超自私的賤女人。貝可，我就先祝妳好運，因爲等到妳了解自己寡廉鮮恥會有什麼下場的時候，也只能自求多福了。」

我闔上噁爛麥金塔，把它放回我的肩包，拿起了拍紙本，「給妳三分鐘，陳述妳與尼基最後一次的互動帶給妳什麼啓發？」

這次我多給了妳一點時間，因爲妳是個很配合的聆聽者，而且想必妳一定很煎熬。尼基對妳做出這種事，眞應該下油鍋才是。當初我決定饒他一命，卻辜負了妳，他在那間擺滿了米褐色抱枕、經典搖滾唱片與垃圾的「安穩」天堂虐待妳，妳瘋瘋癲癲開口騙我，說什麼妳家裡「慘絕人寰」，自然也不意外了。妳需要離開妳的噁爛麥金塔，都是那個噁爛男送了妳這台噁爛麥金塔，難怪妳會想動手動腳爬進我家的牆，小可憐。

妳依然在思考，踱步，而我則不斷禱告，希望妳講出正確答案。我希望妳講出妳根本不知道自己在那些電郵裡講了些什麼，我希望妳告訴我，在籠子裡待了還不到八個小時、妳已經有了重生的感覺，我期盼妳說出自己再也不會因爲看到那駝背的自大狂而那裡就濕了，還有，妳愛我，懇求我的寬恕，我現在只想要原諒妳而已。

現在，距離我開始計時已經過了三十四秒又兩分鐘，妳抬頭望著我，講出自己的答案，「說來好笑，我第一次去尼基那裡的時候，他想知道我出了什麼狀況，他的措辭是這樣的：『貝可，我們來看看妳到底哪裡有問題吧？』」

妳發出輕笑，尼基對我也用相同的開場白，爛人。

妳繼續講下去，「我告訴他，我覺得我的頭好像房子，他聽不懂，我說我的頭像是房子，裡面有老鼠，所以我才會一直焦慮不安。」

原來是妳想出來的，他偷走了妳的創意，下流。

「哦。」我覺得我第一次進去他診療間的時候就該殺了他才對。

「他一直聽不懂，後來，我告訴他，唯一能讓我忘掉老鼠的方法就是找人談戀愛。」

我望著靜音模式的《歌喉讚》DVD選單，妳一點都不像女主角貝卡。

「反正呢，」妳滔滔不絕，我越聽越傷心，「我告訴他，我喜歡被人需要的感覺，我喜歡新事物，喬伊，我也告訴過你同樣的話。」

「我以為妳指的是宜家家居的那些爛東西。」我一講出這句話，妳立刻別過頭去。妳拚命想要解釋自己的問題，那態度彷彿像是在半夜分析妳看過的某部電影。妳冷靜客觀，態度超然，在我們認識之前，妳一直就是這樣，拚命在找人談戀愛，妳自稱是變態跟蹤者，妳說自己幻想的婚禮模式從來不變——放的歌是〈我親愛的主〉——但對象卻是各式各樣數不清的男人，「喬伊，你也不例外。」

「所以妳的確想嫁給我。」我回道，妳是我的摯愛，妳是我親愛的主。

妳對我咆哮，「喬伊，你沒聽懂我的話，我不是那個意思！」

我覺得搞不清楚狀況的是妳，妳說那心理治療根本是笑話，妳繼續說道：「沒辦法把老鼠趕出去啊，除非炸掉房子才有可能。」

妳又累又餓，講話變得語無倫次，我把拍紙本塞進肩包，把兩塊櫻桃派口味的LÄRABAR能量棒放入滑動式抽屜，給妳補充體力。妳真的很喜歡講自己的事，就連在籠子裡也一樣。我開始播放《歌喉讚》，然後又步上階梯，妳聲聲呼喚請我留下來，但我沒理妳，我沒辦法陪妳，我必須準備第二階段的測驗。

我趕緊衝到暢銷小說區，拿了兩本《達文西密碼》。我小跑下樓，看到妳正在啃能量棒，眼睛死盯著男子人聲合唱團「痞子幫」「以嘴巴創造音樂」。我果然設想得很周到！我拉開抽屜，把一本《達文西密碼》丟進去。

「你在開什麼玩笑？」妳依然在大嚼特嚼專賣給女生吃的櫻桃派。

我指著自己的書，「我也會陪妳看這本書。」

「爲什麼？」

「有哪本書我們兩個人都沒有看過？我東想西想，也只有這一本而已。」

我們需要有共同分享的經驗，才能繼續在一起。妳不斷翻弄手中的書，妳雙腿之間那塊鼓脹的柔軟飢渴的磁區，散發出某種深沉的自信、性感的勇氣、毫無所懼的驕傲。妳不怕我，任何人妳都不怕，男人好愛妳，妳自己也知道。沒有人能夠成爲妳屋裡的老鼠，因爲妳的身邊總是不乏對象——書店帥哥店員、飢渴的心理醫生、沒出櫃的拉子千金小姐。一定會有人盯著妳不放，妳覺得自己好特別。在籠子裡，妳覺得自己受人疼愛，而不是被困陷其中，就和我當初一樣。

49

我們的屋子裡有隻老鼠，名叫丹．布朗，他是我們的豪宅之主，也是創造出羅柏．藍登教授、以及聰穎迷人的密碼專家蘇菲．納佛的作者。我們幾乎是立刻就迷上了這本書，一起享受了這場旅行。我們去了羅浮宮，不斷跟追各條線索，妳趴著看書，我經常看到妳讀到精采處會興奮踢腳。我坐在籠子的另外一側，與妳一樣沉醉在書中的世界裡。

我們暫時放下書本，討論主業會與錫安會，我們都希望羅柏．藍登是眞有其人，我還在網路上找到了改編電影的片段，在我們的眼睛與手指都需要休息的時刻，讓我們兩個人可以好好解饞一下。妳說自己從來不曾有過這麼刺激的閱讀經驗，我也是。

「我的意思是，我很愛史蒂芬．金的書，」妳說道，「但不能相提並論，因爲他的作品精雕細琢，《鬼店》眞的是文學作品，你懂嗎？」

我很清楚，而且我記得班吉不肯承認自己其實很愛《安眠醫生》。我們一直看書看到深夜，第二天早上，妳不斷來回推弄滑動式抽屜，把我吵醒，「拜託！」妳大吼大叫，「我待在這裡快死掉了！」

我們繼續看書，但我們需要咖啡，我衝上樓，離開書店，走到了街上，這場測驗，妳不是低空掠過而已，根本是一百分。星巴克排隊的人龍很長，但我一定要買到妳平常愛喝的海鹽焦糖摩卡，這是妳應得的獎勵，我們的讀書會最棒了。

「我覺得自己與西拉之間有某種關聯，你說是不是很奇怪？」妳昨晚問我。「這說法可能有點變態，但是當我發現佩姬死掉的時候，我發現我的情緒是氣惱自己，而不是為她感到傷悲。對我來說，她是我全世界最好的朋友，因為我等於是她的全世界。她對我好痴迷，但我卻不記得她的生日究竟是哪一天。」

「妳是教堂。」我說道。

「而她正是西拉。」妳回我。

我提醒妳，我們在書店的第一次對話內容，妳取笑我，說我是神父，而我說我是教堂。

「哇！」妳發出讚嘆，「哇！」

我帶著妳的海鹽焦糖摩卡走回書店的時候，一直在自顧自傻笑。我們是夢幻情侶檔，我們是終於接了吻之後的梅格．萊恩與湯姆．漢克斯；是電影《活個痛快》裡面一起吃完披薩之後的抗癌成功喬瑟夫．高登．李維與可愛實習心理醫生安娜．坎卓克；我們是在U2唱完〈我一心只想要你〉之後的薇諾娜．瑞德與伊森．霍克[30]。等到我走到地下室的時候，妳拍手叫好，但一臉困惑。

「喬伊，」妳開口說道，「杯子太高了，放不進這個抽屜。」

「我知道。」我喜歡妳乖乖住在這裡，不吵不鬧。

「所以你要怎麼拿給我？」

我面露微笑，拿出早已特地準備好的淺寬式馬克杯，妳又發出驚嘆，「哇！」

在過去二十四個小時之間，妳說出「哇」的次數已經超過了過去二十四個禮拜的總和。妳叫我天才，而且再次央求我講出到底是怎麼把班吉騙到書店的。我們各據籠子的兩側，一起享用咖啡，等到我把故事說完之後，妳搖搖頭，又來了，「哇！」

「還好啦。」我回道。

「但有個小破綻，」妳開口問道，順手把咖啡放在地上，「班吉的最後一個推特，你寫到了『在』南塔克特。我記得自己當時看到的時候，心想他鐵定是眞的瘋了，因爲他居然寫錯了介系詞。」

「蘇菲，幹得漂亮。」我開心大笑，現在沒有傷感，沒有鬥爭，因爲我們是一體的，我們是聯合國兒童基金會，我們是贈與者。

「謝謝你，教授。」妳目露微光，還對我眨眨眼。

「要不要休息一下？」我問道。

「太好了。」妳回道，我們在這裡好愜意，我開始播放歌曲〈四海一家〉，妳哈哈大笑，問我爲什麼要挑這首歌，我說，我覺得我們待在這個地下室裡面，可以讓這世界更加美好，妳態度嚴肅，妳了解我的意思，而且妳欣然同意，我從來不曾與別人有過如此緊密相繫的感覺，妳懂得我的感情思路，妳喜歡這裡的一切。

㉚ 電影《四個畢業生》男女主角及片中插曲。

時光飛逝，而《達文西密碼》的某個段落讓我們開始討論起狄更斯節與扮裝道具服，又因而聊到了帽子，我面紅耳赤，妳知道我發現了那頂《麥田捕手》男主角帽子的事。妳闔上自己的《達文西密碼》，抱住膝頭，這是妳極度憂傷時的標準動作。

「你一定很難受。」

「他戴那頂帽子也不好看。」我與羅柏・蘭登一樣小心翼翼，而妳依然滿面憂愁。

「我是騙子。」

「不，貝可妳不是。」

「你像是錫安會的貴族，想要摸清我的底細，我粗枝大葉，連個獵帽的秘密都藏不住，更不要說噁心下流又骯髒的縱慾事件了。」

噁心！下流！骯髒！縱慾事件！聽到妳這麼說，我鬆了一口氣，我微笑說道：「貝可，妳對人掏心掏肺，妳只是得要更注意自己交心的對象。」

「沒錯，」妳回我，「喬伊，有誰比得上你的熱情與認眞啊？」

「只有妳了。」妳聽到我的回應笑了，還對我眨眨眼。

我們繼續看書，只要在閱讀的時候，兩人都靜默不語，我們以相同的方式沉迷在書香世界，不知道在什麼時候，我們兩個都睡著了，我先醒來——耶！——

讓妳繼續休息。我上樓，在書店裡舒活筋骨，看到伊森先前傳給我的簡訊：

哎呀呀喬伊！恭喜貝可。貝萊絲告訴我貝可的文章要登在《紐約客》！太棒了！我們下禮拜一起出來喝一杯吧！我請客！或者等我搬去貝萊絲家的喬遷派對！

驚嘆號伊森終於找到合理的理由使用驚嘆號了，我眞爲他感到開心。我走到小說A—D書區，找到了狄更斯的《孤星血淚》，突然一陣激動。我期待將來的某一天，當我在妳面前說出我一路跟蹤妳到橋港、參加傑佛遜港的狄更斯節的時候，妳會再一次驚嘆，哇！

不到一個小時之後，我的預感果然成眞。妳信手翻閱《孤星血淚》，「哇！」妳發出驚嘆，「所以你眞的知道我同父異母的弟妹長什麼樣子。」

「對，」我回道，「我買了假鬍子，嗯，以防萬一。」

妳把《孤星血淚》丟入滑動式抽屜，「我覺得你好天才。」

我拉開抽屜，取出狄更斯作品，「妳準備好了嗎？」

妳開心大笑，「我以爲你忘了問。」

我們各自就定位，宛若手牽著手，奔向碼頭，屏住呼吸，再次跳進深邃的、讓人無可自拔的《達文西密碼》深水之中。這是我一生中最幸福的時刻，我抬頭看著妳，等妳感受到我的灼熱目光，妳果然有默契，「我看到兩百四十三頁，你呢？」

「兩百五十一頁。」

「好，那你休息一下，讓我追上你。」妳再次稱讚我，因爲我看得又快又仔細，但大多數的人，尤其是男人，都無法兩者兼顧。

當羅柏與蘇菲知道要如何取得聖杯的時候，我們都哭出來了。我們知道他們進入教堂之後會發生什麼事。妳把手放在滑動式抽屜上，我也是，這抽屜的設計就是無法讓我們雙手相握，但我感覺得到妳的脈搏，眞的，妳在吸鼻涕，「我不想看到結局。」

「這就像是《修正》[31]的結局一樣。」我回道，書本的問題就是結局，它們一開始引誘你，對你張開大腿，把你拉進去，你沉迷不已，決定放下一切家當以及與世界的互動，你喜歡裡面，然後，你再也不想理會自己的家當以及與世界的互動，這本書就消散無蹤了。妳翻到最後一頁，沒了，我們兩人都哭了，我們爲蘇菲與羅柏感到開心，但也因爲時差而疲憊不已。我們經歷了一場旅行，偶爾投入程度太深，妳瞬時成了蘇菲，耶穌的後代，而我也變成蘭登，蘇菲的拯救者，我們的身體與精神都放鬆了下來，妳打哈欠，我也是，而且妳的背脊發出了咯咯聲響。我們哈哈大笑，然後，妳問我幾天了。

「三天，幾乎等於是四天。」

「哇！」妳發出驚嘆。

「我懂妳的感覺。」

「我們應該慶祝一下。」

「怎麼慶祝？」

「我不知道，」妳撒謊，妳眞是古靈精怪的小仙女，「我可以去買冰淇淋啊。」

《達文西密碼》是這世界上最了不起的巨著，將來，等到我們住在一起的時候，我們會有新書架——全新品，不是二手舊物，我了解妳對新事物的喜好——書架上什麼都沒有，只有我們的

《達文西密碼》，依偎在一起，因爲我們的愛形成了超自然力量，讓它們融合成一體，永生永世。

30 The Corrections，作者強納森・法蘭岑被《時代》雜誌譽爲最偉大的小說家，並入選百大英語小說。

50

我衝出去爲妳買冰淇淋，腦中浮現了鮑比．蕭特的歌聲——我是妳的王子——前往雜貨店、回到書店的路途上，我心情雀躍，而且是一路蹦蹦跳跳下了樓梯，我迫不及待想要把妳挑選的香草冰淇淋拿給妳。現在，妳又恢復了單純本色，因爲三個禮拜之前，妳會吵著要在紐時「週日生活風格版」看到的什麼鬼義大利冰淇淋。我想要告訴妳，剛才我在雜貨店的時候，在排隊隊伍裡看到某個好笑的人，不過，當我到達地下室的時候，妳的模樣已經不一樣了，全身赤裸，我愣住不動，「貝可……」

「快過來，」妳低聲下令，「把冰淇淋拿過來。」

我乖乖照做，妳的右手開始在自己的鎖骨上游移，然後又撫觸自己的胸部，妳繼續下令，「我要吃甜點。」

我撕開包裝袋，湯匙掉在地板上，但管他的，我同時撕開了盒蓋與塑膠內膜。

冰淇淋好軟，我的老二好硬，我現在知道爲什麼鮑比．蕭特有賽馬的感覺，因爲我現在就是隻賽馬。

「等一下。」我說道。

「滴答滴答等你哦。」妳在對我撒嬌。

我開了電腦播歌，妳喜歡，而且還命令我，「設定重複播放。」

我乖乖照做，然後走到了滑動式抽屜那裡，妳跪在籠子前面，乳頭硬挺。妳想知道我可不可以拉開抽屜，把它弄成一個敞開的窗口，沒問題。妳下令我脫褲子，我脫了，以前的抽屜成了全新的開放空間，妳的雙手伸了出來，我拿起冰淇淋，靠近籠子。妳開始愛撫自己，手指濕了，閃閃發亮，我知道自己該把冰淇淋湊過去，它的溫度越來越高，因為我們之間的熱情讓它逐漸融化。妳的另一隻手埋進了雙腿之間的磁吸地帶，而且妳一直緊盯著我的雙眼不放。現在妳的雙手都沾滿了妳的蜜汁，然後妳又把濕亮的手指放入融化的香草冰淇淋裡面。妳在挑逗我，妳說妳想要我的嘴，我湊過去，妳把手指全塞了進來，妳其他的手指是小詩，E・E・卡明斯去死吧，妳的更美妙，妳的身體，我的大老二，一起讚頌E・E・卡明斯，我的身體，妳的雙手。妳的手是《達文西密碼》，我的身體是妳的。我把妳手指舔得一乾二淨，妳繼續在我嘴裡四處摸索，我低頭看著妳，妳的手上都是香草，妳挖了一大堆，沾滿香草的手與另外一隻手合體，握住我硬邦邦的大老二，面對妳的柔軟攻勢，我冷靜熱情又堅硬。妳的雙手會跳舞，引領我進入妳的嘴裡，妳含住我，我發出呻吟，我們已經融合在一起了，這裡幾乎沒有什麼空間能夠容下我們三者，我們，我的大老二還有妳的雙手，我是妳的嘴唇的沉浮者，等到我睜開眼睛的時候，發現妳正盯著我，眼睛張得又圓又大。我需要妳，全部的妳，妳也是，妳知道我的全部秘密，妳的口中有牙齒，妳把我從妳口中抽開，改以雙手緊握，妳抬頭看著我，發出祈求，「幹我。」

我並非是基於理智而決定相信妳，我的身體主導了一切，迫不及待打開了籠子。妳在搓揉自己，等待著我，我趕緊把鑰匙插入鎖孔，我想念妳的撫觸，我要進入妳的領地，進入妳。妳沒有逃跑，反而迎向了我，充滿了慾念。我緊扣住妳的頸項，把舌頭伸進妳的嘴裡，妳也熱情回應。

妳在搔我，我現在大可以殺了妳，妳心裡有數，妳的乳頭從來沒這麼硬，而且妳的下體也從來沒有這麼甜美，這麼緊實——全都是香草——我們可以這樣下去一輩子。妳的高潮好真實，整個人都爆炸了，這是驅邪咒語，也是驚嘆號。妳不斷發出囈語，妳是我的人，我在妳的體內，我鬆手，自己也炸裂了，現在我也是妳的人，真的。妳的背在痛，哇！我帶妳去了許多好地方，比上西城更讚，比土克凱可群島與尼基的米褐色診療間更屌。我帶妳去了法國，去找聖杯，登上了月球，妳不再有任何動作，全身都在泛笑，妳是睡蓮，被陽光輕撫，在湖面上漂游，我，是籠罩著妳的黑影。

籠子的門已經敞開，我半裸著身子，要是妳往上衝，我鐵定抓不住妳。而妳要是抓住我的虛脫大老二亂踢、趁機逃跑，絕對可以得逞。地下室的門沒鎖，所以，理論上妳的確可以逃走，但書店大門上了鎖，妳在這裡工作的時間不夠久，所以也不知道我把鑰匙藏在哪裡。不過，妳要是夠大膽的話，當然也可以全身光溜溜跑到書店尖叫求救，一定會有人來幫妳，還會把我抓起來，但這些情節都沒有發生。妳的身體不會說謊，而且妳的雞皮疙瘩點出了事實。妳舔弄嘴唇，抬頭望著我，對我撒嬌，「喬伊，哇！」

51

不知道從什麼時候開始，我不再假寐，反而放任自己貪看妳的睡容。我們現在活在全新的世界裡，我吻了妳，伸懶腰，我需要梳洗一下，走出了籠子。我不關妳了，因爲在這個全新的世界裡，我們再也不需要關門。我把籠門留了一點隙縫，隔音的地下室大門與通往書店的廊道隔門也一樣。我們都自由了，我帶著那兩本《達文西密碼》上樓，就像是小孩拿著新玩具一樣。等到我進入書店的時候，我眞的是嚇了一大跳，因爲一切就與我們開始閱讀小說之前一樣。我們的高潮天搖地動，它們居然安好無事，還有，當我們神遊《達文西密碼》的世界之際，「休息中」的牌子也依然在原位，浴室也是，與我幹砲讓妳重生之前的狀況一模一樣。

我打開開關，鹵素燈照亮了這間小浴室，妳一直逼我更換的風扇也發出了可怕的噪音。就連這風扇也讓我笑了，都是因爲妳，我會換的，貝可，妳說得沒錯，太吵了，而且也太老舊，根本無法發揮作用。我一個人顧書店的時候，這也會成爲安全的一大隱憂，因爲單靠一個開關就控制了燈光與風扇，要開燈就得忍受噪音，而在抽風扇呼呼作響的時候，也完全聽不到其他的動靜，貝可，妳是對的，這樣很危險。

我沖了馬桶，打開水龍頭，望著鏡中的自己。氣色很好，神情愉快。我在想自己是不是也該用臉書了，好讓妳的個人資料可以連接到我的帳號。我應該趕快搞定，以免妳煩我，好，我記在腦子裡了。我一直開著熱水沖手，心想不知道是否眞應該爲了妳而開臉書帳號。我不知道在哪裡看過，現在的小孩超愛說謊，所以他們在玩一種名爲「其實」的遊戲。跑去某人的塗鴉牆——塗鴉牆是什麼鬼啊——然後劈頭寫道：「其實……」，講出某些嚇死人的事實。大家已經對說謊習慣成自然，所以講實話還得先聲明一下，因爲一定會嚇死人、因爲它與平常的謊言生活天差地遠，這還眞是既可悲又詭異。

不過，反正妳也厭倦了這種把戲，所以也許在妳刪除臉書帳號檔案之前，可以來個最後的動態更新：

其實……我超愛《達文西密碼》。

貝可，我們得做出好多的重大決定。妳要不要搬到我家？還是我搬過去？我們要待在紐約嗎？就算我這裡的工作很不錯，但我覺得妳在加州會有很好的發展——想要在紐約作家圈混出名堂，妳還太嫩——現在我們有了彼此，可以一起四處漫遊。我看著自己的《達文西密碼》、疊在妳的那本上面，貝可，它們看起來好相配，這樣眞好。

我拿起香皂，猛力搓出大量泡沫，現在必須洗去妳與香草冰淇淋的氣味，讓我好難過。不過，我也很期待重新讓妳的汗水、愛液，以及口水弄髒我的身體。

風扇吵人，我的老二又硬又翹，我知道現在要做什麼，我要用嘴巴把妳舔醒，我要把妳吞下去。幸好我隨身攜帶牙刷，現在它是乾的，我的臉忍不住泛笑，等到下一次我拿起牙刷的時候，它一定是濕的，因爲被妳用過了。當我在刷牙、沾水打濕胳肢窩、將當初爲了模仿酒保而特地買的古龍水噴在身上的時候，我覺得自己聖潔與投入的程度與西拉不相上下。天，我太了解妳了。我對著頭髮潑了一點水，應該要刮鬍子才是，但我好想妳，我要吃妳，而且現在就要。

我關了開關，燈光消失，風扇也漸漸慢了下來。我沒開門，狀況不對，原本的寂靜沒了，出現亂七八糟的聲音，腳踏木板條，還有妳的痛苦嘶吼——救命！——妳猛拉大門，但它就是與妳作對。我拿起我們的書，悄悄從廁所溜出去，妳依然站在前方猛敲門，還好，現在是半夜四點鐘，這附近不會有人出現聽見妳的呼喊，會把紐約稱之為不夜城的人，想必不曾在「穆尼珍本與二手書店」工作過。我走到書店中央，看著妳站在門口，頭髮散亂，手腳亂揮，穿著我媽媽的「超脫」合唱團T恤，伸出雙手拚命拉門，妳太專注了，根本沒聽到我接近的聲響，而且我安靜得像隻貓，我刻意放輕腳步，把我們的《達文西密碼》放在櫃檯上，妳沒發覺我逐步逼近，而且妳太貼近玻璃門，也看不到我的映影。我的判斷沒錯，妳找不到鑰匙，我抱住妳，妳開始亂踢。

「不要碰我！你是大變態，放開我！」

我緊緊抓住妳，妳現在陷入狂怒，太可惜了，因爲我現在就可以上陣做愛。但妳跟野獸一樣——亂踢個不停——其實妳是隻殘獸。小可愛，爲什麼要浪費時間亂揮雙臂？妳根本碰不到我。我抱住妳穿越走廊，把妳拖到櫃檯後面的地板上，自己也坐下去，伸長雙腿，把妳抱到我的大腿上，就算有人經過，也不會被人發現，因爲我們有櫃檯的保護。妳拚命想要逃走，但如有必要，我可以就這麼抱住妳過完餘生。

一如往常，妳的怒火最後還是冷卻了下來。妳的肌肉開始放鬆，現在成了我的新洋娃娃：悲傷的貝可。妳不說話，只是哭得不停，妳放棄與我搏鬥，現在有了一線希望。我親妳的脖子，妳不喜歡，現在不是親吻的好時機，我了解。有好多事得接受，而且也發生了許多改變，還得過好一會兒之後才會看到日出，我輕輕搖晃妳的身體，望著妳擱在我腿上的赤裸大腿，這就是愛情的樣貌，我知道。妳已經不再伸手亂抓我了，我們就這麼靜靜坐了許久，想必妳已經準備好要當個乖女孩。我開口，想測試一下妳的反應，「好，現在該拿妳怎麼辦？」

正確解答：妳應該求我原諒妳，承認發現自己醒來時只有一個人的時候、內心忐忑不安。妳以爲我拋棄了妳，就和妳父親、妳遇到的那些男人丟棄妳的方式一模一樣。然後，我會承諾將與妳廝守終生，妳會愛撫我的雙手，我原諒妳，任由妳把我的手帶入妳的中央磁吸地帶。我爲了妳殺人，我當然應該得到妳，我好希望我能看到妳的臉，但妳依然沒有回應，所以我又換了另外一種說法問妳，「貝可，現在該如何走下去？」

正確解答：愛情。

妳的聲音如此平淡，我幾乎認不出來，「我從此人間蒸發。」

「不是。」千萬不要這麼說。

「喬伊，聽我說，」妳緊握我的雙手，完全感覺不到慾望，熱情。「我不在乎你對班吉或佩姬做了什麼，我懂。班吉的確有嚴重的毒癮，而佩姬也的確有問題。」

「貝可，她撒謊成性，她連自己的膀胱都可以鬼扯一通。」

「我知道，」妳就這麼原諒她，也太隨便了吧，「我只是喜歡她愛我的那種態度而已。」

「那妳現在想要怎麼樣？」

正確解答：跟我在一起！

妳嘆氣，妳告訴我妳不願當作家，想要飛到洛杉磯當演員，「要是我沒有找到任何工作，嗯，可能會寫點東西給自己欣賞吧？」

這答案更糟糕了，妳擺明告訴我妳根本就是個「超級懶惰的女孩」。我抱住妳，妳繼續詳述自己的缺點，「貝萊絲說得沒錯，我寫小說的時間當中，其實有一半等於是在寫日記，另外一半的時間則是忙著搜尋與替換人物的名字，才能把那些內容變成小說，我就是這麼糟糕。」

「嗯……」我不會就這麼放妳走的，而且妳的答案大錯特錯。

「喬伊，你不會想跟我在一起的，」我看著妳的腳與腳趾頭，佩姬當初在小科普頓爲妳按摩的部位，「你覺得我是夢幻美少女作家，我不是。尼基的確有權利恨我，我承認。我其實沒那麼想要這男人，我只希望他可以爲了我離開他妻子，喬伊，我想要弄死他的小孩。對，我知道自己的想法眞的很變態。」

不是。「妳才不是變態。」

妳突然脫口而出，「我在布魯克林舉辦朗讀會的那天晚上，我有看到你，我知道你在跟蹤我。」

我抱住妳，親吻妳的頭，因爲我們眞的是物以類聚，我們既是房子也是老鼠，妳很清楚這一點。「我想是吧，」我說道，「我的確想要跟蹤妳。」

妳蠕動腳趾頭，還擠弄我的褲襠，「喬伊，你看我永遠不可能讓你勃起了。這一切都是因爲我，我是危險人物，我知道今天這種局面都是我惹出來的禍，喬伊，我絕對不會報警的，你放我走，我離開，永遠消失。」

我決定再給妳一次機會，「我不想看到妳離開，永遠消失。」

「哦，幫幫忙好嗎，」妳的語氣像是朋友，我們之間完全沒有情慾，「我知道你一定可以找到另外一個女孩與你共讀《達文西密碼》。」

「貝可，夠了。」快告訴我，妳想要和我在一起。

「我會走出這家書店，再也不回頭，喬伊，我向天發誓。」

「貝可，夠了。」

但妳依然滔滔不絕，「喬伊，聽我說，我向你保證，我會人間蒸發，就像是再也不存在一樣，我答應你，你絕對不會再看到我了，我發誓，喬伊你說好嗎？」

妳答錯了，拿不到金色星星的獎勵，我掐妳脖子，我不要再讓妳講出錯誤答案了，這些話語在妳鼓凸的眼睛裡逐漸潰爛，還讓妳的雙頰轉為南塔克特紅，我繼續施壓，越來越用力。那些亂七八糟的話一定被妳扭曲嘴角滲流而出的唾沫所淹沒了，妳真是超級大白痴，在我為妳付出這麼多之後，居然以為我希望妳從我生命裡消失，這又不是電影《四個畢業生》，我比妳遇過的那些渣男好多了，妳居然不要我，我真是錯看了妳。

妳上氣不接下氣，「喬伊……」

我才不會被妳騙，「別裝了，貝可！」

妳氣若游絲，「救我……」

我的確在救妳，因為妳需要驅魔，需要重生。妳犯了罪，妳的確玩弄尼基、的確欺騙佩姬、而且也的確跟蹤了班吉。妳是徹頭徹尾的惡魔，標準的「唯我論」者，妳下流卑鄙，因為妳一心只想到的是：

妳。

我掐得太用力了，妳變得安靜無聲，我立刻放手。

「貝可……」我在呼喚妳。

我想要聽到妳的聲音，再次叫妳的名字，「貝可，貝可！」妳完全沒有反應，幹。我到底做了什麼？我拚命搖妳，卻聽不到妳的呼吸聲，因為《四個畢業生》是部大蠢片，妳的確擺脫了佩姬，而班吉的確一直在唬弄妳，尼基也的確破壞了醫生守則。妳說了一些蠢話——有時候我也會犯相同的錯誤，我原諒妳了。我把妳從我腿上移開，放到地板上，妳完全不動，妳的一切美好，都潛藏在眼瞼裡。妳這麼可愛，讓我好愛妳，貝可，對不起，大家為妳痴迷，我不能因而怪在妳頭上，妳一定要醒來，因為我想要給妳我全部的愛，瘋狂的愛。

我伸手猛壓妳小小的胸膛。我覺得，妳在呼吸，妳一定恢復呼吸了，像妳這麼可愛燦爛的人，體內怎麼可能沒有任何起伏，我們之間擁有「全面關係」。妳明明身體強健，活蹦亂跳，但現在浴袍守則高潮南瓜派還有苦味肉桂蘋果都沒了。我好恨自己，我愛妳，我吻了妳，但妳沒有回吻我，我乞求妳趕快回神過來，我握住妳的纖巧小手，望著妳麼可愛眼睛，在電影《偷情》的舞台劇原著的結尾，娜塔莉．波曼飾演的那個角色遇到車禍，死了。但在電影版本中，看不到娜塔莉．波曼死去，我比較喜歡這樣的結局，貝可，妳絕對不能死。妳還不到二十五歲，又不吸毒，妳甜美無害又勤奮好學，我挨近妳身邊，耳朵貼住妳的雙唇，我想要聽到妳的呼吸，拚命吮舔它，我繼續等待，等了十六個世紀之久。

妳死了。

我站起來，猛抓頭髮，我想要把它扯光，因爲妳的手指再也不會撫梳我的頭髮。也許我錯了，我又趴在地上，整顆頭埋進妳的手心，等待妳撫摸我。拜託，貝可，求求妳。但妳的手指沒有任何動作，等到我把頭抬起來的時候，這股寂靜變得好肅殺，令人作嘔，根本就是針對我而來，這與地下室的寧和完全不同。

妳沒有起身原諒我，這邪惡的沉靜讓我無法招架，妳靜默無語，一秒秒過去了，這股氣氛壓迫得我越來越受不了。

我看著妳，卻得不到妳的回望，妳的身體現在不過就是血肉的組合而已。妳幫不了我了，因爲妳離開我，因爲妳想要離開，永遠消失。妳犯下了好多罪行，妳偷了我的《愛的故事》，我拿起妳的《達文西密碼》，嚇了一大跳，因爲好多頁都沒翻過，我自有方法判斷。我覺得妳應該是全部都沒看，妳這個腦袋空空的騙子。當妳問我看到哪一個段落的時候，妳根本在騙我。我一生中最浪漫的時刻原來是惡搞，我全神貫注研究妳的《達文西密碼》，完全沒有注意到妳又回魂過來。

但妳復活了。

破麻，妳要我。妳死抓我的足踝亂拉，害我摔倒，妳的《達文西密碼》掉到地上，我也側摔落地，幹他媽的痛死了，妳踢我大老二，也是他媽的痛得要命。妳並沒有離開，永遠消失，妳冷靜無語，我的鼠蹊部好痛，身體側面也處處慘烈，妳不是我的救命恩人，妳只是讓狀況雪上加霜。妳活得好好的，狡詐，趁我居於下風的時候拚命踢我，我因爲痛苦而大叫，妳是危險人物妳是魔鬼，因為一分鐘之前妳不是這樣：

「妳剛才不是死了嗎，靠，臭女人！」

妳沒接腔，只是繼續亂踢，但我並不是什麼危險之人。我比妳強壯勇敢，而且上帝給予我力量，我雖然被妳扁得很慘，但還是恢復了正常。我猛攻妳的大腿，現在換妳摔倒了，整個人躺平在地板上。我壓在妳身上，妳想要咬我，但妳哪咬得到，妳想踢我，但也不可能了，妳又想要抓我，但手腕早已被我扣得死緊。妳被我釘得死死的，妳動彈不得。妳朝我的臉上吐口水，媽的果然是麻州破麻。現在妳氣力越來越小，我放開了妳的手臂，雙手扣住妳脖子，這次我來真的了。妳想要打我，但妳那小小的拳頭早已失去了作用。妳的邪惡超過了良善，妳的雙頰變得越來越白，我的大老二不斷抽痛，髖骨也是，妳雙眼鼓凸，好噁心。妳跟蹤我到我家的那天，我穿的就是我媽這件「超脫」合唱團T恤，我珍藏了一輩子，現在上頭全是妳的愛液與香草，衣服全被妳扯爛了，根本無法復原，妳有夠賤。

「貝可，妳講的一點都沒錯，」我對妳說道，「妳才是殺人兇手。」

我緊掐妳的脖子，眞是感謝妳攻擊我下體啊，我拚命眨眼，想要甩去妳吐在我眼睫毛上的口水。我還要感謝妳提供了妳是壞胚子的鐵證，妳不想要愛情或是好好過生活，我們永遠不會有機會發展下去，妳不過就是個普通人，粗俗下流，妳喘氣喘不停，喉間還發出了咯咯聲。妳是標準的「唯我論者」，粗心大意留下了甜食的黏糊指印，毀了我的書，也毀了我的心，我的**一生**。

「妳說啊？貝可？」

妳現在只能講出那兩個字：「救我……」

我的確要救妳。我伸出右手去拿妳的《達文西密碼》，又把書塞進嘴巴裡，咬住好幾頁，然後把書猛力一扯，扔到旁邊，拿出嘴裡的破爛書頁，已經濕成了一片，上頭沾滿了妳渴望至極的口水。

最後，我又對妳講了幾個字：「桂妮薇爾，張嘴！」

我把書頁硬塞進妳嘴中，妳的眼瞳不斷溜轉，弓起了背。這是妳的垂死之聲。

有骨頭碎裂的聲音——到底在哪裡，我不知道——淚腺也進入緊急模式——死亡之淚從妳的左眼滲流出來，滑落在妳瓷白的臉頰，*妳的雙眼緊盯著某個我從來不曾去過的地方，充滿喜樂，是一場從所未有的體驗，因為妳的雙眼靜默不語*。妳現在就像個洋娃娃一樣。書頁塞進妳的嘴裡、沾滿了妳從咽喉嘔出的鮮血，但妳沒反應。

突然之間，我好想念妳，妳也想念過我，我大叫妳的名字，抓住妳的瘦小肩頭。妳沒有回應，妳與書店裡的這些書一樣殘破，妳沒了聲息，離開了我，*這次是真的離開，永遠消失了*。我再也不會猜不透妳的心思、苦苦守候妳的回訊，妳的生命之光已經熄滅了，再也不會發亮。我把妳抱在懷中。

不要。

我想要跳下鐵軌，撞向引擎引擎九號引擎。我怎麼會做出這種事？我還沒有為妳做過鬆餅，我到底是怎麼了？我無法呼吸，妳是我親愛的*上帝*，貝可，妳*與眾不同*，*性感*，但這都是以前的事了。

我哭了。

52

在妳生命的最後一天，妳坦言自己不是作家。不過，我相信妳一定會很欣賞這場埋屍過程中充滿詩韻的勻稱節奏。這是一趟漫長又孤單的上州之旅，出了紐約市之後，還得開四個多小時。我開著那台別克，妳與妳的綠色小枕窩在後車廂裡面，路程艱辛，全程就與冬天的小科普頓之旅一樣安靜。我經過了「尼基」披薩，但我繼續向前開，最後找到了這間小餐廳。尼基與他弟弟的別墅位於附近的佛瑞斯特湖，切斯特鎮郊外的某處私人土地。貝可，這是個淳樸小鎮，老派情調，固守傳統生活風格依舊怡然自得。我吃了烤起司三明治，因為我一定得填飽肚子，雖然餐廳裡的每個客人都忍不住讚賞冬日氣候溫和，但在冷颼颼的森林裡挖土把妳埋進去、一定會很耗費體力。的確充滿了暖意，雖然我已經有了梅西百貨買來的《麥田捕手》男主角紅色獵帽，但也不需要戴在頭上。我不會哭，在這裡我絕對不掉淚。

餐廳裡的食客多是當地人，至於其他的外地人都是為了車展而來。女服務生問我是不是要看車展，我說是啊，然後我看了手機，我必須再跑廁所一次，因為每當我看手機之後，就覺得妳又死了一次，我聽到E．E．卡明斯的詩句，我想握住妳的手，我哭了，靜靜流淚，不想驚動別人。妳的死亡是一首不斷循環播放的歌，我把冷水潑在自己臉上，逼自己別去想再也聽不到妳聲音的事實。不會了，貝可，妳已經死了。

我知道尼基不是笨蛋，他絕對不會把妳埋在自家的地裡，但他會走佛瑞斯特湖大道、進入附近的樹林，正如同我現在一樣，於日落後的一小時出發。我看到了一塊粉紅色與白色相間的告示牌，這裡要辦活動，今晚，在路底的營區即將舉行「查特與蘿絲的婚禮」。不過，這也嚇不了我。我把車開入荒路，這裡比小科普頓的海灘更幽黑，比妳的「唯我論」靈魂更高深莫測，這裡也有無星亙古穹蒼的疾風，但卻少了海洋的調和。我踩煞車，慢慢停下來。靠，查特與蘿絲也太會挑時間了吧，問題不在我身上。

夜色如此清冷，熄火之後，立刻聽到婚禮的喧鬧聲。我戴上夜視鏡，拿起鏟子，步入幽暗之地。我拚命挖，盡量不要去注意婚禮的情況，但太難了。查特與蘿絲跳了第一支舞——艾瑞克·克萊普頓的〈美好今夜〉——他們的親友也隨之拍手。我不知道我們的婚禮要選哪一條歌，我問了妳，但妳沒有回應，妳已經死了。

我繼續挖，感受到空前絕後的寂寥。紐約上州和其他地方一樣冷死了，而我必須一個人站在這裡，聆聽艾瑞克·克萊普頓在黑夜裡讚頌他忠誠美麗的女友，而我，一個人，汗流浹背，全身發抖，準備要把妳埋進土裡。日子還是得過下去，眞的。我把鏟子插進讓人心酸的泥土裡，彎腰喘氣。我望著妳，被家飾店的羊毛毯緊緊裹住、躺在敞開的後車廂裡面。現在，我呼吸速度恢復正常，婚禮賓客們開始跳排舞，我們會不會舉辦這樣的婚禮？我想地點應該會在南塔克特，因爲我們兩人裡面只有妳還有家人。我會邀請伊森與貝萊絲，還有穆尼先生，穆尼先生不會出席，但他會把書店轉到妳我的名下，我知道。我眞希望他們的婚禮立刻停止，我想要放聲嘶吼，但我不想要嚇到妳，但我就算想嚇妳也沒辦法，妳已經死了。

我繼續挖，婚禮派對依然喧鬧，大家在忙著敬酒，史蒂夫·汪達正在吟唱關於自己寶貝女兒的歌——〈她是愛的結晶，怎麼會不可愛？〉——我們永遠不可能有女兒了，我勃然大怒，憤怒摔鏟，爬進了土洞裡，任由那音樂不斷摧殘我。

我已經無力抵抗，樹林遠方的歡樂已經轉爲無聊的重複性節奏——我不是那種會覺得「幸運星」好特別的那種人。我幾乎嚐到他們伏特加的味道了，我是不請自來的賓客，大家都看不到我，孤單一人。而我之所以得到撫慰、能夠繼續挖掘下去的原因，就是查特與蘿絲應該會有禮單網站。一想到我有機會找到他們、認識他們，不知道爲什麼就是很爽快。現在輪到尼爾．楊爲查特與蘿絲獻唱——令人心碎的〈收穫月〉——尼爾．楊絕對不會在妳我的婚禮上獻唱，妳現在也聽不到他的歌聲，妳已經死了。

我把妳的屍體從後車廂搬出來，打開了包住妳身體的毯子。妳依然美麗，我把頭靠在妳的胸膛，把查特與蘿絲的事告訴了妳。我很可能會在稀淡月光下孤老而死，妳不可能出現在那裡哀痛流淚。妳已經悄然升天，我必須鼓足勇氣，才能將妳的珍貴屍體放入土裡。查特與蘿絲周邊圍滿了親友，但，我獨自一人，扛起妳的嬌小屍體，使妳躺臥在青草地上。要是這時候能夠稍微安靜片刻就好了，查特與蘿絲吵死了，眞沒禮貌。但我沒辦法怪他們，他們看不到我，也聽不到我的聲音。他們窩在自己的幸福世界裡，與我之間的距離是四分之一英里又一百萬光年之遠。我跪在地上，吟誦聖經詩篇二十三篇，我爲了這個場合而特別背下這一段，妳已經死了。

在我們那場永遠無法舉行的婚禮結束之後、在我們的生命結束之後，又會發生什麼故事？已經無從得知了。我走入森林，以不屬於人類的夜視角度觀看這世界，看到了人類原始肉眼無法看見的一切。我不知道妳是否能夠住在耶和華的殿中，直到永遠，而我躺在地上，聆聽查特與蘿絲的派對喧聲，隨著夜深而越來越安靜，終至死寂。他們會累的，派對總有結束的一刻，如果說有誰能夠永生不朽，我想只有妳了。

我以泥巴石頭樹枝落葉蓋住了妳，妳的意義不只是一具死屍而已。朝停車處走回去的路程很短，但開車離開查特與蘿絲、妳的屍體，卻是暗夜之中的漫長旅程。我不知道自己能不能順利開回家，就算是吧，進入了公寓之後，我也依然不確定我將來是否還會有個眞正的家。我的生命中再也不會有妳了，妳長眠在佛瑞斯特湖旁，查特與蘿絲的婚禮派對附近，某個我從來不曾去過的地方，充滿喜樂，是一場從所未有的體驗。

第二天，我沒去開書店的門，我沒辦法，妳已經死了。

53

通常我收到的信件都很無聊，都是和錢有關的東西、帳單、折價券之類的垃圾。不過，就在今天，也就是妳離世將近三個月後，我收到了我人生中的第一張婚禮邀請卡，美國郵局寄來的東西。信封尺寸超大，郵差必須爬上樓梯、將它斜倚在我家門口。我知道我不是專家，但眞的很美，貝可，我把它帶進了書店。浮凸厚卡紙配上精美的金色斜體草寫字所產生的無比浪漫感，讓我好生痴戀，

誰知道伊森與貝萊絲如此高貴典雅？三個月發生了好多事。驚嘆號伊森與貝萊絲訂婚了，請我到德州奧斯汀去參加婚禮，三個月內也有好多事還沒發生，「誠徵助手」的海報依然貼在櫥窗上，伊森找到了大公司的工作，結婚花費驚人。

不過，這張請帖卻改變了我的視域，自從我離開尼基博士的辦公室、自從我進入妳之後，再也不曾有過這種充滿希望的感覺。因爲這張請帖，未來又浮現在我的眼前。它逼迫我必須在自己的行事曆上標註日期，能在手機行事曆規劃將來行程的感覺眞不錯，在請帖——收件人是喬伊．戈登伯格與同行賓客！——寄來之前的那幾個月，我只能標註我們之間再也無法舉行的紀念日。妳比其他人更懂得走出陰霾的重要性。因爲妳喜歡新的事物，應該說妳生前喜歡新的事物。生活不像是丹．布朗的書，妳死了，再也無法復生，不過，生活卻比丹．布朗的書好多了，因爲我充滿期待，有場婚禮正等著我。我必須要決定該吃牛肉還是魚肉，這眞的讓我好掙扎，根據回

覆卡上的規則，我必須在接下來的四十一天中做出決定。

今日不算夏天也不算秋天，過得好悠慢，門鈴響了。某個穿著短褲、面貌普通男子向我詢問《安眠醫生》，我指了指G—K的書區，又想到了當初我看到妳待在F—K書區時的光景，我之後的行爲眞是愚蠢。我把書店重新整理過了，因爲我無法再看到那塊F—K書區。我眞心認爲重新整理書架之後，窩在沒有妳的世界裡也能好過一點，那是我以雙手親自打造的世界，我沒辦法向妳說出我知道妳偷走佩姬的麗池卡登浴袍的世界。回憶依然會不時湧現心頭，依然讓我畏縮不已。我又開始吃東西，但純粹只是因爲我討厭暈倒，一切都變成了例行公事，但此刻卻發生了改變。我會一輩子感謝美國郵局、伊森，還有貝萊絲，而且我再也不會低估期待的力量，此時此刻，能夠激勵我的莫過於一張通往未來的邀請卡。

那個孤單的客人買了史蒂芬．金的小說離開了，我得準備買西裝。能有計畫眞是太美妙了，我爲了慶祝，特地造訪了查特與蘿絲在網站上的愛巢。自從經歷了那可怕的森林夜之後，我就覺得我必須要好好認識他們，我眞想告訴他們我收到婚禮邀請卡的事。我好迷戀查特與蘿絲，我怎麼可能忍得住滿腔熱情呢？他們在森林裡成婚，讓我依然相信愛情。我好愛他們，他們的蜜月照片集我看了有數百次，他們是爲了我而選擇了那裡，時間點剛剛好。我經常在播放他們照片集的時候，佯裝我們才是在卡波聖盧卡斯[32]度蜜月的主角。但最近我沒有那麼悲苦，我知道不是大家都有機會變成查特與蘿絲。世界上的某些人能夠得到愛情，結婚，最後在卡波度蜜月，但有些人卻沒辦法：這是不爭的事實。有人獨自窩在沙發上看書，但也有人是與伴侶一起躺在床上閱讀，這就是人生。

我八成會孤零零死去，凱倫·明蒂死掉的時候應該早已結過婚了，畢竟有好多人都是《皇后區之王》的粉絲。面對自己的命運，我很坦然，是我自己決定要讓妳不要繼續活著受罪。我放下了妳，也原諒了妳。妳姿態笨拙，把自己的內心邪魔放在那個普拉達大包包、佩姬用過的麗池卡登的大浴袍裡面。妳是危險人物，但其實並不邪惡，離開妳的男人都活得生龍活虎。妳的前男友赫瑟開了還不難看的電視節目。從新生兒購物網站上的資料看來，妳爸爸又要當爸爸了，有些人就是人生勝利組，真的。

我想，妳要是知道自己的想法能繼續留存在世，一定會很欣慰。我已經到聯邦快遞，把妳的短篇小說裝訂好了，我是《貝可之書》的唯一讀者，但已經有千萬名讀者讀了妳的人生故事，看得津津有味，大家都知道那個殺害妳的變態心理醫生。妳的文章永遠不會出現在《紐約時報》，但妳自己卻上了《紐約郵報》。

貝可，妳改變了我，我不會像穆尼先生一樣孤單終老，我有伊森與貝萊絲，還有不時會自己倒貼上來的許多美眉。她們都很恐怖，蒼白態度高傲，不然就是淺薄無知。

我像是電影《愛是您愛是我》裡的休·葛蘭，只是少了戀愛的部分，要是知道真實生活中的休·葛蘭其實跟我一樣、也是單身的時候，這一點也就沒那麼難堪了。我還是要再次強調，並非所有的動物都註定會成雙成對，對，我知道我們天生就應該要找伴，上帝賜予我們語彙，我們必須開口與聆聽。我偶爾會找人打砲，網友，書店的客人，但大部分的時候我都是一個人，我再也

㉜ 墨西哥度假勝地，被譽爲「情人之島」。

沒有辦法像一片片花瓣慢慢綻放。還有，貝可，妳說得沒錯，妳和我想像中的不一樣，在電影《漢娜姐妹》中，芭芭拉．赫西也不是艾略特的眞命天女。書店電鈴響起，我原本埋首研究查特與蘿絲玩槳板的照片，只好立刻抬起頭來，我看到了一個女孩，算是多少認識吧。她穿的是匹茲堡大學的背心，搭配牛仔褲，她侷促不安，向我揮揮手。眞希望現在店裡有播音樂，她很喜歡我上次放的歌曲。

「我看到櫥窗上的告示，」她嚥了嚥口水，「你還在找人嗎？有時候店家是忘了拿下來，有時候是根本在唬爛，抱歉，我不小心講了髒話。」

我忘了那張告示，但我沒有忘記艾咪．亞當、她那張偷來的信用卡、騙人的大學校服，還有栗色大眼。我們還在找人，她走了過來，瞄了一下我的婚禮請柬，點點頭，開口說道：「我喜歡奧斯汀。」

「嗯，這陣子好嗎？」我開口問道，這一招很討巧，我是紳士，承擔回憶互動的角色，主動想起了這位小姐。她態度奉承，簡直就要在我面前行屈膝執裙禮了。聽到我的回應，她受寵若驚好開心，盯著我不放，能在她眼眸裡看到自己的感覺眞好，她把履歷表交給了我。

「我以前在威廉斯堡的某間小書店工作過，不過，這麼說吧，由於他們施行目光短淺的政策，將某種行爲視之爲偷竊，害我沒辦法繼續做下去，」她悶哼一聲，開始滔滔不絕，「好像我把書帶回家看似乎是很不妥當的行爲，還有，看完一本書怎麼可能不留記號啊？」她聲音頗大的，「抱歉我不是那種超時髦的Kindle族，我喜歡眞正的紙筆，可以撕扯與碰觸的書頁，」她搖搖頭，「如果你買了一本書，發現空白處有註記，我想說的是，有誰會不愛呢？這是額外的福利啊。」她也沒要等我回答的意思，她眨眨眼，「抱歉，我的砲火太猛了一點，但該說的還是得說。」

她需要我的認可，所以我微笑回道：「不需要道歉。」

現在輪到她了，她順著我的話，繼續玩下去，「我聽起來像個瘋子吧，你們這裡願意請瘋子上班嗎？」

我告訴她，我們書店只找瘋子來上班，她覺得我好有趣，發出了愉快輕笑，她喜歡與我一起窩在這裡。她會變成我的收銀員兼女友，等到下一次有人請我去參加婚禮的時候，信封地址的收件人會是喬伊．戈登伯格與艾咪．亞當，我不需要煩惱找什麼同行賓客。妳離開了，永遠消失，而她卻在此刻，出現了。

致謝

我要感謝喬伊．戈登伯格這個人物亟欲躍然而出的欲望，喬伊，幹得好。

好，現在要感謝催生這本書的諸位眞實人物。首先要感謝艾蜜莉．貝斯勒出版社、阿托利亞出版社、西蒙與舒斯特出版社的每一位朋友。能遇到艾蜜莉．貝斯勒等於是讓我中了編輯界的樂透彩，妳的熱情睿智與敏銳感知，眞的讓我太感激了。茱蒂絲．寇爾、班恩．李、保羅．歐蘇斯基、大衛．布朗、梅洛妮．托樂絲、希拉莉．提斯曼、李．安娜．伍德寇克、珍．李、克里絲汀．李麥爾，以及凱特．契楚羅——謝謝你們讓我有回家的感覺。梅根．雷德，謝謝妳準備了世界上最棒的情人節，艾洛伊，哦艾洛伊公司。喬許．班克、藍妮．戴維斯、莎拉．山德勒，諸位的智慧與善心完美至極。喬許，你的聲音比凱倫．明蒂的針筒還管用，藍妮，妳總是能夠給我最好的答案，感謝妳的指導（還有妳的杓子！）。莎拉，妳口才超好，而且畫出的愛心超漂亮，感謝大家這麼關心本書裡的世界。威廉．莫里斯經紀公司的珍妮佛．魯道夫．瓦許、克勞蒂亞．巴拉德，以及蘿拉．波納，謝謝各位對本書充滿信心，知道該如何操作。娜塔莉．索沙，妳設計封面的時候一定對我施展了讀心術，謝謝妳的作品。

相信無數的勃恩史塔伯樂中學的學生都會同意，我們擁有全世界最優秀的老師。麥可．卡頓與愛德．歐杜樂，你們的鼓勵深深影響了我。琳達．佛萊德曼、瑪莉迪絲．史坦巴哈，謝謝妳們，妳們是好棒的導師。麥特．迪剛吉，感謝你籌辦了Thieves Jargon網站。蘿倫．阿卡波拉．

道爾，妳是厲害又聰明的美眉，謝謝妳讓我認識了艾洛伊的女神作家莎拉．謝波。謝謝表哥湯米．赫梅告訴我酒後醃汁，還有，謝謝克里斯提娜．赫梅的大力支持，這一切在我撰寫變態偷窺癖小說的時候都派上了用場。

我是在父親羅癌過世之後，開始動手寫這部小說。我的好友們，萬分感謝：艾咪．珊伯恩，我真幸運，打從還在娘胎的時候就認識妳了。蘿倫．赫勒，妳是天賜的禮物。莎拉．塔汀—金吉，妳是真誠的聆聽者，棒得不得了的朋友。麥特．唐納利（還有寇基與品姬），我好感謝在史班藍多利亞共度的勵志時光。茱恩．赫梅、凱瑟琳．凱利，謝謝妳們這麼期待知道結局。感謝羅倫納．大衛．艾斯奎拉、喬治．艾斯奎拉，羅爾德．達爾的客房太美妙了。莉雅與陶德．哈伯曼，謝謝你們的甜甜圈。克里斯品．史都瑟斯，謝謝你現身。尼可拉斯．馮色卡，你鼓舞了我。夏倫與保羅．史華茲，感謝開普頓飯店的作家閉關房（還有煎餅）。蘇菲亞．馬克拉斯，當妳愛上「歐文」的時候，對我意義非凡。麥可．懷曼，你最棒了，好愛你，千萬不要變哪。滿滿的愛與感謝，要獻給艾瑞克．史考特．庫柏、法蘭克．麥迪拉諾、比佛利．萊伯曼、凱倫與霍威．歐尼可、艾琳．潘納、珍與強．薩克特、寇比．高許、喬許．懷曼、卡蘿阿姨與丹恩舅舅。馬克拉斯家族、史華茲家族、懷曼家族、我的表哥表妹、家人，我愛大家，如果要繼續感謝其他人，我可以再寫一本書，而且還有續集，我何其幸運認識了這麼多美好的靈魂。

向我勇敢的哥哥艾力克斯，我的完美姊姊貝絲，還有我的可愛外甥強納森與喬許獻上愛與擁抱。現在，輪到了我的父母，莫妮卡與哈洛德．凱普尼斯，謝謝你們打造了一個充滿齊柏林飛船音樂與笑聲的家。爸爸，真希望你能在人世間與我們一起慶祝，自從我在凱蒂貓日記本裡開始撰寫失竊斧頭的小說、偷藏《甜蜜谷》系列小說之後，你與媽媽就對我深具信心，你總是不斷鼓勵我。

最後，感謝這本書中提到的各位創作者，你們太帥了。

Storytella 53

安眠書店 YOU

安眠書局 / 卡洛琳.凱普尼斯作 ; 吳宗璘譯. -- 初版. -- 臺北市 : 春天出版國際, 2016.10
面 ; 公分. -- (Storytella ; 53)
譯自 : You
ISBN 978-986-5607-80-7(平裝)
874.57 105018116

ISBN 978-986-5607-80-7
Printed in Taiwan
This edition is arrangement with
William Morris Endeavor Entertainment, LLC.
through Andrew Nurnberg Associates Limited.

作　者　卡洛琳．凱普尼斯
譯　者　吳宗璘
總編輯　莊宜勳
主　編　鍾靈

出版者　春天出版國際文化有限公司
地　址　台北市大安區忠孝東路四段303號4樓之1
電　話　02-7733-4070
傳　眞　02-7733-4069
E－mail　frank.spring@msa.hinet.net
網　址　http://www.bookspring.com.tw
部落格　http://blog.pixnet.net/bookspring
郵政帳號　19705538
戶　名　春天出版國際文化有限公司
法律顧問　蕭顯忠律師事務所
出版日期　二〇一六年十月初版
　　　　　二〇二二年八月初版十二刷

定　價　399元

總經銷　楨德圖書事業有限公司
地　址　新北市新店區中興路二段196號8樓
電　話　02-8919-3186
傳　眞　02-8914-5524
香港總代理　一代匯集
地　址　九龍旺角塘尾道64號 龍駒企業大廈10 B&D室
電　話　852-2783-8102
傳　眞　852-2396-0050